분노하라! 세상에 분노하기보다 자신에 분노하라
다르게 생각하라! 세상은 변한다! 실패를 두려워 말라!

꿈이 있으니까 청춘이다

고산고정일

동서문화사

그대의 인생은 그대가 만들어 갑니다
젊음은 결코 머뭇거릴 시간이 없습니다
꿈이 있는 청춘은 얼마나 순수하며 눈부십니까

"다르게 생각하라! 세상은 변한다! 실패를 두려워 말라!"
스티브 잡스는 젊은이들에게 이렇게 외쳤습니다. 우리시대 청춘 아이콘 스티브 잡스. 컴퓨터가 값비싼 물건일 때 '냉장고처럼 팔릴 것'을 확신한 잡스는 애플로 PC시대를 열었습니다. 한때 매킨토시가 소비자들에게 외면당해 애플에서 쫓겨나는 수난을 겪었으나 그는 굴하지 않고 성공적으로 재기, 애플에 돌아와 아이폰—아이패드로 IT혁명을 일으켜 세계 젊은이들을 매혹하고 열광시켰습니다.

인류문명사에 혁신의 씨앗을 뿌린 스티브 잡스는 떠났지만 21세기 청춘혁명가로 사람들 가슴에 영원할 것입니다.

격변하는 시대를 이끈 스티브 잡스처럼 젊은 그대도 마음을 혁명하십시오. 그대의 마음이 바로 그대입니다. 용기 있는 그대의 생각이 그 '마음의 모습대로' 적극적 행동으로 옮겨지면, 놀라운 운명의 흐름이 만들어집니다. 현실은 그저 마음세계를 비춘 빛에 지나지 않습니다. 생각은 말 속에 스며들고 마음은 낱낱의 행동으로 바뀌어서 생각과 마음이 한데 뒤섞여 마법을 부린 듯 열매를 맺습니다.

깊은 숲 속에 맑은 샘물이 솟아나듯 마음속 깊은 곳에서 온 갖 생각들이 쉴새없이 샘솟습니다. 그 생각들은 그대를 통해 현실로 나아가지요. 그대가 원하는 자신의 모습도, 얻고자 하는 목표도 모두 그대 마음의 샘에서 솟아올라 넘쳐흐르는 것입니다.

슬픔, 기쁨, 고통, 쾌감. 마음은 우리의 일상을 갖가지 색깔로 물들입니다. 그리고 그로부터 희망과 불안이, 증오와 사랑이 태어납니다. 하지만 마음을 적시는 이런 감정이나 생각은 외부세계의 사건이나 상황이 불러온 것이 아닙니다. 사건이나 상황에 반응하는 그대의 마음상태가 만들어 낸 것이지요. 현실에 대응하는 어리석은 생각도 어디선가 갑자기 날아와서 마음속에 자리잡은 것이 아닙니다. 그대의 경험에서 비롯된 마음이 그대와 함께 있을 뿐입니다.

세상은 한 개의 거울과 같아 그대가 웃으면 세상도 웃고, 그대가 찡그리면 세상도 찡그립니다. 붉은 안경을 통해서 세계를 보면 모든 것이 붉게 보입니다. 푸른 안경을 통해서 보면 모든 것이 푸르게 보이고, 뿌연 연기를 통해서 보면 모든 것이 흐리고 칙칙하게 보입니다. 그러므로 언제나 밝은 빛이 있는 쪽을 보도록 애써야 합니다.

그대 마음은 그대 인생의 흐름을 만들어 내는 '원천'입니다. 어떤 생각이 마음의 샘에서 일어나고 있는지, 어떤 생각으로 마음의 샘이 흘러가고 있는지 알 수 있는 사람은 그대 자신밖에 없습니다.

"거거거중지 행행행리각(去去去中知 行行行裏覺)."

노자 《도덕경》에 나오는 말로, 가고 가고 가면서 알게 되고 행하고 행하고 행하면서 깨닫게 된다는 뜻입니다.

우리는 살아가면서 숱한 어려움을 겪고 한 치 앞도 보이지 않는 막막함에 주저앉기도 합니다. 이런 모든 절망 눈물 고통은 살아가는 기쁨을 얻기 위한 자양분입니다. 마음의 혁명은 멀리 있지 않습니다. 그대에게 주어진 '하루'를 걸으며 그대 마음과 생각을 깨달으면 그대가 꿈꾸는 모습으로 당장 탈바꿈할 수 있습니다. 그것을 스스로에게 들려주십시오.

"나는 꿈꾸는 모습으로 살아가겠다!"
"나는 꿈꾸는 모습으로 행동하겠다!"
"나는 꿈꾸는 모습으로 되어 가겠다!"

그대의 이상은 무엇입니까. 심장을 쿵쾅쿵쾅 뛰게 하는 것, 마음을 두근두근 설레게 하는 것, 진정으로 실현하고 싶은 최고의 것을 오롯이 그대 가슴에 품으십시오.

그대의 지금 환경은 그리 탐탁지 않을지도 모릅니다. 하지만 그대가 고결한 이상을 품고 한결같이 용감하게 매진한다면 그 어려움은 결코 오래 이어지지는 않을 것입니다.

고결한 야망을 품으십시오. 그대가 꿈꾸던 사람이 될 것입니다. 그대의 이상은 그대의 미래를 예언합니다. 지금까지 이루어진 인류의 모든 위대한 업적도 처음엔 그저 작은 꿈에 지나지 않았습니다.

떡갈나무는 한동안 도토리 속에서 잠을 잤습니다. 새들도 한동안 알 속에서 기다렸습니다. 그대의 아름다운 꿈속에서는 천사들이 부산하게 내일을 준비하고 있습니다. 자신을 용기 있게 다스리지 못하면 저 희망봉에 결코 오르지 못합니다. 냉정한 판단을 내리거나 책임 있는 행동을 못하기 때문이지요. 그대가 자기통제에 실패하는 한 진정한 기쁨이나 성공은 맛보지 못합니다.

성공한 사람들의 발자취를 보십시오. 그들이 걸어온 길은 하나같이 괴로움의 길이며 자기 희생의 길이었습니다.

그대가 선택만 한다면, 인생의 황금기가 바로 그대 앞에 펼쳐질 것입니다. 청춘의 순수한 잠재력은 발견되기를 기다리고 있는 금광맥과 같습니다. 단호하게 선택하고 행동할 때, 그대 안의 무한한 가능성과 만나게 될 것입니다.

젊은 그대의 청춘이여, 머뭇거릴 시간이 없습니다.

깨어나십시오!
일어나십시오!
그리고 전진하십시오!

이 책은 전쟁과 참담, 절망과 궁핍, 피와 땀과 눈물의 나날을 너무나 힘겹게 걷던 내 젊은 날, 머리맡에 두고 읽고 또 읽은 나의 청춘 독서노트입니다. 어둠에서 밝음으로 나를 일으켜 세우고 나의 인생멘토가 되어 준 세계역사에 성공한 사람들. 그들의 삶에서 미래를 열정적으로 꿈꾸며 가다듬던 그 감동들을 이제 오늘의 젊은이들에게 바칩니다.

2011년 12월 25일 고산고정일

그대의 힘든 고비를 인생의 한 과정으로 생각하라. 그리고 그 너무나 힘든 고비에 부딪히게 되면, 고개를 힘있게 높이 들고 앞을 바라보며 이렇게 외쳐라.

"역경아! 나는 너보다 강하다. 너는 결코 나를 이길 수 없다."

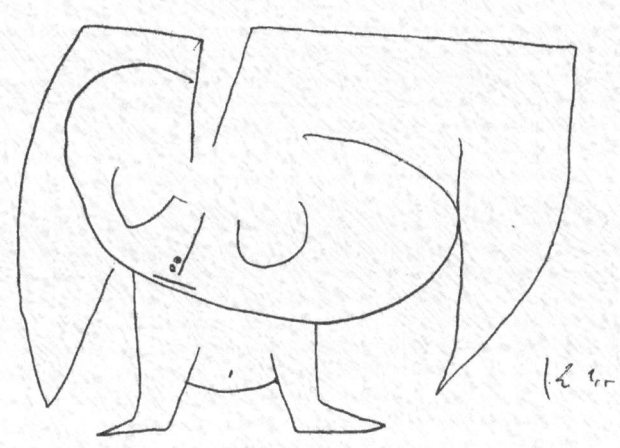

꿈이 있으니까 청춘이다
CONTENTS

인생이란 단지 기쁨도 아니고 슬픔도 아니며, 그 두 가지를 지양하고 종합해 나아가는 과정에서 파악되어야 할 것이다. 커다란 기쁨도 커다란 슬픔을 불러 올 것이며, 또 깊은 슬픔은 깊은 기쁨으로 통하고 있다. 자기의 할 일을 발견하고 자기의 하는 일에 신념을 가진 자는 행복하다. 사람의 가치는 진리를 척도로 하지만, 그러나 그가 가지고 있는 진리보다도 그 진리를 찾기 위해서 맛본 고난에 의하여 진보되어야 한다.

Part 1
청춘은 눈부시고 아름다워라
'찬란한 청춘의 꿈'을 낭비하지 않는 방법

1. 분노하라! 세상에 분노하기보다 자신에 분노하라

"나에게는 꿈이 있습니다. 조지아주 푸른 동산에서 노예의 후손들과 노예 주인의 후손들이 형제처럼 손을 맞잡고 나란히 앉게 되는 꿈입니다. 나에게는 꿈이 있습니다. 내 아이들이 피부색을 기준으로 사람을 평가하지 않고 인격을 기준으로 사람을 평가하는 나라에서 살게 되는 꿈입니다. 지금 나에게는 꿈이 있습니다!"

마틴 루터 킹은 세상에 분노하며 운명만 탄식하는 자신에 분노하고 마침내 하나의 꿈을 세웠다. 이 위대한 꿈은 결국 흑인 오바마가 미국 대통령이 됨으로써 이루어졌다. 인간의 꿈에는 영속성이 있다. 루터 킹은 비록 총탄에 쓰러졌어도 그의 빛나는 꿈은 쓰러지지 않고 계속 싹터 나갔다.

젊은 그대여, 꿈을 잃고 어디서 헤매는가. 바늘구멍보다 좁은 취업문, 갈수록 벌어지는 빈부 격차, 특권층의 만연한 부패. 세계는 온통 경제가 무너진다고 아우성이다. 어둡고 씁쓸한 사회를 향해 그대, 아프다고 소리치고 있나? 아니면 세상이 두려워 주저앉아 등을 돌리고 있는가? 지금 세상이 앓고 있는 병은 전염병이 아니다. 그대가 결코 꿈을 잃지 않는다면 그대가 세상에 내린 뿌리는 병들지 않는다. 젊은 그대가 단단히 딛고 일어서 꿈을 향해 뛴다면 세상도 달라지리라. 이제 막 싹을 틔우고 출발선에 선 그대, 힘차게 두 눈 부릅뜨고 세상을 똑바로 바라보라, 분노하라! 세상에 분노하기보다 먼저 자신에 분노하라. 분노는 때에 따라 도덕과 용기의 무기이다.

안철수에게 젊은날 꿈이 없었다면 어떻게 됐을까?

안철수는 의과대학 출신으로 컴퓨터 바이러스 백신을 연구하여 젊은 나이에 큰 성과를 거두었다. KAIST 석좌교수에서 서울대융합과학기술대학원장이 되었고, 청춘 콘서트 전국 순회로 젊은이들의 열광적 인기를 얻고 있다. 마침내 여론조사 서울시장 후보 1위에 이어 조선일보 동아일보 중앙일보 KBS MBC SBS 언론매체에서 유력한 차기 대통령 후보 물망에까지 오르고 있다. 비록 그 인기가 기성정치에 대한 반동적 일시 현상이라 하더라도 단숨에 젊은이들에게 놀라운 지지를 받은 것은 안철수 생에 큰 영예가 아닐 수 없다.

보라! 이 시대는 꿈꾸는 자에게 절망이 아닌 기회를 주는 시대이다. 그대여, 청춘의 야망을 가져라.

여기 꿈을 품은 그대를 도와줄 강력하고 뛰어난 무기들이 있다. 그대가 자신의 꿈을 돌아보고 가꾸는 데 힘이 될 것이다. 젊음이라는 가장 좋은 무기를 손에 쥐고도 세상 앞에서 어찌할 바를 몰라 아파하는 그대에게, 삶의 방향을 제시해 줄 것이다. 명심하라. 젊음은 머뭇거릴 시간이 없다.

청년이여, 야망을 품어라!

그대는 목표에 다다르고자 하는 욕구를 충분히 갖고 있는가? 그 목표에 이를 수 있다는 확고한 믿음을 갖고 있는가? 그 일을 성취하는 그대의 모습을 마음속으로 그려 보고 있는가?

그대가 동기를 갖고, 목표를 정하고, 또 열심히 일하는 것은 그대가 어른이 되어 머나먼 길을 떠나는 것과 같다. 여기에 더해 자기 자신을 규범이나 규율에 맞추어 다스린다면 훨씬 더 멀리 가게 될 것이다. 이것은 성공의 가장 본질적인 부분이다. 왜냐하면 성공한 모든 사람이 성공은 목표와 동기, 노력 없이는 불가능하다고 말하기 때문이다. 하고자 하는 동기와 목표, 그리고 노력이 더해진다면 그대가 꿈꾸었던 것보다 훨씬 더 많은 것을 이룩할 수 있을 것이다.

그대는 무기력한 태도를 버리고 뜨거운 이상(理想)을 가슴속에 품어야 한다. 윌리엄 클라크 박사가 말하지 않았던가.

"청년이여, 야망을 품어라!"

당장 터무니없이 커다란 계획을 세우라는 것이 아니다. 현재의 나태한 자신을 반성하고, 좀 더 나은 사람이 되기 위해 분발하라는 뜻이다. 생물이 햇빛을 받아야만 살아갈 수 있듯이, 인간은 이상이라는 정신적인 태양의 빛을 받아야 살아갈 수 있다. 그 이상을 향해 정열을 불태우며 나아가는 것은 곧 하늘을 우러러 태양을 바라보는 것과 같다. 이 태양이 없으면 인간의 덕성과 온갖 재능은 절대로 자라날 수 없다.

덕성과 재능을 키우는 데는 중요한 조건이 있다. 살아가면서 마음속에 진정한 이상을 품는 것이 그것이다.

되도록 젊을 때 높은 이상을 품고 정열을 불태우자. 그러면 중간에 어떤 불행에 빠지고 어떤 고난을 겪더라도 그 정열이 그대를 구해 줄 것이다. 젊을 때 그런 경험을 쌓지 못한 사람은 응달에서 자란 잡초처럼 시들시들하여 결코 찬란한 꽃을 피울 수가 없다. 특히 불행이 닥쳐와서 실패하고 실망할 적에, 이 경험의 있고 없음이 그대의 앞날을 크게 좌우할 것이다.

어릴 때부터 여러 가지 기본 지식이나 기술을 배우는 것도 중요하지만, 그보다 더 근본적인 문제는 어릴 때부터 높은 이상을 기르는 것이다. 젊은 그대여, 성공한 인물에게 감화되어 정열을 불태워라. 이상의 힘은 매우 강력하다. 그것은 인생을 승리로 이끄는 원동력이다.

2. 하늘은 스스로 돕는 자를 돕는다

'스스로 돕는다'는 이 한마디에 인생의 성공과 실패의 영원한 법칙이 담겨 있다.

이 말은 남의 힘을 빌리지 않고 혼자 힘으로 살아간다는 뜻이다. 그대의 사고방식과 행동방식은 이 세상 수많은 것들을 보고 듣고 느끼는 가운데 자기도 모르게 터득하고 만들어져서 단단히 자리를 잡게 된다. 부모님, 선생님, 친구, 명사들이나 연예인, 여론 등등…… 헤아릴 수 없이 많은 사람들에게 끊임없이 영향을 받는다. 살아 있는 이들뿐만 아니라 위인이나 현자의 행동, 말, 책으로부터도 많은 것을 느끼고 배우게 된다.

그렇다면 그대는 누구인가. 그대의 생각과 행동은 어디서 와서 어디로 가고 있는가. 곰곰이 이러한 물음에 잠기다 보면 무한한 우주 속 티끌 같은 '나'라는 존재가 무엇으로 실재하는 지조차 확신할 수 없으리라.

우리는 세상에 태어나면서부터 좋든 싫든 남의 도움을 받을 수밖에 없다. 살면서 사람들 틈에 부대끼고 치이다 보면 스스로 무슨 일이든 해낼 수 있다는 확신은 더더욱 사그라진다. 그러나 자신이 '무엇'을 하고 싶은지 그 꿈을 떠올려 그려 보라. 그 순간, 상황은 단숨에 바뀐다.

그대가 화가라고 해보자. 누가 그대에게 초상화를 그려 달라고 한다. 그 사람의 인상은 언뜻 보기에도 심오한 무언가가 내부에서 들끓는 듯하다. 굳이 부탁받지 않더라도 그의 초상화를 그리고 싶을 정도다. 그대는 그림을 그리기 시작한다. 온 정열을 불태워 붓을 놀린다. 완성된 그림을 보자 친구가 걸작이라고 칭찬한다. 모델이 된 사람도 만족해한다.

완성된 작품에는 이제까지 그대가 스승에게서 받은 가르침과 옛 대가들의 그림에서 배우고, 스스로 궁리해서 익힌 모든 땀과 눈물이 녹아들어 있다. 그대가 가진 기량을 한 곳에 모은 작품이다. 완성품으로 그 그림을 의뢰인에게 건넨들 어느 누구도 뭐라 하지 않고 감동할 것이다. 그러나 남들이 아무리 높이 평가해도 그대 스스로 그 작품에 만족할 수 없다면 어찌 될까. 스스로 만족할 만한 작품을 완성하고 싶다는 '마음의 소리'에 따라 그대는 새로운 세상에 발을 디디려 할 것이다.

그대가 '마음의 소리'에 따라 새로운 세상으로 나아간다면 주변 사람들은 뜯어말릴 것이다. 그만하면 되지 않았느냐, 더는 애쓸 필요 없다, 지나친 욕심이다, 괜한 짓을 하는 거다, 그러면서 그대를 말리려고 한다. 진정 그대를 편들어 주거나 도와주는 사람은 찾기 어렵다.

그럼 무엇을 어떻게 해야 할까. 얼마나 더 노력해야만 할까. 그것은 모두 그대가 책임지고 해결해야 할 문제다. 주위의 반대를 무릅쓰고 앞으로 나아가고 싶다면 그대 스스로 그대의 가장 든든한 원조자가 되어야 한다.

"조금만 더 힘내자!"

"조금만 더 가면 아무도 보지 못한 새로운 세계가 펼쳐질 거야!"

이렇게 말하면서 그대를 격려해 줄 사람은 오로지 그대 자신뿐이다. 이것이 자신을 깨닫고 '스스로 돕는다'는 것이다.

젊음이 행동하면 '활력'이 샘솟는다

자신을 스스로 도우려는 자조정신(自助精神)은 내부에서 샘솟는 활력의 원천이다. 그 힘이 언제나 그대를 격려하고 인생을 반짝반짝 빛나게 해줄 것이다.

어쩌다 운이 좋아 남의 도움을 빌려 어떤 일을 해내더라도 그 행운은 오래가지 않는다. 반드시 내리막에 접어드는 날이 온다. 때로 남을 위해서 도움의 손길을 내밀었다가 오히려 상대를 망치는 수도 있다. 상대가 스스로 자기를 계발하고 노력하려는 마음가짐을 잃어버리기 때문이다. 과보호는 자립정신을 해친다. 누군가가 정말로 성장하길 바란다면 아무것도 해주지 말고 그냥 내버려 두는 것이 가장 좋은 방법일지도 모른다.

괜한 도움으로 상대를 망쳐 버리는 것은 비단 가까운 사람들 사이에서만 일어나는 일이 아니다. 정치적인 보호나 억제도 상대를 망치기는 마찬가지다.

어느 시대에나 사람들은 흔히 정치가 행복과 번영을 가져다

준다고 생각한다. '법이 훌륭하면 인류는 진보한다'는 생각이 마치 상식처럼 통용되고 있다. 법이 훌륭하면 사람들은 헛고 생을 하지 않아도 될 테고, 노동에 따른 정당한 대가를 받을 수 있을 것이다.

그러나 아무리 엄격한 법을 만들어 놔도 게으른 사람이 부지런해지지는 않는다. 돈을 펑펑 쓰던 사람이 갑자기 알뜰해질 리도 없고, 술고래가 술을 끊을 리도 없다.

사람을 바꿀 수 있는 것은 오직 자기 자신뿐이다. 스스로 게으른 자신을 반성하고, 절약의 중요성을 깨닫고, 술에 젖은 나날에서 용감하게 벗어날 마음을 먹어야만 비로소 바뀔 수 있다.

바람직한 생활태도를 지닌 사람이 늘어나고, 그들에게 감화되어 점점 더 많은 사람들이 스스로 노력하게 된다면—그 인식의 변화는 우리 삶에서 법보다도 더욱 강력한 번영의 힘을 발휘할 것이다.

'경영의 신(神)' 그 강인한 삶의 놀라운 비결

"늘 젊게 살고 싶어도 나이 먹는 것은 피할 수 없다. 그러나 몇 살이 되건 정신적으로는 청춘 시절과 마찬가지로 매일 새로운 희망에 부풀어 용기를 잃지 않고 자신의 사명을 이루기 위해 몰두하는 마음으로 살아갈 수 있다. 청춘이란 마음의 젊음이다. 신념과 희망이 넘치고 용기에 차 하루하루 새로운 활동을 계속하는 한, 청춘은 영원히 내곁에 있다."

세계적으로 '경영의 신(神)'이라 추앙받는 파나소닉의 마쓰시타 고노스케 말이다. 그는 놀라운 정신력의 화신이다.

마쓰시타는 유복한 가정에서 8형제 중 막내로 태어났다. 하지만 다섯 살이 되던 해, 아버지가 쌀 선물거래에 손을 댔다가 크게 실패하면서 가세가 급격히 기울었다. 끼니조차 잇지 못하는 궁핍한 생활이 이어져 형제들이 차례로 전염병에 걸려 목숨을 잃었다. 그는 형제들 중 유일하게 살아남았다. 일곱 살에 초등학교에 들어갔지만, 사정이 여의치 않아 그마저 졸업할 수 없었다.

그는 초등학교 4학년 때부터 난로 가게 점원으로 일하면서, 밤이면 외로움에 떨며 어머니 생각에 하염없이 눈물을 흘렸다. 난로 가게가 문을 닫게 되자 자전거 가게에서 열일곱 살 때까지 일했다.

"나는 가난 때문에 어릴 적부터 갖가지 힘든 일을 하며 세상살이에 필요한 경험을 쌓았습니다. 허약한 아이였던 덕분에 건강을 유지하기 위해 운동도 열심히 해야 했습니다. 학교를 제대로 마치지 못해 만나는 모든 사람이 나의 선생님이라 생각하고 모르는 것이 있으면 묻고 틀린 것이 있으면 바로잡았으며 새로 알게 된 것은 그 자리에서 익혔습니다."

그는 먹고살기 위해 피나는 노력을 해야 했지만, 그것을 불행으로 여기지 않았다. 그리고 주어진 환경 속에서 무슨 일이든 배우고자 힘썼다. 시멘트 회사 운반원을 거쳐 오사카전등 회사 수습사원으로 입사한 마쓰시타는 열심히 노력한 끝에 검사원으로 승진하지만, 몸이 약해 오래 근무할 수가 없었다. 어쩔 수 없이 회사를 그만둔 그는 퇴직금과 저축한 돈을 합친 100엔과 친지로부터 빌린 100엔을 보태 사업을 시작했다. 세 들어 살고 있던 집을 개조해 다락방을 공장으로 쓰면서 소켓 개량 연구에 온 힘을 기울였다.

7년 뒤 드디어 '전구소켓'이 완성되었다. 그러나 도매상들의

반응은 싸늘했다. 판매가 시원치 않았고 제품에도 문제가 많
았다. 곧 품질을 개선했지만 여전히 수익을 내지 못했다. 살
림이 또다시 어려워졌다.

하지만 마쓰시타는 좌절하지 않고 새로운 기구를 만들기 위
해 연구를 거듭했다. 그 모습을 대견하게 본 한 전기 상점 주
인이 뜻밖의 제안을 했다.

"자네도 알다시피 선풍기 바닥 판이 도기제라 무겁고 잘 깨
지지 않는가. 그러니 자네의 소켓 제조기술을 응용해 바닥 판
을 인조수지로 만들면 어떨까? 난 마쓰시타 자네라면 할 수
있을 것 같은데."

마쓰시타는 인조수지에 대한 지식이 없었지만 경험자의 도
움을 받아 선풍기 바닥 판을 개발했고, 반응이 상당히 좋아 많
은 양을 납품하면서 사업은 기사회생했다. 그러나 그는 도전을
멈추지 않고 전기기구제작소를 창립했다. 직원은 자신과 아내,
그리고 처남 셋이 전부였지만 열심히 개발에 몰두했다. 그들의
첫 상품은 연결 플러그. 모양이 현대적이고 경쟁제품보다 30%
나 싸서 인기를 끌었다. 그 다음 상품은 전구 두 개를 끼울 수
있는 쌍소켓. 이 상품으로 그는 제1차 세계대전 뒤 불경기에도
끄떡없이 회사를 이끌어 나갔으며, 70평 규모 공장도 지었다.
그 뒤 마쓰시타는 독자적인 경영이념과 경영수완으로 사업의
급속한 확장에 성공해 내셔널, 파나소닉으로 유명한 연 매출 7
조 엔이 넘는 세계 굴지 전자 대기업을 만들어 냈다.

1970년대 끝무렵 일본사회가 고도성장 분위기에 취해 있을
때 마쓰시타는 "물질적 번영의 이면에 국민정신은 혼란에 빠
져들고 있다" 경고하면서 "올바른 양식의 정치 이념 및 경영
의 핵심을 터득한 실력 있는 젊은이들이 정계와 재계 등 각계

지도자로 활약하지 않는 한 일본의 미래는 없다" 단언했다.

그는 일본의 번영과 평화뿐 아니라 아시아와 세계에 공헌하는 지도자 양성을 강조하며 젊은 정치적 리더를 키울 목적으로 마쓰시타정경숙(松下政經塾)을 세웠다. 이곳에서는 일본의 차세대 지도자를 키우기 위해 정치와 경제를 기본으로 서예, 검도, 다도, 참선 등을 의무적으로 가르쳤다. 그리하여 이곳 출신 노다 요시히코(野田佳彦)가 일본총리로 선출되는 등 현역 의원만도 40명을 배출, 명실상부한 일본 최고의 엘리트 양성학교가 되었다.

3. '꾸준한 노력'이 나를 키운다

온 국민의 사랑을 받고 있는 스포츠 스타 김연아. 이제 갓 스무 살을 넘긴 여리고 앳된 그녀가 피겨스케이팅 선수로 세계 정상에 우뚝 설 수 있었던 까닭은 무엇일까. 단순히 타고난 재능 덕분일까.

그녀가 피겨 선수를 꿈꿀 때 한국에는 피겨 선수가 채 100명도 되지 않았다. 게다가 우리나라에는 피겨 선수 전용 링크가 하나도 없었다. 그런 척박한 환경에서 어린 그녀는 스스로 자신의 꿈을 위해 뛰고 또 뛰었다.

허리 부상을 입고 홀로 탄 비행기. 그녀에게는 돈도, 보살펴 줄 코치도 없었다. 열세 시간을 이코노미석에 웅크리고 앉아 가니 허리통증이 더욱 악화되었다. 등에 테이프를 감고 진통제를 맞으며 경기에 나서야만 했던 김연아. 그녀가 올림픽, 그랑프리 파이널, 스케이트 아메리카에서 진정한 세계챔피언이 될 수 있었던 이유는 그런 어려움 속에서도 이를 악물고

줄기차게 자신을 갈고닦았기 때문이다. 김연아의 눈부신 성공 뒤에는 피와 땀으로 얼룩진 눈물의 노력과 아픔이 있었다.

여기서 그대가 간과해선 안 될 점이 있다. 유명한 인물들만이 사회를 발전시키는 것은 아니라는 사실이다. 그만한 능력을 갖고 있지 못하지만 이름이 알려지지 않은 수많은 사람들이 유명인들과 마찬가지로 사회 진보에 크고 작은 공헌을 한다.

전쟁이 벌어지면 대장의 이름만이 역사에 남는다. 그러나 수많은 병사들의 영웅적 기개와 활약이 없었더라면 이순신의 군대는 승리하지 못했을 것이다. 많은 사람의 생애도 그와 마찬가지다. 역사에 이름을 남기진 못해도 그들은 영웅이나 위인과 다름없이 문명과 사회 진보에 적잖은 공을 세운다.

중요한 것은 그 영향력이다. 많은 사람들은 자기 일을 열심히 하면서 정직하고 성실하게, 절제 있게 살아가려 애쓴다. 그런 생활태도는 그 시대뿐만 아니라 미래 사회의 번영에도 이바지한다. 그들이 아무리 지위가 낮고 힘이 없어도, 그 모습이 주위에 영향을 미치지 않을 리 없다. 그들은 반드시 사람들의 본보기가 되어 다음 세대의 이상형으로 전해져 나간다.

삶을 '공부'하라!

정력적으로 활동하고 일에 몰두하는 것보다 더 실천적인 '학습'은 없다. 또한 그 모습만큼 남을 자극하는 것도 없다. 이 생생한 현장학습에 비하면 학교는 그저 기초만 가르칠 뿐이다.

현장학습은 집·길거리·가게·공장·회사·시장·논밭 등등, 사람이 모이는 곳이라면 어디에서든 이루어진다. 이를테면 가정에서는 어머니가 딸에게 요리를 가르친다. 무슨 재료로 무슨 음식을 만들고, 불 조절은 어떻게 하고…… 이런 가르침은 학교에서 배우는 것보다 현실 생활에 훨씬 쓸모 있다.

독일 문호 실러는 이러한 배움의 실천을 가리켜 '인류의 교육'이라고 했다. 이 현장학습은 지겹다거나 잘 안 된다는 이유로 도중에 포기할 수도 없다. 우리는 그 과정에서 사회규범을 익히고 극기심을 기르며 인간성을 갈고닦는다. 이처럼 올바르게 '배움'을 실천하면 자기 의무를 다하고 일을 잘해 내게 된다. 이 배움은 책이나 학교 교육만으로는 이룰 수 없다.

철학자 베이컨이 말했다.

"어떤 학문이나 연구도 그것을 실제 현장에서 어떻게 활용해야 할지 가르쳐 주지 않는다. 하지만 책이나 학교 교육의 도움 없이도 실제 현장에서 어떻게 해야 할지 잘 알고 있는 사람들이 있다. 이렇게 현장에서 도움이 되는 지혜는 실생활을 잘 관찰함으로써 얻을 수 있다."

실러는 단언했다.

"인간이 스스로를 향상하려 할 때는 책보다 노동에서 얻는 것이 더 많고, 문학보다 생활 경험에서 얻는 것이 더 많다. 학교에서 배우는 것보다 실생활로 부딪쳐 보는 것이 낫고 위인들 전기를 읽기보다는 실존 인물을 관찰하는 것이 더 낫다."

노력하라 또 노력하라. 습관의 힘은 세다

가난과 고난은 인간의 성공을 돕지만, 그 자체가 인생에 부와 명성을 가져다주는 것은 아니다.

그럼 무엇이 인생에 부와 명성을 가져다줄까? 바로 끊임없는 노력, 근면이다. 게으름뱅이는 어떤 분야에서도 뛰어난 업적을 쌓을 수 없다. 오직 몸과 마음을 다 바쳐 노력하는 습관, 노력하려는 의지만이 사람에게 부와 명성을 가져다준다. 사람의 재능을 키우고 사업을 성공시키는 것은 이 두 가지뿐이다. 아무리 유복한 가정에서 태어나도 소용없다. 진실로 사람들에게 높이 평가받을 만한 명성은 스스로 노력해야만 얻을 수 있다.

누군가는 대대로 전해 내려오는 넓은 땅을 물려받을 수 있다. 사람을 부려 일을 시킬 수도 이익을 얻을 수도 있다. 하지만 남들의 지혜나 분별력은 돈으로 살 수 없는 것이기에 재력만으로 참된 명성을 얻기란 거의 불가능하다.

부유한 환경은 편안하고 쾌적하게 살라며 우리를 강하게 유혹한다. 돈이 있는데 굳이 몸과 마음을 다 바쳐 노력하는 사람이 과연 몇이나 될까. 노력하겠다는 굳은 의지를 끝까지 굽히지 않는 사람 또한 몇이나 될까.

'내가 유복했더라면 수학자는 되지 못했을 것'이라는 라그랑주의 말은 이 점을 뚜렷이 보여 준다. 그러나 이 사실을 참으로 아는 사람은 드물다.

철학명저《학문의 진보》를 쓴 베이컨은 다음과 같이 말했다.

"사람들은 재산과 자신의 잠재 능력을 제대로 이해하지 못하고 있다. 재산의 힘은 과대평가하고, 삶에 도움이 되는 자신의 힘은 별로 믿지 않는다. 자기 능력보다는 돈의 힘을 더 중요하게 여기는 것이다. 그러나 실은 그렇지 않다. 저절로 굴러들어 온 재산은 외면하고 자신의 힘만을 믿는 사람, 그런 사람만이 우물에서 물을 긷고 스스로 빵을 구하는 방법을 익힌다. 이처럼 스스로 피땀 흘려 생계를 꾸려 나갈 방법을 익힌 사람은 남에게 최선을 다해 일하라 권한다. 또 스스로 좋다고 생각하는 일은 자신 있게 남에게도 하라고 권한다."

4. 갈망하라! 그리고 무모하라! "잡스 iSad"

뛰어난 인물의 전기는 배울 점이 많다. 인생에 대한 지침과 교훈이자, 삶의 의욕을 북돋워 주는 양식이다. 고결한 인격자의 말과 행동은 성서에 필적할 정도다. 그들의 굴곡 있는 삶과 자기 인격을 갈고닦아 세상을 널리 이롭게 하려고 애쓰는 모습은 우리에게 커다란 비전을 제시한다.

위인의 삶은 우리가 목표를 이루는 데 무엇이 필요한지 뚜렷이 보여 준다. 그의 자조정신이나 자존심, 뜻을 관철하는 끈기, 실행력, 성실한 행동은 누구나 부와 명예를 얻을 수 있다는 사실을 가르쳐 준다.

학계나 예술계에서 위인이라고 불리는 인물은 특정한 신분 또는 계층에서만 나오는 것은 아니다. 대학에 들어간 사람도 있고 일찍 취업을 한 사람도 있다. 빈민가에서 태어난 사람도 있고 부잣집에서 자란 사람도 있다.

아무리 살림이 가난하고 힘들어도 높은 지위까지 올라가는 사람이 있다. 극복하기 어려운 고난에 처해도 그것을 뛰어넘고 앞으로 나아가는 사람도 있다. 이런 사례들을 보면 어떤 가난과 고난도 성공을 가로막지는 못한다는 사실을 알 수 있다.

그뿐만이 아니다. 고난은 성공을 돕는 최고의 협력자이기도 하다. 고난은 끈기를 길러 주고, 극한상황으로 몰아넣어 잠들어 있던 재능을 일깨운다. 그래서 예로부터 가난과 고난을 극복하고 승리를 거둔 사람들이 많은 것이다.

"뜻이 있는 곳에 길이 있다."

이 얼마나 옳은 말인가. 재산도 힘도 재능도 성공의 필수 조건은 아니다. 의지만 있으면 어느 누구나 성공할 수 있다.

소문자 'i'면 충분하다

스티브 잡스가 56세로 세상을 떠났다. 이 소식이 알려진 2011년 10월 6일 오전, 세계의 젊은이들은 스마트폰을 집어들고 문자메시지로, 트위터로, 인터넷 댓글로 그의 죽음을 애도했다. 같은 시각 미국·유럽·남미에서 비슷한 일이 일어났다. 문장은 짧았다. "아이 새드(iSad·슬퍼)." 당연히 그의 최고의 히트작 아이패드(iPad)에서 온 말이다.

사람들은 잡스를 만난 적이 없다. 그런데도 이상하게 지인의 부음을 들은 것처럼 가슴 한편이 텅 비어 버린 것이다.

하버드대를 다닌 천재이자 기부·선행의 대명사인 빌 게이츠가 '모범답안'이라면, 미혼모에게서 태어나 청소년 시절 망나니짓을 하고 대학을 중퇴한 잡스의 시작은 삼류인생이었다. 경영진과의 마찰로 자기 회사에서 쫓겨나기도 했고, 그에게 대드는 직원은 가차없이 잘랐다. 그런데도 세계는 이 괴팍한 창조자에게 열광했다.

잡스가 출시한 애플의 아이맥(iMac), 아이폰(iPhone), 아이팟(iPod), 아이패드(iPad)엔 모두 'i'가 붙는다. 대문자가 아니라 소문자다. 죽은 그가 'iHeaven(천국)'에 있을 것이란 농담도 그래서 나온다.

"나는 세상을 이분법적으로 본 적이 없다. 나는 규칙을 만드는 사람이다."

비주류의 당돌한 선언이었다. 젊은이들은 이렇게 받아들였다.

'그래, 나(i) 별거 없는 인간이다. 그런데 나는 나다.'

그가 40대였을 때 다음과 같이 말했다.

"바깥세상은 당신을 특정한 이미지로 규정하고 그걸 더 공고히 만들려 할 것이다. 예술가로 살아가기란 점점 더 힘들

수밖에 없다. 그럴 때 용감하게 '잘 있어, 나는 벗어나고 싶
어' 외치면서 박차고 일어나야 한다."

　잡스의 제품은 오만하고 낯설었다. 아이폰·아이패드는 배터
리를 교체할 수 없다. 매끄러운 디자인을 위해서다. 소비자가
싫어할 것이라 예상했지만 결국 성공했다. '좀 깨지면 어때,
네가 하고 싶은 대로 해.' 이런 뜻이다.

　'대세'란 잡스에게 의미 없고 따분한 것이었다.

　"나는 세계 최대가 아니라 최고 기업을 만드는 게 꿈이다."

　잡스는 애플2로 PC시장을, 다시 아이패드·아이폰으로 '포스
트PC'시장을 만들었다. 경쟁자와 아등바등하는 대신 쿨하게
시장을 새로 창조해 나갔다. 청바지와 검은색 티셔츠로도 충
분히 멋지다는 것, 커다란 회사명 대신 한 입 베어 먹은 '애
플' 마크 하나로도 최고의 디자인이 될 수 있다는 것, 전화기
로만 통화할 수 있는 건 아니라는 것을 알려 준 사람도 스티
브 잡스였다. 그는 8년 전 췌장암 진단을 받고 고달픈 싸움을
벌여 왔으나 끝내 한창 일할 나이에 쓰러지고 말았다. 온 세
계인이 그의 죽음을 안타까워하는 까닭은 그가 '다르게 생각
하기(Think Different)'라는 21세기 새로운 복음을 전파했기
때문일 것이다. 잡스를 보내며 빌 게이츠는 이렇게 말했다.

　"나와 아내 멀린다는 스티브 잡스의 가족, 친구, 동료들에
게 깊은 조의를 표한다. 그와 나는 30여 년 전에 처음 만나
친구로 지내 왔다. 잡스만큼 세상에 커다란 영향을 끼친 인물
을 찾기는 어렵다."

　일, 돈, 사랑, 죽음…… 르네상스맨 잡스가 남긴 메시지
　1. 진정으로 만족하는 유일한 길은 당신이 위대한 일이라고

믿는 일을 하는 것이고, 위대한 일을 하는 유일한 길은 당신이 사랑하는 일을 하는 것이다. 사랑하는 사람을 찾듯이 사랑하는 일을 찾아라.

2. 살아 보니 돈은 중요하지 않더라. 매일 밤 잠자리에 들 때 "오늘 정말 멋진 일을 했다"고 말할 수 있는 것이 더 중요하다.

3. 다른 사람의 삶을 사느라 한정된 시간을 낭비하지 마라. 중요한 것은 당신의 마음과 직관을 따르는 용기를 내는 것. 이미 마음과 직관은 당신이 하고자 하는 바를 알고 있다.

4. 실패의 위험을 감수하는 사람만이 진짜 예술가다. 늘 갈망하고 우직하게 나아가라.

5. 언젠가 죽는다는 사실을 기억하라. 그럼 당신은 정말로 잃을 게 없다.

5. 굳건히 간직한 '신념'으로 일어선다

'용기 있는 사람들'은 우리에게 힘을 준다. 여기서 '용기'란 위험을 두려워하지 않는 육체적인 의미의 용기가 아니다.

진리와 의무를 지키기 위해 갖은 역경과 고통에 스스로 나서 맞서는, 내부에서 조용히 타오르는 노력과 인내심을 뜻한다. 훈장, 작위, 용맹하고 과감한 행동보다 영웅다운 용기이다.

인간 사회에서 최고의 미덕은 진리를 추구하는 용기, 공평한 판단을 내리는 용기, 성실하게 살려는 용기, 유혹을 물리치는 용기, 의무를 다하는 용기 등으로 대표되는 '정신적인 용기'이다.

먼저 이러한 용기를 갖추어야만 다른 미덕을 배워 자기 것으로 만들 수 있다.

'무던한 노력'이야말로 가장 큰 용기

우주와 지구, 더 나아가 우리 인간에 대한 지식을 우리가 이토록 상세하고 폭넓게 향유할 수 있게 된 것은 과거 위인들의 활기와 헌신, 자기희생과 용기 덕분이다.

그 어떤 반대나 험담에도 굴하지 않았던 용기 있는 사람들의 공헌은 가장 높이 평가받아야 한다.

역사를 돌이켜 보면 얼마나 많은 과학자가 다양한 편견과 싸워 왔는지를 알 수 있다. 끈기 있게 관찰하고 진지하게 고찰한 끝에 얻은 확신을 자유롭고 정직하게 발표하고 싶다면, 자기와 생각이 다른 사람일지라도 너그러운 마음으로 대해야 한다.

플라톤이 말했다.

"세상은 신이 인간에게 보낸 편지이다."

진정한 의미를 찾기 위해서는 신에게서 받은 편지를 읽고 연구를 거듭해야 한다. 그것은 신의 능력을 깊이 알고, 신의 지혜를 더욱 뚜렷하게 확인하며, 선량한 신에게 감사한 마음을 바치기에 가장 효과적인 방법이다.

역경과 위험과 고통이 앞을 가로막아도 정의를 지키고, 굳센 용기로써 도덕 논쟁에서 싸워 이기는 사람. 신념을 저버릴 바에는 기꺼이 죽음을 선택하는 사람.

고귀한 의무감으로 무장한 그들은 지난날 가장 영웅다운 면모를 보여 주었으며, 지금까지도 수많은 숭고한 장면을 우리 눈앞에 펼쳐 보여 주고 있다.

미쳐야 미친다!

"선생님, 다시 한 번 생각해 주십시오. 제 누이동생은 숙명

여학교를 일찍 졸업한 탓에 나이 어리다는 이유로 우에노 음악학교와 경성사범학교에 합격하고도 입학이 1년 유보되었다는 통보를 받았습니다. 그 충격으로 시름에 빠진 동생이 선생님을 만나 새로운 각오를 다지고 큰 꿈을 꾸며 저렇게 다시 일어서려 합니다. 그런 아이에게 또 시련을 주려 하십니까? 제 누이는 분명 잘해 내고 성공할 겁니다. 타고난 재능과 굽힐 줄 모르는 끈기가 있으니까요. 그러니 믿고 받아 주십시오.”

자신을 위해 고개 숙여 간절하게 애원하며 매달리는 오빠를 보고 최승희는 치솟는 눈물을 꾹 눌러 참고 결연한 눈빛으로 이시이 바쿠 얼굴을 똑바로 보며 힘주어 말했다.

“선생님, 정말 열심히 노력하겠습니다. 무용이 아무리 힘들어도 다 이겨 낼 자신 있어요. 발레를 배울 수만 있다면 어떤 어려운 일이든 모두 견뎌 낼 각오도 되어 있고요. 그러니 저를 꼭 제자로 받아 주세요. 선생님! ‘불광불급(不狂不及)’이란 고사를 잘 아시지요. ‘미치지 않으면 미치지 못한다’는 이야기를 교장선생님께서 해주신 적 있습니다. 남이 다다르지 못할 경지에 이르러 성공하려면 자신의 일에 진실로 미치고 미쳐야 한다는 말씀처럼 저는 열정을 바쳐 선생님에게서 진정 미치도록 춤을 배우고 추겠습니다. 아니, 선생님께서 제자로 받아 주신다고 약속해 주실 때까지 여기서 한 발자국도 움직이지 않겠습니다.”

“뭐라고? 불광불급! 하하하, 대단한 아가씨로군. 최승희라 했던가. 그 투지에 불타는 눈빛과 굳건한 말에 내 가슴까지 다 설레는군그래. ‘미쳐야 미친다!’ 참으로 놀라운 말이야.”

열다섯 살 어린 소녀의 간절한 열망은 일본 최고의 무용가 이시이 바쿠를 감동시키고야 만다. 일제강점기 가난한 집에서 태어나 온세계를 매혹시킨 여인, 조선이 낳은 세계적 무용가 최승희가 첫 스승을 만나 무용계에 첫발을 내딛는 장면이다.

"삶은 영원하지 않아요…… 젊음을 낭비할 수 없어요. 미쳐야 미치죠! 미치지 않고 성공할 수 있나요? 남들과 다른 인생을 살고 싶어요!"

열다섯 살 청춘 최승희는 세계로 떠나며 이렇게 말했다.

검은 고양이든 흰 고양이든 쥐만 잘 잡으면 된다

이 명언을 남긴 중국의 정치가 덩샤오핑은 용기가 넘치는 사람이었다. 국민이 잘 살 수 있으면 공산주의든 자본주의든 문제가 아니라는 말이다. 21세기 경제 강국으로 떠오르고 있는 지금의 중국을 이끈 지도자는 중국 공산당의 아버지 마오 쩌둥이 아니라 덩샤오핑이다. 마오쩌둥이 사회주의 지도자로서 인민의 나라를 만들었다면, 덩샤오핑은 인민의 나라를 부자 국가로 만들었다. 그는 중국을 잘사는 나라로 만들기 위해 시장경제를 과감히 받아들였다.

대약진 운동에 실패한 뒤 정권에 불안감을 느낀 마오쩌둥은, 부인인 강청을 필두로 하는 사인방과 홍위병을 앞세워 정적을 무자비하게 제거하는 극좌 운동을 벌였다. 그 무렵 참신하고 강력한 정치 개혁 세력으로 떠오른 덩샤오핑은 하루아침에 모든 권력을 잃고 유배지에서 갇혀 하루하루 처형을 기다리며 지내야만 했다. 그때 대학생이었던 덩샤오핑의 아들은 홍위병 학우들에게 아버지의 잘못을 인정하라는 고문에 시달리다 창문에서 뛰어내려 평생 불구의 몸으로 살게 된다. 자신이 다친 것보다 더 가슴 아파하면서도 덩샤오핑은 이를 악물고 묵묵히 때를 기다렸다.

문화혁명이 끝난 뒤 정치에 복귀한 덩샤오핑은 잘사는 중국을 만들기 위해 과거의 아픔에 얽매이지 않고 앞으로만 나아갔다. 그는 먼저 인재들을 서유럽 5개국으로 시찰 보냈다. 자본주의 시장경제를 중국에 어떻게 적용할 것인가를 준비해 나갔다. 덩샤오핑은 그때 한창 아시아 선진국으로 놀랍게 대약진하는 한국의 박정희 경제개발 정책과 새마을 운동에 크게 감동하고 이를 모델로 삼고자 결심한다.

　　"시장경제는 자본주의 사회에서만 존재할 수 있고, 자본주의 시장경제만 있다는 견해는 정확하지 않소. 사회주의 국가에서 왜 시장경제를 할 수 없단 말인가요? 사회주의 국가에서의 시장경제는 자본주의라고 말할 수 없지요. 시장경제는 봉건사회 시대에 시작했던 것이므로, 사회주의에서도 할 수 있습니다. 북한의 김일성보다 무섭게 앞서 나아가는 한국의 박정희를 보시오."

　　그는 특유의 뚝심으로 자신만의 계획을 차근차근 풀어 나갔다. 과감한 경제특구의 개발, 계획적인 시장경제의 박정희를 따른 성공적인 운영으로 중국은 비약적으로 발전했다.

　　덩샤오핑은 위대한 지도자로 추앙받으면서도 권력 앞에서 추한 모습을 보이지 않았다. 마오쩌둥같이 정권을 유지하기 위해 발버둥치는 것이 아니라, 오히려 스스로 권력에서 물러나는 모범을 보였다. 중앙고문위원회를 만들어 노(老) 간부들이 정치에서 물러나 조언을 하는 역할을 맡도록 했고, 자신도 초대 중앙고문위원회 주임을 맡아 5년 뒤 물러났다.

　　그는 자신의 꿈을 위해 목숨을 걸었고, 그 놀라운 집념이 부강한 오늘의 중국을 만들었다. 중국의 혁명과 건설, 개혁을 위해 영원히 남을 역사적 공헌을 했을 뿐만 아니라, 숭고한 사상과 인품으로, 우리에게 고귀한 정신적 자산을 남겨 준 것이다.

6. '알면서 못하는 것'만큼 후회되는 일은 없다

누구나 입으로는 "시간이 없다, 세월이 너무 빨리 흐른다"고 말하지만, 정말로 시간을 소중하게 쓰는 사람은 그리 많지 않다.

어느 누구에게나 하루 24시간, 1년 365일이 똑같이 주어진다. 그러나 같은 1분이라도 쓰는 사람에 따라 그 가치의 차이는 엄청나다. 사람의 생명을 구하는 시간이 될 수도 있고 반대로 목숨을 빼앗는 시간이 될 수도 있다. 그 소중한 시간을 그대는 시궁창에 쓰레기 버리듯 헛되이 쓰고 있지는 않은가?

젊은 그대가 인생에서 가장 착각하는 부분이 바로 시간이다. 앞으로 많은 시간이 남은 듯 보여도 지금 이 순간 그대를 스쳐가는 시간은 그대에게 한 번밖에 없는 기회이자 찰나이다.

그대에게 시간에 관해서 이러쿵저러쿵 말할 생각은 없다. 그러나 한 가지, 찰나와 순간처럼 보이는 시간이 쌓이고 쌓여 결국에는 그대 인생을 만든다는 사실을 명심하기를 바란다.

열다섯 살에서 스물다섯 살은 인생의 결정적 시기이다

청춘, 특히 열다섯 살에서 스물다섯 살은 인생에 있어 대단히 중요한 시기이다. 이 기간을 함부로 지낸다면 그만큼 지식의 양도 줄 테고 인격 형성에 있어서도 손실이 클 것이다. 반대로 뜻있게 보낸다면, 모인 시간들에 큰 이자가 붙어 되돌아올 것이다. 청춘, 그 아름다운 시기에는 학문의 밑바탕을 단단히 다져야 한다. 먼저 토대를 닦아 놓으면 그 다음은 언제든지 원하는 때에 원하는 만큼의 지식을 더해 갈 수 있다. 나중에 정작 필요한 때가 되어 학문의 기초를 다지려고 해도 그때는 이미 늦다.

젊었을 때 기본을 갖춰 놓지 않으면 나이가 들었을 때 매력 없는 쓸쓸한 인간이 되어 버린다. 그러므로 그대의 오늘 인생이야말로 누구의 방해도 받지 않고 마음껏 지식을 축적할 수 있는 유일한 시기이다. 때때로 책상 앞에만 앉으면 진절머리 날 때가 있을 것이다.

그때는 이렇게 생각하라.

'어차피 한 번은 통과해야 하는 길, 한 시간이라도 더 공부하면 그만큼 빨리 목적지에 다다른다. 최승희가 말한대로 "미쳐야 미친다." 그러면 그만큼 빨리 성공하게 된다.'

그대가 빨리 성공하여 자유로워지느냐 그렇지 않느냐는 오로지 시간을 어떻게 사용하느냐에 달려 있다.

그대는 눈물젖은 빵을 먹어 본 적이 있는가? 만약 인생이 꿈꾸는 대로 이루어진다면, 사는 것이 좀더 쉽고 즐거울지 모른다. 고통이나 괴로움이 없고, 죽지 않아도 될지 모른다. 그리하여 늘 행복할 수 있을 것이다. 그러나 불행히도 인생은 우리가 원하고 바라는 대로 움직여 주지 않는다. 따라서 현실을 냉철하게 똑바로 바라볼 줄 알아야 한다. 현실은 그대의 좋은 스승이 될 수 있다. 때로는 현실이 지루하고 고통스럽지만, 그대 청춘의 꿈이 이루어질 수 있도록 인생의 가치 있는 교훈들을 배우게 도와주기 때문이다.

Part 2
내 안의 '벽'을 허물어 버리자
도전을 '습관'으로 만드는 방법

1. 운명만 한탄하면 누구도 거들떠보지 않는다

스스로 뭔가를 하겠다고 결심했을 때는 가난도 그 앞길을 막지 못한다. 영국 철학자 무어는 소년 시절에 집이 가난해서 너무나 보고 싶은 뉴턴의 《프린키피아》를 살 수 없었다. 그래서 남한테 그 책을 빌려 와서 직접 베껴 썼다.

무어처럼 대부분의 학자들은 생활고에 시달린다. 매일 공장 같은 곳에서 일하며 생계를 꾸리면서도 조금씩 학식을 넓혀 나간다. 마치 눈 덮인 들판에서 새가 먹이를 찾듯이 그들은 노력한다. 애써 공부하는 동안 점점 자신감이 생기고, 해낼 수 있다는 확신이 든다. 그렇게 간절히 바라면 그 열정이 고난을 이긴다.

에든버러의 유명한 저술가 윌리엄 체임버스는 소년들에게 의욕을 불어넣고자 자신의 가난했던 젊은 시절 이야기를 들려주었다.

"나는 독학을 했단다. 서점에서 일할 때는 아침 7시부터 밤 10시까지 일하느라 공부할 틈이 없었어. 그래서 잠자는 시간을 아껴 가면서 철학과 다른 과목들을 공부했지. 또 프랑스어도 공부했는데 오락소설은 일부러 읽지 않았어. 공부에 방해가 될까 봐. 지금 그 시절을 돌이켜 보면 하루하루가 어찌나 즐거웠던지, 이제는 그 시절로 돌아갈 수 없는 게 안타깝기 그지없구나. 나는 지금 좋은 집에서 아무런 부족함 없이 평온하게 지내고 있어. 하지만 손안에 6펜스 은화 한 닢도 없이 에든버러의 조그만 골방에서 그저 열심히 공부하던 그 시절에 느꼈던 무한한 즐거움에 비하면, 지금 생활은 아무것도 아니란다."

가난을 '핑계' 삼지 말라!

윌리엄 코빗은 유명한 영어 문법서를 짓고 정치학에도 밝아서 좋은 책을 많이 남긴 인물이다. 그가 문법을 배운 과정은 생활고에 시달리면서 학문에 힘쓰는 사람들에게 좋은 본보기가 될 것이다. 코빗은 자신의 과거를 이렇게 술회했다.

"옛날에 나는 군대에서 하루 6펜스를 받으며 일했는데, 그때 틈틈이 문법을 공부했다. 내 공부방은 선실이나 초소 한구석이었다. 책은 옷과 식량이 든 자루에다 보관할 수밖에 없었다. 조그만 판자를 무릎에 올려놓고 책상으로 삼았다. 양초나 기름을 살 돈도 없어서 겨울밤에 불이라도 지펴 놓으면 그 옆에 가서 책을 읽었다.

내 곁에는 나를 돌봐 줄 부모님도, 함께 공부하며 의지할 친구도 없었다. 나는 가난에 시달리면서 홀로 열심히 공부했다. 그러니 젊은이들은 형편이 어렵더라도, 이런저런 성가신 일이 있더라도, 자기 방이 없고 생필품이 부족해도 그런 걸 핑계로 공부를 못하겠다고 할 수는 없을 것이다.

그 시절에 나는 펜 하나, 종이 한 장도 마음대로 살 수 없었다. 그걸 사려면 끼니를 거르고 배고픔을 참아야 했다. 개인적인 시간은 한순간도 없었다. 나는 아무런 목표도 없는 사람들과 함께 살았는데 그 수가 10명 아래로 내려간 적이 없었다. 그들이 웃고 떠들고 노래하고 고함치고, 때로는 싸우기까지 했지만, 나는 고개 숙여 책을 읽고 글을 썼다.

상상해 보라. 그때는 1파딩(4분의 1페니)으로도 쉽게 펜이나 잉크, 종이를 구할 수 없었다. 그런데 1파딩도 나한테는 큰돈이었다. 일주일에 모을 수 있는 돈이 고작 2펜스도 안 되었으니까.

한번은 이런 일도 있었다. 어느 금요일이었는데, 꼭 필요한 돈을 쓰고 나자 겨우 반 페니가 남았다. 그 돈이면 다음 날 아침 생선을 사 먹을 수 있었다. 기대에 부풀어 자루를 뒤졌는데, 어이없게도 동전이 사라지고 없었다. 죽을 만큼 배가 고팠던 나는 누더기 이불 속에 머리를 묻고 어린애처럼 엉엉 울었다.

한마디만 덧붙이겠다. 이렇게 심한 가난에 허덕이면서도 나는 공부를 끝까지 해냈다. 그러니 자네들이 형편이 어려워서 학업을 다하지 못한다는 것은 말이 안 된다.”

코빗의 말에 누가 반론을 제기할 수 있겠는가.

그는 왜 우둔한 사람이 되었을까?
가난조차도 변명거리가 될 수 없다. 그럼 오락은? 오락의 달콤한 유혹은 가난보다 더 많은 자기변명을 늘어놓게 한다.

오락은 인생을 망치는 무서운 적이다.

물론 적당히 즐겁게 노는 것은 긴장을 풀어 주어 건강에 도움이 된다.

"일만 하고 놀지 않으면 잭(Jack)은 우둔한 사람이 된다."

유명한 서양 속담이다. 하지만 일하지 않고 놀기만 하면 잭은 더더욱 변변찮은 사람이 될 것이다.

이성을 잃고 오락에 푹 빠지는 것만큼 젊은이를 망치는 일은 없다. 성격상의 장점도 사라지고 흔한 오락으로는 만족할 수 없게 되어, 좋은 놀이를 멀리하고 점점 더 천박한 기호(嗜好)를 탐하게 될 것이다. 그리고 마침내 일하기를 거부하고 고생스런 일은 죄다 기피하여 아무것도 하지 않고 놀게 될 것이다. 그 도가 지나치면 사고력이 마비되고 성격조차 바뀌리라. 그러므로 오락에 푹 빠지지 않도록 늘 주의해야 한다.

경솔하고 생각이 없는 젊은이는 오락을 즐기느라 인생을 낭비한다. 행복의 원천을 제 손으로 말라붙게 만든다. 순수하지 않은 아이, 품행이 나쁜 아이, 아이답지 않은 아이는 불쌍하다. 하지만 오락과 주색에 빠져 쓸모없는 어른이 된 젊은이는 더욱 불쌍하지 않은가.

프랑스혁명을 이끈 지도자 미라보는 42세에 요절했다. 그는 젊은 시절을 반성하며 이렇게 말했다.

"나는 젊었을 때 미래는 생각하지 않고 시시한 일에 빠져서 에너지를 낭비했다."

베이컨이 말했다.

"타고난 힘은 나이가 들어서도 유지할 수 있다. 그러나 많은 사람이 젊은 시절에 그 힘을 지나치게 낭비한다."

이 말은 신체적인 문제에 국한된 것이 아니라 행동에도 적용된다.

이탈리아 시인 주스티가 친구에게 쓴 편지를 보자.

"나는 젊었을 때 쾌락을 즐기느라 많은 돈을 썼네. 그때는 마음껏 써버려도 된다고 생각했지, 무슨 문제가 있으리라고는 생각하지 않았어. 하지만 하늘이 주시는 것에는 한계가 있어서, 나중에 반드시 그 대가를 톡톡히 치르게 되지."

남에게 나쁜 짓을 하면 언젠가는 나도 같은 꼴을 당하는 법이다. 마찬가지로 어릴 때 함부로 지내면 나중에 어른이 되어 그 값을 이자까지 물어야 한다.

젊어서 절제 있는 생활을 하지 않으면 몸을 망칠 뿐만 아니라 품성도 해치게 된다. 그렇게 성장한 소년을 바로잡을 뾰족한 대책은 없다. 다만 일에 정신을 집중하고, 쓸모 있는 학문에 힘을 쏟는 것이 중요하다.

2. 가장 추운 극지를 여행하는 나그네 마음으로

풍요로운 환경에서 자라면 게으르고 제멋대로인 사람이 되기 쉽다. 그렇기에 유복한 집에서 태어났으면서도 편안하고 즐거운 생활을 멀리하고 자기 일에 몰두하는 사람은 크게 칭찬받을 가치가 있다.

앞서 말했듯 가난하고 힘든 처지에서 끊임없이 노력해 마침내 부와 명성을 거머쥔 사람들은 많다. 그러나 재산가들 가운데서도 엄청난 노력을 기울여 명성을 얻은 인물이 적지 않다.

예를 들어 '근대과학의 아버지'라 불리는 베이컨은 매우 유복한 가정에서 태어났다. '보일의 법칙'으로 널리 알려진 물리학자 보일은 귀족이었다.

그들은 좋은 환경에서 자랐으면서 왜 굳이 하지 않아도 될 노력을 한 것일까. 인생이 짧고 유한하다는 것을 잘 알았기 때문이리라.

프랑스 정치가 알렉시스 드 토크빌은 그 전형적인 예이다.

토크빌의 아버지는 명문귀족이고 어머니도 유명한 정치가의 손녀였다. 좋은 집안에서 태어난 덕분에 토크빌은 스물한 살 때 베르사유 배석판사에 임명되었다. 그러나 토크빌은 이에 만족하지 않았다.

"이 관직은 내 힘으로 얻은 것이 아니다. 나는 내 힘으로 영광을 거머쥐겠다."

토크빌은 의연히 모든 지위를 버리고 미국으로 여행을 떠났다. 이때 보고 들은 내용을 기록한 책이 유명한 《미국의 민주주의》다. 그와 함께 여행을 떠난 친구 귀스타브 드 보몽은 식을 줄 모르던 토크빌의 열의에 대해 이렇게 말했다.

"토크빌은 시간을 헛되이 쓰는 걸 몹시 싫어했다. 여기저기 둘러볼 때나 쉴 때도 언제나 시간을 의미 있게 보내기 위해 노력했다. 그가 가장 좋아하고 즐긴 이야기는 웃기는 이야기가 아니라, 참으로 유익한 이야기였다. 의미 없이 시간을 보낸 하루를 가장 나쁜 날로 쳤고, 조금이라도 시간을 낭비하면 두고두고 후회했다."

토크빌이 친구에게 보낸 편지에도 배우고자 하는 그의 강한 열의가 보인다.

"살면서 쉴 틈은 없어. 인간은 가장 추운 극지를 찾아 여행하는 나그네와도 비슷하지. 목적지에 가까이 다가갈수록 추위 때문에 걸음을 재촉할 수밖에 없네. 인간을 방해하는 가장 큰 적은 바로 이 추위와도 같아. 이 무시무시한 방해물로부터 제

내 안의 '벽'을 허물어 버리자

43

몸을 지키려면 쉬지 않고 활발한 정신활동을 펼쳐야 하네."

초심을 잃지 않는 '강인한 정신력'

안일한 삶을 멀리하고 시간을 소중히 여긴 점에서는 소설가 불워 리턴도 토크빌보다 더하면 더했지 덜하지는 않았다.

리턴은 귀족이었지만 강인한 의지를 품고 꾸준히 노력했다. 대표작 《폼페이 최후의 날》과 "펜은 칼보다 강하다"는 말로 명성이 높은 그는 희곡, 시, 역사서, 산문 등 다양한 저작을 남겼으며 모두 좋은 평가를 받았다. 그 시대 영국 작가 가운데 리턴만큼 많은 작품을 쓰고 상찬을 받은 사람은 없었다.

이는 리턴이 언제나 최고 수준의 작품을 완성하겠다는 목표를 좇으며 온갖 방면을 연구하고 열심히 공부했기 때문이다.

그 시대 귀족이나 예술가 대부분은 취미 생활에 푹 빠져서 끊임없이 쾌락을 탐하는 하루하루를 보냈다. 사냥을 즐기고 자주 연회를 열었으며 연극을 보러 가거나 런던 환락가에서 놀았다. 그들은 사회적으로 일할 필요가 없었다. 파리, 빈, 로마에서 돈을 물 쓰듯 쓰면서 즐기는 것이 보통이었다.

하지만 리턴은 안이한 생활에 안주하지 않고 오로지 저작활동에만 몰두했다. 뜻을 같이할 사람이 없어 홀로 작업했다. 강한 정신력 없이는 도저히 할 수 없는 일이었다.

리턴은 작가로서 천재적인 재능을 가진 사람은 아니었다. 첫 번째 작품은 독자들과 평론가들에게 혹평을 받았다. 두 번째 소설도 좋은 평가를 받지 못했다. 의지가 약한 사람이라면 당장 붓을 꺾었을 것이다.

그러나 리턴은 이런 불행에도 굴하지 않고 용기를 내어 계속 앞으로 나아갔다. 유흥에 빠진 동료들과 친구들을 멀리한 채 1분 1초를 아끼면서 여러 책들을 읽고 지식을 쌓아 작품활동에 파묻혔다. 그 결과 두 번째 작품이 실패한 지 1년도 되지 않아 《펠럼》을 발표해 큰 성공을 거두었다. 이로부터 30년 동안 리턴은 잇달아 작품을 내놓았고 문단에 그 이름을 크게 떨쳤다.

두꺼운 '벽'도 무너뜨리고야 마는 '신념'의 힘

새로운 것으로 상식을 무너뜨리는 일은 쉽지 않다. 즉 발명과 발견을 하더라도 벽을 무너뜨려야 성공하는 것이다. 그 단단한 벽을 깨는 첫 번째 무기는 바로 신념이다.

영국의 의사 윌리엄 하비는 심장의 박동으로 피가 순환한다는 사실을 밝혀냈다. 그러나 세상은 피가 간에서 만들어져 신체에 영양분을 공급하고 사라진다는 갈레노스의 이론이 지배하고 있었다. 하비는 8년이라는 시간을 들여 가며 신중한 실험을 거듭해 자신의 학설이 옳다는 것을 확인했다. 표현에 고심하며 《동물의 심장과 혈액의 운동에 관한 해부학적 연구》라는 책도 썼다.

그러나 아무도 믿지 않았다. 사람들은 그를 미친 사기꾼으로 취급했다. "예수의 가르침을 배척하고 사람들을 홀린다" 헐뜯는 이도 있었다.

도움의 손길 하나 없는 쓸쓸한 시간이 이어졌지만 시간이 흐르면서 점차 하비의 학설이 재조명받기 시작했다. 도무지 설명할 길이 없는 일들이 그의 학설로 점차 풀렸기 때문이다.

하비의 학설이 학계에 받아들여지게 되기까지 25년이라는 세월이 흘렀다. 그렇게 오랜 시간을 묵묵히 참아 내는 동안 얼마나 고통스러웠을까. 강한 신념과 용기가 없었다면 불가능했을 것이다.

스코틀랜드의 해부학자 찰스 벨. 그는 신경계통에 관한 새로운 학설을 세웠다. 그의 학설도 인정받는 데에 오랜 시간이 걸렸고, 그는 굽힐 줄 모르는 신념과 인내력으로 이겨 냈다. 그 무렵 신경 기능에 대한 지식 수준은 매우 낮았으며 온갖 학설이 난무했다. 3천 년 전 고대 그리스의 데모크리토스, 아낙사고라스에서 겨우 몇 걸음 더 나아갔을 따름이었다.

벨은 오랜 시간을 들여 세심하게 신경계통을 연구했고, 그 결과를 1821년에 발표했다. 가축을 가지고 한 실험이었지만, 자극에 반응한 신경이 활동하고 다시 멈추기까지의 기본적인 체계가 잘 드러나 있었다. 좀더 제대로 연구한다면 인간 신경 연구에 큰 공헌을 할 것이었다.

벨의 발견에 토대가 되었던 것은 바로 자신의 학설이었다.

"척추에는 두 개의 근(根)이 있어 척추신경은 두 가지 자극에 반응한다. 한쪽은 운동을 담당하며, 다른 한쪽은 지각을 담당한다."

벨은 50년 동안 가슴에 품어 왔던 학설을 마지막 논문에 담아 1840년 영국학사회에 제출했다.

처음에는 비웃음을 샀지만 벨의 학설이 옳다고 여기는 사람들이 늘어나자 "나는 전부터 알고 있었다" 둘러대는 사람들이 잇따라 나왔다. 하지만 이미 벨이 자신의 연구 경과를 상세하게 기록한 책을 썼기 때문에 벨의 업적을 인정할 수밖에 없었다.

다른 사람의 도움으로 얻은 '불멸의 훈장'
에드워드 제너는 천연두 예방법을 발견하여 이름을 널리 알린 사람이다.

사망률이 높은 천연두는 죽지 않더라도 얼굴과 온몸에 마마 자국이 남는 무서운 전염병이다. 그런 병의 예방법이 발견됐다면 재빨리 보급했을 듯하지만 그렇지 않았다. 제너도 하비 못지않게 고생했다.

제너는 영국 글로스터셔에서 태어났다. 이곳에선 우유 짜는 아낙네들 사이에 우두(牛痘)가 천연두를 예방한다는 소문이 돌았지만 다들 미신으로 치부할 뿐 아무도 확인해 보려 하지 않았다.

제너가 젊은 시절 외과의사의 제자로 일하던 때에 한 여인이 진찰을 받으러 왔다. 천연두라는 진단이 떨어지자 그녀는 그럴 리 없다며 손을 내저었다.

"제가 천연두에 걸렸다니요? 전 우두에 걸렸던 적이 있단 말이에요."

이 이야기를 들은 제너는 어쩌면 우두가 천연두를 예방할 수 있을지도 모른다고 생각했다. 그는 연구를 결심하고 친한 친구에게 우두에 대해 열심히 설명해 주었다.

"의사란 놈이 그딴 헛소문을 믿고 연구하겠다는 건가? 자꾸 그러면 마을에서 쫓아내겠어!"

친구는 흥미를 보이기는커녕 오히려 비웃으며 그를 위협했다.

하지만 제너는 우두를 포기하지 않았다. 그는 그 뒤 런던으로 건너가 권위 있는 해부학자이자 외과의사인 존 헌터의 제자가 되는 행운을 얻게 되었다. 제너는 존에게 우두에 관해 들려주었는데 자신의 예상과는 달리 존은 흥분을 감추지 못하고 권했다.

"이리저리 머리 굴리지 말고 직접 해보거라. 단, 할 때는 자신감을 갖고 주의를 기울여 정확하게 해야 한다."

이 말에 용기를 얻은 제너는 고향으로 돌아가 20년 동안 천연두 연구에 매진했다.

많은 실험 결과를 통해 우두의 효과를 확신한 제너는 자신의 아이들에게 우두를 접종했다. 아이들이 잘못될까 봐 두려운 것도 사실이었지만, 그만큼 자신의 연구에 자신감이 있었다. 결과는 대성공이었다. 그는 천연두 예방에 성공한 스물세 가지 실험을 상세하게 기록해 1778년 책으로 내놓았다. 가설을 세운 지 23년 만이었다.

그렇다고 우두가 삽시간에 퍼져 나간 것은 아니었다. 발표된 연구 결과는 무시당했고 얼마 지나지 않아 노골적으로 공격받았다. 제너는 자신의 피나는 노력이 물거품처럼 사라지는 듯해 가슴 아팠다. 런던에 와서 우두를 널리 알리려고 했지만 우두를 접종해 보려는 의사는 단 한 명도 없었고, 제너는 석 달 만에 허무하게 고향으로 돌아왔다.

사람들은 제너가 우두로 사람들을 짐승으로 만들려고 한다며 비난했다. 어떤 이는 우두가 요술이라고 소리를 높이기도 했다.

"우두를 맞으면 아이의 얼굴이 소처럼 된다며?"

"목소리도 소처럼 변한대."

아무것도 모르고 하는 소리였지만 제너의 가슴에 비수가 되어 박혔다.

하지만 우두는 실제로 효과를 보였고 거친 비난과 저항 속에서도 접종받는 사람들이 하나둘 늘어났다.

한 마을 명사가 자신의 아이에게 처음으로 우두를 접종시켰을 때는 누군가 아이에게 돌을 던지기도 했다. 하지만 명사의 부인 데이지, 백작부인 버클리까지 아이들에게 접종을 시키면서 점차 사람들이 우두 접종을 이해하게 되었다.

우두가 널리 퍼지게 되자 새로운 적이 나타났다. 업적을 가로채려고 자신이 우두를 발견했다는 의사들이 속속 나타났던 것이다. 하지만 제너의 주장이 인정됐고 제너는 많은 사람들의 존경과 명성을 얻었다.

제너는 겸허하고 정직한 삶을 살아왔다. 런던에서 개업의를 했다면 한 해에 1만 파운드는 거뜬히 벌 수 있었지만 딱 잘라 거절했다.

"전 어렸을 적부터 벽촌을 거닐며 사는 것을 꿈꿨습니다. 높은 산이 아니라 깊은 계곡을 거닐고 싶었지요. 거기다 이렇게 만년을 맞이한 제가 어찌 부와 명예를 바랄 수 있겠습니까?"

제너는 살면서 많은 문명국에서 우두가 접종되는 것을 보았다. 퀴비에는 이를 이렇게 평했다.

"우두는 어떤 위대한 발명도 미치지 못할 전 인류의 은혜이다."

3. '새로운 일'에 도전하는 그대가 아름답다

가난이 그렇듯이 나이도 학문 성취를 방해할 수는 없다.

고국에 더는 머물 수 없어서 런던으로 이주한 프랑스인이 있었다. 그는 석공으로 일해 먹고살았는데 어느 날 주문이 뚝 끊겨서 살림이 어려워졌다. 그래서 자기처럼 프랑스에서 건너와 프랑스어를 가르치면서 유복하게 살고 있는 친구를 찾아가 상담했다.

"이보게, 난 이제 어떻게 살아가면 좋을까?"

친구가 대답했다.

"프랑스어 교사가 되지 그러나."

석공은 놀라서 반문했다.

"나는 평생 돌만 만지면서 살았는데? 프랑스어는 사투리밖에 못 써. 발음도 안 좋고, 표준어는 써 본 적도 없어. 그런데 프랑스어 교사가 되라니, 날 놀리는 건가?"

"아니야. 진심으로 하는 말일세. 강력히 추천하네. 자네한테는 프랑스어 교사가 천직이야. 학생들 가르치는 방법이야 내가 가르쳐 줌세."

하지만 석공은 거절했다.

"아니, 나는 도저히 못하겠네. 내 나이가 몇인데. 이제 와서 공부해 봤자 좋은 학생이 되기도 힘들 거야. 하물며 교사라니, 말도 안 돼."

그는 그렇게 말하고 친구 집을 나섰다. 그냥 석공 일을 계속하기로 마음먹고 일자리를 찾아 런던의 여러 관공서를 돌면서 수백 마일이나 걸어다녔다. 하지만 끝내 일거리를 얻지 못했다.

그래서 할 수 없이 다시 친구를 찾아갔다.

"구석구석 돌아다니며 일거리를 찾아봤지만 실패했어. 그래서 자네 말을 믿고 교사가 되어 보기로 결심했네."

석공은 친구의 도움을 받아 프랑스어 문법을 공부하기 시작했다. 본디 머리가 좋은 데다 노력까지 하니까 금세 문법에 통달하게 되었다. 더구나 매우 훌륭한 프랑스어 발음까지 구사하기에 이르렀다. 그때 운 좋게도 런던 근교의 어느 학교에 자리가 났다. 석공은 순조롭게 교사가 되었다.

한때 그는 그 학교가 있는 마을에 살면서 석공 일을 한 적이 있었다. 수업을 준비하다 창문을 내다보니, 자기가 만든

굴뚝들이 늘어서 있었다. 순간 가슴이 떨려 왔다. 그는 마을 사람들이 자기가 신분이 낮은 석공이었던 사실을 눈치채고 교사로서 존경해 주지 않을까 봐 걱정했다. 그러나 그가 갖은 고생을 하면서 애써 공부했다는 사실이 밝혀지자, 오히려 그는 더 큰 존경과 칭찬을 받게 되었다.

"늦었다고 생각할 때가 가장 빠른 때이다."

이 속담을 기억하자. 뒤늦게 공부를 시작해서 성공한 예는 그 밖에도 많다. 그중에는 유명한 사람들도 숱하다.

시간을 극복하는 가장 좋은 방법은 실천이다

고고학자로서 많은 저서를 남긴 헨리 스펠먼은 55세 무렵에 공부를 시작했다. 번개가 전기임을 알아낸 벤저민 프랭클린은 인쇄업을 경영하고 정치계에서도 활약한 인물인데, 50세가 되어서 물리학에 손을 댔다.

이탈리아 작가 보카치오가 문학계에 발을 들인 것은 35세 때였지만, 그래도 《데카메론》을 비롯한 수많은 작품을 남겼다. 이탈리아의 유명한 시인 알피에리는 46세 때 처음 그리스어를 배웠다. 학자 아널드는 만년에 비로소 독일어를 공부했는데, 유명한 독일 역사가 니부어의 저서를 원문으로 읽고 싶어서 그랬다고 한다.

제임스 와트는 40세 무렵에 실험기구를 만들어서 생계를 꾸리는 가운데 프랑스어, 독일어, 이탈리아어를 배웠다. 세 나라 언어로 쓰인 기계학 원서를 읽고 싶었기 때문이다. 토머스 스콧은 56세에 처음 히브리어를 공부했다. 로버트 홀은 늘그막에 이탈리아어를 익혔다. 헨델은 48세 때 처음 책을 썼는데 그 뒤 수많은 저서를 집필했다.

내 안의 '벽'을 허물어 버리자

이처럼 만년에 공부를 시작해 대가가 된 사람이 많다. 나이 들어서 공부할 수 없다는 말은 그저 언행이 가볍고 게으른 사람의 핑계일 뿐이다.

독수리는 새끼를 깎아지른 벼랑에서 떨어트려 키운다

지금 그대는 일생에서 가장 많은 변화를 겪는 시기에 놓여 있다. 해야 할 일이 무엇이며 내가 이 세상에 존재하는 까닭은 무엇인지, 그 정체성에 대한 고민이 많을 것이다. 하지만 지도를 가지고 있으면 길을 잃어도 문제가 없듯이 앞서 간 선배가 가르쳐 주는 인생 지도를 잘 챙기면 설령 어려움이 닥쳐도 반드시 헤쳐 나갈 수 있다.

가끔은 자유롭게 하늘을 날며 자신만의 하늘 지도를 그리는 새가 부럽기도 할 것이다. 특히 폭넓은 암갈색 날개를 쭉 뻗고 날아오르는 독수리는 보기만 해도 가슴이 탁 트인다. 그러나 하늘의 제왕은 그냥 태어나는 것이 아니라 만들어지는 것이다.

독수리는 보금자리도 아무렇게 짓지 않는다. 일정한 순서가 있다. 어미는 먼저 바위 턱 위에 뾰족한 가시와 날카로운 돌조각으로 집을 만든다. 그 다음 진흙을 바르고 깃털을 폭신하게 깐 뒤 알을 품는다. 왜 가시와 돌조각으로 집을 짓는지는 새끼가 부화한 뒤에 알 수 있다. 어미는 새끼가 알을 깨고 나오면 바닥에 깔린 깃털부터 없애 버린다. 나중에는 진흙도 제거하여 결국 둥지에 가시와 돌조각만 남게 되고, 새끼가 저절로 밖으로 나올 수밖에 없다. 혹시 게으른 새끼가 있어 나오지 않을 경우에는 어미 독수리가 둥지를 흔든다. 그러면 뾰족하고 날카로운 것에 찔린 새끼가 아픔을 견디지 못하고 둥지

밖으로 나온다.

이렇게 둥지를 벗어난 새끼를 어미는 일부러 낭떠러지에서 밀어 버린다. 그때 새끼는 비로소 날갯짓한다. 새끼가 잘 날지 못하고 추락하면 어미는 하늘 위에서 빙빙 돌다가 쏜살같이 내려가 새끼를 등에 업는다. 이렇게 몇 번을 되풀이하다 보면 새끼가 나는 법을 배우게 되는 것이다. 새끼를 참 강인하게 키우지 않는가?

사람도 마찬가지다. 어렸을 때부터 모든 일을 스스로 할 수 있게 반복적으로 학습할 필요가 있다. 도전이란 우리의 근육과 비슷해서 자꾸 쓰고 개발하면 할수록 단단해진다.

그대도 도전 근육을 키워서 우주 속에서 창대한 꿈을 펼치면 하늘의 제왕 독수리 못지않게 훨훨 날 수 있을 것이다.

4. '돌머리'가 일으킨 놀라운 기적

세상을 움직이는 인물, 한 분야의 성상에 오른 인물은 대부분 재능을 타고난 사람이 아니라, 굳은 의지를 가지고 노력한 사람이다. 조숙하고 똑똑한 아이가 자라서 과연 성공하게 될지는 아무도 모를 일이다. '조숙'은 재능이 꽃필 징조가 아니라, 나이 들어 그 재능이 시들 징조인 경우가 많다.

여기 두 소년이 있다. 한 소년은 날 때부터 머리가 좋고 학교 성적도 우수하다. 다른 소년은 머리가 나쁘고 성적도 꼴찌에 가깝다. 그러나 두 소년의 인생을 비교해 보면, 성적이 나빴던 아이가 만년에는 똑똑한 아이보다 더 나은 삶을 살 수 있다.

겉으로는 둔하고 어리석어 보여도, 공부에 힘쓰고 자기 할 일을 성실히 하는 아이는 앞날이 밝다. 우리는 이런 아이를 칭찬해서 다른 아이들의 본보기로 삼아야 한다.

아널드가 말했다.

"어릴 때의 우월함과 열등함은 재능 자체보다는 에너지 사용법에 좌우되는 경향이 강하다."

어리석어 보이는 아이도 한결같은 마음으로 공부를 계속한다면 남보다 훨씬 똑똑한 사람이 될 수 있다. 쓸데없는 경쟁심을 품지 않는 온화한 사람이 결국에는 승리한다. 학교에서 신동으로 불리던 아이가 자라서 평범한 사람이 되고, 바보라고 놀림받던 아이가 반대로 걸출한 인물이 되는 경우는 흔하다.

어느 학교에 한 열등생이 있었다. 공부에는 도통 관심도 없고 독특한 행동을 일삼았다. 어미닭 대신 직접 달걀을 품어 부화를 시도했다가 달걀을 몽땅 깨뜨려 버렸다. 교사들이 교대로 그 아이를 지도했지만 효과가 전혀 없었다. 당근과 채찍을 번갈아 쓰면서 의욕을 불러일으키려고 했으나 다 소용없었다. 마침내 교사들도 '돌머리'라면서 두 손 들었다. 아이는 결국 석 달 만에 학교를 그만두었다.

그런데 이 아둔한 아이의 마음속에는 묘하게 강한 의지력이 자리하고 있었다. 세월이 흐를수록 그 의지력은 더욱 강해졌다. 아이는 남다른 호기심을 발판 삼아 새로운 기술과 물건을 생각하는 데 열중했다. 그리고 마침내 전화기, 백열전등 등을 만들어 '발명왕'으로 불리게 되었다. 그가 바로 위대한 발명가 토머스 에디슨이다.

이것을 특수한 사례로 치부해 버리면 안 된다. 사실 어릴 때 '멍청이', '바보' 소리를 들은 사람이 뒷날 위인이나 영웅이 되어 역사에 이름을 남기는 일이 수두룩하다.

바로크미술의 거장이라 불리는 이탈리아 화가 코르토나가 그 대표적인 예이다. 그는 어릴 때 너무 우둔해서 별명이 'asshead(바보)'였다고 한다.

뉴턴도 한때는 '구제불능'이었다

뉴턴은 열등생이었다. 학급에서 그보다 성적이 나쁜 학생은 한 명밖에 없었다. 어느 날 뉴턴은 성적이 좋은 아이에게 이유 없이 맞았다. 그는 발끈해서 상대에게 대들어 항복을 받아내고 공부에서도 상대를 이기기 위해 학자가 될 마음을 먹었다. 그리고 결국 세계에서 제일가는 학자가 되었다.

영국 군인 로버트 클라이브는 소년 시절에 성적이 나빠 학교를 여러 번 옮겨 다녔다. 게다가 힘이 세고 난폭하기까지 해서 부모는 그를 인도의 첸나이로 보내 버렸다. 그곳에서 그는 영국령(英國領) 인도의 기초를 닦았다.

군인 하면 또 나폴레옹과 웰링턴을 빼놓을 수 없다. 팽팽한 맞수였던 이들은 둘 나 학창 시절 성적이 중간에도 미치지 못했다. 아브란테스 부인은 어린 시절의 나폴레옹을 이렇게 회상했다.

"나폴레옹은 무척 건강한 아이였어요. 하지만 그 밖에는 다른 아이들과 전혀 다를 게 없었지요."

미국의 율리시스 그랜트 장군은 어머니한테 '유슬리스 그랜트(useless Grant : 쓸모없는 그랜트)'라 불릴 만큼 우둔했다.

남북전쟁 초기에 벌어진 제1차 윈체스터 전투에서 이름을 날린 스톤월 잭슨 소장도 어릴 때는 명청이라는 소리를 들었다. 그러나 웨스트포인트 육군사관학교에서 근면하고 끈기 있는 태도를 보이면서 점점 두각을 나타냈다. 그는 공부한 내용을 완전히 이해할 때까지는 결코 다음 단계로 넘어가지 않았으며, 완전히 소화하여 자기 것으로 만들지 않고서는 그것을 지식으로 인정하지 않았다. 오늘 배운 내용을 암송해 보라고 교사가 불러내자 그는 다음과 같이 대답했다.

"어제는 어제까지 외워야 할 내용을 공부하느라 시간이 없어서 오늘 배울 내용을 미처 예습하지 못했습니다."

잭슨은 입학할 때 성적이 70명 가운데 꼴찌였다. 그러나 4년 뒤에는 53명을 제치고 17등이 되었다.

유럽 각국의 감옥에 관한 법률을 개혁한 박애주의자 존 하워드도 어릴 적에 멍청하다는 말을 들었다. 7년간 학교에 다니면서 아무것도 배우지 못했다는 것이다.

칼륨·나트륨·칼슘·스트론튬·바륨·마그네슘을 유리(遊離)한 화학자 험프리 데이비는 어린 시절에 매우 평범한 아이였다. 그의 스승 카듀도 이렇게 말할 정도였다.

"연구실에 함께 있으면서도 그에게 그토록 뛰어난 재능이 있는 줄은 전혀 몰랐다."

'거북이'가 토끼를 앞지른 진짜 이유는?

거북이는 동물들 중에서도 가장 걸음이 느리다. 하지만 정도(正道)를 걷는 거북이는 토끼보다 빠르다. 따라서 부모는 자식이 좀 굼뜨고 둔해도 착실한 노력가이기만 하면 걱정할 필요가 없다.

어쩌다 얼렁뚱땅 1등을 한 토끼들은 폐해를 낳기도 한다. 기억력이 좋은 아이는 빨리 잊어버린다. 뭐든 순식간에 해치우는 아이는 노력이나 견실함, 끈기의 중요성을 깨닫지 못한다. 반대로 기억력이 나쁜 아이는 저절로 근면해져서 거북이처럼 견실하고 끈기 있는 사람이 된다. 근면과 끈기야말로 모든 일의 기본이니, 이를 가장 중시해야 한다.

인생의 정도란 근면함과 끈기를 기르면서 살아가는 것이다. 험프리 데이비가 말했다.

"순전히 나 스스로 만들어 낸 성질과 성격이 지금의 나를 만들었다."

가슴 깊이 새겨야 할 진리다.

사람마다 청소년 시절에 학교 선생님한테 배운 지식에는 별다른 차이가 없다. 지식의 많고 적음은 사소한 차이일 뿐이다. 그에 비해 어른이 되어 스스로 공부하면서 얻는 것은 참으로 크다. 즉 살면서 저 스스로 근면함과 끈기의 중요성을 느끼고 그것을 지키려 노력하는 데에서 인생이 달라진다. 지나온 길을 돌이켜 보면 누구나 이 점을 실감하리라.

그대, 부모가 되거든 아이가 빨리 재능을 꽃피워서 출세하기를 바라지 마라. 주의 깊게 아이를 보살피고 참을성 있게 관찰하면서 좋은 습관과 차분한 마음가짐을 익히게 하고, 자기 할 일을 성실히 하게끔 하자. 그리고 나머지는 하늘에 맡기자.

또 부모로서 모범을 보여라. 부모 스스로 먼저 근면하고 끈기 있는 생활 태도를 보이면 아이는 자연스럽게 그것을 따라 익히게 된다. 그러면 아이 마음속에 뭔가를 해내고자 하는 의욕이 생길 것이다.

5. 안주하지 말고 휩쓸리지도 말라

성공은 노력에 따르는 정당한 대가이다. 가능성이 아주 희박해 보여도 끈기 있게 노력하면 성공할 수 있다.

그대, 앞이 전혀 보이지 않는가. 그래도 두려워하지 마라. 그대가 생명의 싹이었을 때도 주위는 온통 어둠뿐이었다. 그냥 묵묵히 자신의 발밑에 있는 싹에 물을 뿌려라. 그 싹이 이윽고 뿌리를 내리고 자라 훌륭한 열매를 맺으리라. 그대는 꿈꾸며 오로지 자신의 용기에 의지해 살아가면 된다.

훌륭한 원칙과 주장은 수많은 실패를 거듭하고 반대론자의 저항을 뛰어넘어 승리를 쟁취했을 때에 비로소 성립한다.

영웅적 행위는 결과 자체가 아니라, 어떠한 '반대세력'과 싸웠으며 얼마나 용기 있게 싸웠느냐로 평가해야 한다.

무시무시한 총칼에 맞서 맨몸으로 독립을 부르짖던 유관순, 적의 화살에 맞고서도 의연히 바다를 지킨 이순신, 방랑의 고통을 몇 년이나 맛보면서도 결코 좌절하지 않았던 콜럼버스. 그들은 벼락부자의 눈부신 성공보다 우리 가슴에 깊고 진하게 호소하는 뛰어난 정신적 용기를 보여 주었다.

살아가는 데 필요한 용기는 영웅다운 용기만이 아니다. 역사에 남을 만한 용기는 일상생활에서도 발휘할 수 있다.

성실함의 바탕이 되는 용기, 유혹을 물리치는 용기, 진실을 말하는 용기, 진정한 자신의 신념을 밀고 나가는 용기, 부당하게 남의 재산에 의지하지 않고 자기 수입만으로 검소하게 살아가는 용기 등이 그 예이다.

괴로운 결단일수록 나를 단련시킨다

불행과 악은 대부분 망설임과 나약함 때문에 생긴다.

인간은 무엇이 옳은지 잘 알면서도 대개 그 옳은 일을 실천하는 용기가 부족하다. 자기 의무를 잘 파악하고 있으면서도 실행에 옮기는 결단력을 끌어내지 못하는 것이다.

의지가 약하고 신념이 없는 사람은 거절하지 못해 유혹에 져버린다. 나쁜 친구를 사귀면 나쁜 쪽으로 자극을 받아 쉽사리 그 길로 발을 들여놓듯이.

인격은 적극적으로 행동할 때만이 향상되고 고양된다. '의지'는 인격을 형성하는 가장 강력한 힘이므로, 결단을 내리는 습관이 길러질 때까지 단련해야 한다. 그렇지 않으면 악에 대항하기는커녕 선을 따르는 일조차 할 수 없게 된다.

결단력은 '현재 위치를 유지하는 힘'을 준다. 결심이 조금이라도 흔들리면 파멸로 향하는 내리막길에 한 발짝을 내딛는 꼴이 될 것이다.

결단을 내리는 데 타인에게 의존하는 것은 아무 의미도 없다. 오히려 손해만 볼 뿐이다. 위급한 상황에서 우리는 자신의 능력을 믿고, 용기 있게 대응하는 습관을 길러야 한다. 《플루타르코스 영웅전》에 이런 말이 있다.

"전쟁이 한창일 때 마케도니아 왕이 헤라클레스에게 제물을 바친다는 명목으로 옆 마을로 도망쳤다. 그가 신의 가호를 빌고 있는 바로 그 순간에 적인 에밀리우스는 승리를 목표로 칼을 휘둘러 전쟁에서 이겼다. 이와 같은 일이 일상생활에서도 날마다 되풀이되고 있다."

로마 폭군 칼리굴라의 눈과 마릴린 먼로의 입술을 가진 대처

마거릿 대처는 영국 런던 북부 식료품 가게 둘째 딸로 태어났다. 그녀는 남달리 호기심이 많고 활동적인 아이였다. 하루는 비가 온 날 학교에서 돌아오는 길에 장화로 흙탕물을 밟고 뛰놀다가 언니의 옷을 더럽히고 말았다.

"애, 그런 건 남자아이나 하는 장난이야. 넌 계집애면서 그렇게 뛰어놀면 어떡해?"

성이 난 언니의 고자질로 마거릿은 아버지에게 벌을 받았다.

"사내아이라면 별일 아니다만 여자아이가 그러면 되겠어?"

그러나 말없이 벌을 다 받고 나서는 마거릿은 따져 물었다.

"아빠, 남자아이가 할 수 있는 일이라면 여자아이도 할 수 있지 않나요?"

아버지는 딸의 당찬 질문에 할 말을 잃고 웃고 말았다.

책벌레였던 대처는 옥스퍼드 대학 화학과를 졸업하고 보수당회원으로 정치에 발을 내디뎠다. 그녀는 26세에 결혼을 하고 2년 뒤 변호사 시험에 합격했다. 대처는 여느 어머니처럼 열심히 아이들을 키웠다. 다만 여성도 적극적으로 사회활동을 해야 한다는 신념에는 변함이 없었다. 그녀가 〈선데이 그래픽〉지에 기고한 '깨어나라, 여성이여!'라는 글에는 이러한 신념이 잘 나타나 있다.

"여성이 남성과 동등하다는 것을 인정한다면 나는 여성이 내각을 이끌어가는 데서도 남성과 동등한 기회를 가져야 한다고 생각합니다. 여성들이 동등한 권리를 요구하여 일어선다면 왜 여성대법관이나 여성외무장관이 나올 수 없겠습니까?"

대처는 34세 때 하원의원에 당선됐으며 연금·국민보험부 정무차관, 교육·과학 장관 등을 지내고 보수당 당수를 거쳐 영국 최초의 여성 총리가 됐다. 그녀는 '철의 여인'이라는 별명처럼 굳센 신념으로 영국이 맞닥뜨린 어려운 문제들을 척결해 나갔다. 아르헨티나가 영국의 포클랜드 제도를 점령했을 때는 남자보다 더한 용기로 전쟁을 승리로 이끌었다. 아일랜드 공화국군(IRA) 테러범이 교도소에서 장기단식에 들어갔을 때도

'죄수와는 절대 협상하지 않는다'는 꿋꿋한 자세로 석방을 거부했다. 그녀의 단호한 신념 앞에 단식도 소용없다는 것을 안 테러범들은 단식 투쟁을 중지하고 말았다.

마거릿 대처를 역사상 최초의 여성 총리로 만든 직접적 사건은 1978~1979년에 있었던 공공부문 노조들의 대규모 파업으로 야기된 국민들의 반노조 여론, 이른바 '불만의 겨울'이었다. 그것은 단순히 공장 가동이 중단되고 기차와 지하철이 멈추어 사람들이 학교나 직장에 갈 수 없게 되었다는 사실 이상을 의미했다. 영국 국민이 더이상 하나의 국민이 아니라 갈기갈기 찢긴 분파적 이익집단일 뿐이며, 병든 영국 사회에는 이제 법도 정의도 존재하지 않는다는 총체적 절망감을 국민에게 안겨 주었던 것이다.

이런 나라 위기 상황에서 대처는 영국의 쇠퇴를 막고 다시 위대한 나라로 만들어야 할 사명이 자신에게 있다고 확신했다. 그녀는 처음부터 끝까지, 마치 베토벤의 '운명' 교향곡 도입부처럼 그 숙명을 장엄하게 승리로 이끌어 나갔다.

대처는 말했다.

"나는 진실로 영국의 쇠퇴를 참을 수가 없습니다."

그녀는 나라를 구하는 것이 자신의 사명이며, 오직 자기만이 그 일을 해낼 수 있다고 믿었다. 역사가들은 마거릿 대처를 제2차세계대전의 영웅 처칠과 비견하여 평가한다.

물살을 거슬러 헤엄치려면 힘과 용기가 필요하다. 물론 그 과정은 엄청난 고난의 연속이다. 그러나 그것이 두려워 물살에 몸을 내맡기고 마냥 떠내려가는 것은 얼마나 나약한 행동인가! 목적지를 잃은 채 목숨만 겨우 붙어 있는 삶을 과연 올바르게 살아간다고 할 수 있을까?

내 안의 '벽'을 허물어 버리자

무대의 주인공이 되어라!

"등뼈가 단단한 사람은 영광스런 자리에 앉지 못한다."

러시아의 격언이다. 인기에 급급한 사람의 등뼈는 물렁물렁해서, 대중의 갈채를 받기 위해서라면 어느 방향으로든 깊숙이 허리 숙여 절을 한다.

그들은 대중에게 아첨하고, 진리를 숨기며, 인기를 얻기 위한 연설을 하거나 글을 쓰고, 더 나아가 계급의식에 끈질기게 호소한다. 그러나 상류층에 대한 증오를 부채질한 결과로 얻은 인기는 성실한 사람들의 눈에는 천박하게만 보인다.

벤담은 어느 유명한 정치가에 대해 이렇게 말했다.

"그의 정치 신조는 많은 사람에게 사랑받은 결과라기보다 소수에게 미움을 받은 데서 태어났다. 독선적이고 제멋대로인 자기편에 휘둘려서는 답이 없다."

통속적인 인기는 그다지 가치 있는 것이 아니다. 온 힘을 다해 주어진 의무를 다하고 양심에 따라 행동한다면 진정한 의미에서 수준 높은 인기가 저절로 태어날 것이다.

남에게 의지하지 않고, 자기가 믿는 길을 스스로 걸으며, 활기 넘치는 상태를 유지하려면 '지성을 동반한 대담함'이 필요하다. 의지를 관철시키는 용기를 가져야 한다. 남의 그림자나 메아리 같은 존재가 되어서는 안 된다.

소녀시절의 꿈을 이루어 낸 철의 여인 마거릿 대처 총리처럼 자신의 능력을 시험하고, 자기 머리로 생각하며, 자기 의지로 결단을 내릴 수 있어야 한다. 성공하려면 생각을 바로 세워 자신만의 강인한 신념을 다져야 한다.

꿈이 있으니까 청춘이다

날은 어둡고 음산한데 인생은 춥고 어둡고 음산한데 비는 오고 바람은 멎지 않는다. 내 마음 쓰러져 가는 과거 위에 아직도 매달려 있건만 바람 칠 때마다 청춘의 희망 뭉텅이로 져 내린다. 날은 어둡고 음산한데 잠잠하라 슬픈 마음이여 불평을 말라 구름 뒤엔 아직도 태양이 빛나고 있거늘. 네 운명은 모든 사람의 운명이리라—사람마다 한평생엔 때때로 비오는 날도 있을 것이러니 어둡고 음산한 날도 있을 것이러니

Part 3
자신의 '인격'을 만들어 나간다
훌륭한 '품성'을 기르는 방법

1. 청춘의 진실은 '품격과 매력'을 만들면서 시작한다

세상에서 정말 권위 있는 것은 '품성'이다. 부자나 지위가 높은 사람은 부러움의 대상이기는 하지만, 질투나 원한의 표적이 되는 일이 더 많다. 게다가 돈이나 지위가 없어지면 존경도 신용도 하루아침에 사라진다.

훌륭한 품성을 갖춘 사람은 부나 지위가 없어도 그것만으로 존경받고 신용을 얻는다. 그들이 사람들에게 질투를 받거나 원한을 사는 일은 없다. 그뿐 아니라 그들이 받는 존경과 신용은 계속해서 더 큰 존경과 신용을 낳는다.

품성은 타인에 대한 영향력에서도 부와 지위를 이긴다. 지위가 높은 사람이나 부자는 부하나 부리는 사람이 늘 게으르고 자신이 말한 것을 듣지 않는다고 탄식한다. 그래서 화내거나 달래고 어르며, 때로는 인생론까지 말하며 더 움직이게 하려고 한다. 그러나 진심으로 그것을 따르는 사람이 몇이나 될까.

반면에 품성을 갖춘 사람을 만나면, 사람은 그의 돈이나 지위에 상관없이 여러 말을 하지 않아도 자연스럽게 따른다. 더구나 그냥 따르는 것이 아니라 먼저 그의 본뜻을 이해하려 노력하고 스스로 움직인다.

권위가 사람을 따르게 하는 힘이라면, '품성'만큼 권위 있는 것은 없으리라.

그것은 평화로운 시대에만 해당되는 말이 아니다. 생명이 위험한 전쟁 때도 마찬가지다. 나폴레옹은 전쟁을 논하며 이렇게 말했다.

"품성의 힘이 육체적 힘보다 10배나 더 센 위력을 발휘한다."

무조건 믿음을 주는 성실의 힘

교양이나 재능이 부족하고 재산이 없는 사람이라도 고결한 품성이 있으면 타인에게 커다란 영향을 줄 수 있다. 그 사람이 보잘것없는 노동자이든 요직에 있는 정치가이든 사정은 같다.

조지 3세 시대에 새상의 보좌관이었던 캐닝이 말했다.

"나는 무엇보다 내 품성을 갈고닦아 정치가로서의 힘을 얻고 싶다. 그것은 거북이처럼 느리겠지만, 건실하고 확실한 방법이다. 나는 그것을 믿는다."

누구나 지적이고 재능 많은 사람을 칭찬하지만, 꼭 그 사람을 믿는 것은 아니다. 만일의 경우에는 지식이나 재능보다 더 중요한 것을 가진 사람을 믿어야 한다.

정치가 존 러셀이 말했다.

"우리 영국인들은 지식이나 재능이 있는 사람에게 도움을 구해도, 그들을 지도자로 모시지는 않는다. 결국 품성이 훌륭한 지도자를 따른다. 이것이 우리의 국민성이다."

자신의 '인격'을 만들어 나간다

테레사 수녀의 삶이 그 말을 증명한다. 평생 인도 콜카타에서 가난하고 병든 사람을 위한 구호와 봉사로 희생의 삶을 산 그녀. '빈자의 성녀'로 추앙받는 테레사 수녀의 영향력은 정말 대단하다.

어느 날 하버드대학교에서 흥미로운 연구 결과를 발표했다. 테레사 수녀처럼 남을 위해 봉사하거나, 그런 일을 보기만 해도 인체의 면역기능이 크게 향상된다는 것이었다. 의학적으로는 본디 '고양(高揚)효과'라고 부른다. 그러나 이후 '테레사 효과'로 더 잘 알려졌다. 봉사와 사랑을 베풀며 일생을 보낸 그녀에 대한 존경의 표시가 아닐까.

유고슬라비아의 알바니아계 가정에서 태어나 수녀원에 들어가 죽을 때까지 수녀로만 살아온 그녀가 이렇게 존경을 받는 까닭은 무엇일까?

그녀는 가난했고 주위에는 병든 사람과 굶주린 사람들뿐이었다. 평범한 자질에 왜소한 몸집을 지녔으며 눈에 띄는 재능도 없었다. 그러나 그녀는 늘 양심과 열의가 있었고, 진중하게 자신이 하고자 하는 일을 했다. 소박하고 따뜻한 품성에 끌려 많은 사람이 그녀를 믿고 따랐다.

테레사 수녀의 인품이 특별히 타고난 것은 아니다. 또한 타인의 도움을 받아 몸에 익힌 것도 아니다. 보통 사람이라면 별다른 노력 없이도 얻을 수 있는 자질이다. 그녀는 평범한 품성을, 평범한 자질에서 스스로 노력해서 만들었다. 그 평범한 품성이 정말 특별한 영향력을 사회에 미친 것이다.

능력, 지식, 말솜씨 같은 재능이라면 테레사 수녀보다 훨씬 나은 사람이 많다. 그러나 품성, 인품에서는 단연 그녀가 돋보인다. 평범한 능력뿐이더라도 인격을 갈고닦아 품성을 훌륭하게 만들면 많은 사람의 본보기가 된다. 재능이나 말솜씨로 경쟁하는 사회에서도 사람들의 존경을 받는 것은, 결국 품성임을 알아야 한다.

테레사 수녀가 남긴 시 〈한 번에 한 사람씩〉을 읽고 그대도 조금씩, 천천히 자신의 품성을 다듬어 가길 바란다.

> 난 결코 대중을 구원하려고 하지 않는다
> 난 다만 한 개인을 바라볼 뿐이다
> 난 한 번에 단지 한 사람만을 사랑할 수 있다
> 한 번에 단지 한 사람만을 껴안을 수 있다
> 단지 한 사람, 한 사람, 한 사람씩만······
>
> 따라서 당신도 시작하고
> 나도 시작하는 것이다
> 난 한 사람을 붙잡는다
> 만일 내가 그 사람을 붙잡지 않았다면
> 난 4만 2천 명을 붙잡지 못했을 것이다
>
> 모든 노력은 단지 바다에 붓는 한 방울 물과 같다
> 하지만 만일 내가 그 한 방울의 물을 붓지 않았다면
> 바다는 그 한 방울만큼 줄어들 것이다
>
> 당신에게도 마찬가지다
> 당신의 가족에게도, 당신이 다니는 교회에서도 마찬가지다
> 단지 시작하는 것이다
> 한 번에 한 사람씩.

자신의 '인격'을 만들어 나간다

"나의 요새는 늘 여기에 있다!"

그리스 속담에 이런 말이 있다.

"아는 것이 힘이다."

그러나 삶을 깊숙이 들여다보면 "품성이 힘이다" 말해야 할 것이다.

애정 없는 지성, 행동이 따르지 않는 재능, 양심이 빠진 재기는 모두 어떤 한계에서는 결국 나쁜 짓을 하기 위한 힘일 뿐이다. 예를 들면 강도나 소매치기가 흉악한 계략으로 남의 물건을 뺏는 것과 같다. 칭찬받을 일이 아니다.

사람의 품성은 성실, 선의, 고결함을 기본으로 해야 한다. 여기에 강한 의지가 곁들여지면 그 힘은 무엇이든 이긴다. 이 두 가지를 가진 사람은 용기 있게 선을 행하며, 악을 거부하는 힘도 강하다. 또한 고난과 재난에 맞서는 힘도 있다.

어느 군의 지휘관이 적의 비열한 수단에 넘어가 잡히고 말았다. 적은 지휘관을 비웃으며 큰 소리로 지껄였다.

"너를 지킬 요새는 어디에도 없다."

그러나 지휘관은 조금도 기가 꺾이지 않았다. 그는 자신의 가슴에 손을 대고 의연하게 대답했다.

"나의 요새는 늘 여기에 있다."

그 태도에 적마저 감동했다.

품성이 고결한 사람은 어떤 불운을 만나더라도, 그 품성을 버리지 않는다. 도리어 철저하게 지키려 노력한다. 비록 육체는 힘없이 부서질지라도 그 용기와 고결함은 살아남아 눈부시게 빛날 것이다.

바닥을 단단하게 굳혀라!
그러나 발치만 보는 인생을 살지 마라!

존 어스킨은 자기 소신과 끝없는 진리에 대한 탐구심을 가진 사람이었다. 그는 스스로 행동 신조로 삼았던 원칙에 대해 말했다. 그대도 꼭 명심하길 바란다.

"내가 어렸을 때 아버지는 '자신의 양심에 비쳐 보고, 해야 한다고 생각되는 일은 성심성의껏 해라. 단, 결과는 하늘에 맡겨라' 말씀하셨다. 난 그 가르침을 가슴에 새기고, 죽을 때까지 지키자고 결심했다. 물론 손해를 본 일도 많았으나 교훈을 지키며 큰 행복을 느꼈다. 나는 내 아이들에게도 같은 길을 걷게 할 생각이다."

어떤 사람이라도 품성을 갈고닦아 인격자가 되는 것을 인생의 궁극적인 목표로 삼아야 한다. 고결한 품성을 기르기 위해 마음과 힘을 다하려고 노력하자. 품성을 기르면 그 바람은 더욱 단단해진다.

거기에 이르지 못하더라도 높은 목표를 세우는 것은 좋은 일이다. 태양을 향해 쏜 화살이 지상의 표적을 향해 쏜 화살보다 멀리 날아간다고 하지 않는가. 적어도 나쁜 길로 빠지지는 않을 것이다.

유대인으로서 유일하게 영국 수상이 된 벤자민 디즈레일리가 말했다.

"높은 목표를 세우지 않는 젊은이는 분명 발치만 바라보는 인생을 살 것이다. 하늘 높이 날려고 하지 않는 정신은 분명 땅바닥에 납작 엎드리게 된다."

정신과 생활면에서 높은 목표를 세우고 사는 사람은 더 나은 삶을 살게 된다. 설령 최종 목표에는 이르지 못하더라도

자신의 '인격'을 만들어 나간다
69

노력은 거기에 맞는 행복을 가져오기 마련이므로.

2. 마음을 다스려 '고뇌'를 손쉽게 떨쳐 내라

'자신을 억제하는 일'은 인격이 반드시 갖춰야 할 기본요소.
셰익스피어는 《햄릿》에서, "사람은 앞뒤를 살피는 동물"이
라는 말로 자제의 '미덕'을 표현했다. 사람은 자제심이 없으면
참된 인간다움을 잃어버린다. 따라서 인간과 다른 동물을 구
분하는 데 자제심을 큰 차이로 둔다.

자제는 온갖 미덕의 원천이다. 충동과 정열이 이끄는 대로
행동하면 사람은 그 순간부터 정신의 자유를 잃고 만다. 인생
의 파도에 휩쓸려 욕망의 명령에 따라 움직이다 끝나 버린다.

정신적으로 자유로우려면 본능적 충동을 억제해야 한다. 자
제심을 발휘해야만 가능한 일이다. 자제심은 육체와 정신을
분명히 구별하며, 우리 인격의 기초를 형성하는 힘이다.

성서에서는 '도시를 점령한' 힘 있는 사람보다 '자신의 마음
을 다스린' 강한 심성의 소유자를 칭찬한다. '마음이 강한 사
람'이란, 자신을 엄격하게 단련하면서 생각과 말과 행동을 늘
다스리는 사람을 말한다.

수치스러운 범죄를 저지를 수 있는 사악한 욕망도 자기 단
련, 자존심, 자제심 앞에서는 대체로 힘을 잃고 만다. 자제라
는 미덕을 얻고자 노력하면 깨끗한 마음을 지키는 것이 습관
이 되고, 더불어 인격은 순진무구한 미덕과 자제심의 보호를
받으며 무럭무럭 자라난다.

인격을 떠받치는 '가장 훌륭한 기둥'

좋은 습관이 인간의 가치를 높인다. 습관에 따라 의지력이 좋은 쪽으로 작용하면 자비로운 인격자가 되고 나쁜 쪽으로 작용하면 잔혹한 독재자가 되는 것이다.

그대는 좋은 습관에 기꺼이 따르는 '가신(家臣)'이 될 수 있다. 습관이 선한 길을 걷도록 도와줄 것이다. 그러나 나쁜 습관에 굴복하여 '노예'가 되면 파멸의 길로 쫓겨나고 만다.

습관은 철저한 훈련으로 만들어진다. 규칙적인 훈련과 실습의 효과는 실로 엄청나다.

도시에서 붙잡힌 난봉꾼이나 두메산골에서 올라온 무지렁이처럼 앞날이 깜깜한 사람이라도, 진지하게 훈련하고 실습을 거듭하면 참된 용기와 인내력 및 자기희생 정신을 갖출 수 있다.

격렬한 전투나 선박 화재와 난파 같은 끔찍한 재해에 맞닥뜨렸을 때, 어떤 사람이 영웅적인 행동을 보이는 것일까? 바로 정신이 단련된 사람이다.

독립정신을 가진 자제심 강한 사람은 수양을 멈추지 않는다. 수양이 혹독할수록 도덕성도 높아진다.

자신의 욕망을 억누르고, 하늘이 준 양심에 따르자. 그러지 않으면 충동과 감정에 이끌려 제멋대로 행동하는 한낱 난봉꾼으로 전락하고 말 것이다.

사회학자 허버트 스펜서가 말했다.

"뛰어난 자제심은 이상적인 사람이 가진 완벽함의 하나로 꼽힌다. 우리는 충동에 이끌려 가지 말고, 차례차례 덮쳐 오는 욕망에도 휘둘리지 말아야 한다. 자제하고 마음의 평정을 유지하여, 머리에 떠오른 여러 감정을 정리해 내린 최종 결정에 따라야 한다. 그 노력이 도덕교육으로 이어질 것이다."

'한쪽 눈을 감는 훈련'이 인생을 밝힌다

도덕을 쌓기 위한 의무교육은 가정에서 가장 먼저 이루어진다. 그 다음이 학교, 마지막이 실생활의 현장인 사회이다. 하나의 단계는 다음 단계를 위한 준비과정이라고 할 수 있다.

우리가 어떤 사람으로 자랄지는, 각 단계에서 경험한 내용에 따라 결정된다. 가정과 학교의 좋은 점을 하나도 맛보지 못하고, 예의범절을 배우지 못해 제멋대로 행동하며, 교육도 훈련도 받지 못한다면, 자기 자신뿐 아니라 사회에도 크나큰 비극이다.

도덕적 훈련은 자연법칙과 같아서, 훈련받으면 무의식적으로 그 힘에 따라 움직이게 된다. 도덕적 훈련이 우리의 인격을 형성하고, 평생의 습관을 만든다. 어떤 유능한 교사가 말했다.

"라틴어와 그리스어를 가르치듯이 성격과 습관도 가르칠 수 있다. 인간의 행복을 위해서는 성격과 습관을 가르치는 일이 훨씬 더 중요하다."

사무엘 존슨은 쉽게 우울해지는 성격 때문에 젊었을 때부터 고민이 많았다.

"기분이 좋고 나쁨은 그 사람의 의지에 달려 있다."

참고 만족하는 습관을 기를 것인가, 불만에 차서 언제나 불평만 하는 습관을 기를 것인가. 자칫 잘못하면 작은 악을 크게 부풀리거나 큰 행복을 하찮게 여기는 버릇이 생길지도 모른다. 아주 사소한 재난에 좌절해 희생양이 될 수도 있다.

우리는 훈련에 따라 낙천적인 기질도, 병적인 기질도 얻을 수 있다.

인내와 자제심은 인생길을 평탄하게 해준다

성공하기 위해서는 좋은 버릇을 길들이고, 자신뿐 아니라 남도 현명하게 지도할 수 있는 세심한 자기 훈련이 필요하다.

인내와 자제심은 인생길을 평탄하게 하고, 막혀 있던 많은 길까지 열어 준다.

자존심을 지키는 것도 중요하다. 자기 자신을 존중할 줄 알아야 다른 사람도 존경할 수 있다.

정치계도 이와 다를 바 없다. 비범한 능력이나 재능보다 올바른 됨됨이가 중요하다. 자제심이 없으면 인내력이 약하고 배려도 부족해 자신은커녕 남을 지도할 수 없다.

언젠가, 정치가 피트가 사람들에게 물었다.

"총리대신이 지녀야 할 가장 중요한 능력은 무엇일까요?"
"연설을 잘하는 것", "풍부한 지식을 갖추는 것", "몸을 사리지 않고 일하는 것" 등 다양한 의견이 나오자 피트가 대답했다.

"아니, 다 틀렸소! 가장 중요한 것은 참을성이오."

참고 견뎌라, 곧 스스로를 억제하라는 말이다.

피트의 자제심은 거의 완벽에 가까웠다. 그의 친구들은 그가 화를 내는 모습을 한 번도 본 적이 없었다. 참을성은 일반적으로 소극적 미덕으로 여겨지지만, 피트는 참을성에 활동력과 재빠른 재치를 더해 매우 긍정적인 자세를 보여 주었다.

'말'과 '행동'에 빈틈이 없는 사람

품성의 중심은 언행일치에 있다. 성실한 말, 성실한 행동이 품성의 기본이 된다. 영국 수상을 지낸 대정치가 로버트 필은 성실한 말과 행동 덕분에 많은 사람에게 존경받고 엄청난 힘을 발휘할 수 있었다. 그의 고상한 품성에 대해서는, 필이 세상을 떠난 뒤 웰링턴 공작이 의회에서 한 추도연설을 보면 알 수 있다.

"여기 모인 여러분은 로버트 필의 훌륭한 인품을 잊어서는 안 됩니다. 나는 오랫동안 그와 함께 의회에서 일했고, 또 개인적으로도 친하게 지내 그의 사람 됨됨이를 잘 알고 있습니다. 내 인생을 돌이켜 봐도 그만큼 말과 행동이 성실하고 신뢰할 수 있으며 어느 쪽으로도 치우치지 않고 고른 사람은 없었습니다. 그만큼 나라의 번영과 국민의 행복을 생각하며 일한 사람은 없었습니다. 그와 논의한 것을 떠올려도 그는 자신이 옳다고 확신할 수 없는 것, 사실이라 할 수 없는 것을 말한 적이 한 번도 없었습니다."

언행일치, 속마음과 겉모습을 일치시키는 것이 품성을 기르기 위한 기본이다. 따라서 그대도 자신의 크고 작은 동작 하나하나를 마음에 비쳐 보고 행동해라.

노예해방운동가 그랜빌 샤프는 그를 존경하는 사람에게서 편지 한 통을 받았다. 자신의 아이에게 샤프의 이름을 붙여주고 싶다는 내용이었다. 샤프는 정중한 답장을 썼다.

"저의 집에는 중요한 인생 교훈이 있습니다. 이름을 붙인 아이에게 이 처세술도 가르쳐 주십시오. 그것은 말과 행동은 진심에서 나오도록 늘 애쓰라는 것입니다. 제 아버지께서도 이 격언을 소중히 다루시며, 저에게 그리하라 말씀하셨습니다. 할아버지는 본디 순박하고 정직한 분이었지만, 이 교훈을 지켜 성실한 품성을 기르셨다고 합니다."

'마음의 눈'만은 누구도 속일 수 없다

자신을 소중히 생각하고, 다른 이도 존중하는 사람이라면 누구나 이 격언을 마음속에 새겨 두어야 한다. 자신이 하고자 하는 것을 충실하게 지키며, 양심에 거스르지 않는 말을 하고 행동으로 옮겨야 한다.

말과 행동이 다른 사람은 타인에게 절대로 존경받을 수 없다. 그런 사람의 말은 무게가 없어 아무도 믿지 않는다. 설령 그 말에 진실이 들어 있더라도 아무렇게나 말한다고 생각하기 쉽다.

진정한 인격자는 혼자 있을 때에도 자신의 양심에 따라 행동한다. 많은 사람에게 평가받는 지위에 있어도 자신의 양심이 허락하는 일만 하고, 다른 사람들의 눈에 마음을 쓰지 않는다. 이런 우화가 있다.

교육을 잘 받은 아이가 있다. 이 아이의 눈앞에 맛있는 배를 놓았다. 주위에 사람이 없어 한두 개 훔쳐도 모를 테지만, 그 소년은 배에 손도 대지 않았다. 어떤 사람이 감동해서 아이에게 이유를 물었다.

"좀 전에 아무도 보는 사람이 없었어. 그때 왜 배를 주머니에 넣지 않았니?"

아이가 대답했다.

"여기에는 분명 사람이 있었어요. 나를 보는 또 하나의 내가 있었어요. 나는 내가 나쁜 짓 하는 것을 볼 수 없었어요."

이것은 세상 한편에서 일어나는 아주 작은 일이다. 그러나 양심과 양심에 따른 행동이 무엇인지를 적절하게 보여 주고 있다. 도리를 지킴으로써 사람의 품성은 조금씩 만들어지고, 유혹에 넘어가지 않는 내면의 힘을 키워 간다.

도리는 인간의 품성을 지키는 요새이다. 도리가 없으면 쉽게 나쁜 유혹에 넘어가 타락한다. 범죄를 저지르면 그것이 드러나든 그렇지 않든 죄인이 된다. 사람은 나쁜 짓을 저지르면 반드시 불안을 느끼고 스스로 비난하게 된다. 그것이 자기 자신을 아는 양심의 힘이고 벗어날 수 없는 고통이다.

정직한 양심은 그대가 정신적으로 건강해지기 위한 필수요인이다. 나쁜 생각이나 행동이 뇌의 신경체계를 공격해서 파괴시킨다면, 도리는 오히려 이를 강화시켜 준다. 그대가 양심을 지킬 때, 비로소 질투나 걱정, 그리고 여러 내적인 혼란으로부터 자유로워지고, 자기애와 자신감을 바탕으로 인생을 즐길 수 있게 된다.

이제 품성을 갈고닦기 위한 마음가짐에 대해 알아보자. 구체적으로 어떻게 하면 좋을까?

3. 생각은 습관을 만들고 습관은 운명을 만든다

품성을 갈고닦으려면 습관처럼 몸에 익히는 수밖에 없다. 예로부터 "사람은 습관으로 만들어진 살덩어리이고, 습관은 두 번째 천성"이라고 했다.

시인 메스타시오는 "인간의 생각도 행동도 반복으로 힘이 된다" 말하며, "인간은 모두 습관으로 만들어진다. 좋은 행동을 하는 것도 습관이다" 단언했다.

종교가 버틀러는 더 나아가 이렇게 주장했다.

"사람은 선행을 되풀이해 습관으로 만들려 애쓰고, 유혹을 거부하려고 힘써야 한다. 선행을 버릇처럼 만들면 언젠가 악을 행하기보다 선을 행하는 것이 즐거워진다."

그는 이 주장에 다음과 같은 의견을 가지고 있었다.

"신체의 습관이 행동으로 만들어지듯이 정신의 습관은 마음속에서 가리킨 것을 행동으로 나타냄으로써 만들어진다. 따라서 하늘의 명령에 따르는 마음이나 성실함, 정의, 자애심을 늘 행동으로 옮기는 데 애쓰고, 이것을 정신의 습관으로 해야 한다."

그 반대도 늘 경계해야 한다. 한번 악해지면, 계속 꼬리에 꼬리를 물고 악해지게 마련이다. 누구든 단 한 번에 거짓말을 하고, 사기를 치고, 물건을 훔치게 되지는 않는다. 그러나 악한 행동으로 뭔가 얻고 나면, 다시 악을 행하고자 하는 유혹을 떨치기가 쉽지 않다. 먼저 그 흔적을 덮어 없애야 하고, 그러기 위해서 또 다른 악한 행동을 하게 된다.

습관은 '처음'이 무엇보다 중요하다

러시아의 어느 작가가 말했다.

"습관은 진주 목걸이다. 매듭이 풀어지면 다 떨어지고 만다."

습관은 처음이 중요해서 세심한 주의를 기울여 만들어야 한다. 방심하면 그동안의 노력이 쉽게 물거품이 된다. 교묘하게 습관의 본질을 꿰뚫은 말이다.

사람은 어떤 곳에 있어도 스스로 습관을 만들어 내는 동물이다. 방심하면 나쁜 습관이 바로 생긴다. 나쁜 습관을 고치고 좋은 습관을 들이려면, 나쁜 습관이 얼마나 강한지를 먼저 깨달아야 한다. 방심하여 나쁜 길에 들어서 그것을 되풀이한다면 몸은 그 즐거운 쪽을 선택하게 된다. 한번 몸에 밴 나쁜 습관은 쉽게 고칠 수 없다.

또 좋은 습관이 몸에 익숙해지기 시작해도, 처음에 그 힘은 거미줄처럼 약하다. 여러 번 되풀이하여 몸에 딱 달라붙어 버릇처럼 되면 비로소 쇠사슬처럼 강해진다.

한 가지 습관이 몸에 익숙해진 것만으로 긴 인생을 헤쳐 나가기란 쉽지 않다. 몇 개의 좋은 습관을 몸에 더 익혀야만 힘이 된다. 눈송이는 소리도 없이 사라져 가지만, 산에 쌓이면 산사태가 되어 마을도 덮쳐 버릴 정도의 힘을 가지는 것과 마찬가지다.

자존심, 자조정신, 근면, 성실. 모두 좋은 습관이다. 그 좋은 습관을 모으면 품성이 된다. 그 힘은 눈송이처럼 약하지 않다. 산사태처럼 엄청난 힘이 있다.

철은 뜨거울 때 매우 쳐라!

나쁜 습관이 얼마 없는 젊은 시절에 좋은 습관을 몸에 익히는 것이 좋다. 습관은 어릴수록 몸에 익히기 쉽고, 한번 몸에 배면 평생 간다. 그것은 나무껍질에 새긴 글자처럼 나무가 자라면서 같이 커져 간다.

그것을 이해했다면, 늦었다 생각 말고 지금부터라도 나아갈 길을 정해 단련하는 것이 좋다. 그렇게 하면 나이 들어서도 그 길을 벗어나는 일은 없다. 인생은 출발할 때 방향을 잡고, 앞으로의 운명을 정하는 것이다.

해군 장교 콜링우드는 귀여워하는 소년에게 이렇게 말했다.

"스물다섯 살이 되기까지 평생 가는 품성의 골격을 만들어라."

좋든 싫든 습관은 나이가 듦에 따라 인간성을 더욱 단단하게 만들어 간다. 한번 만들어진 인간성은 쉽게 바뀌지 않는다. 따라서 훌륭한 인격 형성을 위해 좋은 습관을 들여야 한다.

게다가 한번 깨달은 것은 좀처럼 잊을 수 없지만, 새로운 것을 깨닫기는 어렵다.

그리스에 피리 명인이 있었다. 그는 이전에 다른 선생님에게 배운 학생한테는 다른 제자보다 2배의 수업료를 받았다. 다른 선생님에게 배운 나쁜 버릇을 고치느라 고생이 이만저만 아니었기 때문이다. 나쁜 습관을 고치는 데에는 큰 고통이 따르며, 참 고치기 어렵다.

시험 삼아 게으른 사람, 낭비벽이 있는 사람, 술을 끊지 못하는 사람에게 설교해서 그것을 고치도록 해보면 된다. 당신의 말을 듣고 정말 고치는 데 성공한 사람은 거의 없을 것이다. 나쁜 습관은 오랫동안 몸 깊숙이 스며들어, 이미 몸의 일부가 되었기 때문에 쉽게 떼어 낼 수 없다.

결국 린치의 말처럼 "좋은 습관을 들이도록 늘 애쓰는 것이 제일 현명한 습관이다."

이처럼 고결한 품성은 습관으로 몸에 익힐 수 있다. 그러니 훌륭한 습관을 더 많이 몸에 익히자.

4. '무언의 힘'이야말로 그 사람의 진짜 힘

품성은 사소한 행동이나 태도가 훌륭한가에 달려 있다. 물통에 난 구멍이 아무리 작더라도 그곳으로 물이 새듯이 아무리 작은 행동이나 태도에서도 그 사람의 품성을 엿볼 수 있다.

특히 남을 대하는 태도에서 그 사람의 품성을 알 수 있다. 지위가 높고 낮음에 관계없이 온화하고 예의 바른 태도는 그 사람의 마음을 나타낸다. 상대는 분명히 기분이 좋을 테고 본인도 그럴 것이다.

타인에 대한 따뜻한 태도는 주머니에 돈이 없어도 올바른 마음가짐만 있다면 가능하다. 누군가에게 배우지 않아도 어떤 사람에게나 예의 바른 사람이 될 수 있다.

사람을 온화하게 대하는 태도는 무언의 영향력을 가진다. 힘은 서서히 들어가겠지만, 때가 무르익으면 큰 소리를 내거나 힘으로 밀어붙이는 효과가 있다. 봄이 되면 작은 수선화가 땅을 뚫고 새싹을 틔운다. 그것은 꽃을 피우려는 무언의 의지 표현이다. 온화하며 자신을 낮추는 마음은 이 수선화와 닮아 조용하지만 강력하게 주위 사람들에게 스며든다.

무엇이든 손에 넣을 수 있는 '인사법'

상대에 대한 예의와 배려에서 나오는 기분 좋은 인사 한마디는 메마르고 빡빡한 일상에 정감을 준다. 환한 웃음으로 건네는 인사에 서로가 행복해지고, 상쾌하고 즐거운 관계를 맺게 되는 것이다.

좋은 인사를 하려면 딱딱한 겉치레가 아니라 진심으로 상대를 배려하고, 때와 장소에 맞는 예의를 갖추어야 한다.

여성의 지위 향상에 공헌한 몬테규 부인의 유명한 말이 있다.

"예의에는 돈이 들지 않는다. 게다가 예를 다하는 것만으로 무엇이든 살 수 있다."

예의에는 돈이 필요 없다. 그녀는 엘리자베스 여왕에게 이렇게 조언했다.

"폐하, 국민들에게 우러름을 받으십시오. 그러면 폐하는 국민의 마음만이 아니라 지갑도 손에 넣으실 수 있을 겁니다."

오로지 배려하는 마음으로 자연스럽게 예를 다하면 상대는 물론 자신도 행복해진다. 우리 삶에서 짧은 인사나 예의가 지닌 가치는 얼핏 아주 보잘것없어 보인다. 그러나 푼돈도 하루하루 모으면 어느새 목돈이 된다. 마찬가지로 상대를 배려하는 매일매일의 인사나 예의도 쌓이고 쌓이면 상대의 마음속에 신뢰와 이해로 차곡차곡 쌓여 커다란 효과를 발휘한다.

'고리타분한' 사람에게 발전은 없다

매너는 배려나 좋은 행동을 한층 돋보이게 하는 장식물이다. 상대를 배려하는 말과 표정은 받는 이의 마음에 깊이 스며든다. 반대로 배려하는 마음이 있어도 퉁명스러우면 상대는 그것을 호의로 받아들이지 않는다.

악의가 없더라도 거만한 태도를 취하거나 사람을 자극하려고 하면 누구든 친해지지 못한다. 또는 겉으로는 겸손한 태도를 보이면서 속으로는 자신의 권위를 과시하려는 사람도 있다. 아무리 교묘하게 속여도 마음이 맑지 않으면 결국 속내를 들키기 마련이다.

외과의사 애버네시가 성(聖) 바르톨레메오 의원에서 만난 남자도 그러한 사람이었다. 그는 잡화상을 하는 부자로 병원 이사를 맡고 있었다. 어느 날 애버네시가 잡화상에 들러 아무 말도 하지 않고 두리번거리자, 그는 자신의 추천을 받으러 왔다고 생각하고 거만하게 말했다.

"아마도 당신은 인생의 중대한 전환기를 맞아 내 추천서가 필요한 모양이군요."

겉으로만 공손한 체하는 무례한 태도에 화가 난 에버네시는 바로 맞받았다.

"헛소리 말아요. 난 1페니짜리 무화과를 사러 왔을 뿐이오. 빨리 싸줘요. 바로 가야 하니까."

좋은 매너를 몸에 익히는 것은 중요하지만, 겉모습만 꾸미는 것은 경박하고 천박하다. 그렇다고 해서 훌륭한 마음이 있으면 겉모습은 아무래도 좋다는 뜻은 아니다. 겉모습 또한 온화하고 예의 바르게 보이도록 노력해야 한다.

특히 높은 지위에 있어서 중요한 상담을 하거나 공무를 다루는 사람은 올바른 매너를 몸에 익혀야 한다. 아무리 근면하고 성실한 사람이라도 겉모습이 온화하지 않고 겸허하게 보이지 않으면 중요한 일을 성공으로 이끌어 내지 못하는 법이다.

물론 겉모습이나 말투에 상관없이 그 사람의 진정한 품성을 꿰뚫어 보는 사람도 있다. 하지만 그런 사람이 얼마나 있겠는가. 우리가 만나는 대부분의 사람은 상대방을 겉모습으로 판단한다. 그러므로 고결한 품성을 기르면서 눈에 보이는 매너도 몸에 익혀야 한다.

'색안경' 쓴 듯 사물을 비딱하게 보지 말라!

다른 사람과 만날 때 꼭 지켜야 할 태도가 있다. 상대의 의견을 들을 때는 섣불리 결론짓지 말고, 먼저 마음을 비우고 있는 그대로 받아들여야 한다.

자신의 생각만 고집하고 타인의 의견을 받아들이지 않는 것은 어리석고 오만한 짓이다. 자신의 생각만이 옳다고 생각하고 타인을 비하하는 것은 독선이다.

타인이 자신과 다른 의견을 말해도 단순히 하나의 관점으로 반론해서는 안 된다. 반박하고 싶은 마음을 억누르려고 노력해야 한다. 또 자신의 의견을 말할 때에는 차분하게 말하고 밀어붙이듯이 하면 안 된다. 말을 지나치게 많이 하거나 격앙되어 실수를 해서도 안 된다.

말다툼은 경우에 따라서는 치고받는 싸움보다 나쁘다. 싸워서 다친 상처는 아물기 마련이지만, 말로 생긴 상처는 쉽게 아물지 않는다. 발타사르 그라시안이 "말할 때 자신을 조심하라. 말할 때 유언을 하듯 하라" 이야기했듯, 말이란 늘 주의해야 한다.

흔히 혈기 왕성한 사람은 타인의 의견을 들을 때, 차이점만 보고 비슷한 점은 보지 못한다. 처음에는 자신과 다르다고 느낀 의견도 선입견 없이 순수하게 받아들이면 점점 같은 의견이라는 것을 알 수 있다.

흥분하거나 선입견을 가졌을 때의 사람의 눈이나 귀만큼 애매모호한 것은 없다. 다음 이야기를 보라.

"안개가 짙은 새벽에 산길을 걷고 있을 때, 멀리서 움직이는 것이 있었다. 그 모습이 너무 괴이해서 도깨비라고 생각했다. 그러나 다가가 보니 그것은 사람이었다. 그 사람을 따라가 보니 내 동생이었다."

5. 어느 모로 보나 '흠잡을 데 없는' 사람

참된 인격자는 다른 이의 본보기가 되는 사람이다. 진정한 인격자를 의미하는 '군자'라는 말은 예로부터 지위나 권력을 가진 사람을 가리킨, 유서 깊은 말이다. 단 표면적인 권위만이 아니라 선량, 온화, 평화, 우아한 품성도 그 조건에 포함된다.

프랑스의 노대장은 앞으로 군자가 될 장교에게 훈시했다.

"군자의 품성은 세상의 지위나 명예로 존경을 받는 것이 아니다. 내면에서 나오는 위엄으로 자연스럽게 사람들에게 존경을 받는 것이다. 진정한 군자가 중요하게 여겨야 하는 것은 옷차림이 아니라 마음가짐이다."

구약성서 〈시편〉에 "군자는 정직하고 바른 행동을 하며 진실을 말한다" 쓰여 있다.

두 눈으로 똑똑히 보고 '마음'으로 '판단'한다

군자는 자존심이 강하다. 무엇보다도 자신의 품성을 소중히 생각하고, 품성이 고결해지도록 노력하기 때문이다. 다른 사람에게 어떻게 보이는가가 문제가 아니다. 자신의 눈과 마음으로 판단하고, 스스로 옳다고 생각한 대로 행동한다.

군자는 자신을 통제함으로써 품성을 높인다. 군자에게 품성은 신성한 것이다. 늘 그것을 주의하므로 타인에게 예의 바르며, 타인도 그를 존경하는 마음이 두텁다. 또 타인의 잘못에 관대하고 타인의 고통을 깊이 이해한다.

시인 에드워드 피츠제럴드가 캐나다를 여행할 때의 이야기이다. 어떤 부부가 앞에서 가고 있었다. 부인은 무거워 보이는 짐을 지고 비틀비틀 걷고 있었다. 반면에 남편은 아무것도 들지 않았다. 놀란 피츠제럴드는 달려가 자신이 대신 짐을 들었다. 이것이 군자의 모범적인 행동이다.

'인격'을 돈이나 지위로 더럽히지 말 것

지위나 부는 진정한 군자의 품성과는 관계가 없다. 아무리 가난한 사람이라도 바른 정신과 행동만으로 진짜 군자가 될 수 있다. 가난한 생활 속에서도 근면하고 성실한 정신, 예의 바름, 온화한 태도, 용기, 자존심과 자조정신이 있으면 진정한 군자이다.

실제로 가난한 사람 중에 온화하지만, 아주 용기 있는 품성을 가진 이가 있다.

옛날 이탈리아의 아디제 강이 갑자기 범람하고, 베로나 다리가 떠내려갔다. 남아 있던 집 한 채가 금방이라도 무너지려고 할 때, 창문에서 한 사람이 얼굴을 내밀고 살려 달라고 소리쳤다. 우연히 그 주변을 걷고 있던 스폴베리니 백작이 이 모습을 보고 사람들에게 외쳤다.

"누구라도 좋으니 저 불행한 사람의 목숨을 구하면 1백 루이를 주겠소!"

그러자 한 소년이 달려와 작은 배를 타고, 급류 속으로 나아갔다. 탁류에 삼켜질 듯한 집에 도착해 그 가족을 작은 배에 태우고 안전한 강가로 무사히 옮겼다.

스폴베리니 백작은 크게 기뻐하며 그 소년에게 약속한 1백 루이를 주려고 했다. 그러나 소년은 돈을 받지 않았다.

"아닙니다. 제가 위험을 무릅쓰고 사람들을 구한 것은 돈 때문이 아닙니다. 그 돈은 재난을 당한 이 가족에게 주십시오. 이들에게 가장 필요할 테니까요."

이 가난한 소년의 입에서 나온 말이 바로 군자의 정신 그대로이다.

'품격'은 약자에 대한 배려에서 나온다

군자인지 아닌지를 무엇으로 판단하면 좋을까? 기준은 여러 가지가 있지만, 가장 착오가 없는 것이 약자에 대한 태도이다.

먼저 여성이나 아이에게 어떻게 대하는지, 윗사람으로서 자신의 부하에게 어떤 태도로 대하는지, 사람을 고용했을 때 어떻게 대하는지 살피면 된다. 또 교사로서 학생들을 어떻게 대하는지 본다. 자신보다 약한 처지에 있는 사람들에게 자상하게 마음을 쓰고, 너그럽게 대하는 사람을 군자라고 한다.

어느 날, 프랑스의 시인 라모트는 혼잡한 길을 걷다 무심코 소년의 발을 밟았다. 그러자 소년은 느닷없이 라모트를 때렸다. 라모트는 슬픈 목소리로 말했다.

"아, 네가 내 눈이 불편하다는 것을 알았다면 네 행동을 후회하겠지."

저항할 수 없는 상대를 못살게 구는 난폭한 사람은 군자라고 할 수 없다. 자신보다 약한 사람이나 도움이 필요한 사람을 학대하는 이는 비겁자이다. 예로부터 폭군은 노예의 마음을 가진 사람과 같다고 말한 것과 같은 이치다.

신체가 건강한 사람이 힘을 가진 것은 나쁘지 않다. 단, 그 힘을 어디에서나 발휘하면 난폭한 사람이 된다. 군자는 그 힘을 어떻게 쓰는지 잘 알고 있다. 힘을 발휘하는 데 신중해야 한다.

군자는 자신이 조금 상처를 받더라도 타인에게 상처를 주지 않고 참는다. 자신보다 모자란 사람, 신분이 낮은 사람의 실패나 실수를 비난하지 않으며, 능력이 부족해도 깔보지 않고 상냥하게 대한다. 기르는 가축이나 반려동물에까지 상냥하다.

군자는 부나 힘, 재능에 자만하는 일 없이 공을 세우더라도 우쭐해하지 않는다. 실패하더라도 고민하지 않는다. 논의를 하더라도 자신의 의견을 밀어붙이지 않는다. 질문을 받았을 때 자신의 의견을 말할 뿐이다. 다른 사람을 위해 한 일도 생색내지 않는다.

또한 사소한 것이라도 다른 사람을 위해 애쓴다. 그래서 모든 사람이 "그에게 신세를 진 일이 있다" 말한다. 이것이 진정한 군자의 모습이다.

어린 시절, 여름 방학 내내 빈둥거리다가 문득 정신을 차리고 보니 방학 마지막 날인 때가 있지 않았나? 다시 학교에 가기 전, 자유를 누릴 수 있는 마지막 날—방학 동안 꼭 해보리라 계획했던 모든 일이 갑자기 아쉬워지면서 어떻게든 몇 개라도 건져 보려 기를 썼을 것이다. 그럴 때는 1분 1초가 그렇게 소중하게 느껴질 수가 없다. 바로, 그것이 우리가 살아가는 방식이다. 정신 차리고 있지 않으면 아직 준비도 안 됐는데 '오늘'이 눈 깜짝할 사이 사라지고 '내일'이 되어 버린다.

Part 4
삶을 불타오르게 하는 '사명감'
스스로 자랑스러운 삶을 사는 방법

1. 사람을 움직이는 것은 재능이 아니다

그대, 다람쥐 쳇바퀴 돌듯 반복되는 하루하루에 지쳐 있는 건 아닌지. 아침마다 무엇이 그대를 깨우는가.

우리의 삶을 일깨우는 큰사람이 있다. 어디에 있든 빛이 나 누구나 그를 우러른다. 그렇게 사람을 움직이는 힘이 어디에서 오는 것일까. 바로 '인격'이다. 온 힘을 다해 살아가는 사람의 인격은 이상적인 인간상을 담고 있다.

근면함, 청렴결백함, 높은 뜻, 굳은 의지와 사상을 지닌 '속이 꽉 찬 사람'은 자연스레 주변 사람들의 존경을 받게 된다.

비범한 재능은 칭찬받을 뿐이지만 뛰어난 인격은 사람들의 존경심을 불러일으킨다. 재능은 지적인 힘의 산물이고 인격은 정신적인 힘에서 비롯된 것이다. 멀리 바라보면 인생을 좌우하는 것은 정신이다.

천재는 뛰어난 지능을 무기 삼아 사회를 살아간다. 인격자는 양심을 무기 삼는다. 세상 사람들은 천재를 그저 멀리서 바라보며 칭찬하지만, 인격자에 대해서는 그의 말과 인품을 신뢰하며 가까이 다가가고, 나아가 그 삶을 본받으려고 애쓴다.

무엇으로 인생과 인격을 살찌우는가

인간은 누구나 평범한 나날을 보낸다. 눈부시게 화려한 삶을 사는 듯 보이는 연예인이나 정치가들의 생활도 특정한 일을 제외하고는 색다를 것이 없다. 흔하고 평범한 의무를 다하는 것이야말로 인생의 핵심이요, 알맹이다. 또 미덕 가운데서도 가장 영향력이 세다. 쓰임이 있어야 값어치가 높고 영원하다.

보편적 기준과 동떨어진 화려한 미덕은 위험할 뿐이다.

"화려한 미덕을 바탕으로 둔 사람은 타락한 면모나 인간적 약점이 있는 법이다."

아일랜드 정치가 에드먼드 버크는 그 사실을 날카롭게 지적했다.

의무를 다한다는 것은 곧 인생과 인격을 살찌우는 길이다. 주어진 의무를 받아들이려는 의식은 삶의 의욕을 북돋아 생활에 큰 도움이 된다.

인격자는 반드시 맡은 바 책임을 다한다. 그에게는 재산·교양·권력이 없어도 강한 의지와 정직함, 의무에 충실한 풍요로운 마음이 있기 때문이다.

자기 의무를 충실히 다하고자 노력하는 사람은 주어진 삶의 목적을 이루고 인간다운 인격을 손에 넣을 수 있다. 뛰어난 인격밖에 가진 게 없으나 마치 왕관을 쓴 왕처럼 이 세상을 군림한 인물도 결코 적지 않다.

삶을 불타오르게 하는 '사명감'

에픽테토스가 말하는 '절대행복'의 원칙

우리는 모두 소박하고 성실한 '인생의 목적'을 지녀야 한다. 목적을 규율에 따라 올바르게 설정해 놓으면 살아가는 데 큰 도움이 된다. 인생의 목적을 가짐으로써 우리는 올바른 길을 걷고 힘을 얻어서 왕성하게 활동할 수 있다.

"우리가 모두 부자나 위인이 되거나 고등교육을 받을 필요는 없다. 그러나 성실하게 살아갈 의무는 누구에게나 있다."

작가이자 정치가인 벤저민 러드야드가 남긴 말이다.

우리는 성실하게 살면서, 더불어 굳은 신념에 따라 진리와 고결함과 올바름을 언제나 좇으며 목적을 이루어 나가야 한다. 신념이 없는 사람은 마치 키도 나침반도 없이 파도치는 바다에 떠 있는 배와 같다. 그에게는 법이나 규칙, 질서, 분별이 전혀 없다.

어느 저명한 웅변가가 로마로 가는 길에 그리스 철학자 에픽테토스의 집을 방문했다. 웅변가는 에픽테토스에게 스토아 철학을 배우러 찾아왔다고 말했다. 에픽테토스는 사나이의 진정성 없는 가식적인 태도를 보더니 차갑게 말했다.

"자네는 진심으로 가르침을 바라는 것 같지 않군. 내 삶을 트집 잡으려고 온 것이 아닌가."

"흠, 글쎄요. 아무튼 당신처럼 살아서는 그릇도 마차도 땅도 없는 가난뱅이로 굴러떨어질 것 같은데요."

에픽테토스가 웃으며 대답했다.

"나는 살면서 그런 것들을 바란 적이 한 번도 없네. 그러나 사실 자네는 지금 나보다 더 가난하게 살고 있어. 후원자가 있든 없든 무슨 상관인가. 자네에게는 그게 큰 문제겠지만, 나는 자네보다 훨씬 풍족하다네.

시저가 나를 어떻게 생각하든 내 알 바 아니네. 나는 누구에게도 아첨할 생각이 없으니. 자네는 은항아리를 가지고 있지. 나는 자네가 가진 돈이나 은그릇보다도 더 굉장한 재산을 가지고 있네. 그것에 비하면 자네 신념과 이성과 탐구심은 모래성처럼 무너지기 쉬운 조잡한 것에 지나지 않아.

정신은 나의 왕국이라네. 그것은 자네의 한심한 게으름과는 달리 풍요롭고 행복한 일거리를 가져다주지. 자네 욕심은 한도 끝도 없어 만족을 모를 테지만, 나는 지금 이대로 충분해. 언제나 모자람 없이 넉넉하지."

2. 어느 문이나 열 수 있는 '만능열쇠'

훌륭한 재능은 쉽게 찾아볼 수 없다. 천재 역시 그렇다. 하지만 아무리 특별한 재능이 있어도 진심이 아니라면 믿을 가치가 없다.

사람들의 존경과 신용을 얻는 것은 오직 진심뿐이다. 진심은 사람이 갖출 수 있는 모든 미덕의 기초이다.

진심은 거짓 없는 공평한 행동과 언어, 동작 하나하나에 자연스레 묻어난다. '저 사람은 믿어도 된다'고 사람들에게 확신을 심어 주는 것이다.

"그는 믿을 만한 사람이야. 그가 안다고 하면 정말로 아는 것이고, 뭔가를 하겠다고 하면 틀림없이 그대로 실행하거든. 난 그가 팥을 콩이라 해도 믿을 거야. 그가 그렇게 말한 데는 분명히 무슨 이유가 있을 테니까."

이렇게 세상 사람들에게 인정받는 인물이라면 모두에게 꼭 필요한 존재일 것이다. 진심에서 우러나온 신뢰는 만능열쇠처럼 사람들의 마음의 문을 열어 존경과 신용을 모은다.

어중간한 지식이나 교양은 '진심'을 이길 수 없다

지적 교양이 높아야 인격적으로 훌륭한 것은 아니다. 신약 성서에는 인간의 마음과 '영혼'에 호소하는 내용은 자주 나오는데, 지성에 호소하는 내용은 매우 드물다.

유명한 시인 조지 허버트 목사가 말했다.

"한 줌의 신앙심이 태산 같은 학문에 필적한다."

그렇다고 학문을 경멸한다는 뜻은 아니다. 어떤 지식도 '도덕적 선'과 양립하지 않으면 의미가 없다는 뜻이다. 힘 있는 자에게는 고분고분 따르고 약한 자에게는 함부로 대하는 것처럼, 사람에 따라 태도를 바꾸는 못된 지혜가 천한 인격과 만난 예는 주위에서 쉽게 찾아볼 수 있다.

미술·문학·과학 같은 분야에서 성공을 거두었지만 성실함, 미덕, 의무감, 정직함 등이 부족한 사람은 수두룩하다.

어느 강연회에 월터 스콧이 참석했다. 누군가가 이런 의견을 내놓았다.

"문학적 재능과 업적, 이 두 가지만이 무엇보다도 높이 평가되고 칭찬받을 만합니다."

스콧이 쓴소리를 퍼부었다.

"어처구니없는 소리요! 당신 말이 진리라면 이 세상은 참으로 빈곤하고 텅 빈 곳이겠구려. 나는 나름 책을 많이 읽었고, 유명한 교양인과 이야기를 나눈 적도 많소. 그러나 그런 이들에게서 별다른 감흥을 받지 못했다오.

나는 오히려 성서의 어떤 구절보다도 더 감동적인 말을, 무식하고 가난한 사람들에게서 들었소. 괴로움과 갈등에 허덕이면서도 고요하고 용감한 영혼이 고개를 들 적에, 주위에 있는 수많은 친구와 이웃에 대해 소박한 의견을 내놓을 적에 그들이 하는 말 한마디 한마디가 내게 큰 감명을 주었다오.

마음을 살찌우는 일에 비하면 다른 것은 모두 하찮은 일에 지나지 않는다는 사실을 당신은 깨달아야 할 거요."

인격은 가장 고귀한 가치이다. 보편적 선의와 사람들의 존경에 둘러싸인 '나만의 땅'이다. 여기에 투자하는 사람은 설령 이익은 못 얻더라도 반드시 존경이라는 대가를 거두리라.

목표하는 이상형에 어떻게 다가갈까

새로운 사람들을 만나며 대처하고 느끼는 작은 감정들이 쌓이고 쌓여 인격을 이룬다.

인격은 좋은 방향으로든 나쁜 방향으로든 늘 변하면서 성장한다. 운동에서 나타나는 작용 반작용의 법칙은 그대로 도덕에도 적용된다. 착한 행실은 반드시 보답을 받는다. 가는 말이 고우면 오는 말도 곱다. 악행 역시 도끼로 제 발등 찍는 격이다.

인간은 환경의 창조주도 아니고 노예도 아니다. 자유의지가 있으므로 악보다는 선을 추구하면서 행동할 수 있다. 한 성직자의 말을 되새겨 보자.

"나를 가장 심하게 해치는 사람은 바로 나 자신이다. 자기 몸에 밴 결점 때문에 괴로워하는 것보다 더 심각한 고민은 이 세상에 없으리라."

최고의 인격은 꾸준히 노력해야만 얻을 수 있다. 늘 자신을 똑바로 바라보고 부지런히 스스로를 갈고닦으면서 자제심을 발휘하는 것이 중요하다.

삶을 불타오르게 하는 '사명감'

살면서 주춤하거나 비틀거리거나 잠깐 좌절할 때도 있다. 그러나 갖가지 장해물과 유혹을 의연하게 마주해서 이겨 내야 한다. 불굴의 마음가짐과 고결한 정신이 있다면 마지막에는 꼭 승리할 수 있으리라. 지금보다 더 높은 인격을 추구하고자 하는 노력 그 자체가 그대를 격려하고 용기를 줄 것이다.

위대한 인물을 본보기로 삼는 것도 좋지만, 이상적 인간상을 그저 동경하는 데에 머물 것이 아니라 자신을 향상하여 그만큼 훌륭한 인물이 되겠다고 다짐하자.

물질보다는 정신을 풍요롭게 하고 세간의 명성보다는 참된 명예를 추구하자. 학식이 높은 사람보다는 덕이 있는 사람이, 으스대면서 권력을 휘두르는 사람보다는 정직하고 성실하며 고결한 인격자가 되는 게 낫다.

인격은 그 사람의 행동에 절로 배어난다. 인격을 길러 주는 것은 신념과 고결함, 실생활에 쓸모 있는 지혜와 도덕이다. 언제나 자기답게 활발한 행동을 하려고 노력하자.

나아갈 길을 신중히 고른 다음 명성보다 의무를 중요하게 여기자. 세상의 평판에 휘둘리지 말고 양심에 따라 행동하면서 차근차근 앞으로 나아가라. 남의 개성을 존중하면서 동시에 나 자신의 자립성을 지키자.

가슴속에 도덕심을 관철할 용기를 품고, 시대 흐름을 냉정하게 파악하며, 선인의 지혜와 경험을 믿어라.

인생이라는 '물레방아'를 돌리는 힘

훌륭한 인물로부터 강한 영향을 받아 물길이 열렸다 해도 자신의 정신에서 샘솟는 '지구력'이 없으면 쉽게 메말라 버린다. 지구력은 우리에게 자립정신과 활력을 주어 그 무엇에도 지지 않고 꿋꿋하게 인생을 살아가게 해준다.

시인 다니엘이 말했다.

"지금보다 더 나아질 생각 없이 꾸준히 노력하지 않는 사람만큼 빈곤한 사람은 없다."

인격의 뿌리를 이루는 '의지력', 줄기에 해당하는 '지혜'가 없다면 인생은 불투명하고 목적도 사라져 버릴 것이다. 그런 인생은 물레방아를 돌리면서 쓸모 있게 흘러가는 냇물이 아니라 언제 썩을지 모를 단순한 물웅덩이에 지나지 않는다.

굳은 의지를 품고 높은 목적을 향해 인격이 움직이기 시작할 때, 우리는 의무감을 지니고 어떤 희생을 치르더라도 용감하게 목적을 이루겠다고 마음먹게 된다. 인생의 궁극적 순간이라 할 만하다. 이상적인 인간으로서 당당하게 자기 인격을 세상에 내보이는 것이다.

그런 행동은 다른 이에게도 영향을 끼치고 행동을 촉구한다. 입에서 나온 말이 그대로 생명을 얻어 행동으로 바뀐다. 루터의 혁명적인 말은 나팔 소리처럼 독일 전체에 울려 퍼져 국민에게 영향을 주었다.

정치가 리히터가 이렇게 말했을 정도이다.

"루터가 말했으니 이 싸움은 이긴 거나 마찬가지다."

루터의 삶은 그의 조국에 구석구석 스며들어 오늘날까지 독일 국민성 속에 살아 숨 쉬고 있다.

탐욕스럽기만 하고 맑고 깨끗한 마음이 없으면 아무리 정력이 넘쳐도 화만 부를 뿐이다. 한 민족을 멸망시킨 악인이나 다른 나라를 짓밟은 야만스런 정복자가 그런 인물에 속한다.

삶을 불타오르게 하는 '사명감'

나이 들수록 '마음이 강해지는' 삶

인격자는 자기 양심에 따라 움직이고 말하고 행동한다. 그는 공손하며 속 깊은 사람이기도 하다. 이런 자질을 갖춘 사람은 모두 고상하고 숭고한 이상적 인간상을 보여 준다.

그들은 시대의 흐름에 따라 이어져 내려온 온갖 미덕, 곧 높은 이상과 순수한 사상, 고귀한 목적, 과거의 위대한 인물을 본받으려는 자세를 존중한다. 그리고 고결한 마음으로 활동하는 동시대인을 공경한다.

경건한 마음이 없으면 신앙심도 있을 수 없다. 남을 신뢰하고 신을 믿을 수도 없다. 사회 평화나 진보도 기대할 수 없게 된다.

시인 토머스 오버베리가 이런 말을 했다.

"고상한 정신을 갖춘 사람은 모든 일을 경험으로 바꾸어 버린다. 경험과 이성이 하나 되어 행동을 낳는다. 무언가를 기대하는 마음이 아니라 커다란 사랑의 마음으로 행동한다.

인격자는 명예를 중시한다. 하나의 굳은 생각을 관철하기에 변함없는 태도로 자기를 억제하면서 행동할 수 있다. 진리는 그의 여신이니, 탐구하는 일을 게을리하지 않는다.

그는 태양 같은 존재이다. 세상 사람들은 그의 결백함을 따라 올바른 길을 걷는다. 그는 현인을 벗 삼고 중용을 지키면서 타락한 사람을 바르게 돌려놓는다.

시간은 그와 더불어 흐른다. 쇠퇴하는 육체가 아닌 강해지는 마음을 통해 스스로 나이가 들었음을 깨닫는다. 이리하여 그는 고통을 모르는 사람, 족쇄를 풀고 감옥에서 꺼내 주는 사람으로서 모두의 친구가 된다."

3. 주위 사람을 매혹하는 '흡인력'을 가져라

강한 의지력, 저절로 샘솟는 '활력'은 위대한 인격을 형성하는 주된 요소다. 활력이 있으면 인생은 생생하게 빛나지만, 그것을 잃으면 우울하고 칙칙해진다. 기운이 빠지고 인생에 실망하여 낙담하게 될 뿐이다.

"의지가 강한 사나이와 폭포는 앞길을 스스로 개척한다."

고상하고 훌륭한 정신을 지닌 활기찬 지도자는 자기 앞길을 닦을 뿐만 아니라 다른 사람들을 그 길로 이끈다.

그들의 크고 작은 동작 하나하나에는 인격적 가치가 있다. 활력과 자립심, 독립정신은 사람들에게 존경과 칭찬을 받고 응원을 얻는다.

루터, 크롬웰, 워싱턴, 대(大)피트, 웰링턴을 비롯해 위대한 지도자들은 마치 자석이 쇳가루를 끌어당기듯이 자신과 인격이 비슷한 사람을 자기 편으로 만드는 강한 인격의 소유자였다.

나폴레옹 전쟁에서 활약한 존 무어는 장교들 가운데 네이피어 삼형제를 특별히 눈여겨보았다. 그들도 은혜에 감사하며 무어를 동경했다. 절도 있고 거짓 없는 무어의 태도와 용감함에 반해서 그를 본받고자 결심한 것이다.

삼형제 중 한 명인 윌리엄 네이피어는 뒷날 외교관이 되었다. 그의 전기를 쓴 저자는 책에 이런 말을 남겼다.

"무어는 그들 형제의 인격 형성에 크나큰 영향을 미쳤다. 무어가 삼형제의 정신적·도덕적 소질을 일찍 알아본 것은 무어 본인이 상대의 인격을 꿰뚫어 볼 만큼 날카로운 통찰력과 판단력을 갖추고 있었기 때문이다. 세 사람에게 무어는 영웅처럼 위대한 인물이었다."

열정적 행동은 파도처럼 퍼져 나간다

활력 넘치는 행동은 주위에 전염된다. 힘없는 사람은 용감한 인물에게서 용기를 얻고, 그를 본받고 싶다는 충동을 느낀다. 네이피어가 전하는 이야기를 들어 보자.

에스파냐 남부에서 전투가 일어났다.

에스파냐군의 주력부대가 무너져 퇴각하기 시작할 무렵, 젊은 장교 해블록이 앞으로 나섰다. 그는 자신을 따르는 에스파냐 병사들에게 모자를 크게 흔들어 보이면서 말에 박차를 가하더니, 프랑스군이 차지한 요새 벽을 훌쩍 뛰어넘어 용맹하게 적진으로 뛰어들었다.

"용기 있는 자는 나를 따르라!"

그 광경을 본 에스파냐군은 사기가 하늘을 찌를 듯이 높아져 돌격했다. 에스파냐군은 순식간에 프랑스군을 언덕 아래까지 내쫓아 버렸다.

일상생활에서도 마찬가지다. 우리는 덕 있는 위대한 인물을 우러르며 그 주위에 모여든다. 위인은 자기 영향력이 미치는 범위 안에서 주위 사람을 계발하고 향상시키는 '참된 자선활동의 중심인물'이다.

활기차고 정직한 사람이 책임 있는 자리에 오른다면 어떻게 될까. 아랫사람은 저도 모르게 의욕이 충만해질 것이다. 대 피트가 대신으로 임명됐을 때는 그의 생각과 정신이 온 관청에 널리 퍼졌다. 넬슨 제독의 지휘 아래 싸운 해병들은 모두 넬슨이 지닌 용기를 나누어 가졌다.

조지 워싱턴이 총사령관이 되겠다고 했을 때 사람들은 미군의 힘이 단숨에 곱절로 불어난 듯한 느낌을 받았다.

1796년 워싱턴은 3선 대통령으로 추대되었으나 민주주의 전통을 세워야 한다는 이유로 끝내 사양하고는 마운트버넌에서 조용히 살았다. 그런데 1798년 프랑스가 미국에 선전포고를 할 낌새가 보이자 애덤스 대통령은 워싱턴에게 편지를 띄웠다.

"혹시 괜찮으시다면 부디 각하의 존함을 쓰는 것을 허락해 주시겠습니까. 수만 명의 장병보다도 각하의 존함이 훨씬 더 강력할 것입니다."

워싱턴의 고결한 인격과 탁월한 능력은 이름만으로도 미국인을 움직일 만큼 위대했던 것이다.

아침마다 가슴 뛰는 '위대한 일생'

호랑이는 죽어서 가죽을 남기고, 사람은 죽어서 이름을 남긴다고 하지 않는가. 이미 수세기 전 세상을 떠났어도 그대의 마음을 일깨워 주는 위인이 있다.

대표적인 인물로 시저를 꼽을 수 있다. 그가 암살자들의 습격을 받아 비참한 모습으로 세상을 떠나자 비로소 그의 공적은 살아 있을 때보다 훨씬 찬란히 빛났다.

그는 많은 결점이 있었지만, 그것마저 아름답게 꾸며져 인간미 넘치는 인물로서 재조명되었다.

위인의 삶은 후세에 활력을 불어넣는 '불멸의 금자탑'을 남긴다. 육체는 죽어 사라지지만 사상과 행동은 살아남아 지워지지 않는 발자취를 후대에 전해 준다. 그 정신은 다양한 사상과 의지로 모습을 바꾸면서 영원히 이 세상에 살아 숨 쉰다.

인류를 진보로 이끄는 참된 길잡이는 앞서서 올바른 길을 걷는 사람들이다. 그들은 높은 언덕 위에서 도덕의 세계를 밝히는 등불과도 같다. 그 정신의 등불은 뒤따르는 세대를 끊임없이 밝게 비춘다.

위인들은 조국을 신성한 존재로 받들고, 동시대인뿐만 아니라 후손들도 더 높은 곳으로 끌어올려 준다. 그들이 보인 훌륭한 가르침은 공동유산으로서 후대에 물려진다. 그리하여 훌륭한 사상과 행동은 인류의 가장 값진 보배가 된다.

그들은 도덕적 규범을 높이 내걸고 인격의 존엄성을 지킨다. 그리고 인생에서 가장 가치 있는 본능과 전통으로 마음속을 가득 채우면서 과거와 현재를 잇고, 미래의 목적 달성을 돕는다.

사상과 행동에 구체적으로 드러나는 인격은 절대로 사라지지 않는다. 위대한 사상가의 독창적 사고방식은 몇 세기가 흘러도 여전히 사람들 가슴속에 살아남아 어느새 일상생활에 녹아들어 버린다.

모세, 플라톤, 소크라테스, 세네카, 에픽테토스는 무덤 속에서 지금도 우리에게 말을 걸고 있다. 설령 낯선 나라 언어로 번역되어 미래에 전해진다 해도, 그 사상은 뭇사람을 끌어당기고 인격을 좌우할 힘을 지니고 있다.

4. 양심의 소리에 귀 기울여라

우리가 인간으로서의 의무를 수행할 때 '양심의 소리'는 우리에게 말을 건다. 아무리 뛰어난 이성도 양심의 제재를 받지 않는다면 인간을 타락의 길로 이끌 뿐이다.

양심은 사람을 자립하게 하고 의지는 그를 도덕적으로 올바르게 길러 준다. 양심은 올바른 행동, 생각, 신조, 생활방식

등 우리 정신 전체를 지배한다. 그 강한 영향력 덕분에 고결한 인격이 꽃피는 것이다.

양심은 절대로 큰 소리를 내지 않는다. 그래서 우리가 귀 기울이지 않으면 그 소리는 헛되이 사라져 버린다.

그대는 자유의지가 있기에 선과 악 가운데 어느 쪽이든 고를 수 있지만, 그 결단을 당장 행동으로 옮기지 않으면 의미가 없다.

의무감이 강하고 목표가 확실한 사람은 양심에 따른 용감한 의지로 자기 앞길을 과감하게 헤쳐 나갈 수 있다. 어떤 반대나 역경에 부딪혀도 목적을 이룰 수 있다. 목적을 이루지 못한들, 적어도 자기 할 일은 다했다는 만족감을 얻을 수 있으리라.

충실하게 살아가는 것은 정력적으로 행동한다는 말이다. 인생은 용감하게 싸워 나가야 할 전쟁터이다. 숭고하고 명예로운 결단에 용기를 얻어 우리는 여차하면 목숨도 바칠 각오로 자기 본분을 지켜야 한다. 그 옛날 덴마크의 영웅처럼 굳은 결의를 다지자.

"강한 의지로 당당히 맞서 싸우자. 의무를 수행할 때는 결코 물러서면 안 된다."

'나쁜 습관'에 평생 발목 잡힐라!

의무를 다하려는 사람을 방해하는 요소로는 크게 '목적의식 결여'와 '우유부단'을 들 수 있다.

인간에게는 양심이 있고 선악을 구별하는 능력이 있지만, 한편으로는 게으름이나 이기심, 쾌락과 욕망을 추구하는 마음도 있다. 나약한 사람은 어느 쪽에 무게를 둘지 좀처럼 결정하지 못하고 한동안 그 사이에서 갈팡질팡한다.

균형은 쉽게 깨진다. 계속 '수동적인 자세'로 유혹을 대하다 보면, 수준 낮은 이기심이나 욕망의 영향력이 점점 커져 결국 잘못된 판단을 내려 버린다. 그러면 인격은 땅에 떨어지고 감정에 휘둘리는 노예가 되고 만다.

양심에 따라 의지력을 발휘해 저속한 충동을 물리치는 것은 도덕적 수행의 기본이다. 이상적인 인격을 기르는 데 꼭 필요한 마음가짐이다.

좋은 일을 하는 습관을 기르고 욕망과 맞서 싸워서 타고난 이기심을 극복하려면 오랫동안 끈기 있게 수행해야 한다. 그러나 일단 의무를 다하는 법을 익히면 이것이 습관이 되므로, 별로 힘들이지 않고 의무를 다할 수 있게 된다.

'용감한 사람'이란 굳은 신념을 바탕으로 의지를 발휘해서, 선행이 몸에 밸 때까지 끊임없이 혹독한 수련을 쌓은 사람을 일컫는다.

반대로 겁쟁이란 아무런 의지 없이 욕망의 고삐를 늦추었다가 부도덕한 짓을 하는 습관이 점점 몸에 배어, 이윽고 그 습관에 완전히 사로잡혀 버린 사람을 뜻한다.

'완전한 행복'을 손에 쥐는 법

사람은 의지가 강해야 목적의식이 뚜렷해진다. 똑바로 자립하고 싶다면 스스로 노력해야 한다. 남의 도움을 빌리기만 해서는 안 된다.

사람은 자기 자신과 자신의 행동을 관리하는 주인이다.

스토아철학자 에픽테토스가 남긴 수많은 명언 가운데 이런 말이 있다.

"우리는 인생의 역할 분담을 스스로 결정할 수 없다. 맡은 소임을 바꿀 수 없으니, 그 소임을 잘해 내는 것만이 우리의 유일한 의무다. 이 점에서는 노예든 집정관이든 마찬가지로 자유로울 수 있다.

자유는 세상에서 가장 귀한 것이다. 자유에 비하면 모든 것은 하찮아 보이며, 자유 앞에서는 모든 것이 무의미해진다. 자유만 있으면 다른 것은 다 필요 없고 자유가 없으면 아무것도 할 수 없다.

수치를 모르는 눈먼 사람은 아무리 찾아봐야 행복을 찾을 수 없다. 힘이 있다고 행복해지는 것은 아니다. 재산도 행복을 가져다주지 않는다. 권력도 행복과는 무관하다. 이런 조건들을 전부 갖춰도 행복해질 수는 없다.

행복은 우리 안에 있다. 참된 자유, 하찮은 공포심을 이겨 내는 힘, 완벽한 자제심이 행복을 가져온다. 만족감과 평화를 맛볼 능력이 있다면 가난이나 질병, 방랑생활로 고통을 겪는다 해도, 심지어 죽음의 그림자가 눈앞에 어른거리는 순간에도 우리는 행복을 느낄 수 있다."

맥주맛에 '정직'을 깃들여 성공하다
"성실과 정직이 최고의 방법이다."

일하는 데에 성실과 정직은 행복을 낳는 어머니이다. 스코틀랜드의 지리학자 휴 밀러의 숙부는 밀러가 젊었을 때 이렇게 충고했다.

"무엇을 팔든 조금 더 넉넉하게 주어 득을 보게 하렴. 정확한 저울을 사용하고, 파는 물건을 흘러넘칠 만큼 가득 채워 넣고, 나중에 계산해 보면 절대로 손해 보지 않을 것이다."

큰 성공을 거둔 유명한 맥주 회사가 있다. 이 회사가 성장한 원인은 맥주의 원료인 맥아를 아낌없이 사용했기 때문이다. 사장은 입맛이 까다로운 사람이라 술맛을 보러 가서 언제나 이렇게 지시했다.

"아직도 맛이 별로군. 맥아를 더 넣게."

그의 맥주는 깊은 맛으로 엄청난 호평을 불러일으켰다. 맥아와 함께 넉넉한 인품까지 담았으니 성공할 수밖에 없었다. 오래지 않아 영국은 물론 인도와 다른 나라에서도 인기를 얻었다.

성실과 정직은 일하는 모든 사람이 지녀야 하는 덕목이다. 그것은 군인의 용기, 그리스도교도의 자비심처럼 몸과 하나가 되어야 한다. 휴 밀러는 그가 스승으로 모시는 석공에 대해 애기했다.

"놓여 있는 돌 하나하나가 모두 그 석공의 마음에 반드시 들어야 합니다. 보이지 않는 곳에서도 그 철칙은 절대 변함이 없지요."

진정한 장인은 결함 없는 완성품을 만들어 인정도 받고 돈도 번다. 훌륭한 변호사는 담당 사건에 끝까지 진지하게 임하는 것을 신조로 삼는다. 정직한 상인은 손님을 속이지 않고 성실하게 물건을 팔아 평판과 이익을 동시에 얻는다.

또한 성실함과 정직은 높은 자기 존중감을 갖게 하는 기초가 된다. 그러므로 그대가 정직하고 성실하기만 하다면, 다른 사람이나 자기 자신으로부터 늘 존경받게 될 것이다. 정직은 최상의 정책이라는 것을 기억하라.

'행복'이 소나기처럼 쏟아져 내리려면

우리나라 국민은 대체로 정직하고 사람을 속이지 않으며 저마다 직장에서 자기가 옳다고 믿는 일에 매진한다. 그러나 그 중에는 욕망에 사로잡혀 교활한 방법으로 돈을 벌려는 사람도 있다. 상품에 가짜를 섞어 파는 상인, 주물을 강철이라고 속이는 기술자. 그들은 거짓말로 사람들의 눈을 속인다.

그러나 쉽게 번 돈은 그만큼 쉽게 빠져나가 버리며 마음의 평온은 절대 쌓지 못한다.

사람들은 노동을 통해 마음의 평온과 안정을 추구하며 살아간다. 거기서 얻은 돈과 재물은 평온을 얻기 위한 수단일 뿐이다. 마음의 평온을 잃으면 무엇을 위해 돈을 벌어 왔는지 알 수 없게 된다.

라티머 주교는 칼장수에게서 1펜스짜리 칼을 2펜스나 주고 샀을 때 이렇게 말했다.

"그 무뢰배는 나를 속인 것이 아니다. 자기 자신의 양심을 기만한 것이다."

사기를 쳐서 번 돈은 물거품처럼 금방 사라져 버린다. 운이 좋아 부를 얻더라도 그들의 마음이 평안하리라고는 생각할 수 없다. 반대로 성실하고 정직한 사람은 잔꾀를 부리는 사람처럼 단번에 큰돈을 벌지는 못한다. 그러나 눈에 보이지 않는 성장을 이룬다.

영악한 꾀를 부려 재산을 모은 사람은 파산 위기에 처해도 아무도 도와주지 않는다. 천벌을 받았다며 조롱거리로 삼을 뿐이다. 운 좋게 다시 일어선다고 해도 이미 신용을 잃었으므로 일이 좀처럼 잘 풀리지 않는다.

그러나 성실과 정직을 신조로 삼으며 일해 온 사람은 도와주는 손길도 많다. 신용이 있기에 적은 돈으로 다시 출발하더라도 앞날에 막힘이 없다. 성실하고 정직한 사람은 신용이라

삶을 불타오르게 하는 '사명감'

는 재산을 쌓아 두었으므로 보기보다 뒷심이 있는 것이다.

따라서 한때 실패하거나 어려움에 부닥치더라도 성실하고 정직한 자세를 잃지 말아야 한다. 설령 모든 재산을 잃더라도 성실하고 정직한 자세로 일하라.

성실하고 정직한 자세는 돈보다도 귀중한 재산이다. 그 재산을 굳게 지키며 세상을 살아가면 행복도 반드시 찾아오기 마련이다.

그대에게 워즈워스의 시 한 편을 읽어주고 싶다.

정의와 성실로
다른 사람의 신용을 얻는 사람은
몸을 굽혀 속세의 명예와 부를 긁어모으지 않아도
그것이 소나기처럼
그의 머리 위로 쏟아져 내리리라

5. 자신에게 숨어있는 '미지의 에너지'를 발굴하라

격렬한 기질이 꼭 나쁜 것은 아니지만, 타고난 성질이 격렬하면 그만큼 자제심과 자기 수양을 쌓아야 한다.

새뮤얼 존슨이 말했다.

"사람은 나이가 들수록 인품이 완성되고, 경험을 쌓을수록 진보한다."

그러나 이것은 그 사람이 가진 인격의 너비와 깊이, 도량의 크기에 따라 다르다.

사람은 잘못을 저질러서 파멸하는 것이 아니라, 잘못을 저지른 뒤 취한 그릇된 태도에 따라 파멸한다. 현명한 사람은 자신이 일으킨 재난을 본보기 삼아 두 번 다시 같은 실수를 되풀이하지 않는다. 하지만 아무리 경험을 쌓아도 배우려는 자세가 되어 있지 않은 사람은, 시간이 갈수록 점점 더 도량이 좁아지고 기분이 언짢아져서 타락의 길로 빠진다.

일반적으로 젊은이들에게 나타나는 격렬한 기질은 폭발하기 직전의 완성되지 않은 에너지이다. 올바른 배출구만 만들어 주면 그 에너지를 효과적으로 쓸 수 있다.

에너지를 그냥 폭발시키기는 아깝다. 꿈을 품어라!

'격렬한 기질'은 쉽게 흥분하는 강력한 의지로, 제대로 억제하지 않으면 발작적으로 폭발하고 만다. 그러나 증기기관 속에 있는 증기를 압력조절기로 균형을 맞추듯이, 어떤 힘으로 능숙하게 조절하면 효과적인 에너지원이 되어 사회에 쓰일 수 있다.

역사에 이름을 남긴 위인 중에도 격렬한 기질을 가진 사람이 있다. 그늘은 그러한 기질과 함께 자신의 원동력을 엄격하게 제어하는 굳센 의지도 아울러 갖추고 있었다.

크롬웰도 젊은 시절에는 손댈 수 없을 만큼 격렬한 기질을 지닌 사람이었다. 걸핏하면 화를 내고 무슨 생각을 하는지 종잡을 수 없으며, 두려움을 몰랐다. 그는 젊고 왕성한 자신의 에너지를 제어하지 못해 온갖 객기를 부렸다.

고향에서는 방탕아로 유명했으며, 악덕의 길을 내달리는 것처럼 보였다. 그러나 종교가 그를 구원했다. 칼뱅주의의 엄격한 규율이 난폭하게 날뛰는 그의 기질을 가라앉힌 것이다.

그의 왕성한 에너지는 좋은 방향으로 흘러, 공공장소에서 에너지의 배출구를 찾게 되었다. 그 결과 크롬웰은 20년 가까

삶을 불타오르게 하는 '사명감'

이 영국 전역을 뒤흔든 강력한 영향력을 가지게 되었다.

네덜란드 나사우 가문의 영웅적 왕자들도 모두 이러한 자제심과 자기희생 및 강한 목적의식을 가지고 있었다. 초대 총독 빌렘 1세가 침묵공(公)으로 불린 까닭은 그가 단지 과묵해서가 아니다. 그는 말하지 않는 게 현명할 때에는 입을 다물었다. 조국의 자유를 위협할까 봐 말을 아낀 것이다.

그 태도가 너무도 온화해서 남의 비위를 살피는 것처럼 보일 수도 있었기에, 그와 대립하는 사람들은 그를 "소심하고 우유부단하다"고 혹평했다. 그러나 그는 필요하면 서슴없이 자신의 생각을 강력하게 주장했다. 행동이 필요할 때에 내보이는 용기는 영웅적이고, 단호한 결단력은 누구에게도 뒤지지 않았다.

네덜란드 역사를 연구한 미국 역사가 모틀리는 이렇게 말했다.

"'폭풍우 치는 거센 바다에서 가만히 앉아 있는 바위'는 빌렘 1세의 친구들이 그의 굳은 의지를 표현할 때 즐겨 쓰던 말이다."

마음에 '냉각수'를 가진 사람은 자신을 마음껏 불태울 수 있다

모틀리는 침묵공 빌렘과 워싱턴을 비교하여 많은 공통점을 찾아냈다. 빌렘과 마찬가지로 존엄함과 용기와 순수함을 지닌 워싱턴은, 최고의 자질을 갖춘 사람으로 세계 역사에서도 특별한 위치를 차지한다.

워싱턴은 위험에 처했을 때조차 자신의 감정을 억제했다. 그런 그를 보고 어떤 사람은 이렇게 말했다.

"태어날 때부터 침착하고 무감동한 성격이었을 거야."

그러나 사실 워싱턴은 타고난 기질이 매우 격렬해 쉽게 흥분하는 성격이었다. 다른 사람에게 보이는 상냥함과 온화함, 예의 바름, 배려 등은 모두 어린 시절부터 길러 온 엄격한 '자제심'과 '자기 수양'의 결실이었다.

워싱턴의 전기를 쓴 젊은 작가가 말했다.

"그는 모든 일에 쉽게 빠져드는 정열적인 성격의 소유자였다. 그가 온갖 유혹과 자극을 이겨 낼 수 있었던 까닭은, 언제나 감정을 억제하는 노력을 게을리하지 않았기 때문이다. 이따금 격렬한 감정이 불쑥 튀어나오기도 했지만, 그에게는 이내 그것을 억누를 줄 아는 힘이 있었다. 그의 인격에서 가장 돋보이는 장점은 굳건한 자제심이다."

시인 워즈워스는 어린 시절 고집이 세고 변덕스럽고 사나워서, 자신이 잘못한 일도 오기를 부리며 끝까지 반항했다. 그러나 인생 경험이 그의 성격을 길들였고, 점차 자제심을 기르는 법도 배워 갔다.

어린 시절의 굽히지 않는 성격은 뒷날 그의 작품을 비평하고 공격하는 사람들과 맞설 때 도움이 되었다. 자기 재능에 대한 인식과 함께 워즈워스의 일생을 가장 정확하게 특징짓는 요소는, 자존심과 독립정신일 것이다.

대학자 가슴 밑바탕에 흐르는 열정의 마그마

몸이 약해도 성격이 밝으면, 그 사람은 행동력 있고 힘차며 아주 뛰어난 영혼을 갖게 된다.

틴들 교수는 자신의 친구이자 화학자·물리학자인 패러데이의 성격 및 학문 연구에 대한 그의 자기희생적 활약을 명쾌하게 설명했다.

"패러데이는 강렬한 독창성과 불같은 격렬함을 가지고 있으면서도 상냥함과 섬세함을 잃지 않는 남자였다. 상냥하고 온화한 그의 태도 밑에는 화산과 같은 에너지가 숨어 있다. 그는 자신의 격렬한 성격을 엄청난 자기 수양을 통해 목적을 이루기 위해 달리는 힘으로 바꾸었다. 그는 한때 정열에 휩쓸렸지만 덧없이 힘을 낭비하지 않았다."

패러데이에게서 특히 돋보이는 장점은, 자제심과 크게 다르지 않은 '자기희생'이다. 분석화학 연구에 몰두한 그는 마음만 먹으면 경제적으로도 엄청난 부를 손에 넣을 수 있는 기회가 다가왔다. 그러나 패러데이는 그 유혹을 거들떠보지 않고 순수한 학문의 길을 선택했다. 대장장이 아들이자 제본소 수습 직원이었던 그는 15만 파운드의 재산과 돈 한 푼 안 되는 학문의 길로 나뉘는 인생의 중대한 갈림길에 서게 되었던 것이다.

그는 부를 뿌리치고 학문을 선택하여 가난하게 살다가 죽었지만, 영국 학회를 빛낸 그의 눈부신 이름은 후세에까지 길이 남게 되었다.

6. '사명감'이 큰사람을 만든다

자기 의무를 다하려는 책임감은 용감한 사람을 올바른 길로 이끌고 격려해 주는 든든한 버팀목이 된다.

기원전 1세기에 폭풍이 몰아치는 바다를 건너 로마로 간 폼페이우스. 그는 친구들이 자살이나 다름없다고 말려도 아랑곳하지 않고 배에 올라탔다.

"나는 반드시 가야 하네. 반드시 살아야 할 필요는 없지만."

해야 할 일은 반드시 하겠다는 자세가 훌륭하지 않은가!

조지 워싱턴을 움직인 힘

조지 워싱턴의 인생을 뒷받침한 원동력은 확신에 찬 진실과 애국의 떳떳한 '사명감'이었다.

그의 인격은 일관되고 굳건했다. 제왕에 어울리는 위엄이 깃들어 있었다. 그는 꼭 해야 할 일이 있으면 온갖 위험을 무릅쓰고 완벽하게 해냈다. 허영심이나 명예욕을 채우려는 것도 아니었고 인기나 보수를 바란 것도 아니었다. 그의 머릿속에는 단지 꼭 해야 할 일을 가장 좋은 방법으로 해내겠다는 생각밖에 없었다.

게다가 워싱턴은 매우 겸허했다. 독립전쟁이 일어났을 때 그는 국군 최고사령관이 되어 달라는 청을 받았지만 좀처럼 그 지위에 오르려 하지 않았다. 간절한 부탁을 받고서야 겨우 승낙했을 정도다. 조국의 장래를 좌우할 만큼 책임이 무거운 직무를 맡게 되자 워싱턴은 이렇게 말했다.

"여러분의 신뢰를 혹시라도 배반할까 저어되어 지금 이 자리에서 미리 솔직하게 말씀드리겠습니다. 저는 저에게 주어신 명예로운 직무를 수행할 만한 능력이 없다고 생각합니다."

워싱턴은 최고사령관으로서, 더 나아가 대통령으로서 의무를 다하면서 늘 깨끗하고 올바르게 살았다. 그를 칭찬하는 좋은 소문도, 또 권위와 신망을 떨어뜨릴 만한 비방도 그의 마음을 흔들지 못했다. 그는 인기를 의식하지 않고 언제나 초심을 지켰다.

영국으로 파견된 존 제이가 체결하려던 평화협정이 문제가 되었을 때의 일이다. 조약 체결을 반대하는 목소리가 여기저기서 나왔지만 워싱턴은 자신과 국가의 명예를 지키기 위해 모든 반대를 물리치고 조약을 체결했다.

삶을 불타오르게 하는 '사명감'

결국 사람들의 비난이 쏟아지고 워싱턴의 인기도 땅에 떨어졌다. 군중이 던진 돌에 맞기도 했다. 하지만 그는 굴하지 않았고, 조약을 체결하는 것이 자신의 의무이자 사명이라고 굳게 믿었다. 그리고 온 나라 사람들의 진정과 항의를 물리치고 마침내 조약을 발효했다.

워싱턴은 뒷날 이런 말을 남겼다.

"저는 저를 지지해 주시는 많은 분들께 깊이 감사하고 있습니다. 그분들께 보답하기 위해서라도 오로지 제 양심에 따라 행동할 수밖에 없었습니다."

목숨이 다할 때까지 정력적으로 살아간 사람의 '기백'

에든버러 대학 교수였던 조지 윌슨은 의무를 중시하는 정직하고 근면한 인간의 대표적인 인물이다. 그의 인생은 용기 있고 활기차며 근면한 삶의 본보기였다.

몸은 약해도 명랑하고 활발한 소년이었던 윌슨은 열일곱 살 때부터 불면증과 우울증에 시달리게 되었다. 그는 친구에게 말했다.

"왠지 난 오래 살지 못할 것 같아. 나는 체력이 아닌 정신력으로 살아가야 할 모양이야."

그 말대로 윌슨은 평생 육체적으로 건강하게 살지 못했다. 그의 생애는 학문과 끊임없이 전쟁을 벌이는 두뇌노동의 삶이었다.

스코틀랜드의 어느 작은 마을 변두리에서 강행군할 적에 그는 한쪽 다리를 다쳤다. 쓰러질 지경이었지만 어찌어찌 집에 도착해서 보니 무릎 관절에 고름집이 잡혀 있었다. 그는 엄청난 고통에 시달리다가 결국 오른 다리를 절단하게 되었다.

하지만 그는 일손을 멈추지 않고 집필과 강의를 계속했다. 이번에는 류머티즘과 심한 안구 염증이 그를 괴롭혔다. 글조차 제대로 쓰지 못하게 되었을 때 그는 누이동생에게 필기를 부탁해서 강의 준비를 했다. 하루하루가 고통스러웠고 진통제 없이는 잠을 이룰 수가 없었다.

이윽고 온몸이 망가졌을 때, 마지막 숨통을 끊으려는 듯 폐병 증세까지 나타났다.

그래도 그는 에든버러 대학에서 일주일에 한 번씩 하는 강의를 단 한 차례도 빼먹지 않았다. 많은 학생 앞에서 강의하는 것은 다른 무엇보다도 몸을 혹사하는 일이었는데도.

지쳐서 집에 돌아오면 윌슨은 외투를 벗으며 이렇게 말하곤 했다.

"아이고, 오늘도 내 관에다 못을 하나 더 박았구면."

스물일곱 살이 된 윌슨은 '내 마음의 친구들'이라고 부르던 온갖 병마에 시달리면서도 일주일에 열 시간이나 열한 시간, 또는 그 이상의 시간을 강의에 쏟아부었다. 이때 그는 이미 죽음의 그림자가 코앞까지 다가왔음을 느끼고 있었다. 시간이 얼마 남지 않았다는 생각에 그는 넘치는 기백으로 일에 몰두한 것이다.

"어느 날 갑자기 내가 죽었다는 소식을 듣더라도 놀라지 말게."

윌슨은 친구에게 편지로 이런 말을 했다. 하지만 어두운 감상적 기분에 젖지는 않았다. 오히려 힘이 넘친다는 듯이 희망을 잃지 않고 적극적으로 일을 계속했다.

그는 괴로워하지도 초조해하지도 않았으며 격정에 사로잡히지도 않았다. 오히려 명랑함을 잃지 않고 고통을 견디면서 불

삶을 불타오르게 하는 '사명감'

굴의 정신으로 살아갔다. 육체는 고통스러워도 그의 영혼은 언제나 고요하고 맑았다. 몇 사람의 힘을 합친 듯한 큰 힘을 발휘하며 하루하루 정력적으로 자기 의무를 다했다.

자신의 목숨이 경각에 달려 있음을 알면서도 그의 유일한 걱정거리는 가족들이 충격을 받지 않도록 자신의 아픔을 어떻게 끝까지 숨기느냐는 것이었다.

"나는 누구 앞에서나 일부러 밝게 행동하고, 하루하루 마지막 날인 것처럼 최선을 다해 살려고 애쓰고 있다."

발작이 일어나 사경을 헤맨 적도 여러 번 있었지만, 그는 끊임없이 노력한 덕분에 스코틀랜드 산업박물관장이라는 요직을 맡게 되었다. 그는 그 일에 남은 힘을 전부 쏟아부었다. 정신적으로나 육체적으로나 잠시도 쉬지 않았다. 윌슨의 꿈은 '일하다가 죽는 것'이었다.

피를 토하는 날이 늘고 고통이 끝없이 이어졌지만 그는 강의를 계속하고 교회학교 강의록도 집필했다.

"'의무'는 나에게 이 세상에서 가장 의미 있는 말이다. 무슨 일을 해도 이 단어가 가장 먼저 떠오른다."

그는 몸 안에 손톱만큼이라도 힘이 남아 있는 한, 일을 계속하고 싶어했다.

1859년 가을, 그는 평소처럼 에든버러 대학에서 강의를 마치고 옆구리에 심한 통증을 느끼면서 집으로 돌아왔다. 의사가 진찰해 보니 폐의 염증이 가슴막염을 일으킨 상태였다. 약해질 대로 약해진 그의 몸은 끝내 병을 이기지 못했다. 며칠 뒤 그는 힘이 다하여 그토록 바라던 편안한 잠에 빠졌다.

하루는 57,600초로 이루어진다. 그중 단 몇 분 동안이라도 숨을 쉴 수 없다고 가정해 보라. 숨쉴 수 있다는 것이 우리 삶에서 그 무엇보다 중요한 의미를 갖게 될 것이다. 이런 식으로 우리가 일상 속에서 놓치고 있는 기적들이 얼마나 많을까?

그대의 삶에는 그런 기적과 같은 '오늘'이 얼마나 남아 있는가? 현재 스무 살이고 만약 여든두 살까지 산다고 가정하면 그대에게는 22,645일의 오늘이 있다. 하지만 하느님의 계획은 알 수 없으므로 실제 숫자는 그보다 작을 수 있다. 또, 이미 살아온 20년이 순식간에 지나가 버린 것을 떠올려 보라. 7,305일의 오늘이 어느새 '어제'가 되어 사라지고 없다. 그러니 스스로에게 자부심을 느낄 만한 일을 하지 않고, 단 하루라도 헛되이 흘려보낸다면 이 얼마나 안타까운 일인가?

Part 5
'경험'을 갈고닦아야 청춘은 빛난다
확실한 '실력'을 길러 나가는 방법

1. 자신의 능력을 '눈덩이'처럼 키우자

스코틀랜드의 저명한 시인이자 작가인 스콧이 말했다.

"사람은 다른 사람들로부터 가르침을 받는다. 그러나 스스로 자기를 교육하는 것이 가장 바람직한 방법이다."

이 말을 듣고 벤자민 브로디는, "내 의학지식과 기술은 모두 스스로 공부해 얻은 것이다" 말하며 기뻐했다.

이것은 비단 의술에만 관련된 얘기가 아니다. 학문과 예술 분야에서 이름을 떨치는 사람들은 모두 스스로 자신을 교육한 사람들이다. 학교 교육은 마음을 학습으로 향하게 하고 오랜 시간 공부해도 싫증을 느끼지 않게끔 공부 습관을 길러 줄 뿐이다.

일반적으로 책과 선생님과 친구에게서 배운 지식, 한번 보고 쉽게 얻은 지식, 생각을 거치지 않고 얻은 지식은 쉽게 사라진다. 그러나 스스로 애써서 얻은 지식은 결코 몸에서 떨어지지 않는다. 자기 삶의 양식이 되며, 완벽하게 자신의 것으로 남는다. 몸속 깊이 스며들어 세월이 흘러도 잊히지 않고 자기 안에서 가지를 치면서 점점 더 크게 자라난다.

그렇게 성장한 지식과 사고방식을 통해 우리는 온갖 문제를 해결할 수 있다. 문제가 하나 해결되면 그 힘으로 다른 문제도 처리할 수 있게 된다. 이러한 작업을 계속하다 보면 잠재 능력이 발휘되고, 학문이 더욱 깊어지게 된다.

물고기 잡는 방법을 배운다

좋은 교사는 스스로 공부하는 일의 중요성을 알고 있다. 그래서 학생들이 제 힘으로, 머리를 써서 학식을 쌓게 하려고 노력한다. 입으로만 이것저것 설명하지 않고 습관처럼 자기 일에 익숙해지도록 이끌어 준다.

학자 아놀드도 이러한 생각을 가진 사람이다. 그는 학생에게 방향을 짚어 주어 학생의 의욕에 불을 지피고, 스스로 힘껏 공부하고자 하는 마음을 불러일으키는 데 가장 공을 들였다. 다음의 말에 그의 교육관이 잘 나타난다.

"나는 아이들을 옥스퍼드 대학에 입학시키는 것보다 영국령 남태평양의 섬 반 디멘스 랜드(지금의 태즈메이니아)로 보내는 게 낫다고 생각한다. 학교에는 의식주를 비롯해 모든 것이 갖춰져 있으므로 자립심이 생기지 않는다. 연약하고 껄렁거리며 노는 데만 정신이 팔리기 십상이다. 그러나 반 디멘스 랜드에 가면 스스로 노력하여 살아가기 위해 일할 수밖에 없다. 그 효과는 학교에서는 도저히 얻을 수 없는 것이다."

이제 스스로 배운다는 것이 어떤 것인지 알겠는가!

2. 반기문의 불타는 '향학심'이 엄청난 결과를 가져왔다

세계 192개 회원국, 연간 예산 50억 달러, 9만 2천여 명의 평화유지군을 가진 세계에서 가장 큰 국제기구 유엔(UN). 그래서인지 유엔의 사무총장은 '세계의 대통령'이라고 불린다. 그런 명예로운 자리에 한국인 최초로 제8대 유엔사무총장에 취임한 사람이 있다. 그의 이름은 반기문.

가난한 나라 한국에서 나고 자란 그가 그런 놀라운 성공을 이룬 데는 남다른 노력이 있었다.

반기문은 초등학교 때부터 1등을 놓치지 않았다. 머리가 좋기도 했지만 공부밖에 몰라 1등을 할 수밖에 없었다. 친구들과의 놀이도 외우기 시합이나 문제 풀기를 할 정도였다. 성실하고 모범적인 태도에 친구들은 그를 '반선생'이라고 불렀다.

중학교에 입학한 반기문은 처음 배우는 영어 과목에 흠뻑 빠져들었다. 영어를 잘하면 피부색과 생김새가 다른 외국인들과 자유롭게 대화를 나눌 수 있다는 사실이 흥미를 불러일으켰기 때문이다. 처음에는 알파벳을 쓰는 것도 어려웠지만, 꾸준히 단어를 외우며 공부한 덕분에 3학년 때는 교과서를 다 떼고 읽을 것이 마땅치 않아 영어잡지〈타임(Time)〉을 읽을 정도가 되었다.

고등학교에 이르자 영어 실력은 눈에 띄게 향상되었다. 그는 영어 문장이라면 닥치는 대로 외우고 중얼거렸다. 혼잣말 하듯 시도 때도 없이 영어를 웅얼거려 친구들이 미친 거 같다며 수군댈 정도였다. 배움에 목이 말랐던 반기문은 충주 비료 공장에서 일하는 미국인 기술자 집을 찾아가 부탁해 교과서 내용을 정확한 발음으로 녹음했다. 녹음한 내용을 계속 반복해 듣고 따라 하면서 그는 발음까지도 정확하게 구사하게 되었다.

그런 그에게 큰 기회가 찾아왔다. 미국 적십자가 여러 나라의 청소년들을 초청해서 한 달간 연수를 시켜 주었는데, 한국 대표로 그가 뽑힌 것이다. 경기고, 서울고, 경복고 등 그 무렵 내로라하는 학교에서 많은 학생이 참여했음에도 반기문은 당당히 전국 1등을 차지했다. 그동안의 피나는 노력이 값진 결과를 맺은 것이다.

반기문은 43개국 117명의 학생과 함께 미국을 방문해 백악관에서 케네디 대통령을 만났다. 케네디가 반기문에게 장래 희망을 묻자 그는 당당히 나라를 위해 세계를 누비는 외교관이라고 대답했다.

"케네디 대통령을 만나고 나의 꿈이 더 확실해졌습니다. 아무도 알아주지 않는 조그만 나라 한국을 세계에 널리 알리는 외교관이 되겠다고 다짐 또 다짐했죠."

그 뒤 반기문은 더욱 열심히 공부했다. 공부하다가 지칠 때면 케네디 대통령과 여러 나라 친구들과 찍은 사진을 들여다보며 마음을 다잡았다. 잠자는 시간까지 쪼개 가며 밤낮으로 열심히 책을 읽은 탓에 눈병을 앓아도 그는 힘든 줄 몰랐다.

꿈을 향한 끈질긴 노력 덕분에 그는 대학 졸업과 함께 외무고시에 합격했다. 외교부에서 근무하며 외무부 미주국장, 외무부장관 특별보좌관, 외무부 외교정책실장과 차관보 등을 지낸 반기문은, 그 뒤 외교통상부 장관으로 취임해 책임감 있게 나랏일을 수행했다. 그리고 마침내 192개 유엔 회원국으로부터 만장일치의 찬성표를 얻어 유엔사무총장이 된 것이다.

"지금 자면 꿈만 꾸지만 지금 공부하면 꿈을 이룹니다."

'경험'을 갈고닦아야 청춘은 빛난다

반기문은 자신을 닮고자 하는 많은 이에게 이렇게 말하며 공부할 것을 권했다. 사전을 통째로 외우고, 외운 부분은 찢어 먹을 정도로 치열하게 공부했던 그이기에 노력만이 실력과 자신감을 키워 꿈을 실현시켜 준다는 진리를 알고 있었기 때문이다.

스스로 공부하는 힘은, 한 사람에게 이토록 놀라운 업적을 쌓게 한다. 스스로 공부하는 자세 앞에 불가능은 없다. 그대도 늘 배우고자 하는 마음을 가져라.

뉴턴의 뛰어난 '자기 성찰력'

부지런하고 착실하며 지혜로운 사람은 머릿속에 든 것이 많아질수록 만족하지 못하고 오히려 자신의 부족함을 느낀다. 반대로 부지런하지 못하면 자신이 충분한 지식을 갖추었다고 생각해 버린다. 케임브리지 대학에 다니는, 눈에 띌 만큼 공부가 부족한 학생이 교수에게 감사인사를 하러 왔다.

"교수님 덕분에 충분한 학문을 갖출 수 있었습니다. 이제 학교를 떠나려 합니다. 정말 감사합니다."

교수가 눈을 동그랗게 뜨고 말했다.

"정말 그렇게 생각하느냐? 나조차도 이제 겨우 학문의 어귀에 들어섰다고 생각하는데."

세상에는 다양한 사람이 있지만 그중에는 머리에 든 것은 많아도 어느 것이고 본질은 제대로 이해하지 못해 늘 수박 겉핥기만 하는 사람이 있다. 바로 자만심에 사로잡혀 콧대가 높은 사람이다.

교양 있는 사람은 "내가 아는 것은 내가 아직 아무것도 모른다는 것이다" 말하며 오히려 자신을 낮춘다. 유명한 뉴턴도 이렇게 말했다.

"나의 학문은 얕은 바다에서 주운 조개와 같다. 진리의 큰 바다는 너무나 넓고 깊어 끝이 보이질 않으니 그 모습조차 알지 못한다."

새로운 형식의 정원 '가드네스크'를 만든 조경사 존 라우든도 자신을 낮추고 많은 공부를 한 사람이다.

에든버러 근교 작은 농장주의 아들로 태어난 라우든은 어릴 때부터 그림을 좋아했으며 뛰어난 재능도 보였다. 하지만 아버지는 그를 정원사의 수습생으로 보내 버렸다.

이 무렵 라우든은 배우고자 하는 열망이 대단해서 한 주에 이틀은 밤을 새워 가며 공부했다고 한다. 밤만 되면 학교에서 프랑스어를 공부했는데 열여덟 살이 되기도 전에 프랑스 철학자 아벨라르 전기를 영어로 번역했다.

라우든은 스무 살이 되었을 때 자신의 일기에 이런 글을 남겼다.

"나는 이제 스무 살이 되었다. 인생의 3분의 1이 지나갔건만 사람들의 행복에 도움이 되는 일을 하지 않았으니 어찌해야 좋은가!"

큰 꿈을 이루기 위해 라우든은 독일어까지 공부했고 곧바로 자신의 것으로 만들었다. 언어를 익힌 라우든은 원예 연구를 위해 두 번이나 유럽을 여행했으며, 그 성과를 방대한 자신의 저서 《조원술 백과사전》에 담아 원예와 조경 설계 전반에 크나큰 공헌을 했다. 혼자서 해냈다고는 믿기지 않을 만큼 성공한 데는 엄청난 노력과 고생이 뒤따랐다.

'경험'을 갈고닦아야 청춘은 빛난다

꿈이 없는 '공부'라면 무슨 소용 있는가

스스로 공부한다는 것은 얄팍한 지식을 머리에 채워 넣음으로써 만족하는 것이 아니다. 그런데 많은 사람이 학문의 성취를 바라면서도 노력하여 머리를 쓰는 것은 싫어한다. 좋은 물건을 사려면 그에 맞는 돈을 내야 하지 않는가.

학자 존슨이 말했다.

"끈기 있게 공부하지 못하는 것은 현대인의 병이다."

오늘날에는 공부를 돕는 전자기기들이 너무나 많다. 전자사전, 컴퓨터, 스마트폰 등. 손으로 몇 번만 두드리면 얻고자 하는 정보가 물밀듯 쏟아져 나온다.

무엇보다 걱정되는 것은, 쉬운 방법만 좇아가고 힘들여 머리 쓰는 일은 피하는 자세이다. 커다란 꿈이나 목표를 갖지 못하고 작은 성공에 만족하는 태도이다.

고작 스무 번 정도 강의만 듣고는 프랑스어와 라틴어 공부를 다했다고 여긴다. 초록 물이 붉게 변하고 인이 불타는 것을 본 것만으로 화학을 배웠다고 생각한다. 본인은 공부했다고 생각할지 모르지만, 그것은 한낱 어린애 장난에 지나지 않는다.

쉽게 얻은 지식과 생각은 자기 것으로 남지 않는다. 그런 지식은 머리에 남아 있어도 생활과 정신을 풍요롭게 해주지 않는다. 실생활에서는 얼마간 도움이 되고 이익이 될지도 모른다. 그러나 애당초 편하게 살기 위한 학문이므로, 그것이 흔들림 없는 밑바탕이 되어 이익을 불러오는 일은 없다. 그런 지식은 정신의 영역이 아니라 오감의 영역, 곧 먹고 마시는 일이나 성적 쾌락을 닮은 것이므로 시간이 지나면 사라져 버린다.

행복은 스스로 하겠다는 마음가짐으로 활발하게 머리를 써야 얻을 수 있다. 천박한 공부에 만족하고, 태평하게 꿈을 좀먹는 생활을 하면 살아 있다는 실감을 느끼지 못하게 된다. 어려움이나 재난을 겪는 행운이라도 없으면 눈조차 뜨지 못할 것이다.

'재능'만 믿으면 자신을 망친다

젊은 사람이 장난감을 가지고 노는 기분으로 학문을 하면 그것이 습관이 되어 어려운 일을 싫어하고 피하게 된다. 학문을 장난감으로 여기면 처음에는 그 폐해가 보이지 않아도 시간이 지나면 정신이 피폐해지고 행동이 통일되지 않는다.

산만한 독서가 그 예이다. 손에 잡히는 대로 책을 펼쳐서 재미있어 보이는 부분만 골라 읽다 보면 폐해는 아주 심각해진다. 첫째로 표면적인 지식과 생각만 얻게 되고, 둘째로 노력을 멀리하고 규칙을 싫어하게 되며, 셋째로 정신력이 약해진다.

브라이튼의 목사 로비트슨이 말했다.

"한 번에 여러 종류의 책을 읽으면 정신이 나약해진다. 그것은 잠자는 것과 조금도 다르지 않다. 산만한 독서는 가장 큰 게으름이다. 그것만큼 사람의 활력을 빼앗는 것도 없다."

산만한 독서는 스스로 배우고 스스로 익히는 것과 정반대의 행위이다.

프랑스의 작가 벵자맹 콩스탕이 그 불행의 전형적인 인물이다. 그의 재능은 누구나가 인정하는 것이었다. 그가 쓴 작품은 재치 있는 경쾌한 문장으로 눈부시게 빛나 그 시대의 독자들을 사로잡았다.

그러나 안타깝게도 그의 행동은 경박했다. 그에게는 스스로

'경험'을 갈고닦아야 청춘은 빛난다

배우는 자세나 확고한 뜻도 성실함도 없었다. 그래서 많은 일을 하고자 했어도 이렇다 할 일은 아무것도 이루지 못했다.

그러한 점을 그도 알고 있었는지, 일찍이 이런 말을 했다.

"명성이나 체면 같은 것은 나에게는 아무 가치도 없다. 나에게 조금이라도 영향을 주는 것이 있다면, 어려움에 처해 괴로워하는 사람들의 비명 정도이다."

콩스탕의 저서 가운데에도 자기를 아무 가치도 없는 티끌과 같다고 비하하는 내용이 있다. 하지만 그도 우리에게 반성만은 남겼다.

"나는 고뇌와 우울함 속에서 그림자처럼 살아왔다. 나에게는 살아가는 토대가 되는 철학이 없으며, 남을 위해서 아무것도 이루지 못했다."

그는 비범한 재능이 있었음에도 무엇 하나 제대로 이루지 못하고 오랫동안 괴로워하다가 우울하게 세상을 떠났다.

3. '치밀하게 생각하는 머리'를 만드는 방법

조잡한 생각이나 조금이라도 의문을 남기는 이해방식으로는 학문을 할 수 없다. 아주 치밀하게 생각하고 완벽하게 이해해야 한다. 그 점을 잘 알고 있던 프란시스 호너는 공부할 때 지켜야 할 규칙 한 가지를 정했다.

어떤 것을 공부할 때는 그것에만 전념하여 완벽하게 이해할 때까지 절대 다른 것으로 넘어가지 않는다는 것이다.

또한 그는 읽어야 할 책을 몇 권으로 제한하고 나머지 책들은 적당히 훑어보았다. 사람들은 흔히 학식은 넓어야 가치가 있다고 생각하기에 책을 많이 읽을수록 좋다고 여긴다. 그러나 정말로 중요한 것은 얼마나 깊이 이해하고, 실생활에 응용할 수 있느냐는 점이다.

따라서 얼마 안 되는 지식이라도 그것이 완전히 자기 것이라면 현장에서 크게 도움이 된다. 그러나 지식이 많아도 수박 겉핥기식이라면 아무 소용이 없다.

한 가지 일을 잘하면 열 가지 일을 잘 해낸다

가톨릭교회의 성인 이그나티우스 데 로욜라가 말했다.

"정해진 시간에 한 가지 일을 완벽하게 해내는 사람이 많은 일을 할 수 있는 사람이다."

반대로 한정된 시간에 많은 일에 손을 대는 사람은 힘이 분산되어 어느 것도 제대로 이루지 못한다. 결국 무엇을 해도 어중간한 상태로 그치는 나쁜 습관만 몸에 배게 된다.

세인트 레너즈는 자신의 공부 방법에 대해 다음과 같이 말했다.

"처음 법률 책을 읽었을 때 이것을 모두 내 것으로 만들자고 생각했다. 그래서 하나를 이해하여 완전히 내 것으로 만들기 전에는 절대 다음으로 넘어가지 않겠다고 다짐했다. 이때 함께 법률을 공부하던 사람들이 많았는데, 그들이 하루에 공부하는 양을 나는 일주일이 걸려야 다 볼 수 있었다.

일 년이 지났을 때, 나는 법률 책을 처음 읽었던 그대로 기억하고 있었다. 그러나 다른 사람들은 읽었던 내용을 점차 잊어버렸다."

배움을 '피와 살로 만드는' 최고의 비결

책은 사람의 지혜를 깊게 만들지만 무작정 많이 읽는다고

'경험'을 갈고닦아야 청춘은 빛난다

지혜가 깊어지지는 않는다. 지혜를 얻으려면 그대는 다음 두 가지를 명심하라.

첫째, 목적을 가지고 읽어야 한다. 어떤 점을 연구하겠다는 확실한 목표를 정하고 읽으면 책의 이해도가 깊어진다. 책에는 독자에 대한 저자의 바람이 담겨 있다. 저자가 "이 점을 반드시 기억하라" 써두었다면, 그 대목이 전체를 이해하는 핵심이므로 마음에 새겨 두길 바란다는 뜻이리라. 그런 부분을 잡아내어 저자의 의도를 파악하면 확실한 목표가 보일 것이다. 정해진 목표를 향해 읽다 보면 책을 오롯이 이해할 수 있다.

둘째, 자신의 능력에 맞춘 독서 규칙을 만들어라. 그대에게 읽은 내용을 모두 기억하는 재주가 있는가. 아바네시는 이런 이론을 주장했다.

"내 머리에는 밖에서 들어오는 것을 받아들이는 데에 한계가 있다. 그보다 많이 넣으면 넘치는 만큼을 밖으로 내보내 버린다."

또한 이런 말도 했다.

"사람에게는 무언가를 하겠다는 의지가 있다. 그 의지가 굳세면 반드시 그것을 성공시키는 방법을 찾아낸다."

자신의 능력을 정확히 파악하면 그에 맞는 독서 규칙을 만들 수 있다는 것이다.

목표를 설정하고 능력에 맞는 규칙을 만들어 책을 읽다 보면 눈부신 지혜를 얻을 수 있다. 프란시스 호너나 세인트 레너즈와 같은 독서 방법을 따르면 되는 것이다. 한 권의 책을 철저하게 이해해 자기 것으로 만들면 그 지식을 활용하고 싶을 때에 언제든지 꺼내서 쓸 수 있다.

세상에는 이와 정반대의 행동을 하는 사람들도 있다. 많은 책을 모아서 목차 등을 꼼꼼하게 적어 두었다가 필요할 때마다 꺼내 보는 것이다.

그러나 전체를 읽고 깊이 이해해야 되는 내용은, 한 대목만 끄집어낸다고 해서 실제로 도움이 되진 않는다. 책을 현실에 활용하려면, 그 내용과 맥락을 충분히 이해해 자기 머릿속에서 꺼낼 수 있도록 해야 한다.

집에 돈이 아무리 많아도 밖에 나왔을 때 지갑에 한 푼도 들어 있지 않으면 아무것도 살 수 없다. 집에 다녀오는 사이에 귀중한 물건을 다른 사람이 먼저 사갈 수도 있는 것이다. 책도 이와 같아서, 필요한 때에 바로 꺼낼 수 있어야 한다. "집에 관련된 책이 있으니 읽어 보고 다시 오겠다"는 식은 너무 불편하지 않은가.

4. 넘어져도 빈손으로 일어나지 말라!

사람은 성공보다 실패를 통해 너 많은 것을 배운다. '이것은 이렇게 하면 된다'는 방법은, 수많은 실패 끝에 발견하는 것이다. 그러므로 실패하거나 잘못을 저질러 본 적이 한 번도 없는 사람은 아무것도 찾아내지 못한다.

패전을 수없이 경험함으로써 전략과 전술에 숙련된 사람을 명장이라고 부른다. 승리보다 패전에서 배우는 바가 많기 때문이다.

미국독립전쟁의 지휘자 조지 워싱턴은 전쟁터에서 이길 때보다 질 때가 더 많았다. 그러나 마지막에는 승리하여 큰 공훈을 세웠다.

프랑스혁명 때의 유명한 대장이었던 모로는 거의 모든 싸움에서 졌다. 아군 대장이 '모로의 목소리를 들으면 반드시 적에 게 공격받는다'는 뜻으로 이를 헐뜯으며 북을 두드릴 정도였다 고 한다. 그만큼 지는 일이 많았던 것이다. 하지만 그런 그도 쓰라린 패전에서 얻은 경험으로 마지막에는 혁명을 일궜다.

발명가 에디슨은 이런 글을 남겼다.

"발명하고자 하는 것을 늘 머릿속에서 생각하고 있으면 절 대 극복할 수 없을 듯한 어려움이 찾아올 때가 있다. 나중에 되돌아보면 실은 그 무렵이 발견에 가장 가까이 다가갔던 때 였다. 뭔가를 포기했을 때가 사실은 성공의 문턱 바로 앞인 것이다. 포기하지 마라. 어려움을 뛰어넘고 조금 지나면 발명 하게 된다."

대발견과 대발명도 언제나 어려움과 고생 속에서 방황하며 잇따른 실패를 거친 뒤에야 겨우 다다르는 것이다.

정주영의 성공 비결은?

위대한 사람은 목적한 바를 이루지 못해도 또 다른 발견을 한다. 정주영도 그런 사람이었다. 그는 강원도 두메산골에서 가난한 농부의 맏아들로 태어났다. 송전소학교를 졸업했지만, 가난 때문에 상급학교로 진급하지 못했다. 그는 조상 대대로 이어져 온 가난을 숙명으로 받아들이지 않고 열여섯 살에 부 모 몰래 소를 팔아 번 돈 70원을 갖고 서울로 도망쳤다. 첫 번째 가출을 하고 아버지의 설득으로 다시 집으로 돌아왔으나 그 뒤에도 두 번이나 가출을 시도했다.

열여덟 살, 정주영은 마지막 가출을 단행해 인천 부두에서 짐꾼으로 일했고, 얼마 뒤 고려대학교 신축 공사장에서 막노 동꾼 생활을 했다. 첫 직장은 복흥상회라는 쌀가게였다. 이곳에서 특유의 성실함으로 주변의 신뢰를 얻게 된 그는 직접 가게를 인수해 이름을 경일상회로 바꾸고 첫 사업을 시작했다. 그러나 이마저도 녹록지 않았다. 일제가 군수품 비축을 위해 쌀 판매를 금지하고 배급제를 시행한 것이다. 결국 쌀가게는 시작한 지 2년 만에 문을 닫게 되었다.

그러나 실패는 새로운 기회를 만들어 주었다. 쌀가게 단골이자 서울 최대의 경성서비스공장의 직공이던 이을학이 그에게 아현동에 있던 차 수리공장 '아도서비스'를 맡아 보라 제안한 것이다. 그리하여 가난이 싫어 가출을 일삼던 산골 소년이 정비업체 사장이 되었다. 인수 무렵 적자에 허덕이던 공장은 정주영의 열성과 신용 덕에 일거리가 쏟아져 들어와 당장에 흑자로 돌아섰다. 하지만 빚을 갚고 난 5일 뒤 새벽에 밤새도록 일한 공장 직원이 손을 씻기 위해 시너로 불을 지펴 물을 데우다가 그만 잘못해 불이 나고 말았다. 불은 순식간에 번져 공장은 물론 수리하던 트럭과 승용차를 몽땅 태웠다. 정주영은 눈앞이 캄캄했다. 공장 재건보다 타버린 자동차를 배상해 줄 돈이 부족했다.

정주영은 거래했던 고리대금업자를 찾아가 사정했다. 평소 정주영의 사람됨을 믿던 고리대금업자는 1천 원을 빌려 주었다. 그 돈으로 타버린 자동차값은 겨우 물어 주었으나, 공장을 다시 세울 돈이 없었다. 그러나 그는 좌절하지 않았다. 그의 천성인 배짱과 투지력이 다시 발동했다. 비장한 각오로 맨주먹 하나 쥐고 밤낮으로 공장 부지를 찾아다닌 끝에 신설동 뒷골목 조그만 공터를 빌릴 수 있었다. 이곳에다 겨우 자동차 앞머리만 들여놓고 엔진을 수리할 수 있는 닭장만 한 목조공장을 짓고 다시 정비업을 시작했다. 그것이 모태가 되어 정주영은 현대자동차공업사를 세우고, 이어 현대토건을 설립 현대 그룹이라는 세계적 성공의 열매를 일구어 냈다.

그 뒤 정주영은 소 1천1마리를 이끌고 판문점을 넘어 북한을 방문했다. 휴전선을 넘는 그의 모습이 CNN을 통해 전 세계에 생중계되었으며, 세계 주요언론들은 "정주영 한 사람이 지구상 유일분단국가 남북한의 휴전선을 열어젖혔다!"며 찬사를 아끼지 않았다.

정주영은 수많은 실패를 경험했다. 그러나 그 실패를 한 번도 실패라 여기지 않았다.

"시련은 있어도 실패는 없다."

그는 실패 속에서도 좌절하지 않고 그것을 바탕 삼아 새로운 사고방식으로 더욱 진취적으로 앞으로 나아갔다. 넘어져도 절대 빈손으로 일어나지 않는 사람이었다.

5. 구르는 돌에는 이끼가 끼지 않는다

실력을 기르는 가장 효과적인 방법은 무엇일까? 바로 '일하는 것'이다.

일하는 행동력을 갖추면 전문기술을 익혀 일을 솜씨 있게 처리할 수 있을 뿐 아니라 요령을 터득해 다른 온갖 일도 능숙하게 해낼 수 있다.

사람은 살아가기 위해 어쩔 수 없이 일을 해야 한다. 억지로 해야 한다 생각하면, 일은 무거운 짐이자 형벌에 지나지 않는다.

그러나 일은 확실한 실력을 닦을 수 있는 훌륭한 훈련장이자 삶의 긍지이며 명예이다. 주어진 인생을 열심히 살아가려면 누구나 어떤 형태로든 일해야 한다.

타고난 재능은 일을 통해 완성되며, 문명은 노동의 산물이다. 일하기를 멈추면 아담의 자손은 순식간에 멸종하고 말 것이다.

땀 흘리지 않는 인간을 좀먹는 '무시무시한 전염병'

일하지 않는 것은 재앙을 부르는 행동과 같다. 녹이 철을 못 쓰게 만들듯이, 실력 없는 애송이와 게으름이 사회를 좀먹는다.

페르시아를 정복한 알렉산더 대왕은 나라 곳곳 게으른 국민의 모습을 보고는 한탄했다.

"쾌락을 추구하는 생활만큼 비천한 것이 없고, 일에 매진하는 생활만큼 존엄한 것이 없거늘, 저들은 그 점을 조금도 모르는구나."

영국이 로마의 속국이던 무렵, 로마 황제 세베루스는 요크셔주(州) 요크에 있는 그랜피안 언덕 기슭에서 쓰러져 죽음을 맞이했다. 그는 곁에 있는 부하에게 마지막 말을 남겼다.

"일하라!"

로마군 지휘관이 사기를 잃지 않고 위엄을 지킬 수 있었던 까닭은 언제나 손에서 일을 놓지 않았기 때문이다.

그 시절 이탈리아 사람들은 평범한 전원생활이 시민의 이상적 삶이라고 여겼다. 로마의 박물학자 플리니우스는 그러한 모습을 기록하면서, 승리를 거둔 로마군 지휘관들은 부하들과 함께 기꺼이 칼 대신 쟁기를 들었다고 썼다.

"그 무렵에는 장군이라도 자기 손으로 밭을 일구어야 했다. 월계관을 쓰고 쟁기를 든, 승리의 영광에 빛나는 농부의 손길

'경험'을 갈고닦아야 청춘은 빛난다

로 풍요로워지는 땅은 얼마나 기뻤을까."

　'일하는 것은 치욕이며, 맹목적으로 남에게 복종하는 일'이라고 업신여기게 된 것은 모든 분야에서 노예를 대대적으로 부리면서부터이다. 로마의 지배계급은 순식간에 쟁기를 내던지고 사치스런 생활에 젖어들었다. 그때부터 이미 로마제국은 무너지기 시작한 것이다.

부지런한 사람에게 '우울'은 찾아오지 않는다

　누구나 일은 되도록 적게 하고 보수는 많이 받고 싶어한다. 그런 소망은 세계 공통적인 것이다. 스코틀랜드의 역사가 제임스 밀은 이렇게 주장했다.

　"애당초 정치가 생긴 까닭은 편하게 돈을 벌고 싶다는 소망이 사회 일반의 이익을 해치지 못하도록 막기 위해서이다."

　게으름은 사람을 타락시키고 국력을 떨어뜨린다. 게으른 사람이 사회적으로 이름을 알린 경우가 있는가.

　게으른 사람은 장해물을 만나면 넘어 보려 애쓰지도 않고 쉽게 포기한다. 그러니 무얼 하든 실패하는 게 마땅하다. 우울한 얼굴로 불평만 늘어놓는 그들은, 사회에 아무 쓸모가 없는 짐짝이자 거치적거리는 성가신 존재이다.

　탐험가 버튼의 책 속에 이런 구절이 있다.

　"우울증은 게으름이 원인인 경우가 많다."

　"아무 일도 하지 않는 것은 정신적·육체적으로 치명적이다. 악의 온상이며 모든 재난의 근원으로서 일곱 가지 죄악의 하나이다. 악마의 휴식처이며, 게으른 습관을 더욱 키울 뿐이다. 게으른 개의 털은 더럽고 피부는 부스럼으로 뒤덮여 있다. 게으른 사람이 그와 똑같은 상태가 되지 않으리라 어찌

장담하겠는가!"

버튼의 책에는 이런 말도 쓰여 있다.

"몸을 움직이기 귀찮아하는 것보다, 정신이 게을러지는 것이 훨씬 더 끔찍한 일이다. 머리는 좋은데 아무 일도 하지 않는 것은 하나의 병이다. 정신을 못 쓰게 망치는 녹이며, 지옥 자체이다. 고인 물이 썩는 것처럼 게으름뱅이의 머릿속은 썩어빠진 나쁜 생각으로 병든다. 영혼이 악마의 포로가 되어 버리는 것이다.

더 대담하게 표현해 보자. 사회적 지위야 어떻든 그리 넉넉하지 않지만 나름 행복하게 살고 있는 게으른 사람에게 쓰고 남을 만큼의 물건과 바라는 대로 행복과 만족을 주었다고 하자.

그러나 게으른 습관을 버리지 않는 한, 그는 언제까지나 만족할 줄 모르고, 몸도 마음도 병든 채 변함없이 피곤한 표정으로 짜증스럽게 불만을 늘어놓을 것이다. 눈물짓고 한숨 쉬며 자신의 불행을 탄식하고, 의심에 차서 사회의 모든 일에 반발하리라. 그러다 자신은 어디론가 사라지거나, 죽어 버리거나, 또는 환상세계로 가버리는 게 훨씬 낫다고 생각하기에 이를 것이다."

버튼은 이렇게 글을 끝맺었다.

"내가 제시하는 다음의 가르침에서 자신의 행복을, 마음과 몸의 건강을 되찾기 바란다. 고독과 게으름에 굴복하지 마라. 고독하게 살지 마라. 게으름 피우지 마라."

열심히 일한 만큼 여가가 즐겁다

힘들이지 않고 무언가를 얻고 싶다는 바람은 나약한 마음의 표출이다. 일하지 않는 자는 보수를 받는 기쁨을 맛볼 수 없다.

'경험'을 갈고닦아야 청춘은 빛난다
133

레오나르도 다빈치가 이렇게 말하지 않았는가.

"일을 즐겁게 하는 자는 세상이 천국이요, 일을 의무로 생각하는 자는 세상이 지옥이다."

가치 있는 것은, 대가를 치르지 않으면 손에 넣을 수 없다. 젊은 그대가 흔히 최고라 생각하는 좋은 직장이나 높은 연봉 역시 노력 없이는 그림의 떡일 뿐이다. 여가도, 일해서 얻은 것이 아니면 진심으로 즐길 수 없다. 매일 쉰다면 휴식의 참맛을 느끼겠는가. 언제 값을 치를지 몰라 불안할 뿐이다.

일은 어디에나 있고, 일하면 당연히 여가를 얻을 수 있다. 일하지 않고 얻은 여가는 맛있는 음식을 지나치게 많이 먹는 것과 크게 다르지 않다.

할 일이 없거나 있어도 일할 생각이 없는 게으른 사람은, 부자든 가난뱅이든 상관없이 따분하고 지루한 삶을 살게 될 것이다.

프랑스의 부르주 감옥에 여덟 번이나 투옥되었던 의욕 없는 40대 남자의 오른팔에는 이런 문신이 새겨져 있었다.

"과거는 나를 기만했고, 현재는 나를 괴롭히며, 미래는 나를 두려움에 몰아넣는다."

세상의 게으름뱅이들이 좌우명으로 삼기 딱 좋은 말이다.

괴로움은 극복하고, 일은 해내는 것

신학자 스탠리 경은 글래스고를 방문했을 때 이런 말을 했다.

참된 행복은 머리와 몸의 기능을 효과적으로 활용해야 얻을 수 있다. 그대가 건강과 활기, 기쁨을 잃어버렸다면 게으름을 부렸기 때문이다.

일하다 보면 몸과 마음이 지쳐 힘들 때도 있지만, 게으름을 피우면 그보다 더 많은 에너지를 허투루 쓰게 된다. 따라서 현명한 의사들은 이렇게 생각했다.

'일하는 것이 병을 고치는 가장 좋은 치료법이다.'

의사 마샬 홀은 이렇게 경고했다.

"가장 위험한 것은 아무것도 하지 않는 시간이다."

프랑스의 마엔 대주교는 입버릇처럼 말했다.

"사람의 마음은 맷돌과 같다. 밀을 넣으면 갈아서 밀가루를 만들지만, 밀을 넣지 않아도 계속 돌아가서 결국에는 맷돌이 닳아 없어진다."

"일하지 않는 사람은, 아무리 인품이 훌륭하고 다른 면에서 존경받더라도 진정한 행복을 누릴 수 없습니다. 일은 우리의 삶 자체이기 때문입니다. 당신이 할 수 있는 일이 곧 당신의 실력을 검증합니다."

자신의 일에 애정을 품는 것이, 저급하고 비천한 취미로 빠지는 길을 막아 주는 '가장 좋은 예방책'이다. 시시한 고민과 자기애(自己愛)에서 비롯된 좌절을 없애는 가장 좋은 방법이다.

나약한 사람들은 어려움과 고뇌에서 벗어나려면 자기만의 세계로 도망쳐 문을 걸어 잠그는 수밖에 없다고 생각한다. 그러나 그 방법으로는 절대 좋은 결과를 얻을 수 없다.

괴로움과 노동에서 달아나서는 안 된다. 그 두 가지는 사람의 숙명이다. 맞서기 두려워 아무리 달아나도, 언젠가는 부딪힐 수밖에 없다는 것을 깨달아야 한다.

자기만 편하면 된다고 생각하는 사람은 곧 삶의 매운맛을 보게 될 것이다.

책임을 회피하려는 나약함도 나중에는 고스란히 자기에게 돌아온다. 그때그때 확실히 반성해 두지 않으면 사소한 문제도 눈덩이처럼 커진다. 게다가 머릿속에 차례차례 떠오르는 시시한 고민 때문에 정신력이 자꾸만 소모되고 만다.

비록 즐거움이 적더라도, 남에게 도움이 되는 일에 종사해야 한다.

물론 일을 너무 많이 해서 목숨을 잃은 사람도 있다. 건강관리를 소홀히 하고 규칙적인 생활을 하지 않은 탓이다. 세상에는 제멋대로 게으르게 산 탓에 죽은 사람이 훨씬 더 많음을 잊지 말자.

정신에 가장 좋은 보약은?

게으른 사람은 줄에 묶여 질질 끌려가듯이 인생을 마지못해 산다. 비록 타고난 성격이 훌륭해 도덕적·정신적으로 타락하지 않더라도, 깊은 잠에 빠져 스스로 움직이려 하지 않는다. 그러나 활력이 넘치는 사람은 주변 사람들에게 생동감과 기쁨을 주는 원천이 된다.

힘들고 단조로운 일도 가치가 있다.

동인도회사에 근무하던 찰스 램은 날마다 되풀이되는 똑같은 사무에서 해방되자 뛸 듯이 기뻐하며 말했다.

"억만금을 준다 해도 그 지옥 같은 곳에서 10년을 더 보낼 생각은 없소."

그는 기쁨에 차서 친구에게 편지를 보냈다.

"너무 흥분해서 편지를 쓸 수 없을 정도네. 나는 자유의 몸이 되었어! 바람처럼 자유로워졌네. 내 수명이 50년은 늘었을 걸세. 할 수만 있다면 이 남아도는 시간을 자네에게도 나눠 주고 싶구먼!

나는 가장 행복하게 여가를 보내는 방법은 아무 일도 하지 않는 것이라고 단언하네. 그 다음은, 옳지, 아마도 좋은 일을 하는 것이겠지."

그 뒤로, 길고 지루한 2년의 세월이 흘렀다. 램의 생각은 그동안 완전히 달라졌다. '매일 똑같이' 단조롭더라도 사무적인 일을 하는 것이 더 좋다는 사실을 깨달은 것이다. 일찍이 기쁨의 상징이었던 자유가 지금은 그의 숨통을 조이고 있었다. 그는 다시 친구에게 편지를 썼다.

"일하지 않는 것이, 일을 많이 하는 것보다 훨씬 괴롭네. 정신이 나 자신을 좀먹고 있어. 얼마나 끔찍한가.

내가 세상일에 흥미를 잃다니! 절망한 사람에게는 천국의 은총이 쏟아지지 않네. 내가 할 수 있는 일이라곤 산책뿐이야. 지칠 만큼 많이 걷지. 나는 시간을 죽이는 흉악한 살인자야. 아무런 구원도 받을 수 없다네."

배워서 얻은 '재산'은 절대 빼앗기지 않는다

월터 스콧은 지칠 줄 모르고 부지런히 일하는 사람이었다. 그는 '근면함이 실생활에서 얼마나 중요한지'를 누구보다 잘 알고 있었다. 스콧은 근면이 사회에 도움이 되고 행복해지는 중요한 수단임을 가르쳐 주려고, 학교 기숙사에 있는 아들 찰스에게 편지를 썼다.

"찰스, 노동은 신이 지위를 막론하고 모든 인간에게 내리신 계약임을, 네가 아직 잘 모르는 것 같구나.

농부가 이마에 구슬땀을 흘려 가며 얻은 빵은 물론, 권태감을 해소하기 위해 부자가 놀이 삼아 잡은 사냥감에 이르기까지, 몸을 움직이지 않고 얻는 것은 아무 가치가 없단다. 먼저 쟁기로 밭을 갈지 않으면 밀을 심을 수 없듯이, 일하지 않으면 지식은 사람의 마음속에 뿌리를 내리지 않아.

그러나 실제로는 이 두 가지 예에 큰 차이가 있지. 밀은 그 때그때의 조건과 환경에 따라 씨를 뿌린 사람이 수확하지 못할 수도 있단다. 그러나 인간은, 사고가 일어나든 불행에 빠지든 공부하여 얻은 지식을 남에게 빼앗기는 일이 절대 없어. 스스로 얻어서 그 어느 것에도 얽매이지 않으니 모두 너만을 위해 써도 된단다.

그러니 열심히 해라. 무엇보다 시간을 효과적으로 써야 한다. 젊을 때는 발걸음도 가볍고 마음도 순수해서 지식을 받아들이기 쉽단다. 그러나 노력을 게을리하면 봄과 여름이 덧없이 지나가 버려 가을에 쭉정이밖에 수확하지 못할 거야. 그리고 나이 들어 겨울을 맞이하면 누구에게도 존경받지 못하는 쓸쓸한 노인으로 늙고 만단다.”

6. 경험을 쌓는 것은 ‘돈을 저축하는’ 것이다

현대인은 오늘날의 학문과 예술의 번영을 필요 이상으로 높이 평가한다. 많은 책을 출판하고, 전국에 학교를 정비하고, 곳곳에 박물관을 세운다. 확실히 앞 시대와는 비교가 되지 않으니 문화가 진보했다고 생각하는 것이 당연할지도 모른다.

그러나 이처럼 학문하기가 편리해진 현실이 스스로 공부하는 자세를 지닌 사람에게는 꼭 좋은 일만은 아니다.

틀림없이 현대는 옛날과 비교하면 학문을 하기에 편리한 세상이다. 하지만 진정한 지식과 이해는 옛사람들이 해온 방식을 따라야만 얻을 수 있다.

무엇보다, 무작정 많은 것을 안다고 해서 그것을 지식이라고 부르지 않으며, 이해했다고 말하지도 않는다. 독서는 관찰·경험·인내·공부라는 학습 과정을 따르지 않으면 지식이나 이해의 수준에 이르지 못한다.

책이란 저자가 공부를 통해 얻은 것과 자신의 경험을 글로 풀어낸 것이다. 책에는 말로 설명할 수 없는 경험·작업·인내·노력이 숨어 있다.

요리책을 예로 들어 보자.

"한 시간 푹 삶는다."

이 말은, 그 한 시간 사이에 온갖 변화가 일어난다는 뜻이다. 그 모든 과정을 경험하고 연구한 저자는 알고 있지만, 책만 읽은 독자는 그 변화가 무엇을 뜻하는지 알지 못한다. 단어 하나, 문장 하나에 담겨 있는 경험과 노력과 지식은 책만 읽어서는 얻을 수 없다. 책에는 그처럼 한마디 한마디에 깊은 뜻이 담겨 있다. 그러니 무턱대고 많이 읽는 것은 조금씩 마셔야 하는 술을 단숨에 들이켜는 꼴이다. 한순간 지적인 짜릿함은 맛볼 수 있지만, 정신을 수양하고 품성을 높이는 데는 전혀 효과가 없다.

중요한 점은, 책에서 얻은 지식이 아무리 귀중하다고 해도 그것은 단지 학문일 뿐이라는 것이다. 그러나 현실에서 얻은 지식은 경험이다. 아무리 적은 경험이라도 많은 학문보다 훨씬 낫다는 점을 알아야 한다.

정치가 볼링브룩이 말했다.

"학문에는 어쩐지 둥둥 떠 있는 듯한 놀이는 있어도 사람을 움직이는 참된 힘은 없기에 인간을 선량한 사람, 군자로 만들어 주지 못한다. 학문에서 얻은 지식은 남들이 치켜세워 주자 우쭐해하는 백치와 닮았다."

마지막에 '힘을 발휘하는' 것은 기량과 식견

영국왕의 권한을 제한하는 마그나카르타(대헌장)는 기량과 식견을 충분히 갖춘 사람들이 만든 계약서이다. 그런데 그중에는 이름을 적지 못하고 기호를 쓴 사람도 있다. 이들은 책을 읽은 적이 없어 글을 쓸 줄 몰랐던 것이다. 그러나 그들도 일의 중대성을 충분히 알 뿐 아니라 내용을 분명히 이해했기에 서명했다. 이렇게 자유의 밑바탕은 학문이 아니라 탁월한 품성을 지닌 사람들이 쌓는다.

스스로 공부하는 가장 큰 목적은, 책을 읽고 다른 사람이 생각했던 것을 기억해 자신의 머리를 역사의 창고로 만드는 일이 아니다. 그것은 자신의 잠재 능력을 개발하고, 사회에 공헌하는 사람이 되어 인생을 헛되게 살지 않는 일이다.

앞 시대에 강건한 의지를 가지고 사회에 공헌한 사람들이 반드시 책을 많이 읽었던 것은 아니다. 브린들리나 스티븐슨은 어른이 될 때까지 글을 읽고 쓸 줄도 몰랐다. 그래도 큰일을 해내어 위인으로 칭송받았다.

존 헌터도 스무 살이 되기까지는 글을 읽고 쓸 줄 몰랐다. 본디 그는 목수 일을 하며 탁자와 의자를 만들었다. 나중에 응용생리학의 권위자가 되어 학생들에게 강연할 때, 설명하는 사물을 가리키며 말했다.

"나는 이것에 대한 책을 읽은 적이 없다. 너희가 자신의 학문을 연구할 생각이라면 반드시 실제 사물을 보고 연구하라."

물론 이때도 헌터가 글을 읽고 쓸 줄 몰랐던 것은 아니다. 평생 공부하는 자세로 한결같이 살았으므로 그렇게 말했던 것이다.

인간은 자연 속에서도 가장 가냘픈 한 줄기의 갈대에 지나지
않는다. 그러나 그것은 생각하는 갈대이다. 이것을 짓밟아 버
리는 데 우주 전체는 아무런 무장도 필요 없다. 바람이 한 번
불기만 해도 이것을 죽일 수 있고 물 한 방울 가지고도 죽이기
에 충분하다. 그러나 우주가 이것을 죽일 때에도 죽이는 그것
보다는 인간이 더 고귀한 것이다. 왜냐하면 인간은 자기가 죽
은 것을 알고 우주가 인간 위에 우월하게 존재한다는 것을 알
고 있으니까. 그러나 우주는 그것에 대해 아무것도 모른다.

Part 6
'일'을 즐겨라
'시간'을 활용하여 청춘의 '꿈'을 키우는 방법

1. 일이 사람의 '바탕'을 만들어 간다

비평가 해즐릿이 쓴 책에는 사업가에 대해 말한 부분이 있다. 사업가는 소견이 좁은 장사치와 같아서 자기 이익을 늘릴 생각만 한다는 것이다.

이런 생각은 아주 잘못된 것이다. 소견이 좁은 사람은 사업가뿐 아니라 학자, 예술가, 정치가 중에도 골고루 있기 때문이다. 반대로 사업가 중에도 소견이 넓은 사람이 있다. 장사꾼 중에도 남을 먼저 배려하는 높은 정신세계를 가지고 자신의 이익보다는 국가의 안위를 걱정하는 사람이 있다는 것이다.

세계 최대의 갑부 빌 게이츠. 그는 〈포브스(Forbes)〉지 선정 '세계 억만장자 순위'에서 13년 연속 1위를 차지했다. 폴 앨런과 함께 설립한 마이크로소프트사에서 개발한 퍼스널컴퓨터 운영체제 프로그램인 '윈도즈(Windows)' 시리즈는 그에게 엄청난 부를 안겨 주었다. 발매 4일 만에 전 세계적으로 100

만 개 이상의 판매 실적을 올린 '윈도 95'는 퍼스널컴퓨터의 급속한 확산과 함께 마이크로소프트사를 개인용 컴퓨터 소프트웨어 시장의 절대자로 만들었다.

하지만 빌 게이츠는 유명한 사업가이기보다 성실하고 정직한 사람으로 기억되고 싶어했다.

그는 자선활동에 전념하기 위해 33년간 이끌던 마이크로소프트사의 경영에서 손을 떼고 은퇴를 선언했다.

"제가 물러나는 건 다른 사람들에게 두각을 나타낼 수 있는 기회가 될 겁니다."

빌 게이츠는 여느 때처럼 넥타이 없는 가벼운 셔츠 차림으로 800여 명의 임직원 앞에 서서 눈물을 흘리며 짧은 소감을 전했다.

그가 선택한 제2의 인생은 돈을 쓰는 것이다. 은퇴 뒤 그는 사회봉사에 온 힘을 썼다. 자신이 설립한 빌 앤드 멜린다 게이츠 재단을 통해 기부 사업도 활발히 펼쳤다. 빈곤층을 위한 모바일 금융서비스 사업에 1억 2천5백만 달러, 결핵 백신 개발 연구에 8천3백만 달러, 빈민 지역 교육환경 개선에 18억 5천만 달러 등을 내놓으면서 그는 이제 세계 최대의 기부자로 활동하고 있다.

"나는 세 자녀에게 1천만 달러를 물려주고 나머지는 모두 세상에 기부할 계획입니다."

평생 모은 재산을 사회에 아낌없이 나누어 주고 떠나겠다는 빌 게이츠의 아름다운 신념과 열정만 보아도 직업으로 사람을 한데 묶어 평가할 수 없음을 알 수 있다.

직업에는 귀천 없어도 '인품'에는 귀천이 있다

일에는 머리를 쓰는 일도 있고 몸을 쓰는 일도 있지만, 귀천은 없다. 그러므로 무슨 일을 하건, 정직하게 일해서 소득을 얻는 것은 참으로 존경스러운 일이다.

육체노동을 하면 진흙이나 기름때로 손이 더러워질 수는 있지만, 그것이 마음의 깨끗함에 영향을 주지는 않는다. 다시 말하면 진흙이나 기름때는 사람을 더럽히지 않지만, 지저분한 말과 행동은 사람을 추악하게 만든다.

직업은 사람을 고귀하거나 비천하게 하지 않는다. 도리어 사람이 직업을 고귀하거나 비천하게 만드는 것이다. 직업은 품격의 높고 낮음과는 아무 관계가 없다.

위인이나 큰 인물은 사무와 상업에 성실하게 종사하며, 거기서 이익 얻는 것을 부끄러워하지 않는다. 그리고 일하다가 짬이 생겼을 때 고상한 일로 머리를 식히는 것이다.

그리스 7현인의 일인자인 철학자 탈레스와 마찬가지로 7현인인 정치가 솔론, 수학의 대가 휴페라테스는 모두 잡화상이었다. 네덜란드의 철학자 스피노자는 유리 닦는 일을 하면서 학문했다. 식물학자 린네는 구두 직공이었으며 일하는 짬짬이 공부했다.

셰익스피어는 극단 단장으로서 사무와 잡무를 능숙하게 처리하는 능력을 자랑스러워했지만, 희곡 쓰는 일은 자랑하지 않았다.

그들은 모두 사무와 상업을 소홀히 여기지 않고 온 힘을 다해 그 일에 몸담았다. 또한 그들은 이름을 떨치게 된 학문이나 예술보다 사무와 상업 수완이 뛰어난 점을 더 자랑으로 여겼다. 자신의 직업을 비천한 일로 여기지 않았다는 증거이다.

2. '일하는 능력'이 인생을 뒤바꾼다

좌우명이 무엇이냐에 따라 그 사람의 인격이 드러난다.

스코틀랜드의 작가 월터 스콧은 "하는 일 없이 시간을 낭비하지 마라", 역사학자 로버트슨은 "배우지 않는 삶은 죽은 것과 같다"라는 격언을 골랐다.

프랑스 사상가 볼테르의 좌우명은 "쉬지 않고 일하라"였고, 프랑스 생물학자 라세페드가 가장 좋아한 격언은 "산다는 것은 관찰하는 것이다"였다.

일은 인격 형성을 돕는 스승이다. 결과가 형태로 남지 않을지라도, 겨울잠 자듯 아무것도 하지 않는 것보다는 낫다. 적어도 타고난 능력을 키워 성공으로 가는 발판을 다질 수 있기 때문이다.

일하는 습관은 온갖 상황에 대처하는 법을 가르쳐 준다. 시간의 중요성을 확실히 깨닫고, 앞날의 계획을 빈틈없이 세워 시간을 효과적으로 쓰는 방법을 익히게 해준다.

실무 능력을 쌓아 평생을 바칠 수 있는 충실한 직업을 구하면, 일분일초도 허투루 버리지 않을 것이다.

천재들은 모두 '유난히 부지런했다'

'실무 능력'은 아주 다양한 분야에서 활용된다. 실무 능력이란 일을 신속하게 처리하는 기민성과 평소 실제 일을 능숙하게 해결하는 능력을 말한다. 집안일과 회사일, 장사와 무역, 정치에서도 두루 요구된다.

온갖 분야에서 생기는 문제를 재빠르게 처리하는 훈련은 실생활에서 매우 유용하게 쓰인다. 문제를 해결하기 위해 주의력과 자기희생, 결단력, 재치, 남에 대한 이해와 배려심 등을 발휘하게 되므로, 인격을 갈고닦는 길로 이어진다.

이런 훈련을 거듭하면, 지식을 쌓고 철학적 사색에 잠기는 것보다 훨씬 충실한 삶과 행복을 얻을 수 있다. 장기적으로 보면 실무 능력이 지성으로 이어지고, 성격과 습관을 재능으로 바꾸는 일이 많기 때문이다. 그러나 그것은 끊임없이 집중하고, 신중하게 경험을 쌓아야만 얻을 수 있는 하나의 재능임을 잊지 말아야 한다.

워싱턴은 지칠 줄 모르는 실무 능력의 일인자였다. 그는 어린 시절부터 '일에 집중하는 습관', '공부하는 습관', '일의 순서를 정하는 습관'을 기르기 위해 노력했다.

겨우 열세 살 때 그는 영수증과 약속어음, 환어음, 채권, 임대계약서, 토지권리서 등 평범한 아이들은 거들떠보지도 않는 서류들을 공책에 꼼꼼하게 베껴 썼다. 어릴 때부터 몸에 익힌 그 습관이 뒷날 골치 아픈 정치문제를 능숙하게 처리하는 놀라운 실무 능력의 바탕이 되었다.

실무 능력을 발휘하여 훌륭한 업적을 남긴 사람은, 명화를 그린 화가와 명작을 남긴 문학가, 전쟁에서 승리한 장군 못지않게 위대하다. 그들은 많은 어려움을 이겨 내고 '삶'이라는 격렬한 전쟁터에서 성공을 거머쥐었다.

천재라 불리는 사람은 고된 일을 싫어하고 게으를 것이라고 생각하는 사람이 있는데, 그것은 큰 착각이다.

위대한 천재는 너나 할 것 없이, 아무리 고된 일도 마다하지 않았다. 보통 사람보다 더 강인한 정신력으로 힘든 노동을 견뎌 내고, 빼어난 능력을 불태우며 일에 온 정열을 바쳤다.

후세에 남은 위대한 작품은 결코 하루아침에 만들어진 것이 아니다. 불굴의 의지와 꾸준한 노동 덕분에 천재들의 걸작이 빛을 보게 된 것이다.

힘은 일하는 사람에게만 생기고 게으른 사람에게는 생기지 않는다. 부지런하고 성실한 사람만이 세상을 지배한다. 아무리 신분이 높아도, 일하지 않고 몸을 사리는 사람이 정치가가 된 경우는 없다. 루이 14세도 이런 말을 남겼다.

"왕은 수고로 나라를 다스린다."

부지런히 일해서 많은 일을 경험하고, 인생의 온갖 사건을 통해 많은 사람과 직접 관계를 맺는다. 그러한 인간미 있는 노력은 시대를 막론하고 굳은 신념을 가진 사람의 활력소가 되었다.

세련되고 단련된 실무 습관은 정치와 문학, 과학과 미술 같은 온갖 직업에 도움이 된다.

걸작으로 손꼽히는 문학작품은 대부분 체계적으로 자기 직업에 열중한 사람들이 쓴 것이다. 한 직업에 효과적인 근면함과 주의력, 시간 절약과 같은 요소는 다른 직업에도 똑같은 효력을 발휘한다.

'실무 능력'은 사람을 진화시킨다

실무를 잘 다루는 습관은 세련된 교양인이 과학적·문학적 성공을 거두는 데에 좋은 밑거름이 된다.

영국 철학자 베이컨이 '응축된 인간성의 극치'라고 불렀던 활력과 신중함, 세련된 지성과 실제적인 지혜, 활동적 요소와 사색적 요소의 결합이 이루어지지 않으면 재능과 실무 능력은 어느 것도 완성되지 못한다.

예술 분야라고 다르지 않다. 재능이 아무리 풍부한 작가라도 매일 진지하게 실무에 몸담는 생활을 해야 한다. 그렇지 않으면 작품에서 인간관계와 일상을 다루어도 실제와 달라 사람의 마음을 감동시키지 못할 것이다.

역사에 남는 명작의 대부분은 실무에 관여하던 사람이 썼다. 비평지 〈쿼털리 리뷰〉의 편집장 기퍼드에게 문학은 일이 아니라 취미였다.

"온종일 일하고 나서 글을 쓰기 위해 가까스로 짬을 낸 한 시간의 가치는, 문학으로 먹고사는 작가가 꼬박 하루 동안 노동한 것에 맞먹는다. 그 한 시간은, 사슴이 샘물을 마시고 목마름을 달래듯이 기쁨에 차서 영혼을 소생시킨다. 글로 먹고사는 작가의 하루치 노동은, 숨 막히고 지긋지긋하며 필요에 쫓겨 비참하게 걸어가는 길일 뿐이다."

시간 낭비하는 일을 싫어했던 월터 스콧도 사무를 중시한 인물이다. 스콧의 근면한 성격은 법률사무소 서기로 있으면서 오랫동안 번거로운 업무를 꾸준히 처리함으로써 형성되었다.

자유롭게 쓸 수 있는 시간은 밤밖에 없었지만 부지런히 책을 읽고 학문에 힘썼다. 서기일 때는 1장에 원고료 3펜스를 받으며, 때로는 꼬박 하루 만에 120장을 베껴 써서 번 30실링으로 책을 샀다.

스콧은 작가가 된 뒤에도 꾸준히 서기 일을 계속했다. 나중에는 에든버러 공당에서 사무를 보았는데, 그 시절에는 아침식사 전에 저작을 끝내고 공당에 출근하여 계약문서를 처리했다.

스콧은 사무에 긍지를 가지고 있어서, 중년이 된 뒤로는 다음과 같은 말을 입에 달고 다녔다.

"나는 직업을 가지고 있는 사람이다."

그에게는 이런 지론이 있었다.

"글쓰는 사람 가운데에 평범한 직업을 싫어하는 사람이 있다. 그러나 그 직업을 싫어하는 것은 무의미한 짓이다. 아무 의미도 없을뿐더러 날마다 얼마간의 시간을 실무에 투자하면 사람이 진보한다는 사실을 모른다는 증거이다."

스콧은 스스로 규칙을 세워 시간을 철저하게 지켰다. 그래서 그는 방대한 저작을 쓰면서도 여유로운 생활을 할 수 있었다. 그것은 사무에 숙달된 사람의 일상이었다.

다른 사람에게서 편지를 받으면 바로 답장을 썼다. 매일 아침 5시에 일어나 깨끗이 씻고 옷을 단정하게 갈아입고는 6시에 책상 앞에 앉았다. 원고지는 책상 위에 준비되어 있었고, 참고 문헌은 순서대로 놓여 있었다. 서재 밖에서는 그의 애완견이 문을 지키고 있었다. 9시부터 10시 사이에 아침이 준비되었으며, 가족과 함께 식사할 즈음이면 스콧의 일과는 끝나 있었다고 한다.

그 사무 능력 덕분에 스콧은 다른 평범한 작가들보다 몇 배는 큰 위업을 달성할 수 있었다.

능력 있는 주부가 '유능한 직장인'도 될 수 있다

영국의 시인 새뮤얼 테일러 콜리지가 말했다.

"함부로 시간을 죽이는 사람을 게으른 사람이라고 한다면, 부지런한 사람은 시간에 생명과 도덕관념을 불어넣는 사람이다.

부지런한 사람은 시간을 순서대로 정리하고, 눈 깜빡하면 날아가 버리는 시간 자체에 영혼을 불어넣는다. 시간을 얌전하고 충실한 하인으로 만드는 것이다. 시간이 인간과 함께 살아가는 것이 아니라, 인간이 시간과 더불어 살아가는 것이다. 연월일은 사람이 살면서 이룩한 업무를 기록하는 구분표로서,

세상이 멸망해도 살아남을 것이다. 그뿐만 아니라 시간 자체가 이 땅에서 모습을 감출 때까지 남아 있을 것이다."

일에 몰두하면 이러한 일련의 방법을 가장 효과적으로 배울수 있으므로, 인격 형성에 큰 도움이 된다. 일에 필요한 능력은, 매일 되풀이되는 일상을 통해 다른 사람과 적극적으로 접촉함으로써 점점 더 향상된다. 집안일이든 나랏일이든 마찬가지다.

능력 있는 주부는 유능한 직장인도 될 수 있다. 그들은 자잘한 집안일을 정리하고 관리하며, 지출 계획을 세우는 등 모든 일을 자기 규칙에 따라 현명하게 처리한다.

능률적으로 가정을 꾸려 나가려면 부지런해야 함은 물론 신중해야 하고 거기에 정확한 예측 능력과 실무 능력이 필요하다. 통찰력도 있어야 한다. 이러한 능력은 어떤 일이든 훌륭하게 처리하기 위해 꼭 필요한 요소이다.

그대, 유능한 직장인이 되고 싶은가. 그렇다면 자신의 일상생활부터 잘 관리해라!

3. 일상업무 능력도 두드러진 두 '영웅'

이런 옛말이 있다.

"일이 이루어지길 바란다면 직접 가서 그 일을 하라. 이루어지지 않아도 좋다면 다른 사람에게 시켜라."

모든 일이 다 그렇지만 특히 사무에 더없이 딱 들어맞는 말이다. 어떤 직업에서든 남들 위에 서려면 사무 능력이 반드시있어야 한다. 또한 사무의 중요성을 잘 이해하고 있어야 한다. 군대를 보면 잘 알 수 있다.

군대를 지휘하는 장군에게는 전략과 전술 능력이 있어야 한다. 전황을 살펴보고 재빨리 판단한 뒤 망설임 없이 작전을 실행해야 한다. 그것은 어느 정도까지는 학문과 훈련을 통해 익힐 수 있지만, 타고난 재능이 필요하다. 또한 일반 병사 못지않은 용기도 갖춰야 한다.

군대 지휘관이 지녀야 할 또 다른 능력은 바로 사무처리 능력이다. 달리 말하면 대장은 용감무쌍한 병사로서 전략과 전술에 능하고, 유능한 사무관처럼 인정과 세상일에도 통달해야 한다는 뜻이다.

대장은 많은 병사를 이끌어야 한다. 그러려면 인간 심리에 대한 이해가 몸에 배어 있어야 한다.

물자가 부족하면 병사들 사이에 불평과 불만이 생겨 명령을 따르지 않고 행동도 굼뜨게 된다.

이러한 인간 심리를 잘 알고 있는 대장은 무엇보다 먼저 식량과 의복, 무기와 탄약 등이 떨어지지 않게 신경을 쓰고, 그것을 자기가 직접 관리한다. 그럴 때 사무처리 능력이 필요한 것이다. 그들은 절대로 그 일을 부하들에게 고스란히 내맡기지 않는다. 사무처리는 전략을 세우고 전술을 짜는 일 못지않게 중요하기 때문이다.

그 두 재능을 아울러 갖춘 사람이 나폴레옹과 나폴레옹의 야망을 저지한 웰링턴이다. 두 사람이야말로 사무처리 능력의 일인자였다.

부대의 빵 숫자까지 장부에 기록한 나폴레옹

나폴레옹은 전략과 전술 짜는 데 재능이 풍부하여 많은 일에 세심하게 주의를 기울였다. 앞을 내다보는 능력도 탁월해

바쁜 업무를 차례차례 처리해 나갔다. 사람을 보는 눈도 있어 인재를 많이 발탁했지만, 중요한 일은 다른 사람에게 맡기지 않고 그가 직접 처리했다.

프랑스군이 폴란드에 주둔할 때의 일이다. 앞에는 러시아, 오른쪽에 오스트리아, 뒤쪽에는 프로이센군이 진을 치고 있어 완전히 적에게 둘러싸인 형국이었지만, 멀리 떨어진 프랑스와의 교신은 그 오랫동안 한 번도 끊긴 적이 없었다. 나폴레옹이 진군하기 전부터 통신을 중요하게 여겨 단단히 대비해 두었기 때문이다.

또한 폴란드와 러시아의 생산품을 프랑스에서 쉽게 사들일 수 있도록 군대를 동원해 수도를 설치하고 도로를 평평하게 정비했다. 이 모든 일은 나폴레옹이 직접 지휘하여 처리했다.

말을 조달할 장소를 지시하고, 병사 전원에게 안장을 지급하라는 명령서를 작성했으며, 보병에게는 구두를 내어 주라고 지시했다. 그 모든 사무를 나폴레옹은 직접 처리했다. 그뿐만 아니라 병사들이 먹을 빵과 과자, 술병 개수까지 직접 꼼꼼하게 기록하여 요새로 보냈다.

이처럼 다양한 사무를 처리하는 사이에도 그는 파리에 명령서를 써 보내 학교 건설을 지시하고 법률을 정비했다. 궁전 내부의 개수공사와 마들렌 성당 개축도 빈틈없이 지시했다. 터키 국왕과 페르시아 국왕에게 편지를 보내기도 했다.

또한 서기관장인 캉바세레스에게도 수많은 지시를 내렸다. 어느 날은 느닷없이 부대에 곡물을 2배로 보내라고 명령했다. 그 편지의 마지막에 다음과 같이 쓰여 있었다.

"자네는 편지에 곧잘 '만약'이나 '그러나'라고 쓰는데, 지금은 그런 말을 쓸 때가 아닐세. 자네는 그저 신속하게 내 명령에 따르기만 하면 되네."

그 뒤 다른 부하에게 "병사들에게 속옷이 필요한데 아직도 구하지 못했다"고 쓰고, 또 다른 부하에게는 이렇게 써서 보냈다. "비스킷이 아직도 준비되지 않았단 말인가? 어서 나에게 보고하게."

사무처리가 더딘 부하에게 부아가 치민 것이다. 그는 늘 이렇게 말했다.

"사람은 무슨 일이건 잠으로 끝내면 안 된다."

하던 일이 끝나지도 않았는데 잘 시간이 되었다는 이유로 하루를 마쳐서는 안 된다는 뜻이다. 나폴레옹은 오늘 일을 내일로 미루지 않았다.

나폴레옹은 낮에는 병마를 움직이는 일에 전념하여 하루에 2백에서 2백50킬로미터까지 행군했다. 또한 군사를 단련하고, 국정을 개선하는 일에 온 힘을 쏟았다.

그러다 보니 사무처리할 시간은 밤밖에 없었다. 그는 한밤중까지 회계장부를 검사하고 문서를 구술하는 등 1천5백여 가지 사무를 처리했다. 게다가 중대한 일이건 하찮은 일이건 어느 것도 소홀히 다루는 법이 없었다. 프랑스 제정은 나폴레옹의 머리로 움직이고 있었던 것이다.

나폴레옹은 동분서주하며 전쟁만 일삼은 것처럼 보이지만, 실은 사무처리에 대부분의 시간을 쓰고 있었다.

'눈치와 배려'에서 따를 자가 없었던 명장 웰링턴

웰링턴이 처음 전투에 참가한 것은 대프랑스연합군 산하의 벨기에·네덜란드 전선이었다. 그는 요크 공 프레데릭 밑에서 패배를 맛보았지만 귀중한 경험을 얻었다.

'일'을 즐겨라

요크 공은 무능한 군인이 아니었다. 용맹하고 전략과 전술에도 능했으며 싸움에서는 물러서지 않았다. 그러나 사무처리를 거의 부하에게 맡겼으므로 부대 전체가 혼란에 빠지고 병사들의 사기는 점점 더 떨어졌다. 이를 보고 웰링턴은 전쟁사령관에게 사무 능력이 필요함을 깨달았다.

10년 뒤 웰링턴은 대령으로 진급해 인도에 파견되었다. 그는 그때 배운 교훈을 잘 살렸다. 업무에 충실히 임하면서 사소한 일까지 꼼꼼하게 살펴 스스로 처리하고 부하들을 열심히 교육했다. 그의 군대는 품행이 바르고 훈련이 잘되어 언제나 질서정연했으며, 머지않아 다른 군대의 본보기가 되었다. 그덕에 웰링턴은 상관에게 높은 점수를 받아 마이소르의 총독으로 임명되었다.

마라타족과의 전투에서 웰링턴은 처음으로 지휘관을 맡았다. 그리고 아세이에 전투에서 영국병사 1천5백 명과 현지 병사 5천 명을 이끌고, 포병 2만 명과 기병 3만 명을 거느린 마라타족을 격파했다. 눈부신 전과를 올린 뒤에도 웰링턴은 자만하지 않았으며 성실한 태도를 잃지 않았다.

그 뒤 영국이 세링가파탐까지 손에 넣자 병사들은 승리의 기쁨에 젖어 난폭하게 행패를 부리기 시작했다. 중요지점의 통치를 임명받은 웰링턴은 엄격한 규율을 만들어, 병사들에게 어떠한 방종도 허락하지 않겠다고 선언했다. 규율을 어긴 자는 교수형에 처했다. 냉혹한 처사였지만 그로써 병사들은 명령에 복종하고 더 이상 죄를 저지르지 않았다. 결과적으로 보면 오히려 훨씬 많은 목숨을 구한 셈이다.

병사들 일이 일단락되자 웰링턴은 시장을 부흥시켜 생활물자 공급을 늘렸다. 해리스 장군은 총독에게 편지를 써서 웰링턴의 수완을 칭찬했다.

"웰링턴이 만든 군법이 아주 큰 효과를 발휘하고 있습니다. 군수물자를 예사롭지 않은 방법으로 시장에 들여와서, 물자가 넘쳐나 큰 성황을 이루고 있습니다. 장이 서도 세금을 걷지 않아 시민들은 물론 상인들에게도 큰 믿음을 얻고 있습니다."

이처럼 웰링턴의 실무 능력은 세심한 주의력을 바탕으로 발휘되었다.

그 뒤 웰링턴은 영국으로 돌아와 바로 프랑스군과의 전투에 매진했다. 연전연승하진 못했지만 끈기와 결단력으로 어느 전투에서나 마지막에는 반드시 승리를 거두었다.

게다가 웰링턴이 싸워야 할 상대는 나폴레옹의 군대만이 아니었다. 아군인 에스파냐와 포르투갈의 병사 및 정부, 자국인 영국 정부와도 싸워야 했다. 에스파냐와 포르투갈은 내부 갈등으로 자국에서 식량과 의복을 확보하기가 매우 어려워졌다. 타란베라 전투에서는 에스파냐 패잔병이 아군인 영국군을 습격하여 물자를 약탈하는 사건도 일어났다.

물자가 부족하기는 영국군도 마찬가지였다. 그 시절 영국 정부는 타락하여 나태와 기만, 계략을 일삼았으므로 그 폐해가 영국 군대에까지 미쳤던 것이다.

웰링턴은 군대의 식량 조달에 영국 정부가 도움되지 않음을 깨닫고 스스로 그의 부대를 먹여 살릴 궁리에 나섰다. 그가 직접 상인으로 나서서 지중해와 미국의 곡물을 사들여 창고를 가득 채웠다. 그리고 남은 것은 포르투갈 상인에게 팔았다.

이러한 사무를 처리할 때는 판매 강령을 세웠을 뿐 아니라 사소한 규칙을 세밀하게 만들어 아무리 작은 문제도 소홀히 다루지 않았다. 보병의 구두, 냄비, 빵, 채소에 이르기까지 모두 스스로 관리했던 것이다.

4. 즐겨라 '일이 더 잘된다'

일에 집중하고, 부지런히 정신을 단련하며, 위급한 상황을 헤쳐 나오는 재치를 기르는 것. 이것이 실무에서 성공을 거두기 위해 반드시 필요한 조건이다.

그러므로 그대는 학문할 때 진지하고 착실한 성격을 길러야 한다. 진지함과 착실함을 익힌 사람은 보통 사람보다도 결단력이 있고 임기응변이 좋아 능숙하게 일을 처리하는 능력까지 갖추게 되기 때문이다.

'허드렛일'도 즐기는 대목장(大木匠)

"나는 다시 태어나면 배관공이 되고 싶다."

아인슈타인은 노동의 가치를 중요하게 여겼다. 소박하고 거만하지 않는 삶이야말로 인간의 정신과 육체를 위한 최상의 삶이라고 말했다.

하찮은 일도 소홀히 넘기지 않고 호기심을 가지고 연구한 아인슈타인. 그런 그의 열정이 그를 최고의 과학자로 만들었다.

여기 장인이라고 불러도 모자람이 없는 실력 좋은 목수가 있다. 그는 오랫동안 솜씨를 연마하고, 그리스 같은 유적지를 돌며 옛 기술들도 공부했다. 영국으로 돌아왔을 때는 당연히 자기 기술에 큰 자부심을 품고 있었다.

그러나 독립하여 일을 시작하면서 이 대목장은 스스로 다짐했다.

'아무리 하찮은 일이라도 거절하지 말자.'

그는 해체 작업 같은 시시하고 벌이 안 되는 일까지도 싫은 내색 하나 없이 모두 맡았다.

어느 무더운 7월에, 그 대목장은 지붕 위에 올라가 집을 해체하는 허드렛일을 하고 있었다. 친구가 지나가다가 올려다보며 그를 딱하게 여겼다.

"그리스에 다녀온 게 아깝지도 않나. 나라면 차라리 일을 안 하고 말겠네."

그러자 명인은 손으로 얼굴의 땀을 훔치고 웃으며 말했다.

"이런 게 그리스를 돌아다니며 공부하고 온 사람한테 딱 맞는 일이지."

그는 이러한 일도 소홀히 하지 않고 최선을 다했다. 그러면서 점차 그의 인품이 알려지고 기술도 인정받아 어려운 일들도 맡게 되었다. 그리고 그 일이 더욱 좋은 평가를 받아, 나중에는 큰돈을 주고 미리 일을 부탁해야 하는 대목장이 되었다.

이 목수와 아인슈타인처럼 그대도 어떤 일이건 가치를 부여해 최선을 다해야 한다.

언제나 '스스로 생각하고 행동하여' 좋은 인생을 걷자

철학자 몽테뉴는 진정한 현인에 대해 이렇게 말했다.

"과학을 잘 아는 사람은 행동 면에서 더욱 뛰어난 힘이 있다. 자신이 입증한 사실이 뒤집히면 감정이 폭풍우같이 고조되어, 지식에 의해 영혼이 용솟음치는 것이 눈에 보인다."

극단적인 공상문학과 철학문학으로 치달아 그것이 습관으로 굳어 버리면, 일상생활에서는 실무 능력이 부족한 사람이 되기 십상이다.

'사색 능력'과 '실무 능력'은 다르다. 서재에 틀어박혀 인생

과 자신의 방침에 대해 원대한 이상을 쓸 수 있는 사람이라
도, 서재 밖으로 나오면 그 이상을 구체적으로 실현하지 못함
을 알게 될 것이다.

사색 능력에는 왕성한 사고력이 필요하고, 실무 능력은 정
신적인 행동으로 발휘된다. 보통 이 두 가지 능력은 서로 연
관되어 있지만 균형을 맞추기가 매우 어렵다.

사색적인 사람은 우유부단해서, 하나의 문제를 여러모로 살
펴본다. 교묘한 찬반양론의 중간에 끼어 이러지도 저러지도
못하고 어중간하게 끝나는 경우가 많다.

실무적인 사람은 이론을 내세운 머리말은 빼버리고 분명한
'확신'을 가지고 자기 신념을 행동으로 옮기기 위해 똑바로 나
아간다.

위대한 과학자 중에도 뛰어난 실무 능력을 증명해 보인 사
람은 많다.

독일의 훔볼트 형제는 문학과 철학, 언어학, 광업, 외교와
정치 등 못하는 일이 없었다.

사무능력을 잘 살리는 사람과 살리지 못하는 사람

프랑스의 천문학자 라플라스는 나폴레옹의 명을 받아 내무
장관의 지위에 올랐다. 그는 임명되자마자 큰 실수를 저질렀
다. 뒷날 나폴레옹은 그에 대해 이렇게 말했다.

"라플라스는 문제의 핵심을 정확하게 짚어 내지 못하고 언
제나 끄트머리만 좇았다. 그의 의견은 하나같이 이해하기 어
려웠다. 미적분의 자잘한 계산 정신을 실무에도 적용했기 때
문이다."

천문학자로서 뛰어난 라플라스의 두뇌도 실무 앞에선 완전

히 굳어 버렸다. 지식을 실무에 응용하기에는 그의 경험이 너무 부족했던 것이다.

다르는 그 반대였다. 그는 실제로 실무 훈련을 받은 경험이 있었다. 그는 마세나 원수의 군대 감독관으로 스위스에서 근무하면서, 작가로서도 이름을 떨쳤다. 나폴레옹이 정부 평의원 및 궁정감독관이라는 직책을 권유했을 때 다르는 망설였다.

"저는 책에 파묻혀 인생의 절반을 보내느라 신하가 무엇인지에 대해 배울 시간이 없었습니다."

나폴레옹이 용기를 북돋웠다.

"신하는 이미 내 주위에 얼마든지 있네. 내가 바라는 사람은 굳은 의지를 가지고 성실하게 일하며 사람들을 계몽할 수 있는 감독관일세. 그래서 자네를 고른 거야."

다르는 황제의 뜻을 받아들였고, 나중에는 수상 자리에까지 올라 능력을 충분히 발휘했다. 그는 죽을 때까지 몸가짐을 바르게 하여 겸허하고 사리사욕 없는 공정한 태도는 한결같았다.

5. '실무 능력'을 키우는 네 가지 수칙

어떤 사업에서든 사무를 담당하는 사람에게는 네 가지 능력이 요구된다. 첫째 세심한 곳까지 주의를 기울이고 정확하게 처리할 것, 둘째 정해진 방법에 따라 순서를 지킬 것, 셋째 능숙하고 신속하게 처리할 것, 넷째 기한을 지킬 것.

이 네 조항은 언뜻 하찮아 보이지만, 사람의 행복을 위한 일을 할 때에 가장 중요하고 꼭 필요한 요소이다.

큰 사건이 끊임없이 일어나는 인생은 거의 없다. 아주 작은 일들이 쌓이고 쌓여서 인생을 만들어 내는 것이다. 몇몇 사소한 행동이 되풀이되어 그 사람의 인격을 만들고, 그러한 개개인의 인격이 모여 국가의 성격을 형성한다.

그 점은 역사에 잘 나타나 있다. 개인의 파멸도 국가의 붕괴도 모두 사소한 일들을 업신여겼기 때문이 아닌가. 작은 것을 얕보고 내치는 일은 절대로 하지 말아야 한다.

사람은 저마다 자신의 일이 있다. 집안 돌보기, 그림 그리기, 물건 만들기, 상품 팔기, 나라 다스리기 등 모든 일에는 벗어 버릴 수 없는 역할이 있으므로 아래의 네 가지 능력을 더욱 기르고 높여야 한다.

① 사소한 일에도 공을 들인다

사소한 일에까지 마음을 쓰는 것은 일상생활에서 매우 중요하다. 사물을 관찰할 때는 세세한 곳까지 두루 살펴야 한다. 이야기할 때도 주의 깊게 말해야 한다. 사무를 처리할 때 역시 사소한 문제에까지 공을 들이는 정확함이 필요하다.

일은 완벽해야 한다. 한 가지를 완벽하게 하는 것이 열 가지를 어중간하게 하는 것보다 훨씬 낫다. 어중간한 일은 결국 아무 소용이 없으므로 아무리 많이 해도 의미가 없기 때문이다.

한 현인이 말했다.

"조금 쉬어라. 그러면 오히려 더 빨리 끝날 것이다."

세심한 곳까지 주의를 기울여 일하려면 쉽게 지치므로 끈기가 필요하다. 그런 일은 하나씩 처리하지 않으면 완벽하게 마무리할 수 없다. 자잘한 일까지 세심하고 정확하게 처리하는 능력은 모든 일에서 중요한 덕목이다.

그러나 이 능력에 주목하는 사람은 거의 없다. 어느 화학자는 탄식했다.

"내가 도저히 이해할 수 없는 점이 있다. 이제껏 살아오면서 많은 사람을 보았는데, 사물을 상세하고 정확하게 보려는 사람이 왜 이렇게 적단 말인가."

무슨 일을 하건 엉성하고 실수가 많은 사람은 결코 다른 사람의 신용을 얻지 못한다. 사업 세계에서는 더욱 그렇다. 이런 사람은 일을 한 번에 끝내지 못하고, 늘 처음부터 다시 시작하곤 한다. 평생 이것만 되풀이하다가 무엇 하나 이루어 내지 못하고 눈을 감는 것이다.

② 경험에서 나온 '합리적인 순서'에 따른다

일은 분야마다 경험에서 우러나온 합리적인 순서가 있다. 그 순서에 따르면 많은 일을 빠르고 정확하게 끝낼 수 있다.

교사 리처드 세실이 말했다.

"올바른 순서는 상자나 주머니에 물건을 채워 넣는 것과 같다. 같은 공간이라도 잘 넣는 사람이 서투른 사람보다 몇 배는 더 많이 넣을 수 있다."

세실은 실제로 사무를 처리할 때면 놀랄 만한 솜씨를 선보였다. 그는 그 까닭을 이렇게 설명했다.

"많은 사무를 해낼 수 있게 되는 지름길은 없다. 한 가지 일을 지금 당장 해치워 버리는 길뿐이다."

세실은 자신의 지론대로 쉬거나 놀기 위해 해야 할 일을 미루는 법이 절대 없었다. 비록 하루에 일이 몰아닥쳐도 잠자는 시간과 식사 시간을 줄여 가며 그날 안에 모조리 처리했다.

네덜란드의 유명한 장관 데 위트도 평소 "한 가지 일은 한 번에 끝낸다"는 좌우명을 가지고 있었다.

"나는 바로 처리해야 하는 중요한 일이 있을 때는 그 일을 끝내기 전에 결코 다른 일을 생각하지 않는다. 또한 해야 할 집안일이 있으면 모두 합리적으로 정리될 때까지 내가 직접 처리한다."

③ 오늘 할 일은 오늘 끝내라!

"지금 해야 할 일은 꾸물거리지 말고 지금 하라."

이 말은 업무 능력이 뛰어난 사람이면 누구나 하는 말이다. 월터 스콧은 한 젊은이가 취직한 기념으로 덕담 한마디를 해 달라고 하자 색종이에 이렇게 썼다.

"시간을 헛되이 쓰지 마라. 무슨 일이든 눈앞에 있는 일은 바로 해치워야 한다. 일이 끝난 뒤에 놀거나 쉬는 시간을 가져라. 해야 할 일을 마치기 전에는 절대로 쉬지 말아야 한다."

사무는 병사들의 행군과 비슷하다. 앞에 가는 사람이 갑자기 멈추거나 속도를 바꾸면 뒷사람이 혼란스러워진다. 사무도 마찬가지다. 가장 먼저 손댄 일부터 서둘러 처리하지 않으면 다음 일이 밀리게 된다. 그러다 정신을 차려 보면 수많은 일에 둘러싸여 자신을 협박하는 것처럼 느끼게 마련이다. 이쯤 되면 초조함에 혼란만 더욱 커질 뿐이다.

④ 약속한 시간은 꼭 지킨다

프랑스 왕 루이 14세가 말했다.

"약속 기한을 지키는 것은 국왕의 예의이다."

그러나 이것은 국왕뿐 아니라, 사회인으로서 평범하게 살아가는 사람이라면 누구나 지켜야 하는 도리이다.

사무를 보는 사람에게 신용보다 중요한 것은 없기에 약속 기한을 반드시 지켜야 한다. 신용은 다른 훌륭한 일을 열 번

할 때보다, 기한을 한 번 지킬 때 더 크게 얻을 수 있다. 기한을 지키지 못하면 나쁜 일을 할 때보다도 더 크게 신용을 잃는다.

한 사람이 당신 집을 며칠 몇 시에 방문하겠다고 약속하고 그대로 지켰다. 당신은 하염없이 기다리느라 시간을 낭비하지 않아도 되었고, 그 사람도 자기 시간을 소중히 쓸 수 있었다. 이런 점만 보아도 그 사람이 믿을 만한 사람인지 금방 알 수 있다. 시간을 허투루 쓰지 않는 사람은 일을 처리할 때도 적당히 넘어가는 법이 없다. 사무를 꼼꼼히 처리하는 사람은 믿고 중요한 일을 맡길 수 있는 사람이다.

반대로 시간관념이 없는 사람은 대체로 사무적인 일에 대한 개념도 없다. 그 일이 얼마나 중요한지 모르기 때문이다. 이런 사람은 신용할 수 없다. 아무리 사소한 일이라도 맡기면 안 된다. 사소해 보이는 사무처리가 늦어져서 큰일이 터진다는 걸 모르기 때문이다.

옛날 워싱턴 밑에서 일하던 서기가 약속 시간에 늦은 일이 있었다. 서기가 시계 탓을 하자 워싱턴이 조용히 말했다.

"빨리 다른 시계를 사야 할 걸세. 그러지 않으면 내가 자네 대신 다른 서기를 고용할 테니까."

6. 이기려면 버려라

그대는 더 나은 지위와 보수를 위해 다른 사람을 제쳐 가며 달리고 있는가? 그러나 자기희생의 미덕이 없으면 욕망의 노예가 될 뿐이고, 자신과 닮은 사람의 포로가 된다.

그대는 다른 사람을 흉내 내려 하지 마라. 주위 사람이 하는 일을 모조리 따라하기 시작하면 자신에게 버거워도 쉽게 그만두지 못한다.

뱁새가 황새를 따라가면 다리가 찢어지는 법이다. 정치가 새프츠베리가 말했다.

"자신이 가지지 않은 것을 바라며, 자신의 처지를 생각하지 않고 다른 지위를 얻고 싶어 조바심 내는 마음이 모든 부도덕의 근원이다."

프랑스 혁명가 미라보는 "작은 도의에 얽매여 큰 도의를 잃는다"고 했지만, 그런 위험한 말을 믿어서는 안 된다. 작은 도의에까지 얽매여야 훌륭한 인격을 쌓을 수 있다.

정도가 지나치면 모자람만 못하다

신문이나 잡지만 봐도 알겠지만, 현대는 이른바 인간소외·자기소외의 시대이다. 곧 인간 존재를 부정하고, 자기 자신을 외면한다는 뜻이다. 마음은 바깥으로만 향하고, 내면은 잊어버린다. 외부 상황만 신경 쓰고, 자기 자신을 돌아보지 않는다. 인간 존재를 부정하고, 욕망의 대상에만 집착한다.

그 결과 모든 일이 뒤죽박죽되고 통제 불가능한 상황이 된다. 이럴 때 잃어버린 자아, '나' 자신에게 돌아가면 모든 일이 분명해지는 경우가 많다.

일상생활에서 자극이 너무 많으면 지치기 쉽다. 거기서 여러 가지 모순과 고민이 끝도 없이 생겨난다. 그러나 곰곰이 생각해 보면 사실 아무것도 아닌 일이 많다.

문제는 현실이 실로 지나치게 바쁘게 돌아간다는 것이다. 게다가 소비 중심의 문명은 끊임없이 인간을 자극하고 있다. 이를테면 향락 수단. 도시의 밤을 환하게 밝히는 온갖 음식점과 놀이터가 어마어마한 번성기를 누리고 있다.

그대도 아침에 눈 뜨자마자 텔레비전을 틀고, 온종일 휴대전화에서 손을 떼지 못하는가? 음악·운동·춤 등 지나친 자극은 정신을 빼앗는다. 또 그 속에서 다양한 착오와 고민이 발생해 결국은 인간이나 자아와 같은 개념은 어딘가로 사라지고 말 것이다.

과유불급(過猶不及), 정도가 지나치면 모자람만 못하다고 했다. 세상 곳곳에서 쏟아지는 온갖 자극에 귀 기울이느라 자신을 괴롭히지 말고 하루에 한 번만이라도 그대 자신을 돌아보기 바란다.

일에서 '마찰'을 없애는 기술

"일을 너무 많이 해서 피곤하다"고 넋두리하는 사람이 무척 많다. 그러나 그들을 지치게 하는 진짜 원인은 과로가 아니라 대부분 쓸데없이 낭비해 버린 힘이다.

한 마을에 큰 병을 앓고 있는 남자가 있었다. 그는 여기저기 의사란 의사는 다 찾아다녔지만 전혀 호전될 기미가 보이지 않았다. 좋은 약수가 나온다는 곳에도 일부러 찾아갔지만 역시 전혀 효과가 없었다. 오히려 병은 시간이 갈수록 나빠질 뿐이었다.

어느 날 꿈속에 천사가 나타나 이렇게 말했다.

"너는 모든 치료를 해보았느냐?"

"네, 치료란 치료는 모두 받아 보았습니다."

"아니, 그럴 리 없다. 나를 따라오너라. 네가 아직 경험하지 못한 약수가 흐르는 곳으로 데려가 주마."

남자는 천사의 뒤를 따라 깨끗한 물이 흐르는 강으로 갔다.

천사가 말했다.

"이 물속으로 들어가거라. 그렇게 하면 너의 병이 반드시 나을 것이니."

남자가 눈앞에 있는 강으로 들어갔다가 나오니 놀랍게도 모든 병이 깨끗이 나았다. 천사는 이미 사라지고 없었다. 기뻐하며 발길을 돌리려던 그는 문득 주위를 둘러보았다. 그러자 간판 하나가 눈에 들어왔다. 거기에는 이렇게 쓰여 있었다.

"모두 버려라."

다음 날 아침, 잠에서 깬 남자는 꿈의 의미를 직관적으로 이해했다. 그리고 자기 내부를 성찰하면서 자신이 지금까지 살아온 삶을 되돌아보았다. 그는 이기기 위해 스스로 죄 많은 생각을 하며 살아왔다는 것을 깨달았다.

그는 이런 생각들을 영원히 '버리기'로 굳게 결심했다. 그러자 그날부터 그토록 고통스러웠던 질병이 천천히 그의 곁을 떠나게 되었고 마침내 완전한 건강을 되찾았다.

본디 일이란 것은 머리로 하든 몸으로 하든 간에 지극히 생산적이고 유익한 것이어서 건강에 이바지한다. 그러나 불안이나 초조, 도에 넘치는 흥분은 그대의 활동에 마찰을 가져오고, 체력을 눈에 띄게 떨어뜨린다.

언제나 온화한 마음으로 착실히 일에 몰두하면 모든 두려움으로부터 해방되고 눈앞 일에 마음을 집중하게 되어, 늘 서두르고 초조해하는 인간보다 훨씬 더 많은 것을 이루는 법이다.

우정이란 무엇인가. 서로의 마음쓰기라든지 애정을 위함에 있는 것이 아니라 정신적 원조의 목적을 추구하는 것이라고 말할 수 있다. 그러므로 견실한 성격이나 굳센 힘을 갖지 못한다면 그만큼 더욱 우정을 얻으려고 애쓴다. 따라서 힘없는 부녀자는 남성보다도 더, 가난한 사람은 부자보다도 더 우애로부터의 진실한 도움을 받으려고 한다. 참으로 우정은 인간의 대단한 지혜가 아닌가. 인생에서 우정을 떼어 버린다면 마치 이 세계에서 태양을 떼어 버림과 같으리라. 불사의 신들이 인간에게 베풀어 준 것 가운데 이토록 아름답고 즐거운 것이 또 있을까.

Part 7
물방울이 바위를 뚫는다
작은 '성과'를 크게 키워 나가는 방법

1. '은근과 끈기'야말로 최고의 재능

큰일을 해내기 위한 남다른 방법과 비결이 존재한다고 생각하는가. 아니다, 보통의 재능과 두뇌를 가진 사람도 지극히 평범한 방법으로 노력에 따라 큰일을 해낼 수 있다.

눈앞에 놓인 일을 더 잘하고자 집중해서 방법을 찾아 나가면, 결과는 물론 그 시련까지 전부 좋은 경험이 될 것이다. 그런 경험이 쌓이고 쌓여서 무언가를 발명하거나 발견하게 되고 그것이 곧 큰일로 이어진다.

그 어떤 실패도 헛된 것은 없다. 진정한 노력가는 실패함으로써 더욱 힘을 내고, 불굴의 정신력을 기르기 때문이다. 강한 정신력을 지닌 사람은 일이 잘되었다고 해서 수선을 피우거나 실패했다고 해서 낙담하지 않는다.

그래서 늘 착실히 앞으로 나아가면서 차분한 마음가짐으로 하루하루를 보낼 수 있다. 진정한 뜻을 품고 한결같이 노력하는 사람이 큰 성공을 거둘 수 있는 것이다. 추구하는 학문이 아무리 어렵더라도 꾸준히 노력하면 평범한 재능을 가진 사람도 반드시 성공한다.

반대로, 빼어난 재능을 가졌다고 노력을 게을리하면 성공할 수 없다. "어제 밤새워 일했으니까 오늘은 쉬어야지" 하는 방식으로는 큰일을 이룰 수 없다.

사실 학문에 탁월한 재능은 필요 없다. 성공하여 천재라 불리는 사람 중에 그런 재능을 지닌 사람은 드물다. 평범하더라도 오랜 세월 참고 견디며 노력했기에 비로소 큰일을 해낼 수 있었던 것이다.

토머스 에디슨이 "천재는 1퍼센트의 영감과 99퍼센트의 땀으로 이루어진다" 하지 않았는가. 수필가 존 포스터는 "천재는 열정을 불태우는 힘이다" 말했다. 프랑스 박물학자 뷔퐁은 심지어 "천재는 인내"라고 단순명쾌하게 정의했다.

'행운의 여신'이 자주 찾아오는 사람은?

인내와 노력의 끝에 행운의 여신이 찾아온다. 행운의 여신은 눈이 없어 사람을 구분하지 않는다고 믿는 사람이 있지만, 그렇지 않다. 행운의 여신은 언제나 성실한 사람의 곁에 있다. 실력이 좋은 항해사에게 늘 바람과 파도가 힘이 되어 주는 것과 같은 이치이다.

사과가 떨어지는 것을 보고 만류인력의 법칙을 발견한 뉴턴은 천재 중의 천재로 불리는 학자다. 한 사람이 뉴턴에게 무슨 수를 써서 그런 엄청난 발견을 해냈는지 묻자, 뉴턴은 선선히 대답했다.

"계속 그 문제를 생각했기 때문이오."

물방울이 바위를 뚫는다

뉴턴은 자신의 연구 방법에 대해 설명했다.

"나는 늘 연구 주제를 눈앞에 펼쳐 놓은 뒤, 잠시도 눈을 떼지 않고 바라봅니다. 그러면 처음에 흐릿하던 답에 실낱같은 빛이 들면서 희미하게 보이기 시작합니다. 그리고 점차 빛이 커지면서 마침내 또렷이 모습을 드러내지요. 그 순간까지 나는 긴 세월을 가만히 견디면서 기다립니다."

오랫동안 중력에만 온 정신을 집중해 온 뉴턴이 연구로 고생하던 바로 그때, 기적처럼 발치로 사과가 떨어진 것이다.

뉴턴의 재능에 행운이 따랐던 게 아니라, 그의 노력과 인내에 행운이 찾아온 것임을 기억해야 한다.

뉴턴은 정신력을 계속 이어가기 위해서 연구 주제를 오가며 기분전환을 하고 기력을 다졌다. 한 연구 단계를 완성하고 지쳤을 때는 다른 연구를 시작하여 새로운 단계에 이를 때까지 연구했다.

지칠 줄 모르는 정신력과 집중력, 인내가 얼마만큼 중요한지 보여 주는 이야기이다. 뉴턴이 영국 고전학자 벤틀리에게 말했다.

"내가 우리나라를 위해 공헌한 일이 있다고 하면 그것은 모두 꾸준한 노력과 인내로 연구를 계속한 덕분입니다."

뉴턴과 어깨를 나란히 하는 천문학자 케플러도 학문 발전에 관해 뉴턴과 비슷한 말을 했다.

"한 가지 일에 집중해서 연구하면, 답을 찾고 나서도 이를 계기로 더욱 깊이 연구할 수 있습니다. 그러다가 마침내 온몸과 온정신을 다해 연구에 몰두하게 됩니다."

훌륭한 성과를 속속 낳는 '꿀벌집' 같은 두뇌

사회에서는 재능이 아닌 부단한 노력과 인내력으로 인정받는다. 이는 재능이 있는지 없는지를 가장 중시하는 예술 세계에서도 마찬가지다. 프랑스 작가이자 철학자인 볼테르가 말했다.

"천재와 보통 사람은 별반 다르지 않다."

영국의 유명한 화가 조슈아 레이놀즈도 이렇게 주장했다.

"사람은 누구나 그림을 배워서 화가가 될 수 있고, 조각가도 될 수 있다."

영국 철학의 대가 존 로크, 프랑스 철학자 엘베시우스와 드니 디드로 역시 같은 주장을 했고 그것을 굳게 믿었다.

"사람은 하늘로부터 똑같은 재능을 부여받았다. 그러므로 한 사람이 해낸 일을 다른 사람이 같은 방법으로 시도하면 같은 수준에 다다를 수 있다."

인간이 모두 같은 자질을 타고났는지는 알 수 없다. 하지만 위대한 일을 해낸 사람들은 노력과 인내력이 그것을 충분히 대신해 준다고 믿었다.

상대성이론을 발표해 세계적인 물리학자로 인정받는 아인슈타인은 세상 사람들이 자신을 천재라 부르는 것에 반발했다.

"나는 똑똑한 것이 아니라 오로지 문제를 더 오래 연구할 뿐이다."

실험의학의 아버지로 불리는 외과의사 존 헌터는 스스로를 이렇게 평가했다.

"내 머릿속은 벌집과 같다. 무척 어수선하고 혼란스러워 보이지만 실은 질서정연하게 정돈되어 있으며, 지식을 낳는 굉장한 꿀을 저장하고 있다. 이것은 모두 잠시도 쉬지 않고 공부해서 모은 것이다."

물방울이 바위를 뚫는다

위대한 업적을 남긴 사람들은 경이로울 만큼 방대한 지식을 갖고 있다. 평범한 사람이 보기에 그 모든 것을 어떻게 머릿속에 담아 두고 있는지 짐작조차 하기 어렵다. 그러나 '천재'라 불리는 그들도 알고 보면 단지 부지런히 공부한 보통 사람일 뿐이다.

사상가, 과학자, 발명가, 예술가를 막론하고 저마다 최고의 자리에 오른 사람은 하나같이 노력과 인내 덕분에 자신의 업적을 이룰 수 있었다고 말한다.

어쩌면 빼어난 노력가에게는 이 세상의 온갖 것을 황금으로 바꾸는 마법의 힘이 있는지도 모른다. 시간마저도 황금으로 바꾸는 힘. 말할 나위 없이 마법의 힘이란 흔들리지 않는 노력과 인내력을 뜻한다. 위인들이 노력과 인내로 만들어 낸 시간은 황금과 마찬가지다.

어느 부인은, 자기 아이가 특출하게 똑똑한데 조심성 없이 덤벙거리는 것을 보고 한탄했다.

"우리 아이가 인내심은 타고나지 못했나 봐."

참을성과 조심성이 부족한 사람은 무슨 일을 해도 남들만큼 하지 못한다. 그 어떤 느림보와 시합하더라도 반드시 지게끔 되어 있다. 금방 포기해 버리기 때문이다. 이탈리아에 이런 속담이 있다.

"한 걸음씩 꾸준히 나아가는 사람은 오랜 걸음에도 지치지 않고 멀리까지 갈 수 있다."

결국에는 '기다림'을 아는 사람이 이긴다
어려운 학문이나 예술의 길을 걸을 때, 그 속도는 몹시 더디기만 하다. 어떤 일이든 단 한 번에 최종 목표까지 이르지 못하는 법이다. 그러므로 한 걸음씩이라도 꾸준히 나아가는 것에 만족해야 한다. 프랑스 철학자 드 메스트르가 말했다.

"기다림을 아는 것이 성공하는 첫 번째 비결이다."

농작물을 거두려면 먼저 씨앗을 심어야 한다. 그런 다음에는 차분히 때를 기다려야 한다. 가장 달콤한 과일은 익는 데도 가장 오랜 시간이 걸린다. 조금이라도 빨리 손에 넣고 싶어 초조해해서는 안 된다.

동양에 이런 속담이 있다.

"시간과 인내는 뽕잎을 비단옷으로 바꾼다."

고되더라도 '반복하기'—그것이 발전 비결

학문에서나 일에 있어 성실한 습관을 몸에 익히는 일이 무척 중요하다. 성실한 습관이 몸에 배면 무슨 일이든 발전하고 통달할 수 있다. 특히 기초적이고 기술적인 일은 몇 번이고 반복하여 연습하는 게 중요하다.

시를 암송하고 싶다면 자꾸자꾸 소리 내어 읽사. 처음에는 어렵겠지만 수고를 거듭할수록 자연히 익숙해져서 점점 쉽게 느껴질 것이다. 오히려 아무리 간단한 기술이라도 되풀이해서 연습하지 않으면 발전하지 못한다.

미국의 작가이자 사회사업가 헬렌 켈러는 19개월 때 열병을 앓은 뒤, 보지도 듣지도 말하지도 못했다. 세 가지 고통에 싸여 세상과 단절된 그녀를 세상 밖으로 끌어낸 이는 가정교사 앤 설리번이다.

앤은 악다구니를 쓰며 달려드는 헬렌을 달래 가며 예법과 수화를 가르쳤다. 천둥벌거숭이 같은 헬렌과 온종일 씨름하면 녹초가 되기 일쑤였으나, 그녀는 노력을 멈추지 않았다. 앤은 신중하고 끈기 있게 헬렌에게 단 하나 남아 있는 인식의 창구인 촉각에 끊임없이 자극을 주었다.

누군가 펌프에서 물을 긷자 앤은 물이 뿜어져 나오는 꼭지 아래에다 헬렌의 손을 갖다 댔다. 차디찬 물줄기가 손으로 계속해서 쏟아져 흐르는 가운데, 앤은 다른 한 손에다 처음에는 천천히, 두 번째는 빠르게 '물'이라고 썼다. 헬렌은 선생님의 손가락 움직임에 온 신경을 곤두세운 채, 가만히 서 있었다. 그러기를 여러 번, 헬렌은 드디어 '물'이라는 단어를 이해하게 되었다. 이는 기적이나 다름없었다.

앤이 반복해서 가르치는 것들이 사물의 이름임을 알게 된 헬렌은 말라 있던 스펀지처럼 맹렬히 지식을 흡수하기 시작했다. 알고자 하는 욕구, 아는 기쁨이 그녀를 암흑 속에서 세상 밖으로 끌어냈다.

스무 살이 된 헬렌은 하버드대학 래드클리프 칼리지에 입학하여, 세계 최초의 대학교육을 받은 맹농아자로서 우등생으로 대학을 졸업했다. 이후 미국은 물론 전 세계 곳곳을 돌며 맹농아자의 교육과 사회복지시설의 개선을 위한 기금을 모아 맹농아자복지사업에 크게 공헌했다. 장애를 넘어선 그녀의 끝없는 노력과 불굴의 정신력은 전 세계 장애인들에게 희망을 주었다.

헬렌 켈러의 이야기를 듣고 나면 타고난 재능으로 일에서 성공하는 것이 아님을 알 수 있다. 고되더라도 끊임없이 연습을 반복하는 것이 발전의 비결이다. '반복의 힘'은 그대 앞에 있는 어떠한 고난이나 장애도 반드시 뛰어넘을 것이다.

2. 바람개비는 바람이 거셀수록 더 빨리 돈다!

"아버지, 이렇게 쉽게 가버리시면 어떡해요. 난 이제 누굴 의지하고 살라고!"

이길여는 바람처럼 떠나가 버린 아버지 앞에 목 놓아 울었다. 서른넷 젊은 나이에 폐렴으로 세상을 떠난 아버지. 폐렴이 무엇이기에 팔팔한 젊은 목숨을 닷새 만에 앗아가는가. 이리여중 2학년 어린 소녀의 가슴에 깊은 우물이 생겼다. 이때 길여는 '의사'가 되어 소중한 목숨을 지켜내리라 다짐했다.

"그래, 우리 딸. 걱정 말고 공부만 열심히 해. 이 어미가 힘껏 뒷바라지할 테니까."

길여 어머니는 교육열이 대단했다. 내리 딸만 둘 낳고 그녀는 딸들을 어느 아들 못지않게 키우리라 다짐했다. 길여의 어머니는 논밭을 팔아가며 그녀의 학비를 댔다.

초등학교 1학년 때부터 백 점을 놓치지 않던 길여는 호남 명문 이리여고에 들어가서도 전교 1등을 도맡았다. 집에서 이리까지 기차가 하루에 딱 두 번 다녔는데, 그나마 연착을 밥 먹듯 해서 오후 5시 반에 하교하면 자정쯤 집에 돌아오기 일쑤였다. 그녀는 지칠 줄 몰랐다. 친구들이 수다 떨 때면 조용한 소나무 위로 올라가 공부를 하기도 했다.

길여가 이리여고 6학년 때 6·25전쟁이 터졌다. 경기·이화·숙명 등 서울 명문고 학생들이 군산까지 피란을 내려왔다. 그들은 서울대학교 의과대학에 들어가 의사가 되겠다는 길여의 꿈을 비웃었다. 길여는 초등학교를 월반하여 그들보다 나이가 어렸고, 또 지방학교에 다니고 있었기 때문이다. 그러나 그해 겨울, 길여는 서울대 의대에 보란 듯이 합격했다. 대학을 졸업하고는 일본으로 건너가 니혼대학교 대학원 의학박사 학위까지 받았다. 그녀는 공부든 일이든 목표를 이루기 위해서 하루에 4시간 이상은 자지 않았다. 길여가 한국에 돌아와 1년간 군산 도립병원에서 무료봉사를 할 때, 그곳에서 만난 퀘이커 의료봉사단 골든이란 영국인 의사는 그녀에게 강한 인상을 심어주었다. 입과 코에서 피고름이 흐르는 환자가 병원에 왔다. 그때 석션(흡입관)을 찾을 수 없자 골든은 입을 대고 환자의 고름을 빨아냈다. 그 모습에 길여는 충격을 받았다. '진정한 봉사란 바로 저런 거야.' 길여는 골든처럼 따뜻한 마음을 지닌 의사가 되리라 다짐했다. 그 뒤 적십자병원에서 수련의로 일하다 인천으로 가서 산부인과를 개업했다. 길여가 차린 병원에는 환자가 물밀듯 밀려들었다. 그녀의 '지극한 정성' 때문이었다. 그런 헌신이 백만 명의 환자에게 새 삶을 주었다.

"선생님, 아내가 죽어가요. 제발 좀 살려주세요."

캄캄한 새벽, 길여의 산부인과로 얼굴이 새까만 젊은 남자가 들어와 의사를 급하게 찾았다. 길여는 수술도구를 챙겨 그를 따라 월미도 여객선 터미널에서 영종도행 배를 타고 섬으로 따라갔다. 험한 날씨를 뚫고 겨우 환자의 집에 도착했지만, 이미 아기와 엄마가 함께 세상을 떠난 뒤였다.

목 놓아 우는 남편을 두고 돌아오는 길, 시뻘건 노을이 거리에 내려앉았다. 눈물이 앞을 가렸다. 그 뒤로 길여는 붉은 노을을 볼 때마다 임신중독증으로 피범벅이 되어 누워 있던 그 젊은 산모의 죽은 얼굴이 자꾸 떠올랐다. 그 아픔이 적자를 감수하고도 양평·철원·백령도 병원을 인수하는 계기가 되었다. 평생 병원에 못 가고 의사 한 번 못 만나보는 가난한 사람들을 위해 무엇을 할 수 있을지 고민하여 내린 결단이었다. 보증금이 없어서 발길을 돌리는 환자들을 위해 그녀는 보증금을 받지 않았다. 그 고마움에 환자들은 치료비 대신 신문지에 망둥이를 싸오거나 옥수수, 감자 등을 쪄왔다.

1977년 6월, 이길여는 전재산을 쏟아 의료법인을 설립했다. 의료법인은 자기 소유 개념이 없기에 병원을 사회에 헌납이나 다름없었다. 세계적 인재를 키우는 것이 나의 애국의 길이라 생각한 그녀는 1994년, 경기간호전문대학과 신명여고를 인수했다. 1996년에는 가천의과대학을 세웠다. '아름다운 마음으로 바른 삶을 이루게 하고 마르지 않는 생명으로 온 누리를 건강하게 한다'는 뜻을 가진 '가회합례 수세인천(嘉會合禮 壽世仁泉)'에서 가천(嘉泉)으로 학교 이름을 지었다. 그녀는 아직 도전을 멈추지 않았다. 경원대학, 가천의대를 가천대학교로 통합 국제적 사학을 키우기 위해 또다시 뛰기 시작한 것이다. 캠퍼스를 30만 평으로 늘리고, 2011년 세계를 돌며 바이오나노, 의공학, 화학생명공학계 120여 석학을 초빙해 최상의 교육환경을 만들기에 나섰다. 이미 1천억 원을 들여 석학 소장희 박사를 초빙 세계적인 뇌과학 연구소도 설립했다.

"나는 120세까지 살 거예요. 바람이 셀수록 빨리 도는 바람개비처럼, 채찍 맞을수록 빨리 도는 팽이처럼 쓰러지는 날까지 더 열심히 살 거예요."

어린 소녀가 오로지 의사의 꿈을 품고 달려온 피와 땀과 눈물의 길. 그 꿈의 주인 이길여가 '정치' '돈' '남자' 유혹에 빠졌더라면 오늘의 성공을 이루어 낼 수 있었을까. 수많은 생명을 받아내고, 이제 제2, 제3의 이길여들을 키우는 꿈 꾸며 오늘도 꿈이 있으니까 늙지 않는 공주는 달음박질친다.

이길여, 익산 시골의 어린 소녀가 이제 세계적 인물이 되었다.

물방울이 바위를 뚫는다

'아마추어의 꿈'은 전문가를 뛰어넘는다

고대 유적을 탐사하고 고대 문자를 해독하는 사람 중에도 불굴의 정신력을 지닌 사람이 있다. 니네베의 유적을 조사하고, 설형문자로 이루어져 더는 읽을 수 없게 된 고대문을 해독하는 사나이들의 이야기를 소개하겠다.

동인도회사의 소속 군사를 따르는 젊은 조수가 한 명 있었다. 그는 페르시아의 케르만샤에 임시로 거처했는데, 근방을 산책하다가 설형문자가 새겨진 비문을 자주 발견했다. 흥미가 생긴 조수는 복사본을 만들었는데 어떤 역사서에도 실려 있지 않은 고대의 것이었다.

그는 그중에서도 비시툰에서 발견한 비문에 주목했다. 깎아지른 듯한 거대한 바위에 페르시아, 스키타이, 아시리아의 세 가지 문자가 새겨져 있었다. 같은 내용을 세 가지 문자로 쓴 모양이었다. 젊은 조수는 읽을 수 있는 문자와 그렇지 않은 문자를 비교하는 데 몰두한 끝에 읽지 못하던 문자의 대부분을 해독했다.

그의 상사였던 헨리 로린슨도 그 문자를 보고 흥미를 느꼈다. 그래서 복사본을 영국에 보내 연구를 부탁하려 했지만 설형문자를 읽을 수 있는 학자가 한 사람도 없었다.

여러 가지로 알아보니 동인도회사의 노리스라는 서기가 그 문자를 오랫동안 공부했다고 하여 탁본을 보여 주었다. 그러자 노리스는 비시툰 비문을 직접 본 적도 없으면서 복사본에 오류가 많아 정확하지 않다고 말하는 것이었다.

로린슨은 위험을 무릅쓰고 곧장 비시툰 바위까지 발걸음을 옮겼다. 복사본과 비문을 비교해 보니 노리스가 말한 대로였다. 설형문자에 완전히 마음을 빼앗긴 로린슨은 스스로 해독해 보고픈 생각이 들었다. 그날부터 세밀하고 진중하게 문자를 연구해 설형문자에 정통하게 되었다. 그리하여 로린슨은 비시튠의 비문을 거의 정확하게 풀어냈다.

설형문자를 읽을 수 있는 사람이 있어도 흥미를 끄는 비문 유적이 적으면 금세 연구의 명맥이 끊어져 버린다. 연구가 지속되려면 문자를 기록한 비(碑)를 발굴하는 사람이 있어야 한다. 그런 의미에서 유적을 발견하고 발굴하는 사람은 연구자에게 구세주와 같은 존재다. 고생을 무릅쓰고 설형문자가 새겨진 비를 찾아 발굴한 고고학자 헨리 레이어드도 그런 사람이었다.

레이어드는 런던의 변호사 사무소에서 일하는 사무원이었다. 스무 살 때 그는 중동을 여행하고, 유프라테스 강이 둘러싸고 있는 미지의 땅을 탐험하기로 결심했다. 그곳은 원주민이 전쟁을 벌이던 위험천만한 지역이었다. 그러나 레이어드는 온화한 성격과 강인한 인내력을 가진 용감한 사람이었다. 그는 위험을 무릅쓰고 전쟁터에 가서 결국 자신의 뜻을 이루었다.

카라프에서 첫 발굴을 한 그는 로린슨을 불러 점토판을 해독하게 했다. 나아가 처음 목표로 했던 니네베를 발굴하고 2천5백 개의 점토판을 찾아내 3천여 년 전에 존재했던 문명을 최초로 세상에 알렸다.

오랜 세월 모습을 감추고 있던 유적을 홀로 찾아내며 누락된 역사를 메우고, 연구자의 고증을 돕는 것은 좀처럼 하기 힘든 일이다. 그의 저서 《니네베의 고대유적》은 독자를 매혹하는 기록이자, 꿈을 좇는 사람의 위대함을 증명해 주는 책이다.

메소포타미아 문명의 유적을 찾아낸 사람은 동인도회사의 상사와 조수, 그리고 변호사 사무소의 한 사무원이었다. 그들은 모두 아마추어다. 이처럼 호기심과 꿈을 좇는 불굴의 정신력은 전문가를 뛰어넘는 위대한 일을 이룩하게 한다.

'호기심'은 나이와 지식을 초월한다

산소를 발견한 화학자 조지프 프리스틀리는 중년의 나이에 과학의 대가가 되었다.

프리스틀리는 본디 목사였지만 남들 앞에서 말하는 것이 서툴렀다. 계속 목사로 지냈다면 그는 아마 성공하지 못했을 것이다. 프리스틀리가 과학을 배워야겠다 생각한 것은 아주 우연한 일 덕분이었다.

어느 날, 프리스틀리는 집 근처에 있는 맥주 양조장에서 거품이 인 맥주 위에 가스가 빛났다가 사라지는 것을 보았다. 그는 이와 같은 신기한 현상이 왜 생기는지 그 이유가 무척 궁금해졌다.

나이 마흔의 프리스틀리는 화학 지식이 전혀 없었고, 책을 찾아보아도 답을 알 수 없었다. 그래도 그는 포기할 수 없었다.

그는 자기 나름의 답을 찾아보기로 굳게 결심했다. 직접 조잡한 기구를 만들어 실험을 시작하자 지금까지 본 적 없는 희귀한 현상이 속속 일어났다. 호기심에 이끌려 실험을 계속하면서 경험을 쌓다 보니 산소뿐만 아니라 수많은 가스를 발견하여 어느새 화학의 대가가 되었다.

그의 호기심은 화학에만 머무르지 않고 전기 분야의 발전에도 공헌했다. 녹색식물이 산소를 만들어 낸다는 사실을 발견한 사람도 프리스틀리이다. 또 이산화탄소를 물에 녹여 탄산수를 만들어, '청량음료의 아버지'라고도 불린다.

같은 시기에 스웨덴 화학의 권위자 카를 셸레도 많은 가스를 새롭게 발견했다. 셸레는 약제사여서 화학에 관한 지식이 있었지만 역시 전문가는 아니었다. 가스를 찾아내기 위해 실험에 사용한 기구는 약제사가 쓰는 일반 유리병과 돼지 방광뿐이었다. 그럼에도 그는 프리스틀리처럼 실험을 통해 새로운 가스를 잇달아 발견한 것이다.

호기심이야말로, 지식의 깊이와 나이의 벽을 뛰어넘어 전문가에 버금가는 정신력을 낳는다.

3. '사소한 행동'에서 성격이 드러난다

"나는 신도 악마도 믿지 않는다. 내가 믿는 것은 나의 육체와 정신력뿐이다."

고대 스칸디나비아의 속담이다. 고대 스칸디나비아인 트루하시의 문장(紋章)에는 이런 글이 쓰여 있다.

"나는 길을 찾는다. 길이 없다면 만들겠다."

두 문장 모두 북유럽인의 넘볼 수 없는 용기와 강한 독립심을 잘 나타낸다.

인간의 품성과 성격은 사소한 부분에서 찾아낼 수 있다. 망치를 휘두르는 것은 아주 사소한 일상 행위이다. 그러나 드는 자세와 힘의 강약만 봐도 망치를 잘 다루는 사람인지 아닌지 금방 알 수 있다.

프랑스의 한 명사는 어떤 마을의 논밭을 사겠다는 친구에게 이렇게 충고했다.

"나는 그 마을 사람들의 성질을 잘 아네. 파리의 수의학교에 그 마을 출신 학생이 있거든. 그가 모루를 두드리는 모습을 지켜봤는데 전혀 힘이 들어가지 않더군. 체력도 기력도 없는 연약한 사람들이 틀림없어. 땅이 아무리 기름져도 일하는 사람들의 기질이 그렇다면 문제지. 그런 사람들이 사는 마을에 아무리 투자해도 손해를 볼 뿐이야."

깊이 생각하고 사물을 관찰하는 사람은 사소한 부분에서 인간의 본질을 찾아낸다. 명사는 모루를 두드리는 행동 하나에서 그 땅에 사는 사람들의 인간성까지 파악한 것이다.

그는 토지의 가치를 인간이 만든다는 것을 알고 있었다. 기름진 땅이어도 밭을 가는 사람이 의지가 약한 게으름뱅이라면 풍작이 될 리 없다. 척박한 땅이어도 밭을 가는 사람이 의지강한 부지런쟁이라면 땅이 풍요로워지도록 연구하여 풍작을 이루어 낼 것이다.

프랑스에 이런 격언이 있다.

"토지가 많고 적음은 농부의 수가 많고 적음에 비례한다."

다른 나라에 투자하려면 그 나라 국민성을 먼저 살펴보아야 한다. 강한 의지와 정신력을 지닌 국민인지 아닌지가 관건이다.

평생 '진화하는' 사람은 무언가가 있다

어떤 일이든 달성하는 데는 강한 정신력이 필요하다. 이러한 정신력을 가진 사람은 꺼리지 않고 몸으로 부딪쳐 해나가므로 평생 진보를 거듭한다. 그러므로 심지가 굳은 사람은 재능 있는 사람보다 성공하는 경우가 많다.

재능은 있으되 의지가 약한 사람은 쉽게 절망하고, 위험에 처하면 금방 포기해 버린다. 정신력이 강한 사람은 재능이 부족하더라도 도중에 포기하지 않으므로 결국 성공한다. 정신력은 인간을 움직이는 핵심적 힘이자 그 사람 자체이다.

정신력은 인간의 두뇌와 몸을 움직이고, 진정한 희망의 밑바탕을 이룬다. 참된 희망은 인간에게 활력을 준다. 바틀 수도원에 남아 있는 깨진 투구 위에는 이런 글귀가 새겨져 있다.

"희망은 힘이다."

모든 사람이 마음에 새겨도 좋은 글이다.

그리스도는 이렇게 말했다.

"겁쟁이는 불쌍하다."

심지가 굳은 사람은 행복하다. 무언가를 할 때 최선을 다해 노력한 사람은 실패를 하더라도 마음에 부끄럼 한 점 남지 않는다. 오히려 시원한 기분일 것이다.

온몸에 상처를 입고 다리를 잃었어도 눈을 빛내며 굳건한 정신력으로 걷는 한 병사가 있다. 용감하게 마지막까지 싸운 사람의 마음이 똑똑히 들여다보이지 않는가. 이것만큼 감동적인 모습은 없으리라.

'마지막에는 기력 싸움'이라는 말의 진실

《오리지널》의 저자인 워커는 정신력을 굳게 믿었다.

"꼭 해내고자 한 일은 반드시 이루었다."

정신력이란 육체적 힘을 훨씬 뛰어넘는다. 육체가 한계에 이르렀다고 생각될 때도 진짜로 힘이 다 빠질 때까지는 정신력으로 버틸 수 있다.

옛날 이슬람군의 대장 물리 모라크가 병에 걸려 위독했을 때 물리의 군대와 포르투갈 군대 사이에 전투가 벌어졌다. 승패가 갈리려 하는 중요한 시점에 모라크가 갑자기 침대에서 벌떡 일어났다. 그는 퇴각하려 하는 병사들을 독려하여 적진으로 뛰어들게 했다. 대장의 격려에 힘을 얻은 병사들은 앞으로 나아가 승리를 쟁취했다. 모라크는 그 소식을 듣자마자 기력이 다해 쓰러지고 말았다.

정신력이란 이만한 힘을 지닌 것이다.

4. 날마다 새로운 마음으로!

인생에는 수많은 유혹이 있다. 강한 의지와 용맹함을 타고
난 사람이라도 그것을 발휘할 목표가 없으면 유혹에 쉽게 넘
어가 버린다.

젊은 그대는 빨리 목표를 세우고 그 목표에 집중해야 한다.
이루고자 하는 목표가 생겼다면 힘차게 그것을 향해 나아가
고, 오직 그것에만 머리를 써야 한다.

프랑스의 종교철학자 라므네가 노는 데 정신이 팔린 한 젊
은이를 걱정하여 설교했다.

"자네는 지금 스스로의 의지로 어떻게 살아가야 할지를 결
심해야 할 나이네. 결단을 조금이라도 늦추면 자네는 스스로
판 무덤에 빠지게 될 거야. 그 안에서 아무리 몸부림쳐도 이
미 묘석은 움직이지 않을걸세.

그러니 자네는 당장 무언가 목표를 세우도록 하게. 그러면
자네의 방탕한 생활도 안정될 거야. 다시 바람이 불어와도 이
리저리 날려 다니는 일은 없을 것이네."

목표를 실천하려면 힘들게 몸을 혹사해야 하는 경우가 많
다. 그러나 기꺼이 견디고 즐겨야 한다. 몸 쓰는 일은 결국
인간에게 가장 좋은 교양이 된다. 몸이 튼튼해진다는 장점도
있다.

네덜란드 출신의 프랑스 화가 알리 셰펠은 이렇게 말했다.

"인간의 일생은 머리나 몸을 혹사시켜 결실을 이루는 과정

이다. 분투하고 분투하는 것이 인생이다. 나도 그런 식으로 인생을 살아왔다. 이 세상에서 내 용기와 싸워 이길 수 있는 것은 없다. 인간은 강인한 정신과 올바른 목표만 있으면 어떤 일이든 쟁취할 수 있다."

차라리 어려움을 즐겨라!

지질학자 휴 밀러가 말했다.

"사회는 대학이다. 나는 여기서 고통과 고생이라는 훌륭한 스승과 벗을 만났다."

사소한 고통을 견디지 못하고 꿈을 포기하는 행위는 훌륭한 스승과 벗을 저버리고 스스로 패자의 길을 걷는 것이다. 무엇을 하든 절대로 피해 갈 수 없다고 처음부터 마음먹고 노력해야 한다.

실제로 그렇게 해보면 그리 오래지 않아 즐거움을 깨닫고, 스스로 기꺼이 하게 된다. 머리를 써서 공부하는 것도 처음에는 어렵지만 점점 몸에 익으면 쉬워지는 법이다.

어려움을 즐거운 습관으로 만들기 위해서는 한 번에 한 가지만 해야 한다. 한 번에 두세 가지를 하려 들면 익숙해지는 데 시간이 걸린다. 즐거움도 여간해서 알기 힘들다. 성취감도 맛보지 못한다. 이래서는 마음도 시들해지고 만다. 그러므로 반드시 한 번에 한 가지 일만 해라.

온 마음과 온 정신을 바쳐 한 번에 한 가지씩 해나가면 제아무리 재능 없는 사람이라도 반드시 즐겁게 일할 수 있다. 이런 식으로 한 가지 한 가지 이루어 가면 평생 많은 일을 해낼 것이다.

심리학자인 스콧 펙이 《아직도 가야 할 길》이라는 책에서 맨 처음 한 말도 바로 "인생은 힘든 것이다"였다. 펙은 이것이 아주 위대한 진리 가운데 하나라고 말했다. 일단 삶을 이해하고 받아들이게 되면, 인생을 더 효과적으로 살 수 있기 때문이다. 문제에 대해 불평하는 대신 그 문제를 해결할 방법을 찾을 수 있는 것이다.

성공한 사람과 실패한 사람의 차이를 알고 싶다면, 그들이 인생에서 어려움에 봉착했을 때 어떻게 대처했는가를 보면 된다. 실패한 사람들은 대부분 문제를 회피하거나, 문제의 핵심을 피해서 해결하려 하는 반면, 성공한 사람들은 문제를 받아들이고, 아무리 힘들어도 문제를 직시하여 해결하려고 한다. 문제를 정면으로 마주하고, 그 해결책을 모색함으로써 인생에 의미를 부여하려 하는 것이다.

영국의 정치가 페어웰 벅스턴은 다음과 같은 성경 구절을 믿고 실행에 옮겼다.

"해야 할 일을 찾았으면 온 힘을 다해 행하라."

그는 입버릇처럼 지금까지 자신이 이룩한 일들은 한 번에 한 가지에만 집중한 결과라고 말했다.

맨땅에서도 노력은 꽃을 피운다

프랑스의 국립묘지 팡테옹 신전에 여성 최초로 묻힌 마리 퀴리. 그녀는 최초의 여성 노벨상 수상자이며, 물리학상과 화학상을 동시에 받은 유일한 인물이기도 하다.

폴란드의 바르샤바에서 가난한 교육자의 딸로 태어난 마리 퀴리. 그 무렵 폴란드는 러시아의 지배를 받고 있었다. 러시아는 폴란드의 문화와 전통을 무시했고, 학교에서 폴란드어로 수업하는 것까지 금지했다. 폴란드인들에게는 참으로 어둡고 슬픈 나날이었다.

그런 혹독한 시절에 마리는 어머니마저 잃었다. 그녀의 나이 겨우 열 살 때였다. 그러나 꿈을 포기할 수 없었던 그녀는 열일곱 살 때부터 가정교사를 하면서 독학했다. 그즈음 폴란드와 독일에서는 여자가 대학에 들어갈 수 없었기에 그녀는 파리로 유학을 결심, 학비를 벌기 위해 3년간 시골의 부유한 농가에 가정교사로 들어가 아이들을 가르쳤고, 나중에는 야학까지 운영했다. 그렇게 어렵사리 마련한 돈으로 1891년 파리의 소르본대학에 입학할 수 있었다.

파리의 비싼 물가 탓에 생활은 매우 힘들었지만, 마리는 공부에 대한 끈질긴 집념으로 어려움을 극복했다. 추운 겨울 방에 불을 때지 못하고 온종일 굶어도, 그녀는 손에서 책을 놓지 않았다. 그 덕분에 학과에서 가장 뛰어난 성적으로 졸업했다.

소르본대학에서 물리학과 수학 학위를 취득한 그녀는 독학으로 과학자가 된 피에르 퀴리와 결혼해 두 딸을 얻었다. 퀴리라는 성(姓)은 결혼 뒤, 남편의 성을 딴 것이다.

마리는 뢴트겐이 X선을 발견하고, 앙리 베크렐이 우라늄 방사능을 발견하자 거기에 자극을 받아 그런 독특한 물질을 연구하기로 마음먹었다. 남편 피에르와 함께 우라늄의 성질을 연구하고 실험하던 중, 마리는 우라늄보다 훨씬 강한 빛을 방출하는 원소를 찾아냈다. 그녀는 이 새로운 원소에 조국 폴란드의 이름을 따서 '폴로늄'이란 이름을 붙였다. 1898년 7월, 폴로늄에 관한 논문을 쓰면서 마리는 '방사능'이란 말을 처음으로 사용했다. 그리고 그해 12월, 강력한 방사능을 방출하는 새로운 원소를 또 발견했으며, 그것에 '라듐'이라는 이름을 붙였다.

라듐은 우라늄보다 훨씬 강한 방사능을 가진다는 점에서 중요한 의미를 지닌다. 이 발견은 방사성 물질에 대한 학계의 관심을 불러일으켜, 새 방사성 원소를 탐구하는 계기를 만들었다. 이러한 업적으로 1903년 퀴리 부부는 베크렐과 함께 노벨 물리학상을 받았다.

그러나 불행이 그녀를 또 찾아왔다. 1906년 남편이 말에 치여 목숨을 잃은 것이다. 끔찍한 고통에서 몸부림치던 마리는 "어쨌든 계속해 나가야만 한다"던 남편의 말을 떠올리며 다시 연구를 시작했다. 지칠 줄 모르는 노력 덕분에 그녀는 소르본 대학 최초의 여교수가 되었다.

1907년, 그녀는 라듐 원자량의 정밀한 측정에 성공했다. 3년 뒤에는 금속라듐을 분리하여, 1911년에 라듐 및 폴로늄의 발견과 라듐의 성질 및 그 화합물 연구로 노벨 화학상을 받았다. 그 공적을 기려 방사능 단위에 퀴리라는 이름이, 화학 원소 퀴륨에 사용되었다.

아인슈타인은 마리에게 이런 찬사를 보냈다.

"마리는 유명인들 중 명예 때문에 순수함을 잃지 않은 유일한 사람이다."

그만큼 그녀는 여성으로서 맨땅이나 다름없었던 과학 분야에서 최고의 연구자로 인정을 받았을 뿐만 아니라, 지식의 성장과 과학적 발견을 통해 인류 복지에 커다란 공헌을 했다.

5. 거북이처럼 미련하고 끈기 있게

"진실이 말해 주지 않은 일을 가지고 고민하기보다 내 입으로 진실을 말하고 괴로워하는 편이 낫다."

정치가 존 핌의 말이다. 충분히 생각한 끝에 신념이 완성되었다면 그것을 전달하기 위해 노력하라.

자기 의견을 주장하자면 어쩔 수 없이 다른 의견과 대립해야 할 때가 있다. 다른 의견에 따르는 일이 죄가 되는 경우이다. 악에는 대항해야 한다. 사악한 것을 못 본 척 넘어가지 말고, 무찔러야 한다.

성실한 사람은 기만과, 정직한 사람은 거짓과, 정의로운 사람은 억압과, 청렴한 사람은 악이나 부정과 함께 살아갈 수 없다.

반대 의견과 맞서 싸우고, 되도록 그 싸움에서 이겨야 한다. 이런 사람은 어느 시대건 도덕적인 인물로 평가받는다.

박애 정신과 용기를 가지고 분연히 일어난 사람이야말로 사회 진보와 개혁을 이끌어 온 원동력이었다. 그들이 끊임없이 '사회악'에 도전하지 않았더라면 지금쯤 세상은 이기심과 악의 왕국에 주도권을 넘겨주었을 것이다.

시저가 '시저'일 수 있었던 가장 큰 이유

세계를 올바른 방향으로 이끌고 지배하는 사람은 자기 신념을 끝까지 이루어 낸 용기 있는 사람이다. 의지가 약한 사람은 어떤 공적도 남기지 못한다. 올곧은 정신과 행동력을 지닌 사람의 일생은 세상을 비추는 태양의 궤적과 같다.

그의 본보기다운 행동은 사람들의 머릿속에 깊이 새겨져 영원한 호소력을 지닌다. 그들의 사상과 정신과 용기는 대대로 이어져 사람들에게 감동을 준다.

어느 시대건 기적을 낳는 것은 뜻을 이루기에 가장 중요한 '활기'이다. 활기는 인격의 근원이며, 모든 위대한 행동의 바탕이 된다.

굳은 의지를 지닌 사람은 화강암처럼 굳센 용기를 발판 삼아 정의로운 길을 개척해 간다. 눈앞에 진을 친 적의 대군에 겁먹지 않고, 다윗처럼 대담하게 거인 골리앗에 맞선다.

반드시 해낼 수 있다고 믿으면 역경을 극복할 수 있다. 그런 자신감은 다른 사람에게 자극제가 되기도 한다.

시저가 탄 배가 항해 중에 폭풍우를 만났다. 선장은 공포에 질렸다.

그때 위대한 지휘관이 큰 소리로 외쳤다.

"무엇을 그리 두려워하는가? 이 배에는 시저가 타고 있지 않은가!"

씩씩한 사람의 용기는 삽시간에 전염된다. 그 사람의 강인함이 두려움을 가라앉히고, 힘을 불어넣어 준다. 굴하지 않는 정신을 지니고 있으면 어떤 위기가 닥쳐도 결코 좌절하거나 물러서지 않는다.

디오게네스는 철학자 안티스테네스의 제자가 되고 싶어 문을 두드리며 "당신을 위해 일생을 바치고 싶다" 애원했지만 쌀쌀맞게 거절당했다. 더욱 끈질기게 매달리자 안티스테네스가 옹이 진 지팡이를 휘두르며, 당장 돌아가지 않으면 이 지팡이로 얻어맞을 줄 알라고 으름장을 놓았다.

"뜻대로 하십시오! 제 고집을 꺾을 만큼 튼튼한 지팡이는 어디에도 없습니다."

디오게네스가 당당하게 말했다. 말문이 막힌 안티스테네스는 그 자리에서 그를 제자로 삼았다.

활기 넘치고 지혜로운 판단을 내릴 줄 아는 사람이, 풍부한 지식을 지녔으나 활기 없는 사람보다 훌륭하다. 활기는 실무 능력을 낳고, 힘과 기운을 불어넣어 준다.

활기는 인격의 살아 있는 원동력이다. 활기에 지혜로움과 냉정함까지 갖춘다면 인생의 모든 장면에서 자기 실력을 최대한 활용할 수 있을 것이다.

도망만 다니는 사람에게 정착할 곳은 없다

평범한 사람도 활기 넘치는 목표의식에 자극을 받으면 뜻하지 않은 결과를 낳는 일이 있다.

세상에 강력한 영향력을 끼친 사람들은 대부분 특별한 천재가 아니었다. 그저 넘치는 활력과 굳은 결심으로 '묵묵히' 일에 매달린 이들이다. 마호메트, 루터, 칼뱅 등이 그 좋은 예이다.

활기와 인내심과 용기가 있다면 어떤 장해물이라도 극복할 수 있다. 용기는 '노력하는 힘'을 주고, 달아나는 것을 허락하지 않는다.

인내심은 올바르게 사용하면 시간이 지날수록 점점 강해진다. 어떤 상황에서건 끈기 있게 밀어붙이면 반드시 어떠한 형태로든 보상을 받는다.

남의 도움을 받는다면 의미가 없다. 의지하던 후원자가 죽자 미켈란젤로는 이렇게 말했다.

"세상이 준 보증 따위는 아무리 많아 봤자 허무한 한때의 꿈에 지나지 않는다. 내 능력을 믿고, 가치 있는 사람이 되는 것이 무엇보다 안전한 길임을 이제서야 깨우쳤다."

용감한 사람이 지닌 '섬세함'

용기와 부드러움은 모순되는 가치가 아니다. 오히려 용기 있는 사람은 부드러움과 섬세함을 함께 지니고 있다. 또 용기가 있으면 남을 너그럽게 대할 수 있다.

네이즈비 전투에서 왕당파 장군 페어팍스는 적의 기수에게서 빼앗은 군기를 부하에게 건네주며 소중히 다루라고 명령했다. 그런데 깃발을 받아든 병사가 유혹을 이기지 못하고, 그것을 자기가 빼앗은 깃발이라며 동료에게 거짓말로 자랑했다.

그 이야기를 들은 장군이 말했다.

"그 녀석의 공적으로 쳐주어라. 내게는 그것 말고도 많은 공훈이 있다."

'자기희생'에 관한 프랑스 어느 기술자의 일화가 있다.

파리 시내에 건축 중인 높은 건물이 있었다. 발판에는 기술자들이 올라가 있었고, 건축자재도 산더미같이 쌓여 있었다. 그런데 부실했던 발판이 무게를 견디지 못하고 우르르 무너져 내렸다. 두 명만 빼고 그 위에 있던 기술자 모두 떨어졌다.

남은 두 명은 젊은 기술자와 중년 기술자였다. 두 사람이 가까스로 매달려 있는 좁은 나무판자는 두 사람의 무게로 당장에라도 부러질 듯했다. 중년 기술자가 외쳤다.

"부탁이니 손을 놓아 주게. 내게는 처자식이 있어."

"알겠습니다. 당신 말이 옳아요."

젊은이는 스스로 나무판자에서 손을 뗐다. 그러고는 바닥에 떨어져 죽었다. 그의 희생으로 한 집안의 가장이 무사히 목숨을 건졌다.

비텐베르크를 함락한 샤를 5세에 관한 일화도 있다.

루터의 무덤을 찾은 왕이 묘비명을 읽고 있는데 동행했던 부하가 관 뚜껑을 열며 제안했다.

"이 '이단자'의 유골을 바람에 날려 버리시는 것이 어떻습니까?"

샤를 5세는 부하를 크게 꾸짖었다.

"나는 죽은 자에게 채찍을 휘두를 마음이 없네. 무덤을 욕보이는 것은 당치 않은 일이다."

아무리 적이라 할지라도 부상을 입은 사람과 방어도구를 잃어버린 사람은 더는 공격하지 않는 법이다. 죽을힘을 다해 싸우는 전장에서도 상대방에게 관용을 베풀 수 있다는 뜻이다.

6. 간절함은 벽을 넘고야 만다

목적을 이루고자 바라면 어떤 일이든 반드시 이루어진다.

프랑스에 젊은 공무원이 있었다. 그는 언제나 자기 방을 거닐며 중얼거렸다.

"나는 프랑스의 원수가 되고, 유명한 장군이 될 것이다."

뒷날 그는 유명한 지휘관이 되어 프랑스의 원수로 승진했다.

한 목수가 있었다. 치안판사가 망가진 의자를 맡기자 목수는 정성껏 의자를 수리했다. 전에 없이 공들여 일하는 목수를 보고 의아하게 여긴 사람이 그 까닭을 물었다. 목수가 대답했다.

"내가 뒷날 이 의자에 앉았을 때 쾌적하게 느낄 수 있도록 꼼꼼히 수리하는 것이라네."

이 말을 들은 사람은 어리둥절했다. 그런데 신기하게도 이 목수는 뒷날 치안판사가 되어 그 의자에 앉았다고 한다.

커다란 목표는 부단한 노력을 기울이지 않으면 이룰 수 없다. 그 노력은 반드시 뜻대로 될 거라는 굳은 각오에서 비롯한다. 그런 각오를 가진 사람은 인간의 힘으로는 불가능할 것 같은 어려운 일을 해내므로 옆에서 그를 지켜보는 사람은 놀라고 만다.

간절히 바라고, 그렇게 되고자 소망하는 마음은 반드시 실현된다. 간절한 소망은 승리의 징후임을 알아야 한다.

반대로 의심 많은 겁쟁이는 어떤 일이든 자기는 할 수 없다고 생각해 버린다. 그러기에 무엇 하나 달성하지 못하는 것이다.

두드려라, 그러면 열리리니

사람이 무언가를 하고자 뜻을 세우면, 그 의지는 어떤 장해물도 뛰어넘어 목적지에 이른다. 불가능해 보이는 일도 꼭 이루겠다는 의지만 있으면, 반드시 어딘가에 방법이 있다.

러시아의 무장 스보로프의 빼어난 무용은 그의 강인한 의지에서 비롯되었다. 스왈로우는 프랑스의 재상 리슐리외, 나폴레옹과 마찬가지로 '불가능'이라는 단어를 사전에서 지우고 싶어했다. '불가능'이라는 말 말고도 '모른다', '부적절하다'라는 단어를 경멸했다. 대신에 '배우다', '실천하다', '시험하다' 이 세 단어를 늘 입에 달고 살았다.

얼핏 엉뚱하게 들릴지 모르나, 이런 의지의 힘을 믿는 사람들의 말에는 깊이가 있다. 이를테면 나폴레옹이 즐겨 말한 격언 가운데 이런 말이 있다.

"진정한 재능과 지혜는 강한 의지이다."

그가 이룩한 위업이 조금의 의심도 허락하지 않는 올곧은 의지에서 비롯되었음을 알 수 있다. 행군할 때 "이 길 끝에는 알프스 산이 기다리고 있다"라는 말을 듣고 나폴레옹은 "내가 가는 길을 막는 산 따위가 있을쏘냐" 대꾸했다. 그는 이제껏 누구도 접근하지 않았던 곳에 새 길을 뚫으며 앞으로 나아갔다.

나폴레옹은 남에게 노력을 강요했지만, 스스로도 노력을 아끼지 않았다. 그 영향을 받아, 가까이에 있던 사람들도 강한 정신력을 발휘하여 나폴레옹을 도왔다.

어느 전투에서 나폴레옹이 진흙탕에 깊이 빠져 온몸이 진흙 투성이가 되었다. 그러나 위험한 상황에도 전투에서 승리한다는 신념 하나로 "돌격하라!"를 외쳤다. 사기가 충전된 병사들이 전진하여 승리를 거둔 것은 말할 나위도 없다. 그들은 자부심에 벅차 이렇게 말했다.

"우리는 진흙으로 나폴레옹 장군을 빚었다."

꾸물대지 말라 결정이 곧 실행이다

용감한 사람은 무언가를 하려고 결정하면 머뭇거리지 않고 행동에 옮긴다.

레드야드는 미국 대륙을 거침없이 이리저리 누빈 것으로 유명한 탐험가이다. 어느 날 아프리카 협회에서 "언제까지 여행 준비를 마치고 아프리카로 올 것이냐"는 질문을 받자 그는 곧장 이렇게 대답했다. "내일 해 뜨자마자."

영국 해군제독 존 자비스는 "준비가 끝나고 승선하는 것은 언제가 되겠느냐"는 질문에 "지금 당장"이라고 대답했다. 콜린 캠벨도 인도로 향하는 군 총독에 임명받고 "언제 출발할 수 있느냐"는 질문에 이렇게 답했다. "내일 아침."

용감하고 정력 넘치는 사람은 이렇듯 결단이 빠르고, 금방 실천에 옮긴다. 이들이 후세에 이름을 드높였음은 마땅한 일이다. 그들은 생각해 봐야 별 뾰족한 수가 없는 일을 가지고 전전긍긍하지 않는다.

전투에서 적의 허를 찔러 공격할 때는 속도가 승패를 좌우한다. 나폴레옹은 세인트헬레나 섬에 유배된 뒤 지난 전투를 회상하며 이렇게 말했다.

"아콜라 전투에서 불과 25기의 군사를 이끌고 대군과 맞서 싸운 적이 있다. 그날은 서로 사흘이나 격렬한 전투를 벌인 다음이라 전투가 시작되자마자 아군 적군 할 것 없이 모두 금세 지쳤다. 나는 바로 그때가 승부를 가를 시점이며, 그 기회를 놓쳐서는 안 된다고 판단했다.

25명 모두에게 나팔을 불라고 명령한 뒤에 적의 허리를 쳤더니 적이 꽁무니를 빼고 달아났다. 나팔의 숫자로 대군이라고 판단한 데다, 불시에 사방에서 습격을 받자 놀란 것이다. 전쟁에서는 적을 놀래느냐 아니냐가 중요하다.

따라서 아군이 갑자기 놀라 당황하는 일이 생기거든 패배를 예상해야 한다. 놀라움과 공포를 느끼는 순간을 우습게 여겨서는 안 된다. 오히려 패전을 승전으로 역전할 기회라 생각하고 곧바로 수를 써야 한다."

그는 또 이런 말도 남겼다.

"전쟁이 패배로 돌아설 때 순간적인 틈이 생긴다. 바로 이때가 역전의 기회다. 오스트리아와 싸울 때가 그랬다. 그들은 시간의 소중함을 몰랐다. 승리를 거머쥐려 할 때 더욱 거세게 몰아쳐야 하는데 망설였다. 나는 그 틈을 놓치지 않고 공격하여 적을 물리쳤다."

성공하겠다는 강한 의지를 승리로 이끌기 위해서는 빠른 결단력과 신속한 행동력이 필요하다.

"자신이 사랑하는 일을 하라. 자신이 하는 일을 사랑하라."
그것이 성공으로 가는 비결이다. 세상에는 자신을 채워 주고
충족시켜 줄 수 있는 유일한 그 무엇을 찾지 못한 사람들이 얼
마나 많은가. 그것을 찾고 싶다면 계속해서 새로운 것들을 시
도해 가야 한다. 그러면 언젠가는 찾게 된다. 아마 찾아내는
순간, 자신이 평생 찾아 헤매던 바로 '그것'임을 알아보게 될
것이다. 나이에 상관없이 누구든 새로운 열정을 찾아낼 수 있
다. 그대를 매일 아침 침대에서 일어나게 하고, 그 즉시 달려
들게 만드는 소중한 무언가가 그대에게 필요하리라.

Part 8
기회를 포착하는 눈을 어떻게 키울 것인가
자신에게 '성공기회'를 선물하는 방법

1. '착실하고 꾸준한' 노력이 기회를 만든다

　그대도 혹시 매주 로또를 사고 있는가. 로또에 당첨될 확률은 '814만 분의 1'이라고 한다. 이는 사람이 벼락을 맞고 살아나 다시 벼락을 맞을 확률과 맞먹는다. 그럼에도 배팅금액이 높고 당첨기회가 낮은 내기일수록 기대 심리가 크기 마련이다. 인생 한 방, 돈이 모든 문제의 원인이자 해결책이라고 믿는다.

　정말 그럴까. 복권뿐만이 아니라 일상생활에서도 우연으로 얻은 성공은 꾸준한 노력으로 얻은 성공의 10분의 1도 되지 않는다. 우연한 성공만을 기대하며 사는 것은 인생의 진실한 목적을 날려 버릴 위험을 안고 있다.

　화가 리처드 윌슨은 그림을 그릴 때 처음부터 끝까지 평범하게 그린다고 한다. 완성되기 직전에는 잠시 떨어져 붓을 들고 한동안 그림을 바라본다. 다시 천천히 다가와 두세 번 붓질을 더한다. 이로써 절묘하다고 찬양받는 그림이 완성된다. 마법처럼 끝에 그려 넣은 두세 번의 붓질이 마치 다른 그림처럼 만드는 것이다.

평범한 사람은 결코 그처럼 할 수 없다. 운명을 걸고 단 한 판에 승부를 내는 건곤일척의 작업에는 오랜 경험과 혼신의 집중력이 필요하다. 만일 평범한 사람이 흉내 내다간 모처럼의 그림을 보기 흉하게 망쳐 버리고 말 것이다.

그렇다고 윌슨과 같은 재능이 없다고 절망할 필요는 없다. 성실하고 꾸준하게 노력하면 된다. 그것은 누구나 지나가야 하는 길과 같다. 이름 있는 대가(大家)도 착실한 노력으로 대성한 것이다.

어떠한 예술이더라도 차곡차곡 쌓인 작은 기술로 이루어져 있다. 미세한 곳까지 소홀히 다루지 않고 꼼꼼하게 완성했기에 사람들에게 찬양받는 작품이 나온 것이다. 이탈리아의 유명한 조각가이자 화가이며 건축가인 미켈란젤로는 그 점을 잘 알고 있었다.

어느 날 한 손님이 그의 작업실에 와서 자신이 주문한 조각상을 보았다. 형태가 선명하게 드러나 거의 완성된 듯했다. 얼마 뒤 이제 마무리가 됐겠거니 하고 작업실을 다시 찾아갔는데 미켈란젤로는 나중에 오라 했다. 조각상은 전에 찾아왔을 때와 별반 다르지 않았다. 손님은 이상하게 여겨 물었다.

"제가 왔다 간 뒤로 많은 시간이 흘렀습니다. 그동안 대체 뭘 하셨습니까?"

미켈란젤로는 조각의 여기저기를 가리키며 공손하게 설명했다.

"이곳을 고치고, 이쪽을 갈아 냈습니다. 이 부분은 더 부드럽게, 여기에는 힘줄이 보이도록, 입술은 금방이라도 말할 것처럼, 손은 움직일 것처럼 만들었습니다."

손님은 이해할 수 없다는 듯이 다시 물었다.

"전부 보잘것없는 손질이지 않습니까?"

미켈란젤로는 고개를 가로저으며 대답했다.

"그렇게 보셨습니까. 하지만 그 보잘것없는 손질이 전체의 아름다움을 만든답니다. 그러니 아름다움을 만드는 손질이 사소한 일은 아니지요."

프랑스의 화가 니콜라 푸생은 만년에 이르러 어떻게 대가가 되었느냐는 친구의 물음에 다음과 같이 대답했다.

"뭐든 적당히 하지 않았기 때문이지."

화룡점정(畵龍點睛)의 뜻을 아는가. 무슨 일을 하는 데에 가장 중요한 부분을 완성함을 비유적으로 이르는 말인데, 마지막으로 눈동자를 그려 넣어 실제 용을 만들려면 머리, 몸통, 꼬리에 이르는 모든 과정이 완벽해야 하는 법이다.

참된 노력이란 무엇인가?

노력에는 보이는 노력과 숨은 노력이 있다. 숨은 노력은 기초를 다져 준비하는 노력이고, 보이는 노력은 실제 노력이다. 안타깝게도 노력은 이따금 물거품으로 돌아가기도 한다. 그러나 성과가 있느냐 없느냐에 따라서 노력할지 말지 결정하는 것이 과연 바람직할까? 그렇지 않다. 모든 노력은 반드시 열매를 맺는다. 다만 가끔은 열매가 너무 작아서 눈에 띄지 않을 뿐이다. 잘못된 방향으로 노력하거나 숨은 노력이 부족할 때에는 그런 일이 생긴다.

노력한다는 것은 인간의 타고난 본성이다. 즉 참된 노력이란, 노력하고 있다는 사실 자체를 잊어버리고 자연스럽게 노력하는 것이다.

2. 기회를 100% 붙잡기 위해 늘 준비하라

"기회는 이마에만 머리칼이 무성하고 뒤통수는 벗겨져 있다. 보자마자 바로 손을 뻗으면 이마에 난 머리칼을 손쉽게 움켜잡을 수 있지만 한 번 놓치면 두 번 다시 잡을 수 없다."
유명한 로마 속담이다.

이런 얘기를 듣고 나면 대부분의 사람들은 갈피를 잡지 못한다. 어떤 사람들은 운이 좋아야 성공한다고 생각하며, 기회를 잡는 것은 어렵다고 여긴다.

기회를 붙잡는다는 것이 그렇게 뜬구름 잡는 소리일까? 아니다, 앞서 얘기한 미켈란젤로의 이야기를 떠올려 보라. 기회가 오기 전에 준비해 두면 된다. 예술가들은 그것을 위해 작은 기술을 참을성 있게 하나하나 미리 배워 둔다. 학문도 사업도 마찬가지다.

가꿀 나무는 밑동을 높이 자른다고 했다. 어떤 일이나 앞날을 생각해 철저히 준비해 두어야 한다. 기회가 사람을 돕는다고 하지만 기회를 잡기 위해 기울인 노력이 스스로를 돕는 것이다. 승리자들은 모두 그런 사람들이다.

증기기관을 발명한 스티븐슨은 갱도에서 일할 때, 밤에는 수학과 측량학을 공부했으며 낮에는 틈틈이 분필 조각으로 석탄 나르는 수레를 칠판 삼아 계산식을 연습했다.

물리학자 존 돌턴은 어렸을 적부터 공부하는 습관이 몸에 배어, 불과 스무 살의 나이에 고향 학교의 교사가 되었다. 겨울에는 학생들을 가르치고, 여름에는 아버지의 농장 일을 도왔다. 그는 죽기 전까지 기상학 관측을 계속했는데 평생에 걸쳐 모은 자료가 무려 이십만 가지가 넘었다.

이러한 노력을 기울이며 기다린다면 기회가 달아날 리 없지 않겠는가.

시저는 이렇게 말했다.

"인간의 행동에도 조수(潮水)가 있다. 만조(滿潮)를 타서 일을 행하면 일이 잘된다."

살찐 넓적다리에 눈물 흘리다

중국 촉나라 유비가 좀처럼 싹을 피우지 못하고 형주의 유표에게 일개 객장(客將)으로 몸을 기댈 때가 있었다. 유표는 천하를 엿볼 만한 그릇이 못 되어 자기 영토를 지키는 데 급급했으므로, 그 아래에 있는 유비는 관우, 장비라는 호걸을 부하로 두고 있어도 소용이 없었다. 큰 뜻을 펼칠 기회는 좀처럼 찾아오지 않고 쉰을 바라보는 나이에 이르니 유비는 제 운명을 한탄할 수밖에 없었다. 그러던 어느 날, 유표와 술을 마시고 있던 그가 슬쩍 일어나 뒷간에 갔다가 다시 자리로 돌아오더니 눈물을 뚝뚝 흘렸다. 이상하게 여긴 유표가 까닭을 묻자 유비가 이렇게 말했다.

"이제까지 늘 말안장을 떠난 적이 없어 넓적다리 살이 붙은 일이 없었는데 요즘은 말을 타는 일이 없어 넓적다리 안쪽에 살이 붙어 버렸습니다. 세월은 자꾸만 흘러가 버려 벌써 노년이 되려고 하는 판에 어느 때나 되어야 공을 세울 수 있을까 생각하니 슬퍼집니다."

《고산 대삼국지》에 나오는 이 이야기에서 배울 수 있듯이, 한가로운 나날을 보내면서도 활약의 기회를 놓치지 않도록 늘 스스로 갈고 닦으며 준비해야 한다.

"새가 날아가 버린 뒤에는 꼬리를 잡으려 해도 무리한 노릇이다."

《죄와 벌》을 쓴 러시아 대문호 도스토옙스키의 말이다.

대활약의 계기가 된 노트 한 권

마이클 패러데이는 전기분해법칙 등 수많은 업적을 남긴 사람이다. 그는 화학계의 권위자인 험프리 데이비의 제자이자 후계자이기도 하다.

패러데이는 가난한 집에서 태어나 열세 살에 제본소의 수습생이 되었다. 평소 과학에 관심이 있었던 그는 그에 관련된 책을 열중하여 읽었으며 실험 장치 등을 세밀하게 그려 내곤 했다.

그가 과학에 뜻을 품은 것은 어디까지나 우연이었다. 어느 날, 패러데이의 노트를 본 사람이 탄복하여 그에게 과학 강연의 입장권을 양보해 주었다. 그것이 바로 데이비의 강연이었다.

패러데이는 완전히 화학에 매료되어 데이비의 강연을 네 번이나 들었다. 그는 강연 내용을 꼼꼼하게 기록해 두었다. 뒷날 데이비를 만나 자신의 노트를 보여 주었는데, 너무도 꼼꼼한 기록에 데이비도 깜짝 놀랐다고 한다.

그 뒤로 패러데이는 데이비의 제자가 되어 수많은 발명과 발견을 하게 되고, 업적을 인정받아 데이비의 뒤를 이어 영국 왕립실험소장 자리에 앉게 된다.

얼핏 순조롭게 출셋길을 밟은 것처럼 보이지만 사실은 그렇지 않다. 데이비의 제자가 되려 했을 때도 거절당해 실망의 눈물을 삼켰고, 발명과 발견에는 엄청난 희생이 뒤따랐다.

그가 기회를 잡은 것은 전부터 기울였던 노력 덕분이다. 포기하지 않고 노력한다면 몇 번이고 좋은 기회가 찾아올 것이다. 그리고 그 기회를 잡아야만 승리할 수 있다.

'불행'을 기회로 바꾸는 방법

패러데이는 자신의 길을 정하고 기회를 기다렸던 것은 아니다. 기회는 우연하게 찾아왔다. 그중에는 스스로 자신의 기회를 만들어 우연을 기회로 바꾼 사람이 있다. 바로 소설가 월터 스콧이다.

스콧은 어떤 소설가의 제자였다. 그는 수습을 마치고 계획을 하나 세웠다. 고향 스코틀랜드로 돌아가 이곳저곳을 떠돌며 전쟁에서 살아남은 영웅을 찾아 이야기를 듣고 이를 소재로 장차 소설을 쓰기로 한 것이었다.

그는 계획대로 아직 가보지 못했던 스코틀랜드를 떠돌며 많은 영웅을 만나 친해졌다. 그것은 실제로 소설 쓰는 데에 큰 도움이 되었다.

그 뒤로 스콧은 군대에 들어가 기병대의 취사병이 되었지만 말에게 차여 집에서 요양하게 되었다. 마냥 게으름 피우는 것이 싫어 1초도 가만히 있지 못했던 스콧은 요양을 기회 삼아 창작활동에 들어갔다. 그렇게 사흘 만에 《마지막 음유시인의 노래》를 써냈다. 스콧의 첫 번째 책은 출판되자마자 호평을 받으며 성공의 첫걸음이 되었다.

3. '관찰력'이 좋은 머리를 만든다

머리의 좋고 나쁨은 사물을 관찰하는 힘에서 나뉜다. 기회를 잡는 힘의 대부분이 관찰력에 있다고 봐도 좋기 때문이다.

러시아 속담에 "숲 속에서 장작도 못 찾는 사람"이라는 말이 있듯이 관찰력이 부족한 사람은 필요한 물건을 옆에 두고도 찾지 못해 헤맨다.

고대 이스라엘의 솔로몬왕이 말했다.

"지혜로운 사람은 눈이 머릿속에 있지만 어리석은 사람은 어둠 속을 거닌다."

학자 존슨이 이탈리아에서 귀국한 사람에게 이렇게 말했다.

"함스테드 극장을 떠나지 않은 사람이 유럽을 여행한 사람보다 더 많은 것을 배우기도 합니다."

관찰력이 없는 사람은 무엇을 하더라도 귀중한 경험과 지혜를 얻지 못한다. 어디를 가더라도 신기한 것만 찾아다니며 아무것도 깨닫지 못한다. 똑같은 곳을 가더라도 지혜로운 사람은 눈으로 본 것을 잘 관찰하여 그 속에 있는 것을 보려고 한다. 그리고 세세하게 구분하여 비교하고 새로운 것을 발견한다. 사물의 겉모습뿐만 아니라 그 속에 있는 정신과 의미까지 꿰뚫어 본다. 갈릴레오가 그 전형적 인물이다.

피사의 성당에 머물던 갈릴레오는 어느 날 처마에 달린 램프가 멈추지 않고 흔들리는 것을 보았다. 그는 자신의 맥박에 맞춰 램프가 흔들리는 주기를 세어 보았다. 램프는 같은 속도로 일정하게 흔들렸다.

갈릴레오는 실에 가벼운 물체를 매달아 흔든 뒤 관찰했다. 그 결과 물체의 주기는 실의 길이가 같을 때, 진폭이나 물체의 무게와 상관없이 일정했다. 열여덟 살 갈릴레오가 진자의 등시성을 발견한 것이다. 이 원리가 바탕이 되어 우리가 가지고 다니는 휴대용 시계가 만들어졌다.

기회를 포착하는 눈을 어떻게 키울 것인가

처마에 달린 램프가 흔들리는 모습을 갈릴레오만 보았을까? 그가 태어나기 전부터 수많은 사람들이 봤을 것이다. 하지만 당연해 보이는 현상에서 인류에 도움이 되는 발견을 한 사람은 뛰어난 관찰자 갈릴레오뿐이다.

갈릴레오는 또 네덜란드의 안경공이 멀리 떨어진 물건을 가깝게 보게 해주는 기계를 만들어 나소의 모리스 백작에게 바쳤다는 이야기를 듣고 그 원리로 천체망원경을 발명했다. 이로써 천체를 정확하게 관찰할 수 있게 되어 현대 천문학에 토대가 되었다.

이러한 발명은 세심하게 관찰하지 않는 사람, 남의 이야기에 귀 기울이지 않는 사람은 절대로 할 수 없다.

매의 날카로운 눈이 문제를 해결한다

건축가 브라운은 영국과 스코틀랜드 사이에 흐르는 트위드 강 부근에 살았다. 그는 적은 돈으로 다리를 짓는 방법을 찾느라 쉼 없이 머리를 굴렸다.

어느 날, 밤을 새워 가며 골몰하다 머리도 식힐 겸 공원을 산책했다. 그때 그의 팔이 이슬로 축축해진 거미줄에 스쳤다. 길을 가로지르듯이 걸린 작은 거미줄. 브라운은 순간적으로 케이블이나 쇠사슬로 다리를 이 거미줄처럼 만들면 되리라고 생각했다. 이리하여 브라운은 현수교를 만들어 냈다.

토목·조선기술자 브루넬이 템스 강바닥에 터널을 뚫을 때 가르침을 주었던 것은 배를 갉아먹던 해충, 배좀벌레조개였다. 이 작은 벌레는 단단한 머리로 목재 속을 파고들어 가서 여기저기 구멍을 판다. 그러고는 토해 낸 옻과 같은 물질을 구멍에 발라 단단하게 굳혀 집으로 삼는다. 이것을 본 브루넬은 규모만 크게 키운다면 그 방법으로 터널을 만들 수 있음을 깨달았다.

어느 이야기나 관찰력의 승리라 할 수 있지만, 그 관찰력은 문제 해결을 위해 애태우던 마음에서 태어났다고 해야 할 것이다. 큰 문제를 안고 그 답을 얻고자 며칠을 쉬지 않고 머리를 쓴다. 그리고 물에 빠진 사람이 지푸라기를 잡는 심정으로 모든 것에서 문제를 해결할 실마리를 찾는다. 그것이 관찰력이다. 무슨 일이든 최선을 다하면 관찰력이 생겨난다는 것을 기억하자.

유리구슬 속에서 '다이아몬드'를 찾아내는 시선

큰 문제에 죽을힘을 다해 매달리면 브라운이나 브루넬처럼 관찰력으로 우리에게 꼭 필요한 무언가를 발명해 낼 수 있다. 보잘것없어 보이는 것도 순식간에 보물이 된다.

콜럼버스의 신대륙 발견은 관찰력이 없었다면 성공하지 못했을 것이다. 콜럼버스가 항해하던 대서양은 섬이 매우 적은 바다로, 선원들은 불안감에 휩싸여 있었다. 육지를 찾지 못하면 굶어 죽을 수도 있었기 때문이다. 게다가 그들은 지구가 평평하다고 생각해 계속 가다가는 결국 지구에서 떨어지리라 믿었다.

선원들의 공포와 불안은 극에 달했고, 언제 반란이 일어날지 모르는 상황이었다. 그때 콜럼버스는 바다 위를 떠도는 해초를 발견했다. 그것은 육지가 가깝다는 증거였다. 콜럼버스는 선원들을 설득해 앞으로 곧장 나아갔으며 마침내 신대륙을 발견했다.

해초처럼 하잘것없는 것이라도 생각에 따라 큰 도움이 되기도 한다. 그러니 아무리 사사로운 것이라도 잘 관찰하여 마음을 기울이도록 하자.

2천 년만에 한 번 피어나는 '꽃'

깎아지른 듯한 산호섬의 하얀 바위는 죽은 산호충으로 되어 있다. 현미경 없이는 보이지도 않는 작은 산호충의 무수한 사체에서 커다란 바위가 생겨난 것이다. 작다고 바보 취급해선 안 된다. 작은 것이 모여 큰 것이 되기 때문이다.

작은 것을 자세히 관찰하는 일은 사업·학문·예술·생활을 성공으로 이끄는 비결이다. 실제로 오늘날 피라미드처럼 높이 솟은 학문과 지식도 작은 물건과 현상의 참모습을 밝혀내어 그것이 축적된 것이다.

오늘 의미 없다고 생각한 작은 것이 뒷날에 보면 귀중할 때가 있다. 또 틈만 나면 노는 것처럼 보이던 일도 뒷날 인류에 도움이 되는 값진 일도 많다.

이를테면 기원전 3백 년의 고대 그리스 아폴로니오스. 그는 에우클레이데스, 아르키메데스와 함께 3대 수학자의 한 사람이다. 아폴로니오스는 처음에 원뿔곡선 측정법을 발견했지만 그때에는 아무런 도움이 되지 못했다. 하지만 그로부터 2천 년이 지나 그 공식은 천문학의 기초가 되었으며 항해술에도 가장 중요하게 쓰인다. 그 덕에 선원들은 미지의 바다에 나가도 별의 위치로 정확한 항로를 계산해 무사히 항구로 돌아올 수 있게 되었다.

벤저민 프랭클린이 번개의 정체가 전기라는 사실을 밝혔을 때, 사람들은 웃으면서 물었다.

"그걸 안다고 무슨 도움이 됩니까?"

하지만 프랭클린은 아무리 사소한 발견이라도 밝혀 나가는 작업이 얼마나 중요한지 잘 알고 있었다. 그는 당당하게 대답했다.

"그러면 어린아이는 무슨 도움이 되겠습니까? 하지만 자라서 어른이 됐을 때를 생각하십시오."

이탈리아의 생리학자 갈바니는 우연하게 죽은 개구리의 다리에 두 종류의 금속을 대자 마치 살아 있는 듯이 움직이는 것을 보았다. 이로써 두 금속 사이에 전기가 발생한다는 사실을 발견했다.

이는 매우 사소한 발견처럼 보여도 정전기의 시대를 동전기의 시대로 이끌며 전신기의 싹을 틔운다. 머지않아 전신기는 거미줄처럼 전 세계로 뻗어 나갔다.

땅속에서 파낸 작은 돌멩이도 분석해 보면 지질학의 진보로 이어질 수 있고, 광공업의 발전에 공헌하여 그 일로 먹고사는 많은 사람이 생길지도 모른다.

살아가면서 어떤 평가도 받지 못했다 하여 실패자라고 하지 않는다. 행복 또는 불행은 남이 아닌 본인이 느끼는 것이므로 승리자이냐 실패자이냐는 그의 삶에서 오직 자신만이 판단할 수 있다.

아폴로니오스는 프랭클린처럼 자신의 발견이 도움이 될 날을 믿었을 것이다. 그대도 당장의 결과물에 집착하기보다는 먼 앞날을 내다보는 게 어떨는지.

4. '기회'를 100% 내 것으로 만드는 비결

남과 다른 길을 간다고 움츠러들거나 두려워하지 마라. 그

기회를 포착하는 눈을 어떻게 키울 것인가

대는 자신감을 갖고 그대가 가려던 길을 향해 나아가면 된다. 그러면 반드시 길은 열릴 것이다. 존슨이 말했다.

"천재란 우연을 향해 나아가는 에너지다."

기회는 얼마든지 있다. 만약 없다 해도 직접 찾으면 된다.

좋은 환경이 기회를 만드는 것은 아니다. 오히려 가난과 같은 불리한 조건에 놓인 사람이 간절함으로 더 빨리 기회를 포착한다.

프랑스의 고생물학자 퀴비에는 동물의 종류가 시대에 따라 크게 변한다는 사실을 최초로 알아냈다. 퀴비에가 생물에 흥미를 가지게 된 것은 우연히 박물학자 뷔퐁의 식물도감을 접하고 나서였다. 그는 솟아나는 호기심에 그림을 옮겨 그리고 설명에 밑줄을 그으며 열심히 공부했다.

열여덟 살 때 노르망디 귀족 자제의 가정교사가 된 퀴비에는 바다와 가까운 곳에 머무르게 된 덕분에 희귀한 물고기나 여러 생물들을 관찰할 수 있었다. 그러던 어느 날, 모래사장을 거닐다 뭍으로 올라온 독특한 모습의 오징어를 발견했다. 집으로 가져와 해부했는데, 여기서 연체동물 연구가 시작됐고 그는 뒷날 비교해부학의 권위자가 되었다.

퀴비에는 파도에 떠밀려 온 기회를 주워서 성공한 행운아다. 그렇다고 그저 운이 좋았다는 것은 아니다. 노르망디에서 희귀한 생물을 보았을 때, 그는 그것을 확인할 전문 서적이 없었다. 생물의 분류도 분석도 모두 직접 본 것과 비교해야만 했다.

퀴비에는 부근에서 수집한 화석을 비교하고 채집한 생물들을 해부하여 마침내 독자적인 분류법을 확립했다.

만일 그가 부유한 가문에서 태어나 얼마든지 전문 서적을 구할 수 있었다고 생각해 보라. 그의 연구는 지금까지의 연구를 조금 더 전진시키는 것에 그쳤을 터이며, 독자적 연구를 통해 생물학을 비약적으로 발전시키는 일도 없었을 것이다.

위대한 발명 발견은 '평범한 도구'에서 탄생한다

유명한 발명가와 발견자는 손쉽게 구할 수 있는 평범한 도구나 기구로 연구와 실험을 했다. 발명과 발견은 훌륭한 도구와 기구 덕에 이루어지는 것이 아니다. 숙련된 기술과 노력, 인내에서 태어나는 것이다.

스코틀랜드의 과학자 퍼거슨이 만든 나무시계는 어찌나 정교한지 놀라우리만큼 정확하게 시간을 가리켰다. 비밀 장치라도 썼나 싶지만 그렇지 않다. 어디에나 있음직한 주머니칼 한 자루로 만들었다. 그럼에도 아무도 퍼거슨의 흉내를 내지 못했다.

험프리 데이비는 약사의 조수로 일하던 시절에 했던 여러 실험으로 젊은 나이에 업적을 남겼다. 실험에 썼던 기구들은 매우 조잡했다. 가게에 굴러다니던 유리병에서부터 부엌에 걸린 솥까지 눈에 띄는 것이라면 뭐든 사용했다.

어느 날 랜즈엔드곶에 프랑스 선박이 난파되면서 배에 타고 있던 외과의사가 의료기구 상자를 안고 피난을 왔다. 데이비와 친한 사이였던 의사는 데이비에게 낡은 물통을 선물했는데, 데이비는 의사가 깜짝 놀랄 만큼 기뻐했다.

그즈음 데이비는 열의 성질과 원인 관찰에 쓸 기구를 제작하느라 애쓰고 있었다. 그는 의사가 준 물통으로 곧바로 공기펌프를 만들었고 실험에 성공했다.

화학자 블랙은 물이 든 냄비와 온도계 두 가지만으로 잠열

(潛熱 : 녹는점과 끓는점)을 발견했다. 또 뉴턴은 프리즘과 렌즈 하나, 두꺼운 종이 한 장만으로 빛의 구성과 색의 원인을 밝혀냈다.

윌리엄 울러스턴은 팔라듐에서부터 백금의 제련법까지 발견하여 과학 진보에 크나큰 공헌을 한 과학자이다.

어느 날 유명한 외국학자가 찾아와 간절히 부탁했다.

"부디 연구실을 보여 주십시오. 수많은 발명과 발견을 해내셨으니 멋진 기구들로 가득하겠지요."

울러스턴은 기꺼이 자신의 작은 연구실로 안내해 주었다. 책상에 놓인 쟁반에는 시계 뚜껑과 실험 용지, 작은 저울, 흡수관과 같은 낡고 보잘것없는 화학실험기구가 놓여 있을 뿐이었다. 울러스턴이 웃으며 말했다.

"이것이 제가 가진 전부입니다. 더는 아무것도 없습니다."

발명과 발견으로 이어지는 실마리를 얻더라도 실험에 성공하지 못한 사람은 늘 도구와 기구 탓을 한다.

"좋은 도구가 있었으면 나도 할 수 있었어."

정말 그럴까. 그것은 크나큰 착각이다. 뛰어난 발명가들은 불리한 조건과 어려움 속에서도 생각을 짜낸다. 편리한 도구나 실험기구가 없더라도 대체품을 마련한다. 고생과 인내가 몸에 배어 있는 것이다. 여유로운 환경에 익숙해진 사람은 절대 할 수 없는 일이다.

기회가 찾아왔을 때 그것을 승리로 이끌어 내는 사람과 그렇지 못한 사람의 차이는 바로 여기에 있다.

5. 바쁠수록 시간을 만들어라

"만약 좀더 시간이 있었다면……."

"바빠서 그럴 틈이 없었다."

뭔가 하지 못했을 때 가장 많이 하는 변명이 바로 시간 타령이다.

변명만 늘어놓아서는 모처럼 기회를 잡더라도 승리자가 될 수 없다. 아니, 누구도 승리자가 되지 못할 것이다. 시간은 스스로 만들어 내야 한다.

태양계의 일곱 번째 행성 천왕성을 발견한 천문학자 윌리엄 허셜은 말 그대로 시간을 만드는 사람이다. 그런 그도 어려운 시기가 있었다. 가난한 음악가인 그의 아버지는 자식 넷을 음악으로 먹이고 키웠다.

시간이 흘러 허셜도 음악가가 되었는데 뛰어난 오보에 실력 덕분에 화학자 밀러의 집에 하숙하게 되었다. 그는 오보에를 연주하는 틈틈이 밀러의 책을 읽으며 자연스럽게 과학 지식을 익혔다.

이 무렵 새로운 행성이 발견되었다는 소식을 듣게 된 허셜은 천문학에 호기심이 생겼다. 그는 60센티미터 망원경을 친구에게 빌려 천체를 관측하면서 점차 천문학에 빠져들었다.

허셜은 더 좋은 망원경을 찾아 런던으로 갔지만 너무 비싸 살 수가 없었다. 그래서 그는 직접 만들기로 결심했다.

망원경에는 볼록렌즈가 꼭 필요했지만 렌즈를 만드는 일은 굉장히 어려웠다. 많은 시간을 들여 고생한 끝에 지름 1.5미터짜리 렌즈가 만들어졌다. 허셜은 그 렌즈로 망원경을 만들어 토성의 고리와 위성까지 관측할 수 있었다.

허셜은 거기에 만족하지 않았다. 2백 개가 넘는 렌즈를 만들어 가며 가장 괜찮았던 지름 2.1미터짜리 렌즈로 길이가 12미터가 넘는 망원경을 만들었다. 그때로서는 가장 큰 망원경이었다.

그는 망원경으로 천체를 관측하다가도 손님이 오면 오보에를 불어 생활비를 벌어야 했는데, 그에게는 그런 시간조차 아까웠다. 그래서 연주하는 동안에도 아주 약간의 틈만 있으면 망원경을 들여다보러 갔다가 다시 와서 연주했을 정도였다. 망원경을 만드는 시간도 마찬가지였다.

많은 시간과 노력을 기울인 덕에 허셜은 천왕성을 발견해 정확한 궤도와 공전속도를 계산했고, 이 업적으로 영국 왕실 천문학자로 임명되었다.

'하루 한 걸음'이 기적을 만든다

자투리 시간밖에 없다는 사람이 많다. 과연 충분한 시간 없이는 효과적으로 일하지 못할까.

하루에 한 시간뿐이더라도 계속 되풀이하다 보면 뒷날 놀랄 만한 성과를 거둘 수 있다. 뜻하는 바에 하루 한 시간만 투자하면 특출한 재능이 없더라도 그 분야의 정상에 설 수 있고, 10년 동안 공부하면 어리석은 사람도 총명해질 수 있다. 흔히 한 분야에서 누구든 10년만 일하면 전문가가 된다고 하지 않는가.

그러니 그대는 아무것도 하지 않고 보람 없이 시간을 보내서는 안 된다. 자투리 시간까지 활용해 폭넓은 교양과 올바른 습관을 기르도록 노력해라.

많은 저서를 남긴 의사 메이슨 굿은 로마 시인 루크레티우스의 시집을 런던 환자들을 왕진하러 가는 마차 안에서 조금씩 번역했다. 마찬가지로 의사 다윈도 늘 수첩을 갖고 다니면서 생각이 날 때면 어디에서든 메모했고, 그 글들을 모아서 수많은 저서를 펴냈다.

영국의 수석판사 헤일은 국내를 시찰하면서 《명상》을 써냈고, 음악교사 버니는 말을 타고 여행하는 동안 이탈리아어와 프랑스어를 공부했다. 버니는 제자라도 두 가지 언어를 하는 학생이 있다면 가리지 않고 가르쳐 달라고 했다.

프랑스의 대법관 다게소는 식사시간마다 찾아오는 청원자들을 보면서 짬을 내 책을 썼고, 그의 아내는 프랑스 공주를 따라다니며 교육하는 틈틈이 여러 권의 책을 썼다.

미국의 언어학자 엘리후 버릿은 대장장이 일을 하면서도 동서고금의 18개 언어와 22개의 유럽 방언을 조금씩 공부하여 모두 익혔다. 어떻게 그토록 많은 언어를 배울 수 있었는지 궁금해하는 사람들에게 그는 이렇게 대답했다.

"아무런 재능도 없는 제가 많은 언어를 배울 수 있었던 비결은 자잘한 시간을 소중히 여기며 공부한 덕분입니다."

자투리 시간 활용하라!

자투리 시간을 잘 쓰면 그 짧은 시간이 긴 시간과 마찬가지로, 또는 그 이상의 가치를 갖게 된다. 《일본야사》로 유명한 이다 타다히코도 낮에는 일하고 밤에는 돌아와 아버지의 말벗이 되어 드린 다음, 남는 짧은 시간에 그런 대작을 완성했다.

그대도 무언가 연구에 몰두해 보라. 낚시에 취미가 있다면 그것도 좋다. 낚시 연구에 빠진 사람은 수만 권의 책이 꽂혀 있는 대형서점에서도 낚시에 관한 책만은 눈에 확 들어올 것이다. 이처럼 늘 무언가에 정신을 집중하고 있으면 뜻밖의 '발견'을 하게 되고 신비로운 운명까지 느끼게 된다. 바로 여기에 인생과 사업과 학문의 비결이 있다.

'작문삼상(作文三上)'이란 옛말이 있다. 글짓기에 알맞은 세

기회를 포착하는 눈을 어떻게 키울 것인가

장소가 있다는 뜻이다. 이 말을 그대에게 '독서삼상', 책 읽기 좋은 세 장소로 바꾸어 소개해 주고 싶다.

하나는 '침상(枕上)'이다. 자기 전에 입이 찢어지게 하품하며 바로 이불 속으로 파고드는 사람은 아무 뜻이 없는 사람이다. 하다못해 자기 전에는 마음의 양식이 되는, 자신의 연구와 취미에 참고가 될 만한 정신적인 책을 한 쪽이라도 읽고 자려는 의지가 있어야 한다. 그러면 예상치 못한 깨달음을 얻을 수 있다. 깨달음을 얻지 못하더라도 깊은 잠을 이룰 있다.

다음은 '마상(馬上)'이다. 오늘날에는 차 안이라고 할 수 있다. 물론 복잡하고 수선스러운 대도시에서 집중하기란 쉬운 일이 아니다. 그러나 읽고자 하는 마음만 먹는다면 주변의 소음은 문제 되지 않을 것이다. 멀뚱히 서 있거나 언제 도착하나 마음을 졸이는 것보다 잠시나마 책 속에 빠지는 것이 지루한 출퇴근 시간을 보내기에 안성맞춤이다. 게다가 지식까지 얻으니 일거양득이 아니겠는가.

마지막은 '측상(厠上)', 화장실을 말한다. 사색에 잠기기 아주 좋으며 책 읽기에도 알맞은 곳이다. 책은 되도록 짧은 어록 같은 것이 좋다. 시집도 괜찮다. 긴 논문은 화장실에서 읽기에 적합하지 않다. 고작 10분에서 15분, 길어야 20분 정도지만 이러한 습관이 몸에 익으면 몇 년 사이에 독서량이 엄청나게 늘어난다.

이 '삼상'은 참으로 심오한 뜻을 담고 있다. 시대가 달라졌으니 그대는 그대만의 '삼상'을 만들어 보는 것이 어떨까?

요컨대 '자투리 시간'을 활용할 수 있는 곳이면 된다. 그런 마음가짐만 있으면 어떤 환경에서도 공부할 수 있다.

시간은 나의 '요술 방망이'

시간의 중요성을 깨달으면 자연히 모든 일을 능률적으로 처리하려 애쓰기 마련이다. 이탈리아의 한 과학자가 말했다.

"시간은 요술 방망이다."

이 요술 방망이는 소중히 다루면 고생한 만큼의 보수를 받을 수 있다. 그러나 방망이를 난폭하게 휘두르면 독초 같은 쓸모없는 것밖에 나오지 않는다. 그러므로 시간을 허투루 쓰지 않는 것이 곧 손해를 줄이는 길이다.

"게으른 자의 머리는 악마의 놀이터이다."

이 속담에서처럼 시간을 낭비하면 단지 이익만 얻지 못하는 게 아니라, 나쁜 길로 들어서서 큰 손해를 입게 된다.

사업을 하면 시간은 현실의 소유물이 된다. 그러나 게으름을 피우면 시간은 텅 빈 집이 되고, 망상의 문이 열려 악마가 그 틈을 타 유혹하러 들어온다. 집은 이내 욕망의 소굴이 된다. 이 얼마나 끔찍한 일인가.

항해 중인 배를 들여다보면 바로 알 수 있다. 선원들은 한가하면 불평을 터뜨린다. 그러므로 경험 많고 지혜로운 선장은 일거리가 떨어지면 곧장 선원들에게 닻을 닦으라고 명령한다.

아침마다 '은화'를 버는 법

"아침잠이 많다", "늦잠 자는 버릇만은 도저히 고칠 수가 없다" 말하는 사람들이 있다. "아침잠이 최고의 행복이다" 거침없이 말하는 사람도 있다. 인생이 얼마나 짧고, 시간이 얼마나 귀중한지 전혀 모르는 사람들이다.

프랑스 박물학의 권위자인 뷔퐁은 "천재는 끈기다" 단언했을 정도로 엄청난 노력가였다. 그는 말년에 명성을 얻었지만, 타고난 소질은 매우 평범했고 두뇌 회전도 빠른 편이 아니었다.

재능이 없음을 일찍 느꼈던 뷔퐁의 무기는 노력이었다. 그는 시간의 소중함을 뼈저리게 느끼고, 늦잠 자는 습관을 고치기 위해 부단히 노력했다.

그러나 뷔퐁의 아침잠 자는 버릇은 병적일 정도로 심각했다. 도저히 혼자 힘으로는 정해진 시간에 일어날 수 없자, 그는 하인인 조제프에게 아침마다 깨워 달라고 하며 약속했다.

"6시 전에 깨워 주면 그때마다 은화를 한 닢씩 주겠다."

조제프는 바로 다음 날부터 매일 아침 그를 깨우러 갔지만 좀처럼 은화를 손에 넣을 수 없었다.

뷔퐁은 자기가 직접 부탁했으면서, 어느 날은 "오늘은 아프니까 됐다"고 말했다가 어느 날은 깨운다고 화를 내기도 했다. 게다가 잠에서 깨고 나면 "왜 이렇게 늦게까지 자게 내버려 두었느냐"고 조제프를 나무라기까지 했다.

어느 날, 조제프는 애를 태우던 끝에 찬물을 떠와서 뷔퐁의 잠옷 위에 쏟아부었다. 뷔퐁은 깜짝 놀라 벌떡 일어났다. 그 덕분에 뷔퐁은 늦잠 자는 몹쓸 버릇을 고칠 수 있었다. 뷔퐁은 농담 삼아 이렇게 말하곤 했다.

"내 박물학 책 가운데 서너 권은 조제프 덕에 쓸 수 있었다."

그 뒤 뷔퐁은 40년 동안 낮에는 9시부터 오후 2시까지, 저녁에는 오후 5시부터 9시까지 시간을 정해 놓고 일했다. 그것이 완전히 습관이 된 것이다.

그런 노력이 뷔퐁의 명성을 만들었다.

몽상가의 몽상은 온우주를 꿈꾸게 할 수 있다. 몽상가의 휴식은 물, 구름, 미풍을 쉬게 할 수 있다. 많이 꿈을 꾸게 되어 있는 위대한 책의 문턱에서, 앙리 보스코는 다음과 같이 쓰고 있다. "나는 행복했다. 내 즐거움에서, 투명한 물, 떨고 있는 잎새들, 생기 있는 연기의 향내 나는 넓은 벌, 언덕의 미풍 말고는 어떤 것도 떨어져 나오지 않았다." 이처럼 몽상이란 텅 빈 정신이 아니다. 그것은 오히려 충만한 넋을 경험하는 시간의 참으로 소중한 선물이리라.

Part 9
'돈'을 지배하라
그것을 걱정 않고 풍요롭게 사는 방법

1. '인간의 가치'를 돈이 결정한다?

돈을 어떻게 벌고 모으고 쓰느냐, 그것은 세상을 바라보는 그대의 지혜와 철학을 묻는 질문이다.

영국의 정치가이자 작가인 리턴이 말했다.

"절대로 돈을 어리석게 다루지 마라. 돈은 그 사람의 품성이다."

옳은 말이다. 돈을 인생에서 가장 중요한 가치로 생각해서는 안 되지만, 반대로 소유할 가치가 없다고 업신여겨서도 안 된다. 실제로 인생의 즐거움을 추구할 때나 다른 사람과 행복을 나눌 때에도 돈은 필요하다.

인간으로서 존경받는 관대함이나 성실함, 무소유, 근검절약도 돈을 다루는 태도에서 드러난다. 거꾸로 돈의 노예가 된 사람에게서는 강한 욕망, 속임수, 무자비함, 사리사욕과 같은 비난받아 마땅한 태도나 행동이 보인다. 돈에 대한 자기 나름의 규칙이 없는 사람은 낭비, 무절제, 방탕 등의 악덕에 빠지기 쉽다.

헨리 테일러는 《인생노트》에서 이렇게 말했다.

"돈 버는 법, 모으는 법, 주는 법, 빌리는 법, 빌려 주는 법, 유산 증여에는 저마다 지켜야 할 규칙이 있다. 그때마다 상황을 판단하고 올바른 규칙에 따르는 사람이야말로 진정한 성인이다."

없다 없다 궁상떨지 않으려면

생각이 깊은 사람은 눈앞의 생활 설계도 잘하지만, 미래에 곤란을 겪지 않도록 미리 준비한다. 욕망을 제어하고, 의식주 등 모든 면에서 부지런히 아낀다.

시인 존 스털링이 말했다.

"제아무리 훌륭한 인생론이라 할지라도 만족을 가르치지 않으면 '만족'이라는 단 한 가지 가르침만 못하다."

무조건 욕망을 억누르는 것보다 먼저 제대로 만족할 줄 알아야 한다. 자신의 마음을 다스리는 것이 그 시작이다.

분수에 넘치는 생활을 계속하는 사람은 끝내 스스로 일어서지 못하는 지경에 빠진다. 결국 근검절약하며 살아온 사람에게 고용당하는 처지가 되고 만다. 세상에는 자립할 수 있는 재산과 직업을 가지고 있으면서도 씀씀이가 헤퍼서 그날그날 살아가는 사람이 적지 않다. 작은 불행이라도 닥치면 그들은 금방 빈곤에 빠진다.

어찌해야 그들을 구제할 수 있을까? 이것이 사회문제로 대두된 적이 있다. 국회에서 한창 노동자 세금문제가 논의될 때 한 의원이 존 러셀 총리의 집을 방문하여, 세금을 낮추어야 한다고 강력히 주장했다. 러셀이 대답했다.

"당신은 노동자들이 술을 마심으로써 스스로 많은 세금을 내고 있다는 사실을 아십니까? 정부로서는 그것 말고는 그렇게 많은 세금을 거둔 일이 없습니다. 음주 습관을 조금이라도 개선하면 노동자는 지금 생활에서 빠져나올 수 있습니다. 남이 대신 걱정해 줄 문제가 아니란 말입니다."

그 무렵 노동자를 구제하기 위해 노동자 세금을 낮추자는 여론이 들끓고 있었다. 그러나 결국 노동자를 도와줄 수 있는 유일한 방법은 노동자들 스스로 자조정신을 기르고, 욕망을 억제하며, 만족하는 법을 깨우치는 것이었다.

구두장이에서 철학자가 된 사무엘 돌은 이런 말을 했다.

"미래를 준비하는 것, 돈을 아끼는 것, 좋은 규칙을 만드는 것. 이 세 가지는 불운한 시대를 수리하는 뛰어난 장인이다. 이들은 집구석에 틀어박힌 채 거들먹거리는 일 따윈 하지 않는다. 인생에서 최악의 재난을 말끔히 제거해 줄 최강자이다. 상원이나 하원에서 제출하는 개혁안도 이보다 못하다."

2. '지혜로운 절약'이 첫걸음

그대는 앞날을 바라보며 달려가고 있는가. 그렇다면 그대에게 세 가지 불의의 사고가 일어날 수 있음을 기억해 두어라.

첫 번째는 실업, 두 번째는 질병, 세 번째는 죽음이다. 처음 두 가지는 피할 수 있다. 그러나 세 번째는 어찌할 도리가 없다.

분별력 있는 사람이라면 갑작스러운 재난이 닥쳐와도 자기 자신과 가족이 안정된 생활을 누릴 수 있도록 대비책을 마련해 놓아야 한다. 이를 위해 정당하게 돈을 벌고, 아껴 쓰는 것이 중요하다. 이렇게 모은 돈은 성실히 일하고, 유혹에 넘어가지 않은 것에 대한 보상이다. 아껴 쓴다는 것은 앞날을 생각하여 욕망을 극복하고 올바르게 행동한다는 뜻이다.

반대로 늘 생활에 쫓기는 사람은 거의 노예와 같다. 자유를 누리기는커녕 타인에게 부림을 당하며 그 명령에 따라야 하기 때문이다. 또 재난이라도 만나면 남의 도움을 구걸해야 한다. 병으로 몸이 약해져 일할 수 없게 되면 빈민으로 전락하여 자선단체의 구호품이나 바라야 한다. 바위에 달라붙은 굴처럼 스스로 자유롭게 움직이지 못하게 되는 것이다.

자립하는 길은 오로지 절약밖에 없다. 절약에는 비범한 용기가 필요 없다. 훌륭한 군자일 필요도 없다. 평범한 마음가짐, 아주 일반적인 정신력만 있으면 된다.

절약이란 살림을 꾸리는 마음으로 필요한 일에 순서를 정하고, 미래에 대비하여 쓸데없는 지출을 줄이는 것이다. 그 의의는 그리스도의 말속에서도 찾을 수 있다.

"남은 것은 작은 쓰레기라도 주워라. 하나도 잊어버리지 말라."

보잘것없는 것도 소홀히 보고 넘기지 말고 모든 사물에 주의를 기울이란 뜻이다.

배고픈 베짱이와 배부른 개미

사회 밑바닥에서 오래 지낸 사람은 노동으로 얻은 돈을 금방 먹을 것과 바꾸어 버린다. 이런 사람은 사소한 일로도 빈곤에 시달리고, 자기 힘으로 살아갈 수 없다. 그러면 당연한 듯이 자존심을 버리고 사회 구제를 바란다. 이렇게 자존심을 잃은 사람이 남에게 존경받을 리 없다.

정치가 코브던은 일찍이 배터필드의 노동자들을 불러놓고 연설하며 반성을 촉구했다.

"세상에 사람이 아무리 많아도 예로부터 두 부류밖에 없습니다. 바로 돈을 모으는 사람과 돈을 쓰는 사람입니다. 바꿔 말하면 절약하는 사람과 낭비하는 사람이지요.

주위를 둘러보십시오. 장엄하고 화려한 궁전, 큰 공장, 훌륭한 다리, 사회 문명을 꽃피우고 인간의 행복을 뒷받침하는 기계들…… 이 모두가 절약하여 돈을 모은 사람들이 만든 것입니다. 낭비하는 사람들은 절약하는 사람들에게 고용되어 수입을 얻을 뿐입니다. 이 구조는 창세기 이래 쭉 이어져 온 자연의 섭리이자 법률입니다.

여러분, 앞날을 준비하십시오. 낭비하거나 게으름을 피워도 언젠가는 성공할 날이 오리라고 생각한다면 대단한 착각입니다."

정치가 존 브라이트도 1847년, 로치데일의 노동자 집회에서 비슷한 연설을 했다.

"지금 행복한 생활을 하는 사람은 누구나 그 생활이 지속되기를 바랄 것입니다. 반대로 불행에 처해 있다면 그 상황에서 벗어나고자 할 것입니다. 진정으로 그렇게 원한다면 방법은 한 가지밖에 없습니다.

근면, 절약, 온화함, 성실. 이 네 가지 올바른 행동을 실천하는 것이지요. 이런 실천이 없으면 마음의 여유도, 건강도 얻을 수 없습니다."

석유 왕은 석유 한 방울도 아꼈다

20세기 들어서며 '석유 왕'이라 불린 록펠러는 미국의 신화적인 부자이다. 1881년 미국에서 생산되는 석유의 95%를 손에 쥐고 있었던 그는 엄청난 재산가인 만큼 기부도 굉장히 많이 했다. 시카고대학 설립을 위해 6천만 달러를 내놓고, 그 뒤에도 3억 5천만 달러를 기부했다. 또 록펠러재단, 일반교육재단, 록펠러의학연구소 등을 설립했다.

뉴욕 북부 리치퍼드의 평범한 집에서 태어난 록펠러가 어떻게 이런 어마어마한 부를 쌓을 수 있었을까? 록펠러의 성공비결 중 하나는 그가 대단한 절약가라는 점이다. 석유 한 방울, 못 한 개라도 허술히 하지 않았다. 록펠러는 회사를 돌아보던 중 뉴욕 브루클린 제관소에서 일하는 한 납땜 담당 직원을 만났다. 그때는 땜납 40방울로 석유통을 밀봉했는데, 록펠러는 그 직원에게 38방울로 석유통을 봉할 수 있는지 시도해 보라고 했다. 작업해 본 결과 38방울일 때는 석유가 샜고, 39방울로는 완전히 봉해진다는 게 밝혀졌다. 이 일로 록펠러는 땜납 한 방울을 줄일 수 있게 되었으며, 록펠러의 스탠더드오일은 몇 년 동안 수백만 달러를 절약할 수 있었다. 그 뒤 회사는 1센트의 비용도 정확히 계산했다고 한다.

그는 반드시 점심시간을 이용해 회의를 했고, 술과 여자를 멀리하고 음악이나 미술 감상도 하지 않았다. 그 시간에 자신의 집무실에 앉아서 들어오는 돈과 나가는 돈을 유심히 바라보면서 자신에게 이토록 거대한 재산을 내려 준 하느님의 은총에 감사했다. 그렇게 그는 97세의 나이로 눈을 감을 때까지 경제적으로나 시간적으로나 몹시 절약하며 한결같이 살았다.

번 만큼 쓰는 것이 삶의 기본

절약하는 사람은 돈을 아끼고 빌리지 않는다. 분수를 지키며 파멸을 부르는 빚을 지지 않는다. 자신의 욕망을 채우기에 충분한 수입이라면 부자이지만, 수입은 적어도 욕망을 조절할 수 있다면 결코 가난한 것이 아니다.

페르테스가 말했다.

"제멋대로 구는 것만은 용서할 수 없다. 아무리 가난한 환경에서도 '내 것, 네 것'이라는 구별이 있어야 한다. 가난한 사람이야말로 자신의 수입 한계를 넘지 않고 검소하게 가계를 관리하고, 하루하루의 삶에 만족할 필요가 있다."

외상으로 사는 것도 안 된다. 그러나 갚을 돈도 없으면서 카드의 욕망에 넘어가는 사람이 많은 것이 현실이다.

평론가 시드니 스미스가 새로운 곳으로 이사했을 때의 일이다. 한 유명인사가 자신의 가게에 꼭 들려 달라고 부탁했다. 앞으로 자신에게 도움받을 일이 많을 거라는 으름장과 함께. 그러나 스미스는 놀랍게도 그 부탁을 거절했다.

"나는 특별한 사람이 아닙니다. 내 빚은 내 힘으로 갚는 보통 사람입니다."

수필가 해즐릿은 돈 씀씀이는 헤퍼도 늘 성실함을 잃지 않았다. 그는 돈이 없는 사람의 유형을 두 가지로 들었다.

"하나는 그날 번 돈은 그날로 써 버리는 위세가 당당한 사람. 처음에 눈에 들어온 물건을 사는 데 기세 좋게 돈을 쓴다. 따라서 늘 돈에 쪼들린다.

또 하나는 다른 사람의 지갑에 기대는 사람. 돈을 쓴 뒤 이 사람 저 사람 가리지 않고 돈을 빌린다. 다른 사람에게서 돈을 꾸는 재주는 결국 그를 다시 일어서지 못하게 만든다."

둘 다 충동을 억누르지 못해서 자신을 파멸시키는 경우이다.

3. 거짓말은 '빚의 등허리'에 업혀 살찐다

"텅 빈 자루는 똑바로 서지 못한다."

이 속담과 마찬가지로 빚이 있는 사람도 똑바르게 살지 못한다. 빚을 진 사람은 정직할 수 없다. 다음의 격언 그대로이다.

"거짓말은 빚의 등허리에 업혀 살찐다."

돈을 빌리면 변제기한을 늘리기 위해 적당히 둘러대어 변명한다. 그리고 또 거짓말을 한다. 거짓말이 거짓말을 낳고, 빚과 거짓말이 나란히 걷게 된다. 이 얼마나 슬픈 일인가.

인생 경험이 부족한 그대는 사무엘 존슨의 함축적인 말을 가슴에 새기기 바란다.

"빚을 '조금 귀찮은 것' 정도로 가볍게 생각하는 젊은이가 많은데, 이것은 대단한 착각이다. 빚은 인생의 재난이다. 재난이 덮쳐 와서 가난해지면 사람은 늘 불안에 떨며 살게 된다. 누군가가 곤란에 빠져도 본인이 가난하면 도와줄 수가 없다. 그러므로 근검절약하고, 절대로 빚을 지지 않겠노라 다짐해야 한다."

화가 헤이든은 빚을 대수롭지 않게 생각했다. 그러나 어느 날 빚을 지면서부터 고통이 시작되었다. 그는 다음의 격언을 몸소 체험했다.

"돈을 빌리러 가는 것은 고민을 얻으러 가는 것과 같다."

그 뒤 그는 빚 때문에 절망적인 나날을 보내게 되었다. 친하게 지내던 젊은이가 해군에 입대하게 되자 헤이든은 이 경험을 바탕 삼아 말했다.

"남에게 돈을 빌려야 살 수 있는 물건이 있으면, 스스로 살 수 있게 될 때까지 절대로 사지 말게. 자네가 돈을 꿔 달라고 한다면 거절하지는 않겠네. 그러나 자네가 그 돈을 갚지 못하게 되는 날엔 내가 자네를 그르친 꼴이 되고 말걸세. 그러니 빚은 절대로 지지 않는 것이 좋아."

빚 지옥이라는 덫에 걸리기 전에

독일의 철학자 쇼펜하우어는 빚지지 않는 자세를 중요하게 생각했다. 그는 빚에 대해 이렇게 말했다.

"약간의 수입만을 필요로 하는 나라, 전혀 수입이 필요하지 않은 나라는 가장 행복한 나라이다. 그와 같이 자기의 내면적인 부(富)에 만족하고 생활을 위해서는 외부에서 오는 것의 약간만을 필요로 하는 삶, 혹은 그것을 전혀 필요로 하지 는 사람은 가장 행복한 사람이다. 밖에서 오는 것은 언제나 값이 비싸기 때문에, 빚을 지고 슬픔을 맛보고 위험을 느끼게 된다. 그러므로 결국 자기 자신의 땅에서 나오는 산물의 대용이 될 수가 없는 것이다. 남에게서, 그리고 밖에서 오는 것에는 자기와 어떠한 관계가 있더라도 많은 것을 기대해서는 안 된다. 결국 모든 사람은 자기 자신과 함께 있는 것이다."

자비스 백작은 세인트 빈센트에서 프랑스·에스파냐와 싸워 크게 승리해 유명해진 장군이다. 그는 가난에 시달렸던 젊은 시절에 절대로 빚을 지지 않겠노라 다짐한 이유를 이렇게 설명했다.

"우리집은 재산은 적고 식구는 많았다. 내가 처음 사회에 나갔을 때 아버지에게서 받은 돈은 겨우 20파운드였다. 그것이 내가 아버지에게서 받은 전부였다.

나는 늘 돈에 쪼들렸다. 해군 장교 시절, 필요한 것이 있어 20파운드짜리 환어음으로 물건을 샀는데 나중에 그 환어음이 쓸 수 없는 것이라며 되돌아왔다. 그러나 호주머니에는 한 푼도 없어서 돈을 낼 수 없었다. 그때 나는 앞으로 여윳돈이 없을 때는 절대로 환어음을 쓰지 않겠노라 결심했다.

어쨌든 이 일로 빚이 생긴 나는 갑자기 생활이 어려워졌다. 가난에서 벗어나려는 노력이 계속되었다. 식사는 다른 장교들과 함께하지 않고 그저 허기만 달랬다. 새 옷은 꿈도 못 꿨고, 헤진 부분을 기우고 빨아 입는 것으로 체면을 겨우 유지했다. 침대 덮개로 바지를 만들어 입은 적도 있다. 이렇게 돈을 모아 겨우 빚을 갚았다. 이때부터 나는 번만큼만 쓰기로 다짐했다.”

극도로 빈곤한 생활은 6년이나 계속되었다. 그동안 자비스는 성실하게 일하고, 직무에 충실하며, 전장에서 용기 있게 싸워 공훈을 세우고 출셋길에 올랐다.

빚 지옥에 빠지기 전에 손을 써두는 것이 현명한 삶이다.

‘수입과 지출’을 꼼꼼히 챙겨라!

수입과 지출이 어떤 상태인지 정확히 파악하고 있지 않으면 낭비가 생기고 저축할 수 없다. 필요 없는 것을 사느라 정말 필요한 것은 사지 못하게 되는 일이 벌어지며 결국 빚을 지고 만다. 문제는 수입과 지출을 계산하지 않은 데에서 출발한다.

빚을 지지 않기 위해서는 수입과 지출을 자세히 기록하는 것이 중요하다. 꼼꼼하게 기록하고 계산하면 나중에 크게 도움이 된다. 지출이 수입을 넘지 않도록 늘 주의를 기울여야 한다. 철학자 존 로크가 말했다.

"수입 범위에서 생활하고 싶으면 늘 금전출납부를 보고, 살림을 질서정연하게 정돈하라."

듀크 웰링턴은 가계부 수입·지출·잔액 칸에 직접 숫자를 꼼꼼히 기록했다.

"나는 규칙을 정하여 스스로 가계부를 작성합니다. 이것은 모두에게 권할 만합니다. 전에는 신뢰하는 집사에게 가계부를 모조리 맡겼지요. 그런데 어느 날 새벽, 채권자 몇 명이 문밖으로 몰려와 최근 1, 2년 동안 빚을 갚지 않았다며 소동을 부리는 겁니다. 나는 그제야 집사가 내 재산을 빼돌려 빚을 지고 갚지 않았음을 알았습니다. 깜짝 놀라 남에게 가계부를 맡기는 어리석은 습관을 고치게 되었답니다."

빚에 대한 질문에 그는 이렇게 대답했다.

"빚은 자립한 사람을 노예로 만듭니다. 나도 돈이 없어 곤란했던 적이 몇 번 있었지요. 힘들었지만 그래도 남에게 돈을 빌리는 일만큼은 절대로 하지 않았습니다."

워싱턴도 웰링턴과 마찬가지로 금전에 대해 세세한 부분까지 신경 쓰는 사람이었다. 평소보다 지출이 많을 때는 이를 엄중히 조사했다. 자신의 수입 내에서 생활하며, 남의 손가락질을 받지 않도록 정직하게 살기로 다짐했기 때문이다. 가계부를 점검하는 버릇은 미국 대통령이라는 최고의 자리에 올라서도 계속되었다고 한다.

4. '유혹'을 차라리 내 편으로 만들어라

빚을 지게 되는 원인은 다양한데, 그중 하나가 허영심이다.

요즘에는 겉모습을 꾸미거나 체면을 유지하는 일만 생각하는 사람이 많다. 어째서 그토록 한심스럽게 명품에 집착하는 걸까. 실로 경탄할 일이다.

성실과 정직이라는 미덕은 내팽개친 채 겉모습만 꾸미고 부자도 아니면서 부자 행세를 한다. 괴로움을 견디며 몸과 마음 모두 올바르게 살려는 생각은 눈곱만큼도 하지 않는다. 웃음거리가 되는 줄도 모르고 화려한 상류사회에 빠져 허영심을 만족시키려 한다.

사람이 많이 모이는 곳을 찾아가 눈에 띄는 자리를 서로 쟁탈하고 부자처럼 잔뜩 꾸미고서 주목을 받으려 한다. 그러나 그런 생활을 빚으로 유지하니 결국에는 재산을 탕진하고 집마저 잃는다.

자기 재산을 잃는 것은 자업자득이지만, 난처한 것은 돈을 꾸어 준 죄 없는 사람에게까지 피해가 간다는 점이다.

이러한 허영심에 사로잡혀 성실이나 정직 같은 진정한 체면을 잃는 것을 보는 일은 꽤나 괴롭다.

언제나 자신이 '시험에 들었다' 생각하라!

찰스 네이피어는 총사령관 직에서 물러나며 젊은 장교들에게 훈계했다. 빚을 져서 자기 이름을 더럽히지 말라는 것이었다. 그는 젊은 장교들의 방탕한 생활을 못마땅하게 여겼다.

"성실한 태도는 신사가 꼭 갖추어야 할 덕목이네. 샴페인과 맥주를 마신 뒤에 그 값을 치르지도 않고 말에 타는 행위는 시정잡배나 할 짓이야. 신사라 불릴 자격이 없다네. 자신의 수입 내에서 생활하지 못하는 장교가 많지. 자기 하인, 심지어 남의 하인에게 돈을 빌리고 그것을 갚지 못해 고소당하는 사람조차 있어. 이런 사람은 장교일지언정 절대로 신사라 불릴 수 없다네."

그리고 이렇게 단언했다.

"빚을 지는 것이 습관이 되면 신사 정신은 사라지고 파렴치한으로 바뀐다네. 군인은 그저 전쟁터에서 잘 싸우기만 하면 되는 것이 아닐세. 싸움은 사나운 개도 할 수 있어.

내 자네들에게 두 가지만 질문하겠네. 하나는 약속을 지키고 있느냐는 것이고, 또 하나는 남에게 빌린 돈을 갚았느냐는 것일세. 이 두 가지는 인간의 행동 가운데서도 가장 훌륭하고 중요하게 생각해야 할 것이네. 진정한 신사, 진정한 군인이 되고 싶다면 반드시 이 두 가지를 지키게.

나는 영국 군인이 전쟁터에 나갈 때 두려움을 모르는 용사임을 잘 아네. 그러기에 그 명예를 더럽히지 않도록, 전쟁터가 아닌 장소에서도 손가락질 받을 언행을 하지 않는 사람이 되길 바라네.

젊은 장교들은 영국 본토에서건 인도에서건 빗발치는 총알을 뚫고 적에게 나아가는, 죽음을 두려워하지 않는 용감한 모습을 보여 주지. 그런데 일단 전장에서 벗어나면 육욕을 이길 용기가 없어지고 유혹에 패배하여 나쁜 길로 빠지는 사람이 많아. 유감스러운 일일세. 전장에서 보여 준 용기를 전장 밖에서도 보여 주었으면 하네.

처음 유혹을 만났을 때 단호히 싫다고 뿌리쳐야 하네. '나는 그런 짓을 하지 않는다'는 강한 결의를 가지고 시시한 쾌락이나 육욕을 극복하게."

그대가 사회에 나가면 길 양 옆에 유혹이 줄지어 기다리고 있을 것이다. 그런 길을 지날 때는 언제나 유혹에 지지 않겠다는 각오가 되어 있어야 한다.

인간은 누구나 깨끗한 마음을 가지고 태어난다. 그러나 한 번 유혹에 눈을 뺏기면 깨끗한 마음은 단박에 검게 물들고 유혹을 이기기 위한 정신력까지 빼앗긴다. 그리고 쾌락의 바다에서 떠돌게 된다.

유혹 앞에서 절대 망설여서는 안 된다. '잠깐이면 어때' 따위의 시시한 생각을 해서도 안 된다. 망설임과 시시한 생각은 유혹에 지는 원인이다. 유혹을 이겨 내기 위해서는 곧장 "안 돼" 외치며 거절하는 수밖에 없다.

물론 유혹을 만나지 않는 것이 가장 좋다. 인생에서 가장 큰 지혜는 주기도문 "시험에 들지 말게 하옵시고" 구절에 있다.

유혹은 젊은이의 능력을 시험하고자 나타난다. 한두 번 이 유혹에 굴복하면 그것이 습관이 되어 고치기 힘들어진다. 반대로 처음에 유혹을 뿌리치면 그것이 습관이 되어 유혹을 물리치는 힘이 생긴다.

질병과 슬픔과 근심이 따르는 술

술도 압도적인 힘을 지닌 유혹 중 하나이다. 금주가 얼마나 어려운지는 술을 마시는 사람이라면 뼈저리게 알 것이다.

술을 단호히 끊은 사람도 있다. 지질학자이자 작가인 휴 밀러도 그중 한 명이다. 그는 젊어서 술을 끊게 된 사정을 이렇게 말했다.

"그때 나는 장교였다. 그 세계에서는 일이 끝나면 이따금 모두에게 술이 배급되는 것이 관습처럼 되어 있었다. 어느 날 위스키 두 잔이 배급되었고, 나도 단숨에 그것을 마셨다. 그리고 집으로 돌아와 좋아하는 베이컨의 책을 펼쳤는데, 글자가 춤을 추고 내용이 전혀 머리에 들어오지 않았다.

그때 나는 생각했다. '내가 이런 상태가 된 것은 인생에서 무엇을 이룰 것인가 하는 천명을 무시했기 때문이다. 이대로라면 인생의 목표를 망각하고 살아가는 사람들과 똑같은 꼴이 되고 말리라.' 그리고 나는 '이제 술을 마시지 않겠다' 결심했다. 그 뒤로 운 좋게도 지금까지 이 다짐을 지키고 있다."

밀러처럼 우연한 계기가 인생의 전환점이 되는 경우가 있다. 그때 밀러가 유혹을 이기지 못했더라면 지금과 같은 명성은 얻지 못했을 것이다.

술은 인간의 의지를 산산조각 내는 강력한 힘이 있다. 젊은 이의 삶에서 가장 지독하고 악독한 유혹이다. 늘 주의를 게을리하지 말고, 술의 유혹에 지지 않도록 경계해야 한다.

월터 스콧이 말했다.

"여러 가지 악습이 있지만, 음주만큼 성공에 방해가 되는 것은 없다."

술의 폐해는 이뿐이 아니다. 돈도 낭비하고, 예의도 잊어버리며, 건강도 해치고, 건실한 생활도 파괴한다. 그대에게 꼭 당부하고 싶다.

"절주를 못하겠거든 술을 아예 끊어라."

사무엘 존슨이 말했다.

"나는 금주는 해도 절주는 못한다."

술의 무서움이 여기에 있다.

5. 땅에 떨어진 돈만 보고 걸으면 앞을 보지 못한다

돈 버는 비결을 쓴 책은 얼마든지 있다. 옥석이 뒤섞여 있어, 그리 손쉽게 될 것 같지 않은 비결이 있는가 하면, 진리에 바탕을 둔 것도 있다.

그러나 어느 것을 보아도 세계 각국에 전해 내려오는 격언만큼 적절한 주장은 없다. 다음 격언들을 읽어 보면 누구나 수긍할 것이다.

"잔돈을 소중히 여기면 목돈은 자연히 따라온다."

"근면은 행복의 어머니."

"고생이 없으면 이익도 없다."

"땀을 흘리지 않으면 안락은 찾아오지 않는다."

"일하라. 반드시 무언가를 얻을 것이다."

"이 세상은 노력과 인내하는 사람을 위해 존재한다."

"빚을 질 바에는 저녁을 굶고 자라."

이 격언들은 문자가 없던 시대부터 경험 많고 분별력 있는 사람들의 입을 통해 전해 내려오는 명언이다. 오랜 역사의 시련을 거치며 진실로 증명되어 오늘날까지 이어진 것이다.

고대 이스라엘 성왕 솔로몬의 격언도 노력과 돈 쓰는 방법에 대한 깊은 교훈을 담고 오늘날까지 빛나고 있다.

"게으름뱅이는 낭비하는 사람의 형제."

"개미를 보라. 계획적으로 여름에 준비하여 수확기에 거둔다. 그 지혜를 본보기로 삼아라."

"빈곤은 방랑객보다 빠르게 게으름뱅이를 찾아오고, 병사보다 격렬하게 덮쳐 온다."

"노력하는 사람의 손은 부를 가져온다."

게으름뱅이를 훈계하고 부를 얻기 위한 격언도 많지만, 더 중요한 가치를 역설하는 격언도 많다.

"하늘을 공경하고 두려워하면 지혜를 얻는다."

"지혜롭고 진리에 밝은 사람이 되기를 꿈꿔라. 지혜는 금은 보화보다 값어치 있다. 세상에 지혜와 견줄 것은 없다."

돈은 지혜를 얻기 위한 백 가지 방법 가운데 하나에 지나지 않는다.

절약은 사람을 살리고, 인색은 사람을 죽인다

절약은 인색과 별개이다. 절약이란 자기 자신만을 위한 욕망을 억제하고, 미래를 대비하는 것이다. 따라서 절약은 약자에게 베푸는 너그러움으로 나타나기도 한다.

이런 의미에서 "절약은 무슨 일에든 신경 써서 미래를 대비하는 어머니이자, 넘치거나 부족함 없는 자매이자, 자립한 딸이다" 말할 수 있으리라. 요컨대 절약이란 자조정신이 눈에 보이는 형태로 모습을 드러낸 것이다.

이에 반해, 남을 위해 쓰는 것이 아까워 벌벌 떠는 사람이 있다. 돈을 모을 줄만 아는 사람의 비열한 행위를 인색이라 한다.

그러나 돈을 모으다 보면, 확실한 목표를 가진 사람이라도 착각에 빠질 때가 있다. 부득부득 쓰지 않는 것이 절약인 듯 보이기 때문이다. 소고기를 삶아도 소금을 아끼느라 간을 맞추지 않으면 맛 좋은 국이 될 수 없다. 따라서 절약하려고 노력하는 동시에 인색해지지 않도록 늘 주의를 기울여야 한다.

절약은 훌륭한 행위이지만, 인색은 자비심을 잊게 하고 관대함을 줄게 한다. 스콧이 말했다.

"돈은 인간의 정신을 죽이고, 칼은 인간의 육체를 죽인다. 두 가지 가운데 돈이 인간을 더 많이 죽인다."

돈을 집어넣는 돈자루가 되겠는가

남아도는 돈을 남을 위해 쓸 줄 모르는 수전노가 있는 반면, 얼마 안 되는 수입으로 많은 사람을 도와주는 사람이 있다.

'맨체스터의 윤리의사'라고 불리는 토머스 라이트는 새벽 6시부터 저녁 6시까지 주물공장에서 일하는 노동자이다. 그러나 그는 얼마 안 되는 여가와 일요일을 이용해, 사회로 되돌아온 사람들을 도와주기 위해 땀을 흘렸다.

그는 놀랍게도 한정된 시간을 잘 쪼개어 많은 일을 했다. 10년 남짓 그는 초범(初犯)들을 취업할 수 있게 도왔다. 그 덕분에 오래도록 범죄와 연을 끊고 지낸 사람이 3백 명이 넘었다.

라이트의 인생은 얼마 안 되는 시간과 돈이라도 소중히 주의 깊게 쓰면 큰 사업도 가능함을 보여 준다. 신분이 낮은 공장노동자라 하더라도 넓은 배려심과 강한 의지로 다른 이의 목숨을 살리고, 자기 인덕을 높인 것이다.

재산이 많으면 상류사회에 진출할 수 있다. 그러나 타인의 존경을 얻는 것은 그 사람의 정신과 품행이다. 남에게 존경받는 행동을 하지 않으면 단순한 부자일 뿐이며, 돈을 집어넣는 자루에 지나지 않는다. 부자로 유명한 리디아 최후의 왕 크로이소스를 보라. 그는 대부호였지만 전혀 존경받지 못했다.

상류사회 내에서도 존경받고 화제의 중심에 서 있는 사람은 배려 깊은 사람, 태도가 훌륭한 사람, 학식과 경험이 풍부한 사람이다. 그저 재산이 있다고 해서 중심인물이 될 수 있는 것은 아니다.

이런 점에서 토머스 라이트는 겉으로 가진 것은 없을지언정 내면에 엄청난 부를 쌓은 사람이다. 세상의 중심에 설 만큼 훌륭한 인격자이다.

6. 실력만큼 자신을 '보증'해 주는 것은 없다

아리스토텔레스의 '너그러운 사람'에 관한 고찰은 오늘날에
도 두루 쓰인다.

"너그러운 사람은 행운을 만나건 불행을 만나건 극단적인
행동을 하지 않는다. 성공했다고 우쭐하지 않고, 실패했다고
몸을 가누지 못할 만큼 슬픔에 빠지지도 않는다.

위험을 피할 수도 없지만 찾아 나서지도 않는다. 마음에 걸
릴 것이 없기 때문이다. 말수도 적고 느긋하지만, 필요한 때
에는 자기 생각을 숨김없이 대담하게 말한다. 자기 실력을 믿
기에 남의 장점을 금방 인정한다. 모욕을 받아도 무시한다.
자기에 대해서든 남에 대해서든 소문을 즐기지 않는다. 아첨
을 받거나 남에게 상처를 주는 일을 꺼리기 때문이다. 사소한
일로 금방 화를 내지 않고, 남에게 도움을 바라지 않는다."

반대로 마음이 좁은 사람은 남을 칭찬하는 일에도 인색하
다. 절제를 모르고, 관용과 아량을 베풀 줄 모른다. 약하고
무방비한 사람을 언제든 짓밟는다.

부정한 수단으로 높은 위치에 올랐을 때는 더욱 심하다. 하
늘 높은 줄 모르고 콧대를 세우며, 무슨 일을 하든 으스댄다.
높은 자리에 오를수록 그 지위에 걸맞지 않은 결점이 눈에 띄
게 된다.

"원숭이는 높은 곳에 오를수록 꼬리가 잘 보인다."
속담 그대로이다.

누구나 한 가지 장점은 있다

스위스 하면 꿈의 관광지로 아름다운 풍경이 먼저 떠오르지만, 사실 자연조건은 최악이다. 날씨 변화가 몹시 심하며 기후도 쾌적하다고 할 수 없다. 국토도 좁은 데다 산이 많고 농지는 적으며, 이렇다 할 지하자원도 별로 없다. 그런데 국민총생산은 2010년 IMF 기준 6만 7,246달러로 자본주의 국가 중 상위 그룹에 속하고, 1인당 국민소득도 세계 최고다. 어떻게 이런 일이 가능한 걸까?

160여 년 전부터 영세중립을 선언한 스위스는 영국·프랑스·독일·이탈리아 등 강대국의 정치 망명자와 범죄자들의 도피처로 '빈곤'과 '무질서'의 땅이었다. 스위스 사람들은 양을 키우면서 겨우겨우 먹고사는 형편이었다.

그런데 한 여인이 주위에 흔한 양털로 아름다운 레이스 장식 모자, 조끼, 솔 등 수예 편물을 만들었다. 이 제품은 스위스는 물론 인근 나라에 퍼져 불티나게 팔렸다. 스위스 사람들은 레이스를 만들며 중요한 사실을 깨달았다.

"스위스 사람의 손재주가 세계에서 가장 정교하다."

희망과 자신감을 얻은 스위스 사람들은 레이스 대신 정교함을 요구하는 시계 산업을 시작했다. 그들은 '세계 제일의 시계'를 목표로 부품 하나하나에 최선을 다했다. 그 결과 스위스는 선진국으로 도약했다.

이 세상에 처음부터 크게 되는 일은 하나도 없다. 무슨 일이든 차근차근 성실히 임하면 자신감이 붙고 그 덕분에 열매가 생기는 법이다.

어니스트 토마크라는 사람은 밤을 지새우며 스와치 시계 개발에 전념했다. 그는 패션 개념의 시계를 처음 선보임으로써,

침체했던 시계 산업을 부활시켰다. 이로써 스위스 시계의 세계 시장 점유율을 50%까지 끌어올리는 엄청난 공을 세우게 되었다.

스위스의 지폐만 봐도 그들이 얼마나 뛰어난 재능을 가졌는지 알 수 있다. 스위스 사람들은 자신들이 가진 최고의 손재주로 주어진 자연환경을 극복하고 오늘날 세계 최고의 선진국을 만든 것이다. 자신의 일을 최고로 알고 명품을 만들기까지 최선을 다하는 이 장인정신을 그대가 배웠으면 한다.

그대도 명품 시계와 가방에 열광하는가? 사람들이 명품을 좋아하고 최고로 인정하는 까닭은 명품이 주는 프리미엄 때문이다. 그대도 이왕 맡게 된 일이라면 최고로 하겠다는 마음으로 자기 자신이 명품이 될 수 있도록 노력하라.

can보다 can't로 자신의 실력을 헤아려라!

다른 사람과의 만남은 자기 자신을 알기 위한 '필요조건'이다. 많은 사람과 자유롭게 교류해야만 자신의 능력을 정당하게 평가할 수 있다. 그러지 않으면 착각에 빠진 오만한 사람이 되어 버린다.

설령 그렇지 않더라도, 남들과 사귄 적이 없으므로 평생 참모습을 드러내지 않은 채 살다 죽게 될 것이다. 《걸리버 여행기》의 작가 스위프트가 말했다.

"자기 능력을 아는 사람은 절대 자신에게 그릇된 인간상을 적용하지 않는다. 자신의 능력을 모르는 사람만이 허구의 자아를 만든다."

사회의 한 사람으로서 무엇을 이루고자 뜻을 품은 사람은 자신을 올바르게 인식해야 한다. 그것이 분명한 신념을 세우기 위한 첫걸음이다. 어떤 사람이 자신의 단점을 모르는 친구를 나무랐다.

"자네는 잘났으니 자네가 무엇을 할 수 있는지는 알겠지. 그렇지만 무엇을 할 수 없는지를 알아야 큰 뜻을 이룰 수 있고, 마음의 평화도 얻을 수 있네."

경험을 쌓아 무언가를 깨달은 사람은 자신이 남에게 배울 처지라는 것을 알기에 분에 넘치는 일을 시도하지 않는다.

우리는 자기를 소중히 여기는 동시에 사회에 마음을 열어야 한다. 자기보다 지혜롭고 경험이 풍부한 사람에게 배우는 것을 부끄럽게 생각해서는 안 된다.

경험을 쌓아 인격이 성숙한 사람은 보이는 것을 올바르게 판단하고, 삶의 과제를 이해하려고 노력한다.

우리가 '상식'이라 부르는 것은 흔한 경험을 주의 깊게 생각하여 판단한 결과에 지나지 않는다. 상식을 익히기 위해서는 인내력, 정확함, 주의력 말고 특별한 재능이 필요 없다.

그대는 세상 물정에 밝은 사람이 되라. 그들은 현장에서 직접 보고 배운 지식을 토대로 대화한다. 거미줄처럼 얽히고설킨 이상을 주장하는 사람들과는 다르다.

'남의 떡이 커 보이는' 데는 이유가 있다

용감한 사람은 결코 좌절하지 않고, 성공할 때까지 몇 번이고 도전한다.

큰 나무를 쓰러뜨리려면 여러 번 계속 찍어야 한다. 한 번 찍어서는 꿈쩍도 하지 않는다. 성공으로 이룬 결과는 눈에 보이지만, 그동안 있었던 위험과 역경, 노력은 흔히 보이지 않는 법이다.

'돈'을 지배하라

241

어떤 남자가 부와 행복을 손에 넣은 친구에게 입에 발린 축하인사를 건네자 친구가 물었다.

"내가 부럽나? 그렇다면 내 재산을 아주 싸게 자네에게 넘기지. 안뜰로 나가세. 서른 걸음 떨어진 곳에서 권총으로 자네를 스무 번 쏘겠네. 그래도 자네가 죽지 않았다면, 내 재산은 자네 것일세. 어떤가?"

남자가 정색하며 손사래를 치자 친구가 웃으며 말했다.

"잘 듣게. 나는 자네가 지금 보고 있는 행복을 거머쥐기까지 더 가까운 곳에서 열 발도 넘는 총알을 맞는 고통을 맛보았다네!"

성공의 비결은 그 지망하는 것이 일정하고 변하지 않는 데에
있다. 사람들이 성공을 못 하는 것은 처음부터 끝까지 외곬으
로 나아가지 않았기 때문이지 성공의 길이 험악해서가 아니다.
한마음 한뜻은 쇠를 뚫고 만물을 굴복시킬 수 있다.

Part 10
자신의 '가치'를 키워 나가기
내일을 위한 '희망 씨앗' 뿌리는 방법

1. 곤충의 색깔은 '갉아먹는 풀과 나무 색'과 비슷하다

그대는 어떤 이를 롤모델로 삼고 있는가. 자신이 하고픈 일에서 성공한 사람? 많은 부와 명예를 거머쥔 사람?

다른 이들에게 좋은 본보기란 '가만히 있어도 학생들에게 인기 있는 선생'과 같다.

사람은 삶의 방식을 타인의 행동에서 배운다. 따라서 좋은 본보기가 되는 삶은 말 따위와 비교도 할 수 없을 만큼 커다란 영향력을 지닌다.

좋은 교훈은 가치를 지니고 있으므로 존중해야 한다. 그러나 제아무리 좋은 교훈을 이야기하는 사람이라도 행동이 뒤따르지 않으면 누구도 그 사람의 말을 귀 기울여 듣지 않는다.

명령이나 훈계는 살아가는 길을 제시하는 것에 불과하다. 도로표지판과 다를 바 없다. 샛길이라도 있으면 아무도 거들떠보지 않는다. 이에 반해 좋은 본보기가 되는 사람은 누구나 그 삶을 흉내 내고 자기 것으로 만들려고 한다.

"내 행동은 따라하지 않는 것이 좋지만, 내 말대로 하면 틀림없다."

이렇게 말하는 사람을 누가 믿고 따르겠는가.

사람은 귀로 듣기보다 눈으로 보고 지식을 얻는 경우가 많다. 눈으로 보고 이해하면 읽거나 들을 때보다 마음에 훨씬 깊이 남는다. 백 번 듣는 것보다 한 번 보는 게 나은 법이다.

특히 아이들은 자기 주변에 있는 것을 눈으로 보고 스펀지처럼 빨아들인다. 그리고 어느새 흉내 낸다. 따라서 아이들의 행동은 주위 사람들의 행동을 자연히 닮게 마련이다. 곤충의 색깔이 그들이 갉아먹는 이파리 색과 닮은 것과 같은 이치이다.

가정은 아이들이 눈 떠 처음으로 세상을 배워 가는 곳이다. 그러니 가정교육만큼 아이들에게 중요한 것은 없다. 가정의 본보기는 장래 남녀의 품행을 결정짓는 기본이 된다. 결코 소홀히 해선 안 된다.

유동성을 지닌 물질이 뭉쳐 고체가 될 때 저마다 틀에 따라 원, 삼각형, 사각형 등 다양한 모양이 된다. 마찬가지로 사회 풍습은 가풍의 집합체이며, 국가의 모습도 각 가정의 본보기가 모여 굳어진 것이다.

철학자 버크가 말했다.

"모든 인간의 가족애는 조국과 사회와 이웃을 사랑하는 싹이다."

찰스 디킨스는 이렇게 말했다.

"가정을 사랑하는 마음에 애국심이 뿌리박고 있다."

가정은 애정의 구심점과 같다. 이렇게 시작된 사랑이 배려를 통해 퍼져 나가 세계를 감쌀 만큼 자애라는 원을 더욱 크게 만드는 것이다.

가장 가까이에 있는 '최초이자 최고의 스승'

부모의 일상적인 말과 행동에서 배어 나오는 사랑과 자애, 규율, 근면함, 훌륭한 품행은 아이가 성장한 뒤에도 마음속 깊이 남는다. 귀로 들은 것은 금방 잊어버려도, 눈으로 본 것은 어른이 되어서도 머릿속에 남아 그것을 따라하게 된다. 그래서 옛 현자들은 자기 자식을 미래의 자신이라고 칭했다.

부모가 남몰래 한 행동도 아이들 기억에 남아 죽을 때까지 지워지지 않는다. 당연한 말이지만, 부모의 따뜻한 마음 씀씀이, 정직한 행동은 아이들에게 강한 인상을 심어 준다.

가정폭력이 되물림된다는 것은 익히 알려진 사실이다. 성장기 때 폭력을 경험하거나 보며 자란 아이들 대부분이 자기도 모르게 폭력성을 띠며 부모의 행동을 그대로 따라한다고 한다.

물론 자신의 굳은 의지로 그 무서운 굴레에서 벗어나는 이도 있겠지만, 그러기 위해서는 억척스러운 노력이 필요하다.

정치가이자 자선사업가인 페어웰 벅스턴은 출세한 뒤에 자신의 품행이 여러 사람의 귀감이 된다는 평가를 받자 모든 공을 어머니에게 돌렸다.

"제가 남을 위해 봉사할 수 있었던 것은 어머니의 지론이 어릴 적 제 마음에 씨앗을 뿌렸기 때문입니다. 그것이 지금 싹을 틔운 것입니다."

벅스턴은 사냥터지기 플라스토에게도 큰 영향을 받았다고 고백했다. 플라스토는 글을 읽을 줄 모르는 무지한 사람이었지만 선량하고, 분별력이 뛰어나며, 사려 깊고, 결단력도 있었다. 플라스토는 어린 벅스턴을 말에 태워 자주 놀아 주었다고 한다.

"플라스토는 성실하고 정직하며 절제를 아는 사람이었습니다. 그는 우리 어머니가 집을 비우셨을 때에도 어머니가 말하지 말라고 한 것은 절대로 입 밖에 내지 않았고, 하지 말라고 명령한 일은 절대로 하지 않았습니다. 순수하고 정의감에 넘치며, 너그러운 지혜로 저를 보살펴 주었습니다. 그것은 옛 현자인 세네카, 키케로의 저작 안에 등장하는 순수함과 관대함보다 큰 것이었습니다. 저에게는 최초이자 최고의 스승이었습니다."

시멜페닝크 부인도 어머니가 현재의 자신을 만들었다고 말했다.

"널리 알려진 대로 어머니는 언제나 사람들에게 친절하고 자선사업도 자주 하는 분이었습니다. 어머니가 방에 들어오면 그때까지 오가던 대화가 고상하게 변하곤 했습니다. 무겁게 가라앉았던 방 안이 부드럽고 상쾌한 공기로 가득 찬 듯한 느낌이었습니다. 모인 사람들을 둘러보는 어머니의 온화한 얼굴은 왠지 가슴 저리게 아름다워 보였습니다. 어머니 앞에 있으면 나도 자연히 다른 사람이 되었답니다."

사람은 순수하고 자애로운 사람과 함께 있으면 마음이 맑아지고 너그러워지며 건강해진다. 그러므로 자기 자신을 고귀하게 만들려는 부모의 노력이 아이에게는 가장 좋은 교육이다.

"스스로를 높여라."

이러한 성경 구절은 이 세상 모든 부모를 향한 훈계이다.

인생을 바꿔 준 그림 속 '이상한 풍경'

초는 낮은 곳에 놓아두어도 높은 산꼭대기에 놓아두어도 똑같이 사방을 비춘다. 타의 모범이 되는 행동 또한 그 사람의 지위와 아무 관계없이 똑같은 영향력을 지닌다.

인간으로서 모범적인 행동을 하려고 마음먹은 사람은 태어난 환경을 개의치 않는다. 촌구석의 보잘것없는 오두막에서 태어났든, 도시의 좁은 뒷골목에서 태어났든, 논밭이나 공장에서 허드렛일을 하든 관계없다. 손바닥만 한 땅밖에 가지지 못한 농부도 훌륭한 행동을 거듭하면 천 명이 일하는 큰 공장을 상속받는 사람보다 훌륭한 목표를 이룰 수 있다.

시인 호프는 태생 때문에 비난받아도 전혀 흔들리지 않았다.

"내 부모님은 정말 가난했다. 그러나 나에게 부끄러운 행동을 보인 적은 단 한 번도 없었다. 자식인 나는 이것밖에 안 되는 사람이지만, 부모님이 눈물 한 방울이라도 흘릴 만한 부끄러운 짓은 결코 한 적이 없다."

토머스 라이트는 죄인을 대할 때 교정에 관한 어려운 학설을 펼치지 않았다. 존 파운즈는 누더기를 걸친 아이들을 위한다는 명목으로 학교의 필요성을 역설하지 않았다. 두 사람이 한 일은 해야 할 일을 묵묵히 실천한 것뿐이다.

가난하고 비천해도 두 사람의 행동은 수천수만 개의 교훈이나 장황한 훈계보다 많은 호응을 얻었다. 학교설립운동의 선구자인 거스리는 파운즈의 행동을 보고 감격하여 그의 후계자가 되겠다고 공언했다.

존 파운즈는 포츠머스의 구두수선공이었다.

거스리는 파운즈의 영향을 받아 학교설립운동에 뛰어들게 된 경위를 이렇게 설명했다.

"내가 학교를 설립하고, 그것을 일생의 사업으로 삼겠다고 생각하게 된 것은 아주 작은 사건 때문이었다. 몇 년 전 어느 마을로 놀러갔을 때였다. 호텔에서 식사를 하고 있는데 난로 위에 걸려 있는 판화 한 점이 눈에 들어왔다. 구두수리공장 내부를 그린 그림이었다.

그림 속 구두수선공은 안경을 쓰고, 낡은 구두 한 켤레를 양 무릎 사이에 끼고 있었다. 이마가 넓고 입은 꾹 다물고 있었으며, 어딘가 고상한 뜻을 품은 사람처럼 보였다. 누더기를 걸친 수많은 소년소녀가 그를 둘러싸고 구두수선 일을 배우는 듯했다. 바쁘게 일하면서도 가난한 소년소녀들을 가르치는 구두수선공의 눈은 넘치는 자애로 반짝였다.

나는 그 신비로운 그림을 보고, 더 자세히 알고 싶어 설명서를 읽어보았다.

'주인공은 포츠머스에 사는 존 파운즈라는 구두수선공이다. 가난한 아이들은 교육을 받지 못하고, 거리에서 비행을 배운다. 그러나 신부조차 이들을 가엾어하지 않고, 공무원들도 나 몰라라 하며, 부자들도 도움의 손길을 내밀지 않는다. 파운즈만 이들을 불쌍히 여기고, 선량한 양치기처럼, 누더기를 걸친 아이들을 모았다. 그리하여 인간의 도리를 가르치고, 인생에 대해 들려주었다. 이에 그치지 않고 날마다 열심히 일하여 땀 흘려 번 얼마 안 되는 돈으로 지내면서도, 지금까지 5백 명이 넘는 아이들을 도와주었다.'

그 글을 읽고 나는 얼굴이 붉어졌다. 몹시 부끄러웠다. 지금까지 나는 무엇을 하며 살았나 돌이켜 보니, 내가 타인과 사회를 위해 한 일은 거의 없었다. 그러나 비천한 신분으로 극빈층이나 다를 바 없는 파운즈가 이렇게 훌륭한 일을 했다니 나도 모르게 감탄사가 튀어나왔다.

'저 사람이야말로 진정한 위인이구나! 브리튼 해안에 파운

즈의 커다란 기념비를 세워야겠다.'

파운즈는 자비심이 많을 뿐 아니라 지혜롭기까지 했다. 그는 가난한 아이들을 공장으로 불러들이기 위해 그들을 쫓아다니며 한 명씩 붙잡았다. 그렇다고 경찰처럼 강요한 것은 아니다. 구수하게 구운 감자를 누더기 안에 감추고 가서 그들 코앞에 들이민 것이다. 그렇게 소년소녀들을 공장에 모아 놓고 일을 가르쳤다."

2. 삶의 '질'과 '크기'를 결정하는 것

사람은 무의식중에 곁에 있는 사람의 행동이나 습관, 말투에 영향을 받는다. 좋은 규칙도 인간 형성에 도움이 되지만, 좋은 본보기가 되는 사람만큼은 못하다.

좋은 규칙은 인간을 감동시키나 반드시 지켜야겠다는 마음을 불러일으키지 않는다. 이에 반해 좋은 본보기는 똑같은 행동을 하게 한다. 그래서 훌륭한 것이다.

좋은 본보기가 되기란 어렵다. 예컨대 입으로는 감동적인 말을 하면서 실제 행동이 엉망진창이면 의미가 없다. 오른손으로 집을 지으면서 왼손으로 그것을 무너뜨리는 꼴이다. 따라서 친구를 고르는 일은 대단히 중요하다. 특히 친구를 자신의 일부로 여기는 젊은 그대는 여기에 주의해야 한다. 젊은이는 친구와 사귀며 닮아 가기 때문이다.

자신을 맡길 수 있는 '본보기'를 찾아라!

조지 허버트의 어머니는 아들에게 이런 말을 했다.

"우리가 매일 고기와 채소에서 영양을 얻는 것처럼 영혼도 주변 사람들의 말과 행동 속에서 무의식적으로 좋든 나쁘든 영양을 얻고 있단다."

주변 사람들의 영향 없이 인격을 형성한다는 것은 불가능하다. 인간은 태어나면서부터 남을 보고 흉내 낸다. 그렇게 말이며 태도, 걸음걸이, 몸가짐, 사고방식을 배운다.

에머슨은 이렇게 말했다.

"오랜 시간 함께한 노부부나 같은 지붕 아래에서 살아온 사람들은 어느 틈엔가 서로 닮게 됩니다."

나이 든 사람들도 그러한데, 유연하고 감수성이 풍부한 젊은이는 어떠하겠는가.

의학자 찰스 벨은 편지에 이런 얘기를 썼다.

"본보기가 있으면 못하는 일이 없다. 나는 형제를 본받아 많은 것을 배웠다. 가족 모두가 남에게 의지하지 않고 자립정신을 불태웠는데 나도 흉내 내어 그 정신을 배웠다."

작가 에지워스는 젊은이에게 이렇게 충고했다.

"사람은 늘 현재 사귀는 사람과 감정이나 행동을 같이하게 되며, 자연히 서로를 닮아 간다. 그러므로 최고의 본보기가 될 벗을 골라야 한다."

그의 좌우명은 "좋은 벗을 사귀어라. 그게 아니라면 아무도 사귀지 마라"였다.

해군장교 콜링우드는 한 젊은이에게 이런 편지를 썼다.

"시시한 사람을 친구로 삼을 바에는 고독하게 사는 편이 좋네. 이 말을 교훈으로 삼아 꼭 지키도록 하게. 인간의 가치는 훌륭한 벗에 따라 결정되는 법이니까. 자네와 수준이 같거나, 자네보다 뛰어난 사람을 친구로 선택하게."

이름난 의사 시드넘이 말했다.

"누구든 때로 이전보다 좋아지기도 하고 나빠지기도 한다. 이유는 간단하다. 좋은 사람과 만나기도 하고 나쁜 사람과 사귀기도 하기 때문이다."

네덜란드 화가 피터 릴리는 이류 작품을 보지 않기로 결심했다. 이류 작품이 자신의 그림 솜씨에 영향을 줄까 봐 우려해서이다.

'전신거울'만큼 자신을 선명하게 비추는 것은 없다

환경이 사람의 성장기에 큰 영향력을 발휘한다는 것은 자연의 섭리이다.

시간의 흐름에 따라 그대가 '본보기'를 흉내 내는 것이 '습관'이 되고 어느 틈엔가 그대의 '성격'이 된다. 깨달았을 무렵에는 습관이 너무나 강해져서 그대의 자유로운 발상마저 억압하게 된다.

성격이 되어 버린 나쁜 습관은 마음속으로 저항하더라도 고치지 못하는 일이 더러 있다.

"습관이라는 '폭군'에 맞서 싸울 만한 강한 정신력을 기르는 것이 도덕교육의 주된 목적이다."

로크가 한 말이다.

"행동은 인생의 목적과 인생관을 결정짓는 큰 힘이 있다."

사람에게는 '의지력'과 '자유의지'가 있기에 용기만 잃지 않는다면 그대의 의지로 친구를 고를 수 있다. 습관에서 벗어나지 못하고 남의 흉내만 내는 것은 착실한 인생 목표가 없기 때문이다. 술을 마시지 않는 사람은 주정뱅이와 사귀지 않고, 세련된 사람은 데퉁바리와, 성실한 사람은 게으름뱅이와 가까이하지 않는다.

타락한 사람과 사귀면 세련미가 떨어지고 사고방식도 불건전해지며, 깊이 빠져들게 되면 인격의 질까지 떨어지게 된다.

선량하고 긍정적인 자세를 가진 친구라면 좋은 '양분'이 되겠지만 나쁜 친구라면 해를 끼친다. 그대는 주의를 기울여 자신보다 뛰어난 친구를 찾아 본보기로 삼고 흉내 내야 한다.

자극적인 공동생활을 경험해 보라!

함께하는 것만으로 사랑과 명예, 칭찬을 배울 수 있는 사람이 있는가 하면 경멸과 혐오밖에 가르쳐 주지 않는 사람도 있다.

"늑대와 함께 살면 잘 짖을 수 있다"는 에스파냐 격언처럼 뛰어난 인격을 지닌 사람과 뭐든지 같이하면 눈에 띄게 성장하게 될 것이다.

아는 사이라도 무례하고 건방진 사람과 친해지는 것은 좋지 않다. 인정미 없이 둔감하며 독선적인 사고방식이 몸에 붙게 된다.

그렇게 되면 인간다운 관용을 만드는 네 해가 된다. 시야가 좁아지고 도덕관이 떨어져 옹졸해지며, 편한 것만 찾게 된다. 큰 야심을 갖고 참된 인간이 되고자 하는 사람에게는 그야말로 치명적이다.

반대로 경험과 학식이 풍부한 사람과 사귀면 자극을 받아 활기를 되찾게 된다.

고생 끝에 얻은 풍부한 경험과 지식을 나눠 받아, 인생에 대한 인식을 넓히고, 유익한 교훈을 많이 배우자.

슬기로운 사람과 사귀면 그대도 재능이 풍부해지고 결단력이 강해진다. 큰 목표를 갖고 자신만이 아니라 남의 문제까지 해결할 수 있는 능력을 갖추게 될 것이다.

자신의 '가치'를 키워 나가기

어떤 부인이 이렇게 말했다.

"젊어서 혼자 살았던 것을 매우 안타깝게 생각합니다. 타협하지 않으려는 자아만큼 함께하기 어려운 친구도 없지요. 남을 어떻게 돕는지도 몰랐고 무엇을 바라고 있는지 전혀 알지 못했어요.

조용한 삶을 보낼 수 없을 정도로 시끌벅적한 것은 곤란하겠지만 친구를 사귄다는 것은 우리에게 만족을 주고 경험을 풍족하게 해줍니다. 배려심이 점점 그 크기를 키워 반드시 보물이 되어 돌아올 것입니다. 인간관계는 인격 향상을 이루어 나 자신만의 길을 능숙하게 개척할 수 있게 해주니까요."

선량한 사람과 나누는 대화는 반드시 선함을 낳는다. 선량함은 넓은 범위에 영향을 끼치기 때문이다.

"장미가 심어지기 전까지 저는 평범한 진흙이었습니다."

동양의 전설 속에 등장하는 향기 나는 흙이 말했던 한 구절이다. 콩 심은 곳에 콩 나듯 선함은 선함만을 낳는다.

"선량함이 어찌나 많은 선함을 만드는지 정말 놀라울 정도였다. 선량함은 혼자 싹 트지 않으며 악함 또한 그러하다. 그것은 또 다른 선과 악을 낳고, 새로이 태어난 선과 악이 또다른 선과 악을 낳으니 끝이 보이질 않는다. 마치 연못에 던진 돌이 일으킨 물결이 수면을 따라 기슭에 도달하는 것처럼.

이 세상에 존재하는 대부분의 선함은 먼 과거로부터 내려져온 것으로, 알려지지 않은 신의 가르침에서 온 것이라고 생각한다."

캐넌 모즐리의 말이다.

3. '엄격한 삶'에는 강한 설득력이 있다

우리는 좋은 본보기와 나쁜 본보기를 비교해 가며 하루하루를 살고 있다. 위인의 삶은 좋은 행실을 배우고 악함을 물리치는 데에 큰 힘을 갖는다.

조지 허버트는 교구에서 임무를 받으면서 이렇게 말했다.

"저는 올곧고 청렴하게 살 자신이 있습니다. 바르고 점잖은 삶을 사는 목사님의 모습이 무엇과도 비교할 수 없는 강한 설득력을 갖고 있기 때문이지요. 그 모습에서 사람들은 자연스레 겸허해져 서로 그와 같은 삶을 살려고 합니다.

지금은 말뿐인 설교보다 눈으로 볼 수 있는 본보기가 필요한 시대입니다. 그렇기에 저는 행동으로 보여 주고자 애쓰고 있습니다."

선함은 위대한 힘으로 사람을 이끌어 강한 영향력을 끼친다. '선에 눈뜬 사람'이야말로 타인의 위에 군림할 인물이며 사람들은 그를 뒤따르려 한다. 함께하는 것만으로 햇볕을 쬐며 맑은 공기를 마시는 것처럼 우리에게 싱싱한 기운을 준다.

브룩 경은 시인 필립 시드니에 대해 이렇게 말했다.

"그의 번뜩이는 기지와 예지는 말이나 의견이 아닌 삶과 행동에서 드러나 자신뿐만 아니라 타인까지도 위인으로 일구었다."

주위에 늘 '전류'를 보내는 사람이 가진 힘의 비밀

넘쳐나는 활기는 남에게도 활력을 불어넣고 공감을 일으킨다. 이는 서로 친해지는 데 큰 효과를 발휘한다.

정력적인 사람 주변으로는 어느 틈엔가 사람이 모여든다. 그

신비한 힘을 어떻게든 흉내 내보고 싶은 것이다. 전기처럼 그의 몸에서 뿜어지는 힘은 주변 사람들에게 불꽃을 일으킨다.

비평가 아놀드에게는 그런 '힘'이 있었다. 그의 생애를 다룬 책에 다음과 같이 내용이 있다.

"젊은이들 사이에서 들끓었던 것은 아놀드의 재능이나 학문, 말에 대한 열광적인 동경이 아니라 조금도 흐트러지지 않은 마음으로 일에 몰두하는 한 인간의 영혼에 공감한 감동이었다.

아놀드가 이룬 업적은 건전하고 확고한 신념 아래 이루어진 것이다. 그는 신을 섬기는 마음을 한시라도 잊지 않았는데, 의무감보다 앞선 한층 더 깊은 업적이다."

이처럼 재능 있는 사람의 힘은 '용기'와 '열의', '헌신'을 샘솟게 한다. 강한 영향력을 갖춘 인격은 사람의 영혼을 직접 흔들어 깨운다. 사람을 되살려 내듯 활력을 불어넣는 것이다.

위대한 정신은 퍼지는 힘도 크다. 남에게 전해져 전혀 새로운 것을 만들어 내기도 한다. 단테는 이 힘으로 페트라르카와 보카치오, 타소를 비롯한 많은 위대한 영혼을 일깨워 자신을 뒤따르게 했다.

위대한 사상과 행동을 남긴 사람을 떠올리면 가슴속이 청렴한 마음으로 가득 찬다. 한순간일지라도 자신의 목적과 목표까지 드높아진 기분이 든다.

"존경하는 인물을 알려주시면 당신의 취미와 재능, 인격을 맞춰 보겠습니다."

생트뵈브의 말이다.

저속한 사람을 존경하면 자신의 성격도 천박해지고, 인색한 부자를 존경하면 속물이 된다. 거들먹거리는 신분 높은 사람을 존경하면 아첨꾼이 되거나 눈치만 보고 사는 사람이 된다. 그러나 용감하고 성실하며 올곧은 사람을 존경한다면 자신도 틀림없이 그와 같은 성격이 될 것이다.

훌륭한 사람의 '향기'를 품어라!

마음이 넓고 책을 자주 읽는 그대라면 '자신만의 영웅'이 있을 것이다.

알란 커닝엄은 니스데일의 석공 밑에서 일하던 시절, 스콧을 만나고 싶다는 소원을 품고 에든버러까지 걸어갔다.

시인 로저스는 어려서부터 사무엘 존슨을 만나는 것이 꿈이었다. 하지만 볼트코트에 있는 존슨의 집 앞에 서자 두려움이 몰려와 무겁게 발걸음을 돌렸다.

문필가 아이작 디즈레일리도 젊었을 때 로저스와 같은 목적으로 볼트코트를 찾아갔다. 그는 용기 있게 문을 두드렸지만 안타깝게도 위대한 '영어사전'의 편집자는 몇 시간 전에 숨을 거두어 만나지 못했다.

옹졸한 사람은 남을 칭찬하지 못한다. 존경심은 물론 다른 사람과 그의 업적을 인정할 능력이 없는 것이다.

그들은 꿈의 크기도 작다. 마치 두꺼비에게 가장 아름다운 것은 무엇이냐고 물으면 자신과 친한 암컷 두꺼비라고 하고, 저속한 구두쇠가 꿈꾸는 이상형이 이름만 들어봤던 속물신사인 것처럼 말이다.

정치학자 프란시스 호너가 말했다.

"지금까지 내게 조금이라도 향상된 점이 있다면, 그것은 높은 뜻과 깊은 학문을 지닌 사람들과 어울린 덕분이다. 책보다 그 사람들에게서 더 많은 것을 얻었다."

훌륭한 인격자를 만나면 반드시 좋은 영향을 받는다. 길가에 피어난 들꽃의 향기가 여행객 옷에 스며 오래도록 남는 것과 같다.

작가 존 스털링은 인격자이자 학식이 풍부한 사람이었다. 그를 만난 사람은 누구든 정신을 자극받고, 사명을 깨달았으며, 인격이 향상되었다. 스털링을 만난 뒤 자신이 나아갈 길을 깨달았다고 고백한 사람은 대단히 많다. 종교가 트렌치가 말했다.

"스털링을 만나 그 존귀한 인격을 접하고 나니 갑자기 내 인격도 높아지고, 내가 높은 곳에 있는 듯한 느낌을 받았다. 스털링을 만나기 전 내 모습을 돌이켜 보면, 그 정신이 얼마나 보잘것없는 곳을 떠돌고 있었는지 깨닫게 된다. 그를 만날 때마다 견식이 높아짐을 실감한다."

거장을 자꾸 우러러 보라. 그러면 그대 또한 '거장'이 된다

예술가도 자기보다 뛰어난 기술이 있는 사람을 가까이 하면 기술이 진보한다. 음악가 하이든의 정교한 기술은 헨델로 말미암아 꽃피게 되었다. 하이든은 헨델의 곡을 들은 순간부터 헨델의 열렬한 팬이 되어 작곡가를 꿈꿨다. 그는 이렇게 고백했다.

"헨델의 음악을 듣지 않았더라면 〈천지창조〉를 작곡하는 일도 없었을 것입니다. 헨델의 음악을 들었을 때, 벼락을 맞은 듯한 기분이었습니다. 그의 곡은 지금도 내 피를 끓어오르게 합니다."

화가 노스코트는 젊어서 레이놀즈의 그림에 감명하여 그에게 심취했다. 어느 날 레이놀즈가 데번셔 집회에 참가했을 때, 노스코트는 군중을 헤치고 레이놀즈 옷자락에 닿을 정도로 바싹 다가갔다. 노스코트는 뒷날 그때 일을 이렇게 회상했다.

"레이놀즈에게 다가가 그 옷자락에 닿았을 때, 하늘로 날아오른 기분이었다."

진심으로 깊이 빠져 마음을 빼앗긴 젊은이의 본심이다. 이만큼 정신을 쏟으면 제아무리 뛰어난 기술이라도 자연히 자기 것이 될 것이다.

세월이 흐를수록 신선한 기억으로 남는 사람

그대가 보고 배웠으면 하는 중요한 본보기가 또 한 가지 있다. 어려움에 부딪혀도 좌절하지 않고 긍정적인 태도로 이겨내는 사람이다.

"착한 머리와 착한 가슴은 언제나 붙어 다닙니다. 강철 같은 의지와 필요한 기술만 있다면, 세상의 어떤 불행도 자기의 승리로 탈바꿈시킬 수 있습니다. 사람과 사람 사이에는 무엇을 가지고 태어났느냐가 아니라, 무엇이든 자기가 가진 것으로 무엇을 이루어 내느냐는 차이가 있을 뿐입니다. 어느 민족에게든, 발전을 이룩하기 위한 가장 위대한 무기는 평화입니다."

남아프리카공화국 최초의 흑인 대통령이자 흑인인권운동가인 넬슨 만델라의 말이다. 그는 변호사 자격증을 취득하고, 아프리카민족회의(ANC)에 가입해 반인종차별 활동을 벌이다 내란죄로 구속되었다. 5년의 복역 끝에 무죄판결을 받았으나, 이듬해 다시 구속되어 복역 중 내란음모 혐의로 종신형을 받고 만다.

그는 타고난 낙관론자였다. 종신형을 받고도 사형이 아니라 다행이라 생각할 정도였다. 그는 종신형으로 감옥에서 죽는다는 생각을 한 번도 하지 않았다. 준비만 잘한다면 언젠가는 자유인으로 아프리카 대지를 두 발로 걸을 수 있으리라고 생각했다.

만델라는 감옥에 채소밭을 만들고, 묘목을 구해 나무도 심었다. 그리고 밖에서 늘 하던 대로 꾸준히 운동했다. 무기력해지기 쉬운 감옥 안에서도 그는 자신만의 방식으로 절망에 맞선 것이다. 다른 젊은 수감자들도 나이 많은 만델라가 운동하는 모습을 보고 따라서 운동하기 시작했다. 그렇게 그는 조금씩 주위를 변화시켰다. 처음에는 열악했던 감옥 생활이 여러 번에 걸친 감옥 투쟁으로 점점 개선되고, 교도관과도 친하게 지내게 되면서 중죄인 교도소 '로벤아일랜드'는 마치 정치범들의 대학처럼 변했다.

감옥에서 27년을 보내는 동안 만델라의 명성은 오히려 더 높아졌다. 그는 석방된 뒤 '다인종 남아프리카' 건설을 위해 노력했고, ANC 의장으로서 프레데리크 데클레르크의 백인정부와 협상을 벌여 350여 년에 걸친 인종 분규를 끝냈다. 이러한 공로로 1993년에 백인 정치인 데클레르크와 공동으로 노벨평화상을 받고, 세계인권운동의 상징적인 존재가 되었다.

밝고 긍정적인 사람은 세월이 흘러도 신선한 기억으로 남는다. 이렇듯 영원한 영향력을 지니는 까닭은 그가 인격자이기도 하지만, 무엇보다 밝고 활기 넘치는 사람이기 때문이다.

철학자 흄이 말했다.

"어마어마한 부를 소유하고도 어두운 사람이 되기보다, 돈은 없어도 밝고 즐거운 사람이 되고 싶다."

영국의 변호사인 그랜빌 샤프도 노예매매금지를 위해 힘쓸 때, 저녁이면 동지들의 집을 방문하여 함께 피리를 불며 지친 마음을 달래곤 했다. 여유가 생기면 자연 속에서 풍경화를 그리기도 했다.

누구든 늘 밝고 즐거울 수만은 없다. 그러나 지혜로운 사람은 밝고 즐거운 마음이 어려움에 맞섰을 때 얼마나 강력한 무기가 되는지를 안다. 그러므로 어두운 기분이 될 때는 의식하여 밝아지도록 노력해야 한다.

4. 재능은 '올곧은 정열'이 내리쬘 때 꽃을 피운다

위대한 인물의 삶과 재능을 배워 자신의 인격을 만든 예는 역사를 뒤져 보면 수없이 많다. 그들은 무의식적으로 배울 가치가 있는 사람을 따라 배운다.

위인은 국왕과 교황, 황제마저도 칭찬하게 한다. 번영이 절정에 달했던 메디치 가문의 프란체스코는 미켈란젤로와 얘기할 때는 반드시 모자를 벗었다. 교황 율리우스 2세는 추기경들을 세워 놓더라도 미켈란젤로만은 늘 자신의 옆자리에 앉혔다.

독일 황제 카를 5세는 화가 티치아노를 존경했다. 어느 날 티치아노가 실수로 붓을 떨어뜨리자 황제는 허리를 굽혀 붓을 주워 주었다.

"당신은 황제인 나의 봉사를 받을 자격이 있소."

뛰어난 재능은 절대 고독하지 않다

하이든은 "음악 선생님만이 저를 싫어하고 인정해 주지 않았습니다" 하는 농담을 곧잘 했다. 비록 하이든은 음악 선생님의 질투를 받았지만 음악의 대가들로부터는 존경을 받았다. 저명한 음악가들은 놀라우리만치 서로의 재능을 인정해 준다.

이탈리아의 저명한 작곡가 포르포라에게 빠져 있던 하이든은 포르포라의 가족과 만나 자신을 하인으로 고용해 달라고 부탁했다. 그 뒤 하이든은 포르포라의 하인이 되어 매일 대선배의 외투를 매만지고 구두를 닦았으며 오래된 가발을 손질했다.

포르포라는 양해도 없이 들어온 하이든에게 처음에는 잔소리만 늘어놓았지만 점차 마음을 열고 애정까지 느끼게 되었다. 그는 하이든의 재능을 알아보고 알맞은 지도까지 해줘 재능을 키워 주었고, 덕분에 하이든은 음악가로 명성을 떨치게 되었다.

헨델에 대한 하이든의 동경심은 열광적이었다.

"그는 우리 모두의 아버지입니다."

스카를라티도 헨델 숭배자였다. 헨델의 이름을 들을 때마다 존경심을 나타내고자 성호를 그었을 정도였다.

베토벤은 헨델을 "음악 왕국에 군림하는 군주"라고 칭송했다. 베토벤은 숨을 거두기 전에 열네 권에 달하는 헨델의 작품집을 선물받았다. 그것을 바라보던 베토벤은 눈빛이 돌아왔고, 작품집을 가리키며 이렇게 말했다.

"아아, 진리가 여기에……."

하이든은 죽은 사람만이 아니라 같은 시대에 살았던 젊은 모차르트와 베토벤의 재능도 높게 평가했다. 옹졸한 사람이라면 자신의 동료를 질투하겠지만 위대한 사람은 서로 인정하고 받아들인다.

모차르트에 대해 하이든은 이런 말을 남겼다.

"모차르트의 음악은 누구도 흉내 내지 못할 만큼 훌륭하다.

그의 음악을 듣고 나는 크게 감동했다. 세상 모든 애호가와 위인들에게 그의 작품을 이해시켜 주어, 그 깊은 감동을 맛보게 할 수 있다면 얼마나 좋겠는가.

그러면 이 나라의 모든 사람이 그를 조국의 보물로 여길 것이고 적합한 보수를 주어 이 나라에 머무르게 해줄 것이다.

그러지 않으면 이 위대한 천재의 삶은 너무나 짧으리라. 누구도 견줄 수 없는 이 사나이를 아직 어떤 왕실에서도 데려가지 않았다는 사실에 화가 치민다. 흥분해서 미안하지만 나는 그 정도로 모차르트가 좋다!"

모차르트도 하이든의 장점을 인정하며 비평가에게 이렇게 말했다.

"당신과 나를 합치더라도 하이든 한 사람을 만들기에는 부족할 것입니다."

'위대한 삶'은 시간을 뛰어넘는다

위인들이 보여 준 삶의 본보기는 영원히 사라지지 않고, 언제까지고 남아서 후대에 전해진다.

전기소설은 최선을 다해 살면 어떤 사람으로 자라나 어떤 일을 하게 되는지 알려 준다. 읽으면 새로운 자신감과 힘이 샘솟는다. 등장인물이 자신은 미치지 못할 위인이더라도 동경과 희망이 솟아나고 용기가 생길 것이다. 그들도 우리와 같은 세상을 살았고 똑같은 붉은 피가 흐르고 있다.

선배들의 생애는 만국 공통의 힘을 갖고 있다. 지금도 우리에게 올곧은 삶을 살라고 계속 얘기하고 있다.

"성자(聖者)는 백 년의 가르침을 준다. 노자의 삶을 알면 어리석은 자는 똑똑해지고 길을 잃은 자는 강한 결단력을 얻는다."

중국의 격언이다.

뛰어난 인물의 삶은 후손들에게 자유와 해방의 가르침으로 언제나 계속될 것이다. 인격자의 말과 행동은 시대가 흘러도 살아 있다. 후손들의 마음과 사상에 스며들어 인생의 좋은 동반자가 되어 주고, 죽음을 맞이할 때 위로를 해준다.

"후손에게 훌륭한 가르침과 본보기를 남긴다는 찬란한 명예는 참된 위인에게만 허락된 것이다."

인도에서 사역을 마치고 차가운 감옥에서 생애를 마감한 선교사 헨리 마틴이 남긴 말이다.

현자는 어리석은 이에게서도 배운다

"아무리 친구라도 남의 불행을 진심으로 슬퍼하리라고는 볼 수 없다."

프랑스의 모럴리스트 라로슈푸코가 한 말이다.

남의 성공을 시기하고 불쾌하게 생각하는 것은 옹졸하고 저속하다. 하지만 불행하게도 세상에는 대범한 마음을 가지지 못한 사람이 너무 많다. 남을 비웃을 줄밖에 모르는 사람만큼 언짢은 것도 없으리라.

이러한 사람들은 남의 성공을 배 아파하고 칭찬받는 꼴을 보지 못한다. 자신과 같은 뜻을 품었거나 같은 직업을 가졌다면 더욱 그러하다.

그런 사람은 좌절했을 때야 비로소 자기가 지금까지 남을 심하게 헐뜯었다는 것을 깨닫는다. 어떤 꼬인 비평가는 자신의 경쟁자에 대해 이렇게 말했다.

"신은 그에게 저만한 재능을 주었다. 그러니 어찌 즐거울 수 있겠는가?"

꽁한 사람은 남을 비웃고 공격해서 결점을 찾아내려 한다. 그들에게 즐거움이 있다면 바로 인격자의 약점을 찾았을 때다.

"현자가 실수 하나 저지르지 않는다면, 바보가 어찌 견딜 수 있겠는가."

조지 허버트가 한 말이다. 현자는 어리석은 사람의 흠을 보고 자신의 결점을 고치지만, 어리석은 사람은 현자를 보고도 아무것도 깨닫지 못하는 일이 허다하다.

어떤 독일 작가는 이렇게 한탄했다.

"위대한 인물과 충실한 시대를 좋게 보려 하지 않고 결점만 찾으려 하다니 슬픈 성격이로다."

5. 다정하고 믿음직한 '친구'

이런 속담이 있다.

"친구를 보면 그 사람을 알 수 있다."

마찬가지로 그대가 알고 싶은 사람이 있다면 그의 서재를 둘러보라. 읽은 책을 보면 그 사람의 인격을 알 수 있다.

사람과 사람 사이처럼 사람과 책에도 우정이 존재한다. 그러므로 우리는 좋은 벗을 사귀듯 좋은 책을 고를 줄 알아야 한다.

좋은 책은 인생을 통틀어 가장 좋은 벗이자 끈기 있고 재미있는 친구다. 역경에 부딪혀 절망의 구렁텅이에 빠지더라도 곁을 떠나지 않고 늘 다정하게 감싸안아 준다. 젊은 시절에는 즐거움을, 나이가 들어서는 위로와 격려를 준다.

독서 취향이 비슷한 사람끼리 만나면 친근감을 느끼는 경우가 많다. 책은 우리를 단단하게 이어 주는 훨씬 높은 차원의 연결고리이다.

영국의 평론가 해즐릿이 이렇게 말했다.

"책은 우리 가슴에 소리 없이 다가오고, 한 줄의 시는 피에 스며들어 몸속을 맴돈다. 사람은 젊어서는 독서로 시간을 잊으며 나이 먹어서는 독서로 시간을 되새긴다.

우리는 책에 쓰인 다른 사람의 이야기를 마치 직접 겪은 일처럼 느낀다. 어디에나 있을 법한 이야기이기 때문이다."

밭에 묻힌 '황금 항아리'를 캐어라!

좋은 책은 한 사람의 생애를 오롯이 담아 놓은 값진 '항아리'이다. 그 사람이 익힌 최고의 사상이 듬뿍 들어 있기 때문이다.

책은 그 사람이 쌓아 올린 '사상 세계'나 다름없다. 그래서 빛나는 사상을 뛰어난 문장으로 써놓은 좋은 책은 우리 가슴에 아로새겨져 언제나 위안을 준다.

16세기 시인이자 군인이었던 필립 시드니가 말했다.

"고결한 사상을 반려자로 삼은 사람은 결코 고독하지 않다."

우리가 유혹에 흔들릴 때 선조들의 바르고 순수한 사상은 마치 자비로운 천사처럼 가야 할 길을 가르쳐 준다. 뛰어난 문장에 힘입어 이루어진 많은 위업이 바로 그 증거이다.

인도 행정관으로 일한 군인 헨리 로렌스는 워즈워스의 《행복한 전사의 인격》을 높이 평가하고 그 작품을 자신의 삶에 반영하려 노력했다. 그는 늘 머릿속으로 책을 떠올렸다. 대화하면서 책 내용을 예로 들기도 했다. 로렌스의 전기에 이런 기록이 남아 있다.

"그는 책 속 영웅처럼 성격을 고치기 위해 애썼다. 진지하게 열의를 다하면 무엇이든 성공하듯 그도 보기 좋게 뜻을 이뤘다."

책이 인류 문화의 발전에 얼마나 커다란 영향을 끼쳤는지는 새삼스레 말할 것도 없다. 책은 인류 지식의 보고이자 모든 학문의 영위, 업적, 사상의 성공과 실패를 담은 기록이다. 그리고 언제나 시대를 미래로 이끄는 강한 원동력이다.

복음서에서 사회계약론에 이르기까지 혁명을 일으킨 것은 늘 책이었다고 말하는 사람도 있다.

위대한 책은 대전쟁에도 지지 않는 위력을 가진다. 허구 문학조차 강한 사회적 힘을 발휘한다. 같은 시기에 프랑스의 라블레, 에스파냐의 세르반테스는 공포가 아닌 비웃음을 무기로 삼아 중세 수도원 제도와 기사도 정신의 권위를 뒤집었다.

시인은 시간을 초월하여 사상과 행동을 온전히 후세에 남긴다. 우리는 호메로스와 베르길리우스가 죽은 뒤에도 마치 같은 시대를 사는 것처럼 그들의 작품을 손에 들거나 베갯머리에 두고 소리 내어 읽는다. 작가는 자신의 작품을 통해 영원히 살아 숨 쉬는 것이다.

불길이 불꽃을 더 활활 타오르게 하듯 책은 작가의 사상을 더 멀리 퍼져 나가게 한다.

물질, 육체, 행동은 언젠가 그 형태를 잃고 만다. 지성만이 대대손손 전해지는 것이다. 영국 평론가 해즐릿이 말했다.

"문장은 이 세상을 영원토록 살아가는 유일한 존재이다."

조지 허버트가 말했다.

"훌륭한 삶은 어느 시대에서나 변치 않고 살아 숨 쉰다."

자신의 '가치'를 키워 나가기

걸출한 인물의 일생을 담은 기록은 우리 영혼에 말을 걸어 희망을 안겨 주고 위대한 본보기를 제시한다.

'삶의 흐름'을 바꾸는 신선한 자극

훌륭한 사람의 업적과 삶을 담은 위인전은 사람이 어떻게 살아야 하는지, 온 힘을 쏟으면 어떤 업적을 남길 수 있는지를 알려 준다. 우리의 영혼에 신선한 공기를 불어넣고 희망을 드높인다. 새로운 힘과 용기, 자신감을 준다.

위인전기는 우리의 향상심을 자극해서 더욱 힘을 내게 한다. 위인들과 한 세계에서 같이 숨 쉬며 가장 좋은 친구를 사귈 수 있게 이끈다.

하지만 위대한 인물의 일생만이 훌륭한 전기는 아니다.

벤저민 디즈레일리가 말했다.

"훌륭한 전기란 독자의 몸에 완벽히 흡수될 수 있어야 한다."

감동적인 위인전기를 읽으면 우리는 자기도 모르는 사이에 자극을 받아 위인의 사고방식과 행동에 조금이나마 가까워지고자 한다. 하지만 성실하게 자신의 일을 끝까지 해낸 아주 평범한 사람의 일생에도 후세 사람들의 인격을 높이는 힘이 있다.

전기를 읽으면 역사를 상세하게 배울 수 있다. 역사는 전기인 동시에 개인이 지배하고 영향을 미치면서 만든 인간성의 집합체라고도 할 수 있다. 역사적 사건에 흥미가 생기는 것도 역사에 관여한 사람들의 기쁨과 고통, 이해관계에 마음이 이끌리기 때문이다.

미국 철학자 에머슨이 이렇게 말하지 않던가.

"역사라 부르는 것은 인간의 그칠 줄 모르는 향상심에서 태어난 뜨거운 에너지의 기록이다."

《플루타르코스 영웅전》이 키운 영웅들

행동과 사상이라는 측면에서 사람들의 인격 형성에 강한 영향을 끼친 작가를 꼽아 본다면 플루타르코스와 몽테뉴를 들 수 있다.

플루타르코스는 본보기가 될 만한 영웅을 소개했고, 몽테뉴는 《수상록》에서 사람들이 큰 관심을 뒀던 영겁회귀(永劫回歸)를 깊이 있게 파헤쳤다. 두 사람의 작품은 대부분 전기 형식인데, 등장인물의 성격과 이야기를 거침없이 묘사하여 구체적으로 인물을 보여 주었다.

《플루타르코스 영웅전》은 1천8백여 년 전에 쓰인 작품이지만 호메로스의 《일리아스》와 함께 고전 가운데 최고봉으로 꼽힌다.

이탈리아의 극작가 알피에리는 플루타르코스의 작품을 읽고 문학에 열정을 불태우게 되었다.

"티몰레온, 시저, 브루투스, 펠로피다스의 생애를 다룬 부분은 여섯 번 넘게 읽었다. 나는 읽을 때마다 감동한 나머지 눈물을 흘렸고, 그 책에 푹 빠졌다. 위대한 영웅들의 당당한 모습을 마주할 때마다 나는 주체할 수 없을 만큼 뜨거운 열기를 느꼈다."

실러, 벤저민 프랭클린, 나폴레옹, 롤랑 부인은 모두 플루타르코스의 애독자들이다. 롤랑 부인은 심지어 책을 성서처럼 꾸며서 미사 시간에 몰래 읽었다고 한다.

프랑스의 앙리 4세, 튀렌, 군인 윌리엄 네이피어 등 용감했던 사람들에게도 《플루타르코스 영웅전》은 마음의 양식이 되었다. 옛 영웅을 동경한 나머지 삶의 원칙을 그들과 같게 정했을 정도였다.

플루타르코스의 작품은 시대를 뛰어넘어 사람의 마음을 끌어당긴다. 그 힘의 비밀은 도대체 무엇일까.

몽테뉴는 플루타르코스의 작품을 이렇게 분석했다.

"이야기를 꽉 채워서 독자를 싫증나게 하기보다 여운을 남기려고 했다. 아무리 훌륭한 이야기도 너무 길게 늘어놓으면 좋지 않다는 것을 그도 잘 알고 있었던 것이다. 빈약한 몸을 감추려고 옷을 여러 겹 주워 입듯, 본질을 정확히 이해하지 못한 사람은 말로 그것을 메우려고 애쓰는 법이다."

'마음속 야수'를 어떻게 길들여 나갈까

자서전은 모두 흥미진진하지만 작가의 소박한 모습을 기대하기는 어렵다. 사람은 기억을 글로 남길 때 자신의 전부를 보여 주려 하지 않는다.

성 아우구스티누스는 《고백록》을 쓰면서 자신의 나쁜 버릇이나 치사하고 제멋대로인 성격을 솔직하게 밝혔다. 하지만 그런 용기를 갖춘 사람은 많지 않다. 스코틀랜드에 이런 속담이 있을 정도다.

"아무리 훌륭한 사람이라도 자신의 결함이 이마에 적혀 있다면 모자를 눈썹까지 푹 눌러쓸 것이다."

볼테르가 말했다.

"누구에게나 혼자서 심각하게 고민하는 결점이 있다. 자신의 몸 안에 사나운 야수가 살고 있음을 모르는 자는 없다. 그러나 그 야수를 어떻게 길들이고 있는지 솔직히 말해 주는 사람은 드물다."

루소가 《고백록》을 쓰며 마음속 비밀을 털어놓은 것처럼 보여도 사실은 그 절반도 밝히지 않았다.

프랑스의 모럴리스트 샹포르는 주위 사람이 자신을 어떻게 생각하든 자신에게 무슨 말을 하든 담담했다. 그런 그도 이렇게 말했다.

"상대방이 둘도 없는 친구라 해도 마음속 비밀이나 남이 모르는 성격, 무엇보다 자신의 약점을 보여 주기란 현실 세계에서 불가능하다."

플루타르코스는 영웅들의 결점이나 약점, 작은 버릇과 섬세한 심리상태를 생생하게 묘사했다. 충실하고 정확한 인물묘사였다.

"알렉산더 대왕은 늘 거드름을 피우듯 고개를 갸웃거렸다."

"아테네의 정치가 알키비아데스는 재치가 풍부했다. 혀 짧은 말소리가 그의 인품과 잘 어울려서 오히려 우아하고 설득력 있게 들렸다."

"커트는 붉은 머리털에 잿빛 눈을 가진 구두쇠 고리대금업자다. 그는 늙어서 일할 수 없게 된 노예를 비싼 가격에 팔아치웠다."

"대머리 시저는 화려한 치장을 좋아했다."

"키케로는 저도 모르게 코를 실룩거리는 버릇이 있었다."

이처럼 위대한 인물도 결점이나 독특한 버릇을 갖고 있다. 아무리 훌륭한 사람도 모자란 점이 있기에 인간미를 느낄 수 있는 것이다.

우리는 멀리 떨어진 곳에서 그들을 우러른다. 장점만 본다면 "내가 무슨 수로 이 사람을 본받을 수 있겠어" 하고 자신감을 잃을 수 있다.

하지만 가까이 다가가 보면 위인도 우리처럼 실수도 하고 두려움과 아픔을 가진 나약한 인간임을 깨닫게 된다. 그들도 우리와 다를 바 없는 것이다.

'인생의 필수품'에 투자하라!

책은 나이 든 사람에게는 좋은 동반자가 되어 주고 젊은이에게는 좋은 자극제가 되어 준다. 가슴에 깊은 인상을 새긴 책을 통해 젊은이는 인생의 새로운 길을 열어 나가기도 한다.

책은 젊은이의 가슴에 등불을 밝히고, 열정을 깨운다. 생각지도 못한 곳으로 데려가 언제까지고 영향을 미친다. 친구를 대하듯 책과 우정을 나눈다면 인생이라는 여행길에 '새로운 출발점'이 생길 수 있다.

제임스 에드워드 스미스가 맨 처음 식물학 교과서를 손에 들었을 때, 뉴질랜드를 조사한 박물학자 조지프 뱅크스가 우연히 제라드의 《식물도감》을 보았을 때, 알피에리가 처음 《플루타르코스 영웅전》을 읽고, 실러가 셰익스피어의 작품을 만나고, 기번이 《세계사》에 푹 빠졌을 때 그들은 분명 가슴을 뜨겁게 불태우며 인생은 이제부터 시작이라 생각했을 것이다.

젊은 날의 라퐁텐은 게으름뱅이로 평판이 났었다. 어느 날 그는 시인 말레르브가 낭송하는 시를 듣고 "나도 시인이다" 외쳤다. 자신의 가슴속에서 더 재미나고 서정적인 시구들이 샘솟고 있음을 느꼈기 때문이다.

이렇듯 훌륭한 책은 무엇과도 바꿀 수 없는 좋은 동반자이다. 책을 읽으면 사상이 높아지고 향상심이 일기 때문에 쓸모없는 만남을 피할 수 있다. 시인 토머스 후드가 이렇게 말했다.

"독서와 지적 욕망이 도덕적 파멸로부터 나를 구했다. 내가 도박과 술에 빠지지 않았던 것은 책 덕분이었다.

위대한 작가들과 남몰래 만나고 셰익스피어나 밀턴과 고상한 이야기를 주고받았다. 그래서 나는 어리석은 자들을 꺼리고 멀리할 수 있었다."

뛰어난 책은 위대함 그 자체다. 인간의 더러움을 없애고 가슴을 자유롭게 펴도록 격려해 줄 뿐만 아니라 교양이 없는 속물로부터 지켜 준다. 좋은 책은 '숭고한 기쁨'과 '냉철한 인격'을 낳아 정신을 바르게 다듬고 온기를 불어넣는다.

네덜란드의 인문학자 에라스뮈스는 극단적인 의견을 내놨다.

"책은 필수품이고 옷은 사치품이다."

그는 책을 살 여유가 생길 때까지 옷을 사지 않았다. 그는 키케로의 작품을 가장 아꼈는데, 작품을 읽을 때마다 새로 태어난 듯하다고 말했다.

키케로의 《호르텐시우스》를 우연히 접한 성 아우구스티누스는 문란하게 보내던 생활을 청산하고 학문에 몰두했다. 후세 인들은 그를 '초기 기독교의 아버지'라고 부른다.

많은 사람의 사랑을 받은 청교도파 백스터는 죽어서 잃게 될 아까운 즐거움으로 독서와 학문을 꼽았다.

"죽을 때는 감각적인 즐거움뿐만 아니라 학문과 지식, 현명하고 믿음직한 사람들과 나누는 대화를 잃게 된다. 인간다운 기쁨, 책을 읽고 이야기를 듣는 즐거움과도 헤어져야 한다. 서재를 떠나야 하며 온갖 재미가 넘치는 책을 읽을 수 없게 된다."

6. 발로 뛰며 배운 지식이야말로 '참지식'

책을 읽어도 자기 스스로 판단하지 않고, 씌어 있는 정보만 그저 줄줄이 머릿속에 집어넣는 사람이 많다. 그렇게 하면 머릿속은 잡동사니를 두는 창고처럼 되어 버려, 지식이 필요할 때 정작 알맞은 정보를 바로 꺼낼 수 없다.

그대, 혹시 지은이의 이름만 보고 책을 골랐는가? 아무리 유명한 저자라고 해도 그가 써놓은 대로 그냥 받아들여서는 안 된다. 책을 읽을 때는 그 내용이 얼마나 정확한가, 글쓴이의 고찰이 얼마나 옳은가를 생각해야 한다.

하나의 역사적 사실에 관해서 조사할 때는 여러 권의 책을 읽고 정보를 종합하여 자신의 의견을 갖는 것이 좋다. '역사적 진실'에 다가서기가 쉽지 않기 때문이다.

영웅 카이사르가 살해당한 '진정한 이유'

역사책을 읽어 보면 역사적 사건의 동기나 원인이 기록되어 있는데 그것을 있는 그대로 믿어서는 안 된다. 그 사건에 관련된 인물의 사고방식이나 이해관계를 고려한 다음에 저자의 고찰이 옳은가, 그 밖에 가능성이 더 큰 동기는 없는지 자기 스스로 생각해 보는 일이 중요하다.

비굴한 동기나 사소한 계기가 있더라도 무시해서는 안 된다. 인간이란 복잡한 모순투성이가 아닌가. 감정은 격렬하게 변하기 쉽고, 의지는 나약하며, 마음은 몸의 건강상태에 따라서 달라진다.

요컨대 사람은 시시때때로 변한다. 아무리 훌륭한 사람이라도 시시한 데가 있고, 시시한 사람이라도 훌륭한 데가 있다.

쓸모없는 인간이라도 어딘가에 장점이 있어, 엉뚱하게 훌륭한 일을 할 때도 있는 것이다. 그러니 모든 가능성을 열어 두고 보잘것없는 것에도 관심을 기울여야 한다.

역사적 사건의 원인을 규명할 때 우리는 흔히 좀더 고상한 동기를 찾으려고 하는 경향이 있다. 역사학자들은 역사적 대사건뿐만 아니라 평범한 사건에까지 깊은 정치적 동기를 적용해 버린다. 우습지 않은가?

인간의 행동이 언제나 인간적으로 뛰어난 부분에 의해서 좌우되는 것은 아니다. 현명한 인간이 어리석은 일을 하는 경우도 있고 어리석은 인간이 현명한 일을 하는 경우도 있다. 모순된 감정을 가지고 있어, 카멜레온처럼 수시로 변하는 것이 인간이다. 그날의 몸상태와 정신상태에 따라 변하는 것이 인간인 것이다. 그런데도 가장 가능성이 많은 동기니까, 매듭짓기가 좋은 동기니까 하며 고상한 동기를 갖다 붙이려는 것은 잘못이다.

소화가 잘되는 음식을 먹고, 푹 자고, 맑게 개인 아침을 맞이했다는 이유만으로 영웅적인 활동을 하는 사나이가, 소화가 안 되는 음식을 먹고, 푹 자지 못하고, 게다가 아침에는 비가 왔다는 이유만으로 아주 쉽게 겁쟁이로 변해 버리는 일도 있는 것이다.

인간 행위의 진정한 이유는 아무리 규명하려고 해도 억측의 영역을 벗어나기는 어렵다. 기껏해야 이러저러한 사건이 있었다고 하는 것만이 우리가 알 수 있는 것이요, 안 듯한 기분이 될 수 있는 것이다.

카이사르는 23명의 음모로 살해되었다. 이것은 의심할 여지가 없다. 그런데 이 23명의 음모자들이 진정으로 자유를 사랑하고 로마를 사랑했기에 카이사르를 죽였는가? 그것만이 원인일까? 적어도 주요한 원인일까?

사건의 주모자인 브루투스조차도, 이를테면 자존심이나 시기심, 원한, 실망 같은 다른 여러 가지 사적인 동기가 얼마쯤 원인이 되지는 않았을까?

믿고 있는 진실을 다시 의심하라!

회의적이라는 의미에서 역사적 사실 자체도 의심스러운 경우가 곧잘 있다. 적어도 그 사실과 결부되어 있는 배경에 관해서는 거의 의심의 눈으로 보고 있다. 하루하루 자기가 경험하는 것을 생각해 보면 좋다. 역사라고 하는 것이 얼마나 신빙성이 희박한 것인지.

예를 들어 최근에 일어난 사건에 대해서 몇 사람이 증언할 때, 그들이 하는 말은 완전히 일치하는가?

그렇지 않을 것이다. 착각하고 있는 사람도 있고, 기억하지 못하는 사람도 있다. 자기 의견에 맞게 증언하는 사람이 있는가 하면, 마음이 변하여 사실을 왜곡시켜 말하는 사람도 있다. 게다가 서기도 반드시 공정하게 기록한다고 할 수 없다.

그러므로 역사학자라고 해서 공정하게 기록하는지 의심스럽다. 학자에 따라서는 자기 자신의 지론을 끝까지 전개하고 싶을지도 모르고, 빨리 그 장을 끝내고 싶을지도 모른다.

그러니 그대는 역사학자의 이름만으로 모든 것이 옳다고 생각하지 마라. 자기 스스로 분석하고, 스스로 판단할 일이다.

그렇다고 역사 따위는 공부할 필요가 없다는 뜻은 아니다. 누구나가 인정하는 역사적 사실은 분명 존재하며, 그러한 것들은 알아 두는 것이 좋다.

아무리 역사에 대해서 회의적이라 하더라도 그리스 로마 신화처럼 상식이 된 것들은 제대로 공부할 필요가 있다. 아니, 오히려 역사는 인간이 사회를 살아가는 데 있어 어떤 학문보다도 필요하다.

그렇다면 역사 공부는 어떻게 하는 게 좋을까? 먼저, 국가별로 간추린 역사책을 읽어 개요를 파악한다. 그와 곁들여 특히 중요한 사실, 이를테면 어디를 정복했다든가, 왕이 바뀌었다든가, 정치 형태가 달라졌다는 등 중요하다고 생각되는 것들을 뽑아낸다. 그리고 그 뽑아낸 사항들에 관해서 자세히 기록된 논문이나 책들을 읽고 철저히 공부한다. 그때는 스스로 깊이 통찰하는 것이 중요하다. 원인을 찾아내서 그것이 무엇을 일으켰는가를 생각해 보아라.

'지성'을 키우기 위한 독서법

사회는 한 권의 책과 같다. 지금 그대에게 권하고 싶은 것은 사회라는 책이다. 사회에서 얻어지는 지식은 이제까지 출판된 책 모두를 합친 지식보다 훨씬 많은 도움이 된다. 그러므로 훌륭한 사람들의 모임이 있을 때는 어떠한 좋은 책이라도 덮어 놓고 그 모임에 나가는 것이 좋다. 그러는 편이 몇 배나 큰 공부가 된다.

그렇지만 갖가지 일과 오락 등 떠들썩한 환경 속에서 살고 있는 우리라도, 하루의 생활 속에서 잠시 숨을 돌리는 자유로운 시간이 조금은 있는 법이다. 그러한 시간에는 책을 읽는 일이야말로 더할 나위 없는 안식이요, 기쁨이다.

그렇다면 자투리 시간을 살려서 충실하게 책을 읽으려면 어떻게 해야 할까? 그대에게 그 점에 관해서 몇 가지 요점을 들어 주고 싶다.

먼저 시시하고 따분한 책에 시간을 내주지 마라. 그러한 책은 태만한 저자가, 역시 게으르고 무식한 독자를 겨냥해서 쓰는 경우가 많다. 그런 책은 독에도 약에도 쓸모가 없으니 손대지 않는 게 좋다.

둘째, 책을 읽을 때는 목적을 하나로 집중시켜 그 목적을 이룰 때까지는 다른 분야의 책에 손대지 마라. 다양한 분야에 넘치는 호기심을 모조리 좇다가는 하나도 제대로 얻을 수 없다. 한 가지 주제에 몰두해라. 그렇다면 주제는 어떻게 좁혀 나가야 할까?

예를 들어 현대사가 주제라면 특히 중요하고 흥미를 끄는 시대를 몇 개 뽑아내서 그것을 순서대로 익혀 가는 방법이 좋다.

베스트팔렌조약에 초점을 맞추었다고 하자. 그렇다면 그 조약에 관한 책 말고는 절대 손을 대지 말고 신뢰할 수 있는 역사책이나 문서, 회고록, 문헌 등을 차례대로 읽으며 비교하는 것이 좋다.

이런 연구에 많은 시간을 투자하란 말이 아니다. 좀더 시간을 보람되고 효과 있게 쓰란 뜻이다. 한꺼번에 여러 주제를 추구하기보다는 단순화시켜서 체계적으로 접근하는 편이 훨씬 능률적이다.

여러 가지 책을 읽다 보면 내용이 상반되거나 모순되는 일도 있다. 그럴 때는 다음 책을 찾아보면 좋다. 옆길로 벗어날까 걱정 마라. 그렇게 함으로써 오히려 기억이 선명해진다.

이따금 무엇인가에 관해서 책을 읽는데 도무지 머릿속에 들어오지 않을 때가 있다. 그러면 책을 덮고 같은 책을 읽은 사람을 찾아라. 그들과 이야기를 나누다 보면, 혼자서 책을 읽으면서 입체적으로 파악하지 못했던 일들이 술술 머릿속에 들어오는 놀라운 경험을 할 것이다. 그렇게 해서 얻은 지식은 완벽히 내 것이 된다. 여간해서 잊어버리지 않는다. 사건 등이 일어난 현장에 가서, 직접 이야기를 듣고 오는 것도 그런 뜻에서는 바람직한 일이다.

책을 읽는 방법에 대해서 다시 한 번 몇 가지 항목으로 간추려 보겠다.

1. 이제 막 사회에 한 걸음을 내디딘 그대, 책을 많이 읽을 필요는 없다. 그보다는 여러 계층의 사람들과 이야기를 나눔으로써 정보를 수집하는 것이 좋다.

2. 이롭지 못한 책은 절대 읽지 마라.

3. 한 가지 주제로 좁혀서 그에 관련된 책을 읽어라.

지금까지 말한 것을 지키면 하루에 30분의 독서로 충분하다.

여행을 떠나면 '호기심 덩어리'가 되어라!

젊은이들은 경솔하기 쉽고 주의가 산만하며, 무엇에나 무관심해서, '보아도 보이지 않고 들어도 들리지 않는' 경우가 많다. 수박 겉핥기로만 보거나 쇠귀에 경 읽기로만 듣는다면 차라리 보지도 듣지도 않는 편이 낫지 않겠는가.

여행을 해도 목적지를 여기저기 옮겨 다닐 뿐이다. 다음 목적지까지 얼마나 떨어져 있는지, 다음 숙소는 어디인지 등에만 정신이 팔려 출발했을 때와 돌아왔을 때가 별반 다르지 않다. 여행을 하고 와도 발품만 팔았을 뿐 빈손 그대로인 셈이다.

자신의 '가치'를 키워 나가기

여행지 곳곳에서 교회의 첨탑이나 시계나 으리으리한 저택을 보고서 크게 떠들어댈 뿐이라면, 얻는 것은 하나도 없는 것이나 다름없다. 그 정도라면 아무 데도 가지 말고 집에 있는 편이 낫다.

어디를 가든지 그 고장의 정세나 다른 고장과의 관계, 약점, 교역, 특산물, 정치 형태, 헌법 등을 똑똑히 관찰하는 사람이 있다. 그 고장의 훌륭한 사람들과 사귀거나, 그 지역만의 독특한 예의범절이나 인간성을 잘 파악하는 것이다. 여행이 득이 되는 것은 이런 사람들이다. 그리고 그런 사람들은 한 뼘 더 성숙해져서 돌아온다.

그대는 오늘 로마로 여행을 떠난다. 자, 무엇을 준비해야 할까?

로마는 인간의 감정이 갖가지 모양으로 생생하게 표현되어 그것이 훌륭하게 예술로 결집되어 있는 도시이다. 그러므로 로마에 머무르는 동안 국회의사당이나 바티칸 궁전이나 판테온을 구경하는 것만으로 만족해서는 안 된다.

1분간의 훌륭한 관광을 위해서라도 열흘 간의 수고를 아끼지 마라. 먼저 온갖 정보를 꼼꼼히 수집해라. 로마 제국의 본질, 교황 권력의 성쇠, 궁정의 정책, 추기경의 책략, 교황 선출을 둘러싼 뒷이야기 등등, 절대적인 힘을 자랑했던 로마 제국의 내면적인 것이라면 무엇이든 좋다. 무엇에든지 깊이 파고들어 가 볼 일이다.

새로운 문화를 과감하게 보고 듣고 만져 보아라. 몸에 익힌 외국에 대한 정보가 그대를 더욱 돋보이게 하리라. 나아가 앞날에 그대가 헤쳐 나갈 인생길에 든든한 무기가 될 터이다.

삭막한 세상에 '가족적'이란 말처럼 정다운 것이 없다. 타인
들끼리지만 형이요, 아우요, 어머니요, 아들이라면 그보다 더
따뜻하고 아름다운 일이 어디 있겠는가? 잘못이 있어도, 서운
한 일이 있어도, 한 울타리 안에서 한 핏줄기를 나눈 가족끼리
는 모든 것이 애정의 이름으로 용서된다. 즐거운 일이 있으면
같이 즐기고 슬픈 일이 있으면 같이 슬픔을 나누는 것이 가족
의 '모랄'이다.

Part 11
처음처럼 '열정'을 쏟아라. 길이 열린다
구름 뒤에 숨어 있는 빛나는 태양을 보는 방법

1. 모든 것에는 두 가지 면이 있다

밝은 태양 아래 어두운 그림자가 생기듯 우리 인생에는 동전처럼 양면이 있다. 그대가 어떤 일에 부딪쳤을 때 밝은 면을 볼지, 어두운 면을 볼지는 그대의 선택에 달려 있다.

이를테면 일하다 실수했을 때, "두 번 다시 같은 실수를 되풀이하지 않도록 하자" 다짐하며 용감하게 맞서는 사람은 그 실패에서도 가르침을 얻을 것이다.

반면에 마치 인생이 끝난 듯한 얼굴로 낙심한 사람은 눈앞의 피해에만 마음을 빼앗겨 어떤 교훈도 얻을 수 없을 것이다.

같은 일에서도 생각과 행동에 따라 그 차이는 실로 엄청나다. 멋진 '삶'을 선택하는 것은 오롯이 그대의 의지이다.

위대한 신학자이자 《존재하려는 용기》의 저자인 폴 틸리히는 일상생활에서의 용기란 무엇인지에 대해 이렇게 말했다.

"진정한 용기란, 우리 인간과 늘 공존하는 고통과 역경에도 인생을 긍정적으로 볼 줄 아는 것이다. 우리가 인생과 우리 자신에 대하여 궁극적인 의미를 찾으려면, 매일매일 용기가 필요하다. 그러나 그렇게 할 수 있을 때에야 비로소 인생을 보다 완전하게 받아들일 뿐 아니라 완전하게 살 수 있다. 인생을 사랑하는 힘이야말로 최상의 용기니까."

인생은 거울처럼 그대가 선택하는 대로 모습이 바뀐다

세상은 자신이 선택한 대로 모습이 바뀐다. 밝은 성격으로 당당히 세상으로 나간 사람들은 늘 자신의 삶에 만족한다. 반면에 늘 안절부절못하고 불안해하는 사람은 걱정에 휩쓸리기 쉬워 마음의 평화를 얻을 수 없다.

정신적으로 신경이 곤두서면 그것이 주위에도 전해져 주변 사람들이 떠나게 된다. 고독한 세계에서는 행복도 고통으로 바뀌고, 인생은 '가시밭길을 맨발로 걸어가는 험난한 여행'이 된다.

"때로는 작은 불행이 눈에 들어온 벌레처럼 엄청난 고통을 주고, 머리카락 한 올이 거대한 기계를 멈추게 하는 일도 있다. 만족을 얻기 위해서는 사소한 일에 끙끙대지 말아야 한다. 작은 기쁨에서 싹을 키워 가는 것이다. 큰 기쁨을 얻으려면 그만큼 오랜 시간이 걸린다."

폭넓게 친구들을 사귀던 정치가 리차드 샤프의 말이다.

마음에서 먼저 불행을 만들어 내면 아무것도 극복할 수 없다. 불행을 짊어지면 언젠가는 그 무게에 무너진다. 불행을 만나면 희망을 버리지 않고 용감하게 이겨 내야 한다. 나쁜 생각을 피하고 좋은 생각을 하다 보면 누구에게라도 행복한 삶이 찾아올 것이다.

처음처럼 '열정'을 쏟아라. 길이 열린다

사소한 일을 필요 이상으로 심각하게 생각하는 사람들에게 페르세우스는 이렇게 충고한다.

"희망과 자신감을 잃지 말고 앞으로 나아가라. 이것은 인생의 무거운 짐이나 고통을 충분히 맛본 노인의 충고다. 어떤 일이 있어도 우리는 앞을 바라보고 맞서야 한다. 여러 가지 색의 삶에 긍정적으로 몸을 맡겨라. 살아갈 힘이 생길 것이다."

행복이 '행복을 부르는' 긍정적 생각

사람들은 한쪽만 보는 습관이 있다. 언제나 선한 것과 복된 것, 아름다운 것만 보고, 기뻐하고 즐거워하고 사랑하는 사람들이 있다. 또 다른 사람들은 언제나 악한 것과 불길한 것, 지저분한 것만 보며, 늘 화내고 슬퍼하고 증오한다.

어떻게 생각하는 사람이 되는가에 따라 같은 것을 만나더라도 행복과 불행의 차이가 확실히 나타난다. 이렇게 말하는 사람까지 있을 정도다.

"좋은 면만 보는 습관을 가진 사람은 1천 파운드를 매년 버는 사람보다 가치가 있다."

어떤 사람이 되는가는 타고나는 것일지도 모른다. 그러나 무엇이든 긍정적으로 바라보는 습관을 기르면 누구나 기쁨과 즐거움, 애정을 느낄 수 있다. 다른 습관과 마찬가지로 좋은 면만 보는 습관도 의지력으로 만들 수 있다.

아무리 지식이 풍부하고 지혜가 뛰어나더라도 이 습관이 없으면 행복해질 수 없다. 긍정적 생각이야말로 몸에 익혀야 하는 습관 중에서도 가장 중요한 것이다.

낙천적인 사람들은 아무리 하늘이 어두워도 구름 틈 사이로

새어 나오는 빛을 찾는다.

그들의 눈동자는 늘 기쁨과 만족감, 쾌활함과 신념, 지식 등으로 반짝반짝 빛난다. 마음에는 태양이 비추고, 보는 것 전부를 저마다의 색깔로 아름답게 꾸민다. 그러니 어찌 행복하지 않겠는가.

그들은 견뎌야만 하는 삶의 무게도 기쁘게 등에 짊어진다. 마치 길가에 핀 사랑스러운 꽃을 따면서 용감하게 전쟁터로 나아가는 것과 같다. 불평하거나 끙끙거리며 고민해도 소용없다는 것을 아는 까닭에 슬퍼하거나 한탄하지 않는 것이다.

그대, 밝은 면만을 보려고 노력해라. 온통 낮게 낀 구름에 가려진 금빛 찬란한 햇빛을 놓치지 않도록 눈을 똑똑히 떠라.

밝은 눈동자를 가진 이들은 인생을 아름답고 기쁘게 한다. 차가운 마음을 따뜻하게 데워 주고, 고민하는 자를 위로하며, 무지한 사람에게는 올바른 지식을, 슬픈 사람에게는 용기를 준다. 지성을 밝게 비추고, 아름다운 것을 더욱 아름답게 만든다.

그 따스한 빛이 없다면 우리가 인생에서 무엇을 느끼겠는가? 꽃은 보람도 없이 피고, 모든 것이 생명도 혼도 없이 빈 껍데기만 남을 것이다.

'웃는 얼굴'은 하늘과도 통한다

성경에는 이런 구절이 있다.

"마음이 즐거우면 앓던 병도 낫고, 속에 걱정이 있으면 뼈도 마른다."

사람은, 희망을 품고 자신의 일을 착실히 한 다음 침착하게 성공을 기다려야 한다. 그러면서 늘 명랑함을 잃지 말아야 한다. 침울한 마음으로는 앞으로 나아갈 수 없다. 밝고 즐거운 마음가짐이 성공을 위한 가장 좋은 에너지이기 때문이다. 한 주교가 이런 말을 했다.

"하늘과 통하는 가르침의 9할은 밝고 즐거운 마음에 있다."

사람의 성공도 9할은 명랑함과 성실함에서 비롯된다. 밝고 즐거운 마음으로 노력하면 행운의 여신이 다가와 성공으로 이끌어 줄 것이다.

밝고 즐거운 마음은 사사로운 욕심 없이 활기차게 일할 때 생겨난다. 그리고 그 명랑함에서 자신감과 활력도 태어난다. 곰곰이 생각해 보면 밝고 즐거운 마음에 성공이 달려 있음을 이해할 수 있을 것이다.

주교 시드니 스미스는 요크셔의 포스턴이란 외진 시골마을 교회로 가게 되었다. 좌천이나 다름없는 발령이라 마음이 썩 좋지 않았지만 긍정적으로 일하기로 다짐했다.

"나는 나 자신이 이 일을 좋아하고 즐기도록 애썼다. 자신의 처지에 불만을 갖는다거나, 내가 지닌 힘을 과시하지 못한다고 하여 옳지 못한 생각과 원한을 품는다면 진정으로 강한 사람이 될 수 없다."

신학자 후크도 리즈 지방을 떠나 새로운 일터로 갈 때 말했다.

"나는 어느 땅에서 살든 하늘의 목소리에 귀 기울여 내 임무를 찾고, 거기에 온 힘을 쏟고 싶다. 만일 주어진 일이 없다면 스스로 만들어 낼 것이다."

휴식보다 효과 있는 '마음의 강장제'

밝은 성격은 삶에 기쁨을 가져다주며, 마음이 다치는 것을 막아 준다.

"유혹에 넘어가지 않으려면 어떻게 하면 좋을까?"

누군가 묻자 한 작가가 이렇게 대답했다.

"첫째도 밝은 성격, 둘째도 밝은 성격, 셋째도 밝은 성격을 가지면 된다."

'명랑함'은 인간의 가장 든든한 밑바탕이다. 밝은 마음과 탄력 있는 정신을 준다. 인간애를 만들고, 인내심을 기르며, 지혜의 샘이 된다.

18세기의 의사 마셜 홀은 환자들에게 이런 말을 했다.

"세상에서 가장 효과가 있는 강장제는 늘 밝은 마음을 갖는 것입니다."

고대 이스라엘의 솔로몬 왕은 이렇게 말했다.

"밝은 마음은 약처럼 인간에게 효과가 있다."

성격이 밝으면 마음은 늘 활짝 개고, 영혼은 멋진 가락을 노래한다.

밝은 성격은 휴식과도 닮았다. 지친 삶에 다시 활력을 준다. 늘 괴로워하고 불만스러우면 기력이 약해져 몸도 마음도 쉽게 지친다.

19세기를 대표하는 정치가 팔머스톤은 날마다 일을 했다. 그가 세상을 떠날 때까지 정력적으로 일할 수 있었던 까닭은 늘 침착하고 냉정했으며 밝은 성격을 잃지 않았기 때문이다. 그는 평소 '인내하는 습관'과 '타인의 도발에 말려들지 않는 습관', '태도를 바꾸지 않고 참는 습관', '중상이나 비난을 들어도 화내지 않고 괴로워하지 않으며 자신을 나무라지 않고 좁은 소견을 갖지 않도록 애쓰는 습관' 등을 자연스럽게 몸에 익혔다.

20년 가까이, 팔머스톤과 친분이 두터웠던 사람이 말하길 그가 화낸 것을 한 번도 보지 못했다고 한다.

처음처럼 '열정'을 쏟아라. 길이 열린다

2. 신경질적이고 쌀쌀맞은 '선생님'의 가르침

가난과 고난은 신경질적이고 냉정한 교사와 비슷하다. 비록 달콤한 잠에 취한 그대에게 찬물을 끼얹었더라도 시간이 흘러 되돌아보면 그만큼 내게 도움을 준 스승도 없다. 재난이 닥쳤을 때 사람들은 겁이 나서 도망간다. 그러나 용기를 내서 싸운다면 그대는 인생에서 가장 귀한 경험을 얻을 것이다.

스코틀랜드의 국민시인 로버트 번스의 시를 보자.

죽음마저 각오해야 할 부조리한 일이 나를 덮치네.
왜 이런 불행이 나를 덮치는 걸까?
그것은 참으로 힘든 시련.
그러나 지혜도 능력도 이 시련에서 생겨나지.
다른 곳에서는 얻을 수 없는 지혜와 능력이.

가난이나 재난은 사람의 지혜와 능력을 끌어내고 살고자 하는 투지를 불러일으킨다. 우리는 쓸모 있는 재능과 힘을 저마다 자기 안에 품고 있다. 가난이나 재난에 부딪쳤을 때 그 재능은 겉으로 드러난다. 마치 향초를 으깨면 좋은 향기가 나듯이.

불행은 언제나 인간을 강하게 단련시키고 스스로 지킬 힘을 길러 주는 좋은 교사다. 반대로 행운은 인간을 타락시킨다. 북풍과 태양이라는 우화를 떠올려 보자. 강한 바람이 외투를 날려 버리려고 해도 어지간히 약한 사람이 아니면 외투를 꼭 붙들고 놓치지 않는다. 그런데 따스한 햇살을 받으면 사람들은 쉽게 외투를 벗어 버린다.

같은 맥락에서 유복한 사람은 가난한 사람보다 훨씬 더 노력해야 자기계발을 할 수 있다. 방탕한 생활을 하면서 훌륭한 인격을 닦는 사람은 드물다. 그들은 대체로 교만하고 천박한 사람이 되기 쉽다.

철학자이자 정치가인 에드먼드 버크는 이런 말을 남겼다.

"고난은 하늘이 그대에게 내려 준 엄한 교사다. 하늘은 부모님처럼 그대를 보살피고 그대보다도 더 그대를 잘 알며 그대보다도 더 그대를 사랑한다. 그래서 고난이라는 교사를 그대 곁에 붙여 놓는다. 고난에 부딪치는 가운데 그대의 마음은 강해지고 경험은 풍부해질 것이다."

'인간사 새옹지마'라고 하지 않던가. 인생의 길흉화복은 변화가 많아서 예측하기 어렵다. 《회남자(淮南子)》 인간훈(人間訓)에 나오는 새옹 이야기처럼.

국경 근방에 점을 잘 치는 노인이 살고 있었다. 하루는 그가 기르는 말이 집을 나갔다. 그는 크게 낙심했는데, 몇 달 뒤 집을 나갔던 말이 좋은 말을 한 필 끌고 돌아왔다. 그런데 노인의 아들이 그 말을 타다 그만 떨어져 절름발이가 되었다. 마을 사람들이 위로하자 늙은이는 "그것이 혹시 복이 될는지 누가 알겠소" 대답하고 태연히 자기 일을 했다. 1년이 지난 어느 날 오랑캐가 쳐들어왔고, 마을 젊은이들은 싸움터에 나가 모두 전사했는데 노인의 아들만은 절름발이라서 무사할 수 있었다.

이렇게 한 치 앞을 볼 수 없는 게 인생이다. 불행이 행운으로, 행운이 불행으로 바뀔 수도 있다. 그러니 힘들다 불평만 하지 말고 그 안에서 자신의 보석 같은 가치를 갈고닦자.

괴롭다는 말은 청춘이 아닌 늙은이의 탄식일 뿐이다

인생은 살벌한 전쟁이다. 싸우지 않고 승리를 거둘 수 없다. 싸우지 않고 승리한들 스스로 자랑스러워할 수 있을까. 고난이 닥쳤을 때 나약한 사람은 놀라서 겁먹지만, 용감한 사람은 더욱 분발하여 힘을 낸다.

우리 앞길에는 반드시 장애물이 나타난다. 그러나 꾸준한 노력, 근면과 열의, 물러서지 않고 당당히 맞설 용기가 있다면 눈앞에 가로놓인 벽을 뛰어넘을 수 있다. 어떤 재난도 극복할 수 있다.

고난이란 국가적으로나 개인적으로나 내면을 단련시켜 주는 가장 좋은 학교다. 커다란 사업의 성공 신화는 곧 커다란 고난을 이겨 낸 역사의 기록이다.

인간은 고난과 마주하면 그 불행을 행복으로 바꾸며 전화위복을 꾀하는 법이다.

고난과 맞서 싸운다는 것은 부지런히 연습하여 기술을 갈고 닦으며 더 나아가 용기를 내는 일이다. 말을 타고 산꼭대기까지 경주하는 것과 마찬가지다. 처음에는 말에 몸을 얹고 산에 오르기 힘들 것이다. 그러나 하다 보면 점점 익숙해진다. 다만 남들과 겨루다 떨어지지 않도록 정신을 바짝 차려야 한다. 오직 용기 있는 자만이 정상에 오를 수 있다.

그렇다고 지레 겁먹지 마라. 인간은 경험을 통해 많은 것을 배운다. 우리는 고난의 성질과 특징을 잘 파악해 그것을 이겨 낼 수 있다. 고난은 마치 잎과 줄기에 가시털이 난 쐐기풀과도 같다. 조심조심 만지면 가시에 찔리지만 용기를 내서 꽉 쥐면 비단실처럼 부드럽게 손에 잡힌다. 이처럼 어떤 고난이라도 극복할 길은 분명히 있다.

일을 할 땐 반드시 해낼 수 있다고 굳게 믿는 것이 제일 중요하다. 그대가 그렇게 확신한다면 고난이 오히려 겁을 먹고

줄행랑을 칠 것이다. 무슨 일이든 해보지 않으면 모른다. 그런데도 무기력한 젊은이들은 자기 능력을 믿지 못하고 망설이기만 한다. 이래서야 뭐가 되겠는가. 단지 마음속으로 바라기만 해서는 아무것도 해낼 수 없다. 뭔가를 해내고 싶다면 결심을 굳히고 직접 해봐야 한다.

백 마디 말보다 한 번의 행동이 더 낫다. 머뭇거리지 말고 행동하라. 해낼 수 있을지 없을지 의심하는 것은 스스로 자기 한계를 정하여 의욕을 떨어뜨릴 뿐이다.

린드허스트가 말했다.

"괴로움 저편에 귀한 것이 있다."

무릇 인간이 학습하고 익히는 것은 모두 다 괴로운 고민을 이겨 낸 끝에 얻는 것이다. 아무리 어려워 보이는 일일지라도 적극적으로 달려들어 반복하면 점점 쉬워진다는 사실을 기억하자. 그렇게 해서 일단 손에 넣은 결과물은 다른 것을 습득하는 데 도움이 된다.

공부할 때도 그렇다. 과목 하나하나를 되풀이해서 익히면 학습 능력이 높아지고 의욕이 솟구쳐서 큰 효과가 나타난다.

한 우물을 깊이 파면 다른 우물도 쉽게 팔 수 있다. 그리고 그 범위가 점점 넓어진다. 멋지게 살고 싶다면 고난을 극복하고 뭔가를 배워서 자기 것으로 만드는 일에 온 힘을 쏟아라.

달랑베르는 수학을 못하겠다고 푸념하는 한 학생에게 이렇게 충고했다.

"노력하렴. 게으름 피우지 않고 노력하면 언젠가 반드시 자신감도 실력도 붙을 거야."

처음처럼 '열정'을 쏟아라. 길이 열린다

스스로 '최고의 행복'을 부르는 생활태도

불행은 언젠가 회복될 수 있는, 자신을 단련할 드문 기회이다. 어떤 사람에게는 재능을 발휘하기 위해 꼭 필요한 수단이 되는 경우도 있다.

셰리는 시인에 대해 이렇게 말했다.

"시인들은 불행이 닥치면 반드시 시를 쓰려고 한다. 고통은 그들에게 시를 쓰는 방법을 가르쳐 준다."

바이런이 행복한 결혼생활을 하며 높은 지위에 오르는 순조로운 인생을 살았다면 훌륭한 시가 탄생할 수 있었을까?

가슴이 찢어지는 슬픔도 때로는 냉정함을 일깨운다.

슈바이처 박사는 인생에 대해 다음과 같이 말했다.

"우리가 인생을 소중하게 여길수록 인생은 더 풍부해지고 아름다워지며 행복해진다. 그렇게 되면 우리는 인생을 그저 단순하게 사는 것이 아니라 제대로 경험할 수 있다."

장애 덕분에 여기까지 올 수 있었다

위대한 사람들은 극심한 어려움을 이겨 내고 유익하고 훌륭한 업적을 남겼다. 불행에서 벗어나기 위해 일하고, 그 의무감으로 사사로운 슬픔을 극복했다.

평생 건강이 나빠 자주 은거해야 했던 다윈이 말했다.

"몸이 약하지 않았더라면 그토록 커다란 일을 할 수 없었을 것이다."

실러는 고문이라는 육체적 고통을 겪을 때 수많은 위대한 비극을 썼다.

죽음을 코앞에 둔 헨델은 손발이 마비되어 절망감과 고통에 괴로워하면서도 책상에 앉아, 그의 이름을 영원히 알린 명곡을 수없이 작곡했다.

모차르트는 막대한 빚을 지고 중병과 싸우면서 〈레퀴엠〉 마지막 장과 오페라를 작곡했다.

슈베르트는 가난에 시달리면서 32년이라는 짧지만 빛나는 생애를 마쳤다. 그가 남긴 유산이라곤 옷가지와 은화 한 줌, 자신이 작곡한 악보뿐이었다.

다른 모습을 한 '행복'을 놓치지 말라!

재앙은 다른 모습을 한 행복이다. 그것을 얼마나 잘 살리느냐에 따라 그 몇 배에 해당하는 행복을 얻을 수 있다.

페르시아의 현자가 말했다.

"어둠을 두려워 마라. 생명의 샘이 숨어 있을지도 모른다."

경험은 쓰디쓰지만 유익하다. 경험을 통해서만 고뇌와 강인함을 배운다. 인격은 시련으로 단련되며, 괴로움을 통해 완성된다.

끝까지 참아 내고 깊이 생각하면 헤아릴 수 없는 슬픔에서도 풍부한 지혜를 얻을 수 있다. 제레미 테일러가 말했다.

"슬픈 일이나 재앙을 자기 자신이 성장하기 위한 시련이라고 생각하라. 그것은 우리의 마음을 단련시키고, 절제력을 길러 주며, 경솔한 태도를 경계하고, 죄를 저지르지 않게 한다. 우리는 불행을 통해 덕을 더욱 높이고, 지혜를 배우며, 인내심을 기른다.

역경을 만나지 못한 사람만큼 불행한 사람은 없다. 인격을 다질 기회를 얻지 못하기 때문이다. 덕성 넘치는 행동이야말로 승리의 월계관을 쓰기에 적합하다."

처음처럼 '열정'을 쏟아라. 길이 열린다

가장 큰 행복은 '엉킨 실타래'와 같다

부자가 되거나 성공했다고 모두 행복해질 수는 없다. 평생 실패를 거듭하면서도 진정한 기쁨을 발견한 사람은 많이 있다.

건강, 명성, 만족스러운 생활을 모두 누렸던 괴테만큼 행복한 사람은 없을 거라고 우리는 생각한다. 그러나 인생에서 진정한 즐거움을 맛본 시기는 고작 5주일뿐이었다고 그는 고백했다.

사라센 제국의 온갖 영화로움을 누린 압델 라만 3세도 50년에 걸친 재위 기간 동안 진심으로 행복했다고 느낀 날은 40일 정도였다고 회고했다.

이런 이야기를 들으면 행복만 좇는 인생이 얼마나 허무한지 알 수 있을 것이다.

태양이 쨍쨍 내리쬐어 그림자 없는 일생, 행복만 있고 불행은 없는 일생, 즐거움만 있고 고통은 없는 일생. 그것은 인간의 삶이라 부를 수 없다.

가장 큰 행복이란 엉킨 실타래와 같다. 행복은 슬픔과 기쁨의 조합이다. 슬픔이 있기에 기쁨이 더 크게 느껴지는 것이다. 불행의 끝에는 행복이 있고, 우리를 슬프게 한 것은 더 큰 기쁨으로 다가온다.

죽음 자체도 인생을 더욱 아름답게 해준다. 죽음이 우리를 더욱 긴밀하게 결속시켜 주기 때문이다. 인간의 행복에 죽음이 빠질 수 없는 조건이라고 역설하는 사람도 있다.

친한 사람이 죽으면 우리는 그저 멍하니 온몸으로 슬픔을 느낀다. 눈물로 가득 찬 눈에는 아무것도 비치지 않지만, 시간이 지나면 슬픔을 경험한 적 없는 사람들의 눈보다 사물을 더 확실하게 보게 된다.

지혜로운 사람은 인생에 지나치게 많은 기대를 걸어서는 안된다는 진리를 차츰 배워 간다. 행복을 좇아 착실히 노력하면 실패를 대비하는 마음도 생길 것이다.

인생의 기쁨을 마음으로 맛보는 동시에 한편으로는 괴로움을 참을성 있게 받아들여야 한다. 우는소리나 불평을 해도 아무런 도움이 되지 않는다. 명랑함을 잃지 말고 묵묵히 할 일을 계속하는 것이 무엇보다 중요하다. 슬기로운 사람은 주위 사람들에게 큰 기대를 하지 않는다. 다른 사람은 내 생각대로 움직여 주지 않는다. 그들과 잘 지내려면 인내심이 필요하다. 제아무리 훌륭한 사람이라도 작은 결점은 있다. 그것을 눈감아 주고, 배려와 연민을 가져야 한다.

'인간의 됨됨이는 어느 정도까지 타고나고, 어느 정도까지 환경에 좌우될까? 자라온 가정환경, 부모에게서 물려받은 기질, 눈앞에 있는 본보기가 인격에 얼마나 영향을 끼칠까?'

이런 것을 생각하면 주위 사람들을 너그럽게 대하고, 웬만한 결점은 눈감아 줄 수 있게 될 것이다.

3. 삶을 '올바로' 즐기기

세계를 자신의 것으로 만든 위대한 인물은 늘 밝다. 인기나 재산, 권력을 바라지 않고, 지금 상황에 만족하며, 인생을 즐기고 기쁨을 소중히 여긴다.

바쁘게 일하고, 모든 일에 감사하므로 늘 밝고 행복한 것이다.

시련이나 고민을 잘 처리하는 유연한 마음을

"인생은 가까이서 보면 비극이지만 멀리 떨어져서 보면 희극이다."

콧수염과 실크해트, 지팡이 등을 이용한 거지 신사의 분장과 연기로 세계적 인기를 얻은 희극배우이자 영화감독 찰리 채플린. 그는 많은 시련과 고난을 겪었음에도 성격이 밝고 유연했다.

영국 런던에서 뮤직홀 배우의 아들로 태어난 채플린은 부모의 이혼으로 어머니가 아플 때마다 고아 신세가 되어야 했다. 지독한 가난 탓에 매 끼니를 걱정했고 거리에서 잠을 자기도 했다. 그러나 그에게는 불행을 극복할 만한 특별한 무기가 있었다. 바로 연기력이었다. 열 살 때 극단에 들어간 그는 타고난 재능을 인정받아 열일곱 살 무렵 영국 최고의 인기 희극극단 프레드카노극단 단원이 되었다. 거기서 춤과 노래, 어릿광대, 무언극 등 희극배우로서의 재질을 키우기 위한 수업을 받았다.

1912년 카노극단이 미국순회공연을 할 때 할리우드에 초청을 받았던 채플린은 그 뒤로 미국에 머물렀다. 1914년 그의 첫 영화가 개봉되었고, 그 뒤 수십 편의 단편영화를 직접 쓰고, 감독과 주연을 겸해 제작했다. 런던에서 탄탄한 연기력을 인정받았던 희극배우가 미국 영화계에 진출해서 자신만의 부랑자 캐릭터로 큰 성공을 거둔 것이다.

채플린이 계급과 시대와 국적을 뛰어넘어 사랑을 받을 수 있었던 까닭은 약한 자, 가난한 자, 소외된 자를 바라보는 그의 따뜻한 시선과 위선에 얽매여 있는 가진 자에 대한 날카로운 풍자정신 때문이다.

영화계에서 성공했음에도 채플린의 개인적인 삶은 결코 순탄치 않았다. 그는 네 번이나 결혼했으며, 미국 보수세력에게서 공산주의자로 몰려 강제추방 당하기도 했다.

그렇지만 채플린은 특유의 웃음으로 가혹한 운명과 싸우면서 늘 밝은 마음과 용기를 잃지 않았다. 그 결과, 그는 마침내 미국 영화아카데미로부터 여러 해 동안의 공로를 인정받아 아카데미 특별상을, 영국 엘리자베스 여왕으로부터는 기사 작위를 받았다.

채플린은 단순히 웃기기만 할 뿐 아니라, 웃는 이의 마음에 깊은 감동을 전했다. 자신의 경험을 바탕으로 '눈물 머금은 웃음'을 자아내는 독특한 희극적 드라마를 탄생시킨 것이다.

그대가 웃으면 세상도 함께 웃는다

18세기 정치가 체스터필드에 의하면, 우리는 나이가 들면서 인간이 되어 가고 성격도 점점 원만해진다고 한다. 그는 사람의 인간성을 긍정적으로 본 것이다.

반면에 어떤 사람들은 인간성을 냉소적으로 바라본다.

"나이를 먹으면 사람의 마음은 나아지기는커녕 완고해질 뿐이다."

저마다의 말에 진리가 있다. 인생은 기질과 습관에 지배되기 때문이다.

긍정적인 사람이라면 경험을 바탕으로 자제심을 기르고 자기를 단련해서 더욱 성장할 것이다. 반면에 모든 일을 부정적으로 바라보는 사람은 아무리 경험을 쌓아도 별 수확 없이 성격만 괴팍해지리라. 스코틀랜드의 작가 월터 스콧은 사람들을 만날 때마다 이렇게 말했다.

"밝게 웃어 줘."

스콧 자신이 언제나 너그럽고 솔직하게 웃었다. 누구를 만나도 친절한 말을 하고, 따뜻한 배려가 화수분처럼 넘쳤다. 위대한 명성에서 연상되기 쉬운 위압감이나 서먹함 따위는 전혀 없었다.

작가 워싱턴 어빙에 대해 멜로즈 수도원에서 일하고 있는 관리인이 이런 말을 했다.

"어빙 씨는 이따금 동료들을 많이 데리고 오셨습니다. 언제나 '조니, 조니 바우어!' 내 이름을 불러서 바로 알았죠. 내가 나가면 꼭 농담이나 즐거운 이야기를 했습니다. 마치 오랜 세월 부부로 살아온 아내처럼 내 옆에 서서 말하거나 웃거나 했습니다."

평론가 시드니 스미스는 '밝은 성격'의 본보기 그 자체였다.

그는 지방에서 부목사로 있을 때도, 교구의 사제를 맡고 있을 때도 늘 남을 배려하며, 근면하고 인내하는 모범적인 생활을 했다. 인정 넘치는 그의 친절한 행동을 보고 모두 그를 신사라 칭했다.

스미스는 여유가 있을 때마다 펜을 들고 정의·자유·교육·관용·해방 등을 옹호하는 논문을 썼다. 그의 작품에는 상식과 밝은 유머가 곳곳에 담겨 있었다. 그는 인기나 손익을 따지지 않고 자신의 생각을 곧게 펼쳤다. 타고난 쾌활함과 끈기 덕분에 건강한 정신을 평생 잃지 않은 그는 나이가 들어 몸이 아프자 친구들에게 이런 농담을 던졌다.

"통풍, 천식을 비롯해 일곱 가지 병에 걸렸지만, 그 밖에는 다 건강해."

한평생을 현역에서 일한 강인한 천재들

갈릴레이, 데카르트, 뉴턴, 에디슨, 아인슈타인. 위대한 업적을 남긴 많은 과학자들은 모두 끈기 있고 밝은 성격이었다.

수학자 오일러는 만년에 시력을 완전히 잃었지만, 그래도 밝았다. 불굴의 정신으로 기억을 되살리며 집필에 힘썼다. 손자들과도 즐겁게 시간을 보내며 연구 틈틈이 손자들의 공부를 봐주었다.

《브리태니커 백과사전》의 초대 편집장인 에든버러 대학의 로빈슨 교수도 통증을 동반한 오랜 병 때문에 더 이상 일할 수 없자 손자들과 지내면서 쉬게 되었다. 그는 제임스 와트에게 이런 편지를 보냈다.

"손자들의 작은 영혼이 자라고, 지금까지 내가 알아채지 못했던 수많은 본능이 깨어나는 모습을 관찰하는 즐거움은 이루 말할 수 없네. 어색한 움직임, 변덕스러운 장난 하나하나가 기적이지. 내가 손자들에게 관심을 기울일 수 있도록 나를 병들게 한 프랑스 이론가들에게 감사하다네. 내게 있었던 모든 일이, 아이들의 생명을 지키고 그들이 올바르게 성장하도록 가르치는 데 큰 힘이 된다네. 다만 손자들의 유년기와 유년기의 능력 개발을 연구과제로 삼아 몰두할 시간이 얼마 남지 않은 것이 슬플 뿐일세."

4. 누구든 내 편으로 만드는 '포용력'

포용력이 넓은 사람은 마음이 평화로우며 성격이 밝다. 그 밝은 성격의 바탕이 되는 것은 사랑과 희망과 인내력이다.

사랑에는 값이 없지만, 그 가치는 헤아릴 수 없다. 사랑은 사랑을 낳아, 사랑을 가진 사람을 축복하고 그렇지 않은 사람의 마음에도 많은 행복을 준다. 사랑하면 슬픔도 기쁨으로 바꾸고, 흐르는 눈물에서도 단맛이 난다.

삶은 '자신이 뿌린 씨앗'대로
철학자 벤담에게는 다음과 같은 신념이 있었다.

"인간은 다른 사람에게 베풀면 베풀수록 행복해진다."

배려는 다른 배려를 낳고, 아낌없이 사랑을 나누어 주면 그만큼 자신이 행복해진다.

친절한 말에 돈은 필요 없다. 상냥한 말은 상대방뿐만 아니라 말한 사람에게도 친절한 행동을 불러일으킨다.

물론 착한 마음이 상대에게 아무런 도움이 되지 않을 때도 있다. 헛일로 끝나고 보답받지 못하기도 한다.

그러나 설령 상대가 감사해하지 않더라도 자신이 뿌린 '선의의 싹' 몇 개는 반드시 기름진 땅에 뿌리를 내려 다른 사람의 마음에 사랑의 정신을 싹 틔울 것이다. 그 새싹이 자라서 가지마다 행복이라는 열매를 맺으리라.

주위 사람들에게 사랑을 받는 소녀가 있다. 어떤 사람이 그 까닭이 궁금해 소녀에게 다가가 물었다.

"왜 모두 너를 좋아하지?"

소녀가 웃으며 대답했다.

"내가 모두를 사랑하니까요."

그대의 행복은 자신이 얼마나 사랑하는지, 자신을 사랑해주는 사람들이 얼마나 있는지에 따라 결정된다. 아무리 출세해도, 사람들에 대한 따뜻한 애정이 없으면 결코 행복해질 수 없다.

평정심을 잃지 않는 성격, 인내심과 관용, 주위 사람들에 대한 호의나 배려 등으로 인생의 행복이 좌우된다.

"다른 사람의 행복을 바라는 것은 자신의 행복을 구하는 일이다."

그런 의미에서 플라톤의 이 말이 정곡을 찌른 듯하다.

돈도 힘도 꼼짝 못하는 그것은?

시인 제임스 헌트가 말했다.

"힘 자체에는 상냥함이 지닌 위력의 반도 없다."

사람은 확실히 힘보다도 애정에 지배된다.

영국 속담에 "말벌은 식초보다도 벌꿀로 잡는 게 좋다"는 말이 있다. 달콤한 말과 행동이 그 어떤 힘보다 강력한 법이다. 웃으며 정겹게 대하는 이에게 어떻게 침을 뱉겠는가. 친절한 마음은 이 세상에서 가장 위대한 힘이다.

친절은 무조건 베푸는 것이 아니라 넓은 마음과 상냥함을 뜻한다.

지갑에 있는 돈을 내준다고 해서 친절한 것일까. 돈을 주는 친절이 오히려 해를 입히는 경우도 있다. 정말 마음에서 우러나온 친절이야말로 좋은 결과를 가져온다.

5. 마음의 블라인드는 언제나 올려 두어라

이기주의, 회의주의 등은 모두 삶에서 '귀찮은 짐'이다.

이기주의자는 광신자와 종이 한 장 차이다. 24시간 온종일 자신만 생각한다면 남을 배려할 여유란 있을 수 없다. 무엇을 해도 늘 자신의 의견이 제일이고 자신을 중심으로 생각해 결국에는 하찮은 자신을 신으로 만들어 버린다.

헛된 '망상'이 그대를 갉아먹는다

'무엇을 해도 안 된다' 체념해 버리고 노력하지 않는 사람은 세상에서 가장 불쌍한 병자이다. 그들은 '이쪽저쪽, 어디를 가도 불모의 땅뿐'이라고 제멋대로 믿고 자신의 운명을 저주하고 불평과 불만만 늘어놓는다.

늘 불만에 쌓여 있다가 결국에는 병에 걸리는 사람도 있다. 마음이 비뚤어진 사람은 비뚤어진 생각밖에 할 수 없어서 세계가 미친 듯이 보인다.

'병을 즐기는' 비참한 사람들도 있다. '두통', '요통' 이야기만 하다 어느새 그것을 중요한 보물처럼 생각한다.

'자기 비하와 피해의식'은 사람들의 동정심을 모으기 위한 행동에 지나지 않는다. 자신을 사회에서 밀려난 불쌍한 존재로 만들어야만 누군가가 관심을 보인다고 믿어서야 되겠는가.

사실 불행의 출발점을 찾으면 자신이 마음대로 생각해 낸 사소한 걱정이나 고민이 대부분이다. 스스로 자신을 비참한 존재로 여기고 마음속에서 자신을 지키고 싶어한다.

그러나 대부분은 공상에 지나지 않는다. 오히려 고통을 행복으로 바꾸는 수단은 아주 가까이에 있다. 그런데도 고통이 제멋대로 마음을 헤집는 것을 가만히 지켜보고 있다.

어두운 망상은 우리를 서서히 불만투성이에, 까다롭고 배려심 없는 사람으로 바꿔 버린다. 입을 열면 우는소리만 할 뿐이다. 다른 사람의 어려운 사정은 듣지도, 돕지도 않는다.

이러한 버릇은 성격이 제멋대로일수록 더욱 심하다. 그들에겐 주위 사람들에 대한 동정심이나 배려심이 전혀 없다.

그렇다고 그들이 행복한 것도 아니다. 들여다보면 마음속에 고통이 꽉 차 있어 스스로 자신의 목을 조르고 있다.

알렉산더 대왕이 가장 소중히 생각한 '재산'

늘 밝은 마음을 가지는 것, 미래에 대한 희망을 가슴속에 간직하는 것은 참고 견디는 일이기도 하다. 이것은 인생에 행복과 성공을 가져다주는 중요한 열쇠 중의 하나이다.

철학자 탈레스가 말했다.

"아무것이 없어도 희망만은 누구나 가지고 있다."

"희망은 가난한 자의 빵이다."

괴테 또한 "희망은 불행한 인간의 제2의 혼이다" 이야기했을 만큼 앞날에 대한 기대감은 어려움에 처한 사람들을 구하는 강력한 힘을 가졌다.

알렉산더 대왕이 마케도니아의 왕위를 이어받았을 때, 그는 아버지가 남긴 땅의 대부분을 친구들에게 나누어 주었다.

"당신에겐 뭐가 남습니까?"

누군가 묻자 알렉산더는 태연히 대답했다.

"이 세상에서 가장 큰 희망이라는 재산이 남는다!"

남겨진 재산이 엄청나더라도 희망에 비하면 보잘것없다. 희망이 있으면 사람들은 어떤 시련에도 맞설 수 있다.

세상을 움직이는 힘은 정신력이다. 바른 정신력이 모이면 '희망'이 된다.

영국의 시인 바이런은 이렇게 외쳤다.

"희망이 없으면 미래가 어디에 있겠는가? 지옥뿐이다. 지금 희망이 어디에 있냐고 묻는 것은 어리석다. 그대도 잘 알고 있지 않은가. 과거는 기세가 꺾인 희망이다. 인간 사회에서 필요한 것은 어디에서든 희망, 희망, 희망뿐이다!"

처음처럼 '열정'을 쏟아라. 길이 열린다

6. 행운을 안겨 주는 연금술

그대가 속한 세계는 그대가 어떤 사람인지를 나타낸다. 그 세계는 그대 마음의 거울이며, 앞으로도 그 모든 것은 새로운 체험으로 다시 바뀔 것이다. 생각과 희망과 기원이 그대의 세계를 만들어 낸다. 그 어떤 기쁨과 고통 역시 모두 마음속에 존재하던 것들이다. 그래서 마음속 깊은 비밀의 장소에 무엇을 숨기든, 내면에 존재하는 모든 것은 반드시 바깥세상에도 그 모습을 드러내게 된다.

모든 영혼은 자기와 같은 성질의 것을 불러 모으기 때문에 서로 어울리지 않는 것을 끌어모은다는 일은 절대 불가능하다. 이 사실을 깨닫는 것이야말로 우주를 지배하는 '원인과 결과의 법칙'을 깨우치는 것이다. 인간의 삶에서 일어난 사건은 경우에 따라서 창조적일 수도 있고 파괴적일 수도 있지만, 모두 이 법칙을 따르고 있다.

자신을 정복하고 자신의 생각을 지배하라!

오래전에 석가가 이런 말을 했다.

"지금의 나는, 지금까지 내가 해온 생각의 결과이다. 생각 위에서 생겨나 생각에 따라 만들어진 존재이다."

그대가 지금 행복하다면, 그것은 그대가 지금 행복한 생각을 하고 있기 때문이다. 그리고 그대가 지금 불행하다면, 그것은 그대가 지금 불행한 생각을 하고 있기 때문이다.

지금 그대가 환경에 지배받고 있다고 느낀다면 그것은 생각의 성질과 이용법과 힘을 올바르게 이해하지 못했기 때문이다. 더욱이 자신이 환경의 노예이고, 환경이 절대적인 지배자라고 생각하는 사람은 더욱 외부세계의 지배를 받을 수밖에 없다. 자신도 모르는 사이에 외부세계에 강력한 힘을 건네주고 있는 것이다.

그러니 행복해지는 방법을 모르는 사람은 아무리 다른 지식이 많아도 무지한 것이나 마찬가지다. 삶의 진리는 진정한 행복을 얻는 과정을 통해서만 배울 수 있기 때문이다.

환경이 방해한다고? 이제 두 번 다시 그런 생각은 하지 마라. 환경은 결코 그대의 발길을 훼방할 수 없다. 환경의 존재 이유는 오로지 인간을 돕기 위함이다. 따라서 주위에서 일어나는 모든 일은 그대의 성장에 공헌하고 있다. 환경이 나쁘다고 느낀다면, 정말 나쁜 것은 바로 그대이다.

인생의 근본 법칙을 깨닫고 조화로운 삶을 시작할 때면 비로소 그대는 '지혜로운 주인'이 되어 진정한 행복을 느끼게 될 것이다.

세 가지 행복—아끼고, 나누고, 낳는 행복

행복한 사람과 평범한 사람을 잘 살펴보면 미묘한 차이를 발견할 수 있다. 첫째로 행복한 사람은 행복을 아낄 줄 안다. 그는 행복을 한꺼번에 다 쓰지 않으려고 노력한다. 둘째로 행복한 사람은 행복을 나눈다. 어떤 사람은 커다란 행복을 누리면서도 속이 좁아서 남에게 나눠 줄 줄을 모른다. 행복을 바라는 이는 많지만 실제로 행복해지는 사람은 적고, 행복을 누리면서도 아낄 줄 아는 사람은 더욱 적으며, 행복을 아끼면서 남에게 나눠 주기까지 하는 사람은 더더욱 적다. 나아가 행복을 나눠 주면서 스스로 낳기까지 하는 사람은 그보다도 드물다.

세 번째 행복은 스스로 낳는 행복이다. 온 세상의 행복을 점점 늘리는 행위다. 이는 자신의 행복을 낳는 동시에 사회의 행복을 낳는다. 이렇게 싹튼 행복은 뒷날 커다란 열매를 맺어, 자신과 사회를 모두 행복하게 해준다.

사회의 행복을 낳는다니, 너무 거창한 이야기 같은가? 사실 그렇지 않다. 목마른 사람에게 물 한 잔을 건네주기는 쉽다. 누구나 할 수 있는 일이다. 이런 사소한 행동이 과연 행복을 낳을 수 있을까 싶지만, 하늘 높이 솟은 나무도 처음에는 조그만 한 알의 씨앗이었다.

행복은 그렇게 작은 노력에서 생겨난다. 지금 그대가 누리는 행복은 그대보다 앞서 세상을 산 사람들의 노력 덕분이니, 훌륭하지도 자랑스러운 것도 아니다. 그 행복은 모래성처럼 쉽게 허물어질 수도 있다. 그러므로 행복을 아끼고 지키는 것은 훌륭한 일이다. 행복을 나누는 것은 더욱 훌륭한 일이다. 그리고 행복을 낳는 것은 참으로 존경스럽고 고마운 일이다. 이 세상의 행복을 만드는 위대한 행동이니까.

세상을 사랑하세요. 사랑은 오래 참습니다. 사랑은 친절합니다. 사랑은 시기하지 않습니다. 사랑은 자랑하지 않습니다. 사랑은 교만하지 않습니다. 사랑은 무례하지 않습니다. 사랑은 사욕을 품지 않습니다. 사랑은 성을 내지 않습니다. 사랑은 앙심을 품지 않습니다. 사랑은 불의를 보고 기뻐하지 아니하고 진리를 보고 기뻐합니다. 사랑은 모든 것을 덮어 주고 모든 것을 믿고 모든 것을 바라고 모든 것을 견디어 냅니다. 세상을 사랑하세요.

Part 12
그대 영혼에 뜨는 샛별
세상을 사랑하며 살아가는 방법

1. 사람은 무엇으로서 사는가

　최선을 다하는 마음 없이는 삶의 어떠한 본질도 진리도 파악하지 못한다. 인생은 사랑이며 생명은 정신이다. 사람은 오직 사랑의 정신으로써만 우주의 전지전능한 신비로운 힘에 다가갈 수 있다. 사랑의 마음에는 모든 것이 포근히 안길 수 있는 힘이 있다. 사랑은 인간생활 최후의 진리이며 최후의 본질이다.

　훌륭한 사상은 훌륭한 인격에 담긴다. 작은 그릇에는 작은 음식밖에 담기지 않듯이, 인격이 작으면 큰 사상이 담길 수 없다. 사상은 그 사람의 정성을 다하는 인격을 토대로 세워진 하나의 건축물이기 때문이다.

　'예의가 바르다'는 것은, 다시 말해 '정중'하고 '다정'하다는 뜻이다. 아름다운 행동 바로 그 자체이다. 아름다운 얼굴은 아름다운 행동을 이기지 못한다. 뛰어난 조각상이나 초상화보다도 더 큰 감명을 주는 아름다운 사랑과 사상이야말로 인간 최고의 예술작품인 것이다. 그 참된 예의는 '성심 있는 친절'에서 나온다. 그것이 진심에서 우러나오지 않으면 사람들은 감동하지 않는다. 그대여, 예의를 차리는 것이 어려운가. 그렇다면 먼저 마음을 열어라. 그리고 그대의 품성에서 사랑의 마음으로 자신을 추스르고 어색함을 덜어 내라.

사랑이 있는 '우아한' 말과 행동은 일할 때나 쉴 때나 힘들이지 않고 사람들의 마음을 행복하게 만든다. 빈곤함도 아름다운 말과 행동으로 구원받을 수 있다. 낡아빠진 집도 고상한 멋과 밝은 기운을 줄 수 있는 것이다. 배려와 총명함, 우아함의 친절은 가난한 사람들을 북돋아 주고 아름답게 꾸며 주는 날개옷과 같다.

용기 정의 사랑의 어머니

이화여전(이화여자대학교)에는 이상한 학생이 있었다.

"저기 책 보따리 두 개 들고 다니는 학생 간다."

가사학 책과 법학 책 보따리를 들고 다니는 이태영을 두고 하는 말이었다. 학교 건물 층계를 한 번에 두 단씩 껑충껑충 뛰어 올라가는 바람에 '축지법 쓰는 학생'이라 부르기도 했다. 시간은 한정되어 있는데 공부는 두 가지를 해야 했으므로 이태영은 그렇게 해서라도 시간을 아끼지 않으면 안 되었던 것이다.

"넌 왜 그렇게 법률 공부에까지 열을 올리니? 판사가 되려고 그래?"

"집안 살림을 하는 주부라도 법률을 아는 것은 중요하다고 생각해."

홀어머니 밑에서 자랐지만 이태영은 열심히 공부한 덕분에 22세에 이화여전 가사과를 수석 졸업했다. 그녀는 평양여자고 등학교에서 학생들을 가르치며 숭실대학 신학과 교수인 정일 형을 만나 결혼했다. 그러나 "일본이 태평양전쟁에서 이길 확률은 희박하다" 말한 것이 일왕모독죄가 되어서 남편이 감옥에 끌려가 버렸다. 이태영은 28세의 나이에 남편 옥바라지를 하며 이불 장사에 나섰다.

"누비이불 구경하세요! 누비포대기 하나 안 사실래요?"

이태영은 아들 정대철을 둘러업고 골목골목 집집마다 대문을 두드리며 이불을 팔았고, 밤에는 새벽까지 재봉틀을 붙잡고 앉아 있었다. 가윗날이 어찌나 무딘지 날이 잘 드는 가위 하나만 있었으면 하는 것이 소원이었다. 그러다가 엄지손가락을 심하게 다쳤는데, 결국 한번 굽은 채 다시 펴지지 않았다. 또 이불감을 염색하다 보니 독한 염색약 때문에 기관지가 상해 음악회가 열릴 때면 늘 무대에 올라 독창하던 아름다운 목소리는 사라지고 기침이 끊이지 않았다. 그러나 이태영은 좌절하지 않고 자신보다 더 어려운 이들을 도와주며 몸가짐을 바르게 했다.

1945년 8월 15일, 드디어 나라가 해방되자 이태영은 병보석으로 풀려난 정일형과 함께 "대한 독립 만세"를 외쳤다. 그녀는 남편의 격려를 받으며 다시 공부를 시작하여 32세에 서울대학교 법학과에 여성 최초로 입학했다. 그리고 6년 뒤 사법시험에 합격한 첫 여성이 되었다. 남편이 야당의 대표적 인물이라는 이유로 판사 임용은 되지 못했으나 대신 한국 최초의 여성 변호사가 되었다. 그녀는 변호사 사무실을 개업하여 법과 인습에 눌려 시달리는 불우한 여성들을 무료 변호했다.

1956년 억울한 여성들을 돕는 가정법률상담소를 열어 30여 년 동안 가족법 개정과 호주제 폐지를 위해 힘썼다. 또 군사독재 정권 시절에는 야당 국회의원인 남편과 함께 민주회복국민선언, 3·1민주구국선언에 참가하면서 수많은 민주화투쟁 유공자들을 변호했다.

무명시절을 보내던 김대중을 정치계에 입문시킨 것도 이태영이다. 1980년 김대중 내란음모사건 재판 때는 군 검사관이 김대중의 결백을 증언하는 그녀를 제지하자, 이태영은 그의 얼굴에 대고 큰 소리로 호통을 쳤다.

"눈이 나빠 사람을 똑바로 보지 못하면 안경을 하나 더 끼고 사람을 똑바로 보시오! 지금 자신이 무슨 짓을 하고 있는지 생각해 보란 말이오! 자식들한테 부끄럽지도 않소!"

이태영의 서릿발 같은 꾸짖음에 방청석에서는 박수갈채가 쏟아졌다. 이태영 정일형 부부는 뒷날 김대중이 대통령에 오르는 데 큰 힘이 되어 주었다.

그녀는 용기 정의 사랑으로 세상을 살아간 사람이었다. 몸가짐이 바르고 마음 씀이 컸으며, 붙임성이 좋아 인간관계에서도 흠 잡을 데가 없었다. 언제나 기꺼이 어머니 마음으로 괴로워하는 불우한 여성들에게 다음의 이야기를 들려주며 위로했다.

"사람의 마음속에는 두 개의 침실이 있어 기쁨과 슬픔이 살고 있습니다. 한 방에서 기쁨이 깼을 땐, 다른 방에서 슬픔이 자고 있죠. 우리는 슬픔이 깨어나지 않도록 기쁨과 사이좋게 지내며 서로를 사랑해야 합니다."

2. 원인에는 결과가 있다

인생이란 자기 생각 하나로 자신의 삶을 훌륭한 인생으로 만들 수도 있고 파멸시켜 버릴 수도 있다. 우리는 마음이라는 공장에서 기쁨과 온화로 가득한 아름다운 인생을 창조할 뛰어난 도구를 만들 수 있다. 올바른 생각을 거듭함으로써 우리는 고결하고 숭고한 인간으로 올라갈 수 있다. 또는 잘못된 생각을 되풀이하여 짐승으로 전락할 수도 있다. 그리고 그 양극단 사이에는 온갖 레벨의 인격이 존재하고 있으며, 그 모든 것을 만드는 주체 역시 인간이다.

인간의 영혼을 울리는 아름다운 진실 가운데 우리를 더없이 기쁘게 하는 것이 있다. 인간에 대한 신의와 사랑, 신뢰와 약속도 당연히 여기 포함된다.

'인간은 자기 속에 들어 있는 생각의 주인이고, 스스로 인격을 만들어내며, 환경과 운명을 설계한다.' 사람은 힘과 지혜와 사랑을 갖춘 살아 있는 존재일 뿐 아니라 스스로 생각할 줄 아는 그 생각의 주인이다.

우리는 살면서 어떤 상황에 부닥치더라도 현명하게 대처할 수 있는 능력을 갖고 있다. 그리고 스스로 자신이 되고자 하는 인간으로 만들어 나갈 수 있도록 변화시키고 다시 살릴 수 있는 장치를 그 안에 갖추고 있다.

가장 약하고 꼼짝없이 짓눌려 있다 해도 인간은 늘 자기 자신을 다스리는 주인이다. 물론 그것을 잘못 다스리고 있을지도 모르는 어리석은 주인이기는 하지만 말이다.

자기 삶을 깊이 성찰하여 그 법칙을 스스로 찾아내게 되면 우리는 비로소 현명한 주인이 될 수 있다. 그래서 자기를 스스로 지혜롭게 관리하면서 풍부한 열매로 이어지는 생각을 하게 되는 것이다. 이때부터는 자기 스스로 의식적으로 관리하는 주인이 되는 것이다. 하지만 그렇게 되려면 무엇보다 자기 안에 활동하고 있는 '인과 법칙'을 제대로 알고 있지 않으면 안 된다. 그리고 그 앎은 스스로 노력하고 경험하고, 분석함으로써만 얻을 수 있다.

황금이나 다이아몬드는 끈질기게 조사하고, 시험적으로 한 번 파 보아야 찾을 수 있다. 우리 또한 마음의 광산을 충분히 깊이 파 내려간 뒤에야 비로소 스스로에 관한 진실을 발견할 수 있다. 만일 당신이 자기 생각을 낱낱이 관찰하고 관리하고 변화시키면서 그것들이 자기에게, 또는 다른 사람에게, 나아가서는 자신의 삶을 둘러싼 환경에 어떠한 영향을 미치는지 주의해서 분석해 본다면——끈질긴 실험과 분석으로 일상적이고 사사로운 일들을 포함한 모든 체험의 인과 관계를 이해한다면——인간이야말로 자기 인격을 제작하고 환경과 운명을 설계하는 자라고 하는 진실에 반드시 이르게 될 것이다.

이러한 진실을 몸으로 직접 체험하여 아는 것이 바로 깨달음이고, 지혜와 힘을 얻는 길이다. '구하라, 그러면 얻을지니' 또는 '용서를 구하는 자에게는 지옥의 문이 열릴지니' 하는 절대법칙은 오직 이런 방법을 통해서만 얻는다. 지혜의 문은 인내와 탐구 없이는 결코 열리지 않는다.

생각 하나로 삶을 파괴할 수도, 멋지게 바꿀 수도 있다. 하루하루 생각을 쌓아 올려 마음속에 하나의 세계를 짓다보면 바깥세상도 같은 삶이 만들어진다. 당신이 마음속 어떤 곳에 무엇을 숨기든 그곳에 있는 모든 것은 어떤 형태로든지 머지 않아 반드시 삶에서 그 모습을 드러낸다. 불순하고 오만한 마음은 불운과 불행을 끌어당기고 순수하고 다정한 마음은 행운과 행복을 이끌어 낸다. 모든 마음은 언제나 같은 종류의 것만 끌어당길 뿐 자기와 다른 것은 결코 불러들이지 않는다. 이 사실을 깨닫는 것이야말로 우주를 다스리는 '인과 법칙'을 알게 되는 것이다. 당신이 싫든 좋든 당신의 삶은 모두 이 법칙에 따라 움직인다.

문둥병환자 두 손을 덥석 쥐고 위로한 육영수

육영수는 역대 대통령 부인 평가조사 때마다 압도적인 표차로 가장 훌륭한 대통령 부인 1위를 차지한다. 박정희 대통령의 정적(政敵)이었던 사람들도 육영수에게만큼은 존경심을 담아 이야기한다. 따뜻하고 반듯한 성품을 지닌 '만인의 어머니'이자 '청와대의 야당'이라고.

육영수가 이토록 사람들의 존경을 받은 이유는 '배려의 미학'이 있었기 때문이다. 날품팔이 노동자들이 사는 동대문 근로자합숙소를 방문하여 남긴 말에는 그녀의 신념이 잘 드러나 있다.

"실업자들이 하루아침에 구제될 수 있다고 생각하는 것은 아니다. 하지만 위정자 가족의 한 사람으로서 항상 미안한 마음이 앞선다. (……) 나는 비록 그들에게 어떤 혜택을 줄 아무런 권한도 없다. 하지만 그들의 생각과 뜻을 열심히 들어보고 성의껏 그 뜻을 대통령께 전달하겠다고 다짐한다. 그것이야말로 나의 의무에 앞서 커다란 보람이다."

육영수는 그늘진 곳을 따뜻하게 비추는 햇살, 자신 같은 상류층이 쬐고 있는 햇살을 조금이라도 넓게 펴자는 뜻으로 지도층 부인들의 봉사단체인 양지회(陽地會)를 만들었다. 노블

레스 오블리주의 실천이었다.

그녀는 남의 이야기를 잘 들어주는 사람이기도 했다. 하루에 10여 통씩 줄기차게 민원 편지에 대한 답장을 써주며 한 해에 5천여 건의 민원을 정성스레 매듭지었다.

또 양지회, 육영재단, 어린이대공원 등을 통해 사회봉사를 하며 무료 진료소에서 난민촌 사람을 치료해 주는 데 앞장섰다. "여사가 손을 잡아 주면 상처가 낫는다"는 소문이 퍼져 환자들이 줄을 이었다.

그녀는 한센인 정착지에 꽃씨상자를 보내거나 공중목욕탕을 지어 주고 양지회를 통해 5백여 마리 새끼 돼지를 나누어 주기도 했다. 소록도 한센인 요양원을 직접 방문했을 때 손마디가 뭉그러진 흉측한 손도 두려움 없이 덥석 잡고, 그 손으로 껍질을 깐 고구마도 달게 먹었으며, 물그릇을 함께 썼다. 코 흘리고 있는 문둥이 가족 아이를 다정하게 안아 올려 직접 코를 닦아 주기도 했다. 가까이 다가가면 누구나 결점이 드러나게 마련인데 육영수는 보면 볼수록 존경심이 깊어지게 하면서 '남을 반성하게 하는 힘'을 가진 여인이었다.

국회의원 이애주는 젊은날 간호사 출신으로 서울대학교 VIP 병실 책임자였다. 그녀는 오랜 병원 생활 동안 잊지못할 기억에 남는 날로 1974년 8월 15일 육영수의 서거일을 꼽았다.

"한복 속옷을 기워 입으셨더라고요. 글쎄……."

치마를 풍성하게 보이도록 하는 속치마를 보통 한복을 맞출 때 한벌로 같이 맞춘다. 하지만 육영수는 남들 모르게 헌옷천 단을 덧대 3단으로 듬성듬성 꿰매어 입었던 것이다. 한 떨기 흰 목련으로 칭송받는 그녀는 전형적인 한국의 알뜰한 여성이었다.

걱정하지 말고 살아라!

행복해지는 것은
오늘을 내것이라 말할 수 있는 사람일뿐.
그 사람은 편안한 마음으로 외치리라.
내일이여 세상의 모든 악을 이룰지라도.
나는 이미 오늘을 살았노라.

기원전 30년 로마의 시인 호레이스가 쓴 시이다.

인간의 성품 가운데 가장 비극적인 것은 인생에서 도피하려
는 것이다. 누구나 지평선 너머에 펼쳐진 마법의 장미정원을
꿈꾼다. 그러면서도 정작 자기 집 창밖에 피어 있는 장미꽃은
거들떠 보려 하지 않는다.

우리는 왜 이렇게 바보스러운가? 스티븐 리코크는 그의 저
서에서 이렇게 말했다.

"우리 인생은 참으로 기묘하다. 어린아이들은 이렇게 말한
다. '내가 청년이 되면……' 또 청년들은 이렇게 말한다. '어
른이 되면……' 마침내 어른이 되면 이렇게 말한다. '결혼하
면……' 그러나 결혼한다고 해서 뭐 그리 달라지겠는가? 생
각이 확 바뀌어서 다음에는 '은퇴하게 되면……' 이렇게 회한
에 찬 말을 꺼내기 시작할 것이다. 그러다가 결국 은퇴하게
되면, 이미 지나가버린 자신의 모습을 되돌아보게 된다. 찬
바람이 휘몰아 치면서 과거라는 경치를 제대로 보지 못하게
된다. 벌써 모든 것이 스쳐 지나가 보이지 않게 된다. 인생이
란 매 순간순간을 살아가는 것의 연속임을 깨닫게 되었을 때
는 이미 늦은 것이다."

에드워드 S. 에반스는 밀려오는 걱정 때문에 죽을 지경이었

는데, 위에서 말한 것처럼 인생이란 바로 오늘 이 시간의 연속을 살아가는 것임을 깨닫고 구원을 받았다고 한다.

가난한 집안에서 태어난 그는 신문팔이, 잡화상 점원, 도서관 조수의 일을 하면서 일곱 식구를 돌봐야만 했다. 급료는 형편 없었지만, 일을 그만둘 수는 없었다. 8년 뒤 독립한 그는 달랑 55달러의 자본금으로 연수입 2만 달러를 올리는 사업으로 키워냈다. 그때 불황이 닥쳐왔다. 친구를 위해 거액의 수표에 보증을 섰다가 그 친구가 파산하면서 고스란히 그가 빚을 떠안게 되었다. 불행은 또 다른 불행을 불렀다. 그가 전 재산을 예금해 두었던 은행이 파산한 것이었다. 가지고 있던 현금을 모두 잃어버리게 되었을 뿐만 아니라, 1만 6천 달러나 되는 빚을 짊어지게 되었다.

그는 기진맥진하여 쓰러졌다.

"잠을 이룰 수 없는 날이 계속되었습니다. 식욕도 없어졌습니다. 어느 사이 병에 걸린 것입니다. 끝없이 근심하고 걱정한 결과였지요. 그러던 어느 날 거리에서 정신을 잃고 쓰러졌습니다. 열이 펄펄 끓고 온 몸은 두드려 맞은 것처럼 아파서 참을 수 없을 정도였어요. 몸은 나날이 쇠약해져 갔습니다. 마침내 의사가 이대로는 2주일을 채 넘기지 못할 거라고 말하더군요. 눈앞이 캄캄했습니다. 유언장을 준비하고 병상에 누워 죽을 날만을 기다렸지요. 이제는 아무리 발버둥 쳐도 소용 없는 일이라고 체념하고, 모든 것을 포기하고 마음을 가라앉히면서 잠을 청했습니다. 몇 주일 동안 불과 2시간 이상을 계속해서 자본 적이 없었지만, 이 지상에서의 고생도 마지막을 맞아서인지 갓난아이처럼 모든 걸 잊고 잠을 푹 잘 수 있었습니다. 그런데 뜻밖에도 푹 자고 난 뒤부터는 그토록 견디기 힘들었던 피로감도 사라지고 식욕도 왕성해져 체중도 늘더군요. 2, 3주가 지나면서 지팡이에 의지해서 걸을 수 있게 되었고, 6주 뒤에는 다시 일을 할 수 있게 되었습니다. 예전에는 1년에 2만 달러씩 벌었지만, 이제는 주급 30달러를 주는 직장도 기뻤습니다. 자동차를 선적할 때, 차량의 미끄럼 방지대를 파는 일이었지요. 저는 저 나름의 인생의 큰 교훈을 얻었습니다. 이제 고민은 사라졌습니다. 과거의 일에 대해서도 후회하지 않습니다. 미래를 두려워 하지도 않습니다. 내가 가진 시간과 에너지와 열정을 지금 하는 일에 쏟고 있습니다."

이태영 육영수 두 사람 또한 모진 환경을 걱정하기 앞서 하루하루를 최선 다해 살았다.

3. 말 한마디로 천냥 빚을 갚는다

한마디 말이 운명을 결정할 때도 있다

세상살이에 말이란 얼마나 중요한가. 말 한 마디가 그의 운명을 바꿀 수도 있다. 사람의 인격은 말이 지나치지 않도록 삼가는 모습에서도 잘 나타난다.

솔로몬 왕이 말했다.

"현인의 입은 마음에 있고, 어리석은 사람의 마음은 입에 있다."

어리석지 않아도 참을성과 인내심이 모자라, 앞뒤 살피지 않고 매몰찬 말을 하는 사람도 있다. 머리 회전이 빨라 그 자리에서 바로 통렬한 말을 뱉을 수 있는 충동적 천재는 야유와 밉살스런 말을 거침없이 쏟아 내지만, 언젠가는 그 말이 다시 자기한테 돌아옴을 알아야 한다.

영국 법학자 벤담이 말했다.

"우리는 말투 하나에 많은 우정이 영향을 받고, 국가의 운명조차 갈릴 수 있다는 사실을 명심해야 한다."

재치가 넘치지만 듣는 사람이 가혹하다고 느끼는 글이 쓰고 싶어지면 어떻게 해야 할까. 꾹 참고 일단은 펜을 놓아라.

"거위가 꽥꽥거리는 소리가 사자의 발톱보다 아플 때가 있다."

스페인 속담이다.

칼라일은 크롬웰에 대해 이렇게 말했다.

"그는 감정을 마음속에 담아 두지 못하는 사람이라 남을 배려할 줄 몰랐다."

그러나 침묵공 빌렘에 대해서는 그와 대립하는 사람들도 빌렘에게서는 거만하고 경솔한 말을 들은 적이 없다고 감탄했다. 워싱턴도 언제나 말을 신중하게 골랐으며, 적을 일방적으로 공격하거나 토론에서 순간적인 승리를 얻으려 하지 않았다.

'가치 있는 말'이 아니면 차라리 침묵하라!

그대는 "그때 말하는 게 아니었어" 하고 후회한 적이 없는가. 아무리 경험이 많은 사람이라도 입을 단속하기는 쉽지 않다. "침묵한 게 잘못이었다"고 후회하는 말을 들어 본 적은 없을 것이다.

"가만 있어라, 아니면 침묵보다 나은 말을 해라."

고대 그리스 수학자 피타고라스가 말했다.

"필요한 말을 하라. 못 하겠으면 잠자코 있는 것이다."

조지 하버트의 말이다.

시인 제임스 헌트가 '신사적 성인'이라 부른, 반종교개혁의 지도자인 프랑스의 가톨릭 주교 프랑수아 드 살레가 말했다.

"신경질적인 말투로 진실을 말하느니 침묵을 지키는 것이 낫다. 맛있는 요리에 맛없는 소스를 뿌리는 것과 같으니까."

프랑스 가톨릭 신학자 앙리 라코르데르는 말 가운데 침묵을 가장 중요하게 생각했다.

"침묵은 말 중에서 가장 강력한 힘을 가지고 있다."

시간을 번 말은 얼마나 강력할까? 웨일스의 옛 속담에 이런 말이 있다.

"황금 같은 말은 축복받은 자의 말이다."

스페인의 유명한 시인 레온에 대한 이야기는 그의 강력한 자제심을 보여준다.

레온은 성서의 일부를 스페인어로 번역한 죄로 종교재판에 넘겨져서, 어두운 감옥에 여러 해 동안 갇혀 있었다. 마침내 풀려나 대학에서 교편을 잡게 되었을 때, 첫 강의에 많은 사람이 몰려들었다. 오랜 감옥생활 이야기를 들을 수 있으리라 기대했기 때문이다.

그러나 레온은 자신을 감옥에 가둔 상대를 비난하거나 위협하는 어떤 말도 하지 않았다. 그는 5년 전에 멈추어야 했던 강의를 다시 시작해 늘 하던 인사를 하고는 바로 본론으로 들어갔다.

너무 '정의'에 얽매여 편협해지지 말라!

살다 보면 화를 내야 할 때도 있다. 나에게 함부로 굴거나 배신당했을 때 또는 잔혹한 행동을 보고 어찌 분노를 느끼지 않겠는가. 하지만 참아야 한다.

사람들과 사이좋게 지내고 싶다면 상대의 됨됨이를 있는 그대로 존경해야 한다. 사람마다 얼굴과 모습이 다르듯 생각도 성격도 저마다의 특징이 있다. 그대는 그 차이를 잘 받아들여야 한다.

조지 하버트가 말했다.

"자신의 입에서 나온 적대하는 마음이 자신의 마음에 굴러 들어 오는 일이 자주 있다."

패러데이는 현실적 지식과 풍부한 경험에서 나온 충고를 친구 틴들 교수에서 써서 보냈다.

"오랫동안 경험을 쌓아 지금은 얼마쯤 세상을 알게 된 노인이 한마디 하고 싶네.

젊은 시절 나는 사람의 마음을 정확히 알지 못해 내 사상과 상대의 마음이 어긋나기 일쑤였네. 적의를 가진 말은 이해하려 들지 않았고, 상대가 호의를 보여도 그대로 받아들이지 못했지.

어쨌든 참뜻은 늘 모습을 드러내네. 자신과 대립하는 상대가 잘못했을 때에는 말로 이기기보다 너그럽게 응해 주는 것이 오히려 잘못을 인정하게 만들지. 자네는 이치에 맞지 않는 편견에는 눈을 감고, 호의나 친절에는 예민하게 반응하게.

평화를 가져오도록 노력하는 것이 사람의 행복이야. 상대가 반대했을 때, 그를 깔보고 이해하지 못해 화를 내는 일이 얼마나 많은가. 자네는 상상도 못할 거네. 다행히 나는 노력을 거듭한 덕분에 상대에게 반박하려는 마음을 억누르는 데 성공했지. 그 점에서는 나를 잃은 적이 한 번도 없었다고 확신하네."

4. 자기에게 '무게'를 두는 것도 중요하다

　무엇을 생각하고 있는지 알 수 없는 사람이나 성격이 아주 어두워 보이는 사람이 있는데, 그것도 칭찬받을 일은 못 된다. 무엇보다도 인상이 좋지 않아 공연한 오해를 받게 된다. 그리고 무엇을 생각하고 있는지 알 수 없는 사람에게는 아무도 자신의 속마음을 이야기하지 않을 것이다.

　능력 있는 사람은 내면은 신중하더라도 그것을 겉으로 나타내지 않아, 외면적으로는 누구와도 손쉽게 어울려서 싹싹하고 영리한 것처럼 행동하는 법이다. 자기 본심은 굳게 지키지만 언뜻 보기에는 개방적인 것처럼 보이게 함으로써 상대방의 방어를 풀어 버린다.

　왜 자신을 굳게 지켜야 할까? 부주의하게 아무 말이나 지껄여 버리면, 대개는 그 말이 어딘가에 인용되어 자기들 편리한 대로 이용되기 때문이다. 그러므로 싹싹하게 행동하는 것과 마찬가지로 신중함도 중요한 요소이다.

상대의 말에 '귀'가 아닌 '눈'을 기울여라!

　언제나 상대의 눈을 보며 말을 해야 한다. 그렇게 하지 않으면 무엇인가 양심의 가책을 받는 일이 있는 것이 아닌가 의심을 받는다. 게다가 말하고 있는 상대의 눈을 쳐다보지 않는 것만큼 실례되며 용서하기 어려운 일은 없다. 천장을 쳐다보거나 창문 밖을 내다보거나 탁자 위에서 손톱을 만지작거리거나 한다면 그대는 이미 상대의 신뢰를 잃은 것이나 진배없다. 그것은 공개적으로 상대방의 말에 관심이 없다고 말하는 것과 같다.

상대의 마음속을 읽으려면 귀보다도 눈에 의지하는 편이 낫다. 생각하고 있지 않은 것을 입으로 말하기는 쉽지만 눈에 나타내기는 몹시 어렵기 때문이다.

또 자진해서 남의 추문에 귀를 기울이거나 그것을 퍼뜨리거나 하지 마라. 그때 당장은 즐거울지도 모른다. 그렇지만 냉정하게 생각해 보면 그런 짓은 아무런 득이 없다는 사실을 알게 될 것이다. 남을 헐뜯으면 헐뜯은 그 사람만 비난받을 뿐이다.

사소한 '버릇'이 자신의 평가를 깎아 내린다

말을 하면서 무턱대고 웃는 버릇이 있는 사람이 있다. 인격적으로 아주 훌륭하지만, 곤란하게도 웃지 않으면 이야기를 하지 못한다. 처음 보는 사람들은 그의 이러한 버릇을 보고 조금 머리가 이상한 사람이라고 생각하기 마련인데, 그러한 평가를 받아도 하는 수 없을 것이다.

큰 소리로 웃는 것도 좋지 않다. 큰 소리로 웃는 것은 시시한 것에서밖에 기쁨을 발견하지 못하는 어리석은 자가 하는 짓이다. 진짜로 기지가 풍부한 사람, 분별 있는 사람은 남을 바보같이 웃게 하거나, 자기도 바보같이 웃거나 하지 않는다. 웃는다 하더라도 소리를 내지 않고 미소를 지을 뿐이다.

그대도 심하게 큰 소리로 웃는 따위를 흉내 내지 마라. 무슨 일이 있을 때마다 껄껄대고 웃는 것은 자신이 바보임을 증명하는 것이다.

이 밖에도 사람에게는 그다지 좋은 인상을 준다고는 말할 수 없는 버릇이 많이 있다. 의미 없이 해본 동작이나 표정들이 어느 사이엔가 버릇이 되어 버린다. 어딘지 모르게 어색하고 침착하지 못한 사람들에게는 그런 버릇이 남아 있는 법이다. 물론 이런 버릇들이 나쁜 짓은 아니지만, 역시 보기에 느낌이 좋지 않은 행동은 될 수 있는 대로 하지 않는 편이 좋다.

5. '인생의 밭'에 아름다운 씨앗을 심어라

인생이라는 '학교'에서 경험을 쌓은 '학생'은 무엇을 얻었을까? 정신을 단련하여 어떤 결실을 얻었거나 지식, 용기, 자제심이 늘었을까? 풍요로운 환경에서도 성실함을 잃지 않고, 욕망을 억누르고 절제하며 살았을까? 시련과 역경에서 무엇을 배웠을까?

젊은이의 가슴에 깃든 조그마한 '정열'은 인생의 빛나는 샛별과 같은 자극제이자 원동력이다. 제아무리 뜨거운 정열도 시간이 지남에 따라 시련으로 단련되고 두들겨지면서 식어 가기 마련이다. 그래도 남들의 조롱에 굴하거나 포기하지 않고 오히려 자신을 북돋울 수 있다면, 그것은 건전하고 장래성 있는 성격을 지녔다는 증거이다. 이는 편협하고 제멋대로인 이기주의가 아니라 집중력 있고 용감한 성격의 발로이다. 인생의 출발점에서 이기주의와 지나친 자신감에 사로잡혀 있다면 용감하고 너그러운 성격을 기를 수 없다.

청춘은 인생의 봄이다. 젊고 너그러운 마음으로 씨를 뿌리지 않으면 여름에 꽃이 피지 않을 것이며, 가을에 수확을 기대할 수 없다. 봄이 없는 1년이나 마찬가지다.

정열이 없으면 무슨 일을 이루기 위해 능력을 시험하는 일이 드물 테고, 열매는 더욱 적을 것이다. 정열이 있으면 자신감과 희망에 자극을 받아 의욕이 끓어오를 것이며, 업무와 의무로 가득한 냉정한 세상도 밝게 헤쳐 나갈 수 있으리라.

스스로를 해방해야 앞으로 나아갈 수 있다

삶은 시간이다. 경험이 풍부한 사람은 시간이 든든한 협력자라는 사실을 안다.

"시간과 내가 짝이 되면 두려울 것이 없다."

영화로웠던 루이 14세 시절 재상을 지낸 마자랭의 명언이다.

시간은 지난 사건을 아름답게 꾸미고 마음을 위로한다. 우리에게 많은 진실을 가르쳐 주는 교사이기도 하고, 경험과 지식을 길러 주기도 한다.

시간을 잘 활용했느냐 헛되이 썼느냐에 따라 미래의 명암이 갈린다. 젊은이에게 새로운 세상은 신선한 기쁨과 즐거움과 빛이 넘쳐 보인다. 그러나 시간이 지나면서 세상에는 기쁨만 있는 것이 아니라 슬픔도 있다는 사실을 알게 된다.

인생이라는 길을 걷다 보면 그 앞에 고통, 슬픔, 번뇌, 불행, 실패와 같은 어두운 풍경이 나타난다.

깨끗한 마음과 굳은 결의로 이것들을 헤쳐 나가고, 시련에 밝게 대처하며, 어떤 무거운 짐을 지더라도 똑바로 설 수 있는 사람은 누구보다 행복하다. 물론 그 과정에서 만만치 않은 현실에 맞서야 한다. 하지만 사회에 공헌하는 가치 있는 사람이 되기 위해서는 땅에 단단히 뿌리를 내리고 열심히 일하며, 유혹과 시련에 맞서 싸우고, 일상생활에서 만나는 온갖 슬픔을 견뎌야 한다.

훌륭한 행동을 하더라도 세상을 등지고 있으면 의미가 없다. 고독한 생활을 즐긴다 하더라도 그 기쁨은 자기만족에 지나지 않는다. 혼자 조용히 지낸다는 것은 남을 경멸한다는 뜻으로도 해석될 수 있으며, 자기가 비겁한 게으름뱅이이거나 제멋대로인 사람이라고 증명하는 셈이 된다.

실천할 수 있는 지식을 습득하고 다양한 지혜를 배우려면 사회의 한 사람으로서 실생활에 녹아들어야 한다. 사회라는 거친 파도에 시달려야만 자신의 의무와 노동의 고달픔을 깨닫고, 인내심과 근면함을 길러 인격을 닦을 수 있다. 사회와 마주하는 것은 헤아리기 힘든 고통을 주지만 세상을 멀리하고 혼자 숨어 지낼 때보다 훨씬 많은 것을 배울 수 있다.

굳은 각오로 도전하면 '적'의 수가 줄어든다

공적을 올리고 이름을 드높이려면 수많은 고통을 만나야 한다. 그러나 굳게 마음 먹으면 실패하더라도 용기가 북돋워져 다시 도전할 수 있다.

정치가 그레이엄과 디즈레일리는 처음에 비웃음을 사는 연설밖에 할 줄 몰랐지만, 피나는 노력 끝에 그것을 극복했다. 그레이엄은 실의에 빠진 나머지 남들 앞에서 연설하는 것을 포기하려고 했다. 그는 친구에게 어려움을 호소했다.

"현장에서 메모를 보고 기억을 정리하자마자 연설하는 등 갖은 노력을 했지만 모두 헛수고였네. 난 정치가로서 성공할 가망이 없는가 봐."

"아닐세. 난 자네의 연설을 들으면 힘이 생기는걸. 두려워 말고 계속하게."

친구의 말에 용기를 얻은 그레이엄은 인내심을 잃지 않고 꾸준히 연습해 연설을 이어갔다. 그는 뒷날 디즈레일리와 함께 의회에서 가장 유창한 연설가로서 이름을 알리게 되었다.

또한 앞을 내다볼 줄 아는 사람은 어떤 일에 실패하게 되면 그 실패를 다른 방향에서 성공이 되도록 만든다.

변호사 공부를 한 부알로는 처음 변호를 맡은 법정에서 욕설과 비웃음을 듣는 굴욕을 당했다. 그 뒤 교사가 되려 했으나 실패하고, 마침내 방향을 바꾸어 열심히 시를 쓴 끝에 성공했다. 또한 시인으로 머물지 않고 문학비평사에 길이 남게 될 《시법》을 써서 고전주의문학을 집대성했다. 마찬가지로 변호사로서 실패한 몽테스키외와 벤담은 방향을 바꿔 법률을 '자기 성격에 맞는 방법'으로 깊이 연구하기로 마음먹었다. 벤담은 모든 시대에 널리 쓰이는 훌륭한 법률이론을 남겼고, 몽테스키외는 법철학자로서 불후의 고전 《법의 정신》을 남겼다.

세상을 사랑하는 낭만적인 삶을 살아라!

"낭만과 현실이 조화를 이룰 때 더욱 유익한 인생을 보낼 수 있다. 낭만, 곧 정열은 고귀한 행위를 재촉하고 그것을 지지하는 가치 있는 에너지이다."

용감한 군인 로렌스가 말했다.

그는 젊은이들에게 정열이라는 불을 끄지 말고 소중히 키워 슬기롭고 높은 목표를 향해 나아가라고 입버릇처럼 말했다.

"낭만이 현실에 올바르게 녹아들 때, 현실은 바람직하고 구체적인 목표를 향해 험난한 길을 나아가고, 낭만은 아름다운 꿈과 굳은 신념으로써 여행의 피로를 풀어준다.

물질이 우선하는 현실에 있어도 진정한 삶의 가치를 발견하고 세상을 사랑하는 기쁨, 나의 인생목표에 다가갈수록 더욱 반짝이는 성공의 햇빛을 발견할 수 있다."

조셉 랭카스터는 열네 살 때 어떤 책을 읽고, 문득 서인도 제도에 사는 가난한 흑인들에게 성경을 읽어 주어야겠다는 생각을 품게 되었다. 그는 성경책과 《천로역정》, 몇 실링의 돈을 들고 집을 나왔다. 무사히 서인도제도에 도착했지만, 어떻게 일을 시작해야 할지 막막하기만 했다. 실의에 빠진 부모님이 아들을 찾아내어 곧 집으로 데리고 왔지만, 그의 정열의 불꽃은 꺼지지 않았다. 그 뒤로 랭카스터는 가난으로 고통받는 사람들을 가르치는 박애운동에 온 힘을 쏟았다.

후세에 남을 큰일을 이루려면 열정이 필요하다. 어떤 일에 몰두하는 정열이 없으면 계속해서 찾아드는 재난과 장해물에 짓눌리고 말 것이다. 그러나 정열에서 비롯된 용기와 불굴의 정신이 있다면 위험을 만나도 무릎 꿇지 않고, 온갖 장해물을 뛰어넘어 현실을 사랑할 수 있게 된다.

인생의 목적은 끊임없는 전진이다. 앞에는 언덕이 있고, 냇물이 있고, 진흙도 있다. 걷기 좋은 평탄한 길만이 아니다. 먼 곳으로 항해하는 배가 풍파를 만나지 않고 조용히만 갈 수는 없다. 풍파는 언제나 전진하는 자의 벗이다. 차라리 고난 속에 인생의 기쁨이 있다. 풍파 없는 항해, 이 얼마나 단조로운가! 고난이 심할수록 그대의 가슴은 뛴다.

청춘의 꿈까지 가난할 수는 없다

주식의 흐름을 꿰뚫는다 해서 '오마하 현인'으로 불리는 워렌 버핏 회장이 마이크 앞에 서자 주위가 조용해졌다.

"제가 가진 재산 가운데 85%인 370억 달러(약 35조 원)를 빌 게이츠 회장과 부인 멜린다 게이츠 여사가 운영하는 빌 앤드 멜린다 게이츠재단에 기부하려고 합니다. 먼저 떠난 아내 수잔과 저는 적절한 시기에 재산을 사회에 환원하기로 약속했었습니다. 오늘, 그 꿈이 현실이 될 것입니다."

세상에서 가장 돈이 많은 사람이 전 재산의 85%를 기부한다니! 사람들은 경악했고 버핏의 기부 발표는 전 세계에 속보로 전해졌다.

"저는 부(富)의 왕조적 세습에 반대합니다. 특히 상속세를 폐지하는 것은 마치 올림픽 금메달리스트의 자녀를 다음 올림픽 대표선수로 선정하는 것과 다름없습니다. 저는 우리보다 가난한 6천만 명에게 혜택을 줄 기회를 만드는 것이 부의 대물림보다 훨씬 값진 대안이라고 생각합니다. 지난 10년간 게이츠 부부의 자선활동을 지켜보며 이들이 '머리'뿐 아니라 뜨거운 '가슴'도 지니고 있다는 사실을 알게 됐습니다. 이런 재능과 열정을 지닌 사람들이 운영하는 자선단체에 돈을 기부하는 것은 지극히 논리적인 결정이었습니다."

버핏은 '멋진 기분'이라는 말로 소감을 대신했다. 버핏은 미국이 있었기에 큰 부자가 될 수 있었고, 이제 자신이 받은 은혜를 사회에 돌려주어야 할 차례라고 생각했던 것이다.

어린 시절 버핏은 온 동네가 잠들어 있는 꼭두새벽부터 신문을 돌리러 다녔다. 입김으로 두 손을 불어 가며 차가운 몸을 녹였는데, 양손은 신문의 잉크 때문에 늘 까맸다. 그러나 버핏은 자신의 신세를 한탄하지 않았다. 남의 집 대문 너머로 신문을 넣으며 '내게는 희망이 있고 반드시 성공할 수 있다'며 자신을 다독였다. 버핏이 배달하는 신문은 세계적인 신문인 〈워싱턴포스트〉였다. 그는 독자가 신문 구독을 취소하면 다른 신문 구독을 권유하면서 배달 부수를 늘려갔다. 그는 타고난 장사꾼이었다. 자신이 맡은 분야에서는 최고가 되고 말겠다는 의지로 똘똘 뭉쳐 있었던 것이다.

43세가 되던 해, 버핏은 〈워싱턴포스트〉의 주인인 캐서린 그레이엄 여사를 만나 자신의 비전과 경영철학을 밝히며 지분을 팔라고 설득했다.

"검증을 거치지 않은 사람과는 손을 잡아서는 안 됩니다. 그의 무엇을 믿고 회사 운영을 맡깁니까?"

그 무렵 〈워싱턴포스트〉의 경영진은 극심하게 반대했지만 그레이엄은 버핏의 순수함과 회사의 가치를 더욱 높여주겠다는 그의 진심을 믿고 지분 10%를 1천만 달러에 팔았다. 신문팔이였던 어린 소년이 세계적인 정론지 〈워싱턴포스트〉의 주주가 되는 순간이었다.

버핏은 사람들에게 가난을 탓하지 말라고 가르쳤다. 집이 가난하다고 꿈까지 가난할 수 없음을 몸으로 보여주었다. 혹시 그대는 '나는 세상을 잘못 타고났어, 나는 아무것도 할 수 없어'라며 세상을 욕하고 있지 않은가? 그대가 이런 생각을 할수록 그대의 고민은 점점 커지게 될 것이다. 버핏처럼 세상을 사랑하라. 그는 자신에게 주어진 환경에 감사하며 언젠가 그것을 돌려주리라 꿈꿨다.

오늘도 그는 자신의 재산을 기부한 것에 그치지 않고 다른 부자들도 기부문화에 동참시키기 위해 꾸준히 캠페인을 벌이고 있다. 부는 쌓을수록 만족할 줄 모르지만 사랑은 나눌수록 기쁨이 커진다는 것을 워렌 버핏은 잘 알기 때문이다.

젊은 날 고독은 위대한 영혼의 양식

젊은 날 고독한 생활을 강요받았지만 그 시기를 활용하여 훌륭한 업적을 남긴 사람들도 많다. 사람들이 하나 둘 떠나갈 때 혼자 남아 있는 것은 외로움 중에도 가장 큰 외로움이다. 모든 사람이 떠날 때 혼자 있고, 모든 사람이 있을 때 혼자 떠나는 그 외로움을 이겨내는 자만이 실로 용기 있는 자이다.

그들이 정신의 완성을 이루는 데 영향을 끼친 것은 오로지 고독이었다. 고독은 영혼에 내리는 비와 같다. 고독한 영혼은 깊은 생각과 반성을 통해 격렬한 에너지를 낳는다. 고독을 쓸모 있게 활용하느냐 못 하느냐는 그 사람의 기질, 성격, 수양에 달려 있다. 그래서 마음이 넓은 사람은 고독을 통해 정신을 더욱 맑게 하지만, 마음이 좁은 사람은 짜증만 부린다. 고독은 위대한 정신을 지닌 사람에게는 자양분이 되지만 인색한 사람에게는 고통을 의미하기 때문이다.

이탈리아의 수도사 캄파넬라는 반역죄로 나폴리 왕국의 빛도 들지 않는 감옥에서 27년이나 갇혀 있었다. 그러나 그는 더욱 눈부신 빛을 찾아 《태양의 도시》를 완성했다. 이 명작은 여러 나라 언어로 번역되어 수없이 팔려 나갔다.

루터는 바르트부르크 성 감옥에 갇혀 있는 동안 성경 번역에 몰두했고, 그 밖에도 독일 전역에서 널리 읽힌 유명한 소설과 논문을 썼다. 《천로역정》이라는 명작을 읽을 수 있는 것도 그 작품을 지은 존 버니언이 투옥된 덕분일지도 모른다. 옥중에서 버니언은 자기 자신을 되돌아보았다. 그는 자유를 빼앗긴 뒤 오로지 사색과 묵상에만 전념했다. 버니언은 몇 번인가 출옥했지만, 베드퍼드 감옥에서 20년 가까이 지냈다. 세계에서 으뜸가는 우화라 불리는 《천로역정》은 그 긴 옥중생활로 인해 태어난 작품이라 해도 좋을 것이다. 디포는 법정에 세 번이나 선 끝에 들어간 감옥에서 《로빈슨 크루소》를 비롯한 수많은 정치소설을 썼다. 그들은 형을 선고받고 한때 좌절한 듯이 보였지만 결코 그렇지 않았다. 아무런 장해물 없이 평온한 삶을 보낸 사람들보다 후세에 더 큰 영향력을 끼쳤다.

언젠가 어느 날…… '오늘만은'

1. 오늘만은 행복하게 지내라. "사람들은 행복해지려고 마음먹은 것만큼 행복해진다." 이 말은 진리이다. 사실 행복은 내부에서 오는 것이지, 외부에서 오는 것이 아니다.

2. 오늘만은 자신을 모든 일에 순응시키자. 모든 일을 그대의 뜻에 맞추려 하지 마라. 가족, 사업, 행운을 있는 그대로 받아들이고 그것에 순응시켜라.

3. 오늘만은 몸을 돌보자. 운동을 하고, 몸을 아끼고, 영양을 섭취하자. 몸을 혹사하거나 무시하지 마라. 그러면 몸은 그대 명령에 따르는 완전한 기계가 될 것이다.

4. 오늘만은 마음을 굳게 가져라. 무엇이든 이로운 것을 배워 보라. 정신적으로 게을러지지 않을 것이다. 노력, 생각, 집중이 필요한 책을 읽자.

5. 오늘만은 세 가지 방법으로 그대 영혼을 운동시켜라. 다른 사람 몰래 이로운 일을 해 보라. 하고 싶지 않은 일이라도 정신수양을 위해 적어도 두 가지쯤 해보라.

6. 오늘만은 즐겁게 지내라. 되도록 활발하게 보이고, 되도록 어울리는 차림에, 조용히 말하고 예의 바르게 행동하며, 마음껏 남을 칭찬해 보라. 남을 비난하지 않고 무슨 일이든 꾀를 부리지 않으며, 남을 탓하거나 꾸짖지 말라.

7. 오늘만은 오늘 하루만을 위해 살아 보라. 인생의 모든 문제를 단번에 결판낼 수는 없다. 하지만 일생을 두고도 도저히 감당할 수 없는 문제라도 열두 시간 만에 해치워 보라.

8. 오늘만은 하루계획을 세워보자. 매시간 처리해야 할 일을 써 두기로 하자. 설령 그대로 되지 않을지라도 어쨌든 해보라. 그러면 서두르고 머뭇거리는 나쁜 버릇이 없어질 것이다.

9. 오늘만은 30분이라도 혼자서 조용히 명상할 시간을 가져라. 그래야 그대 인생을 올바르게 바라볼 수 있는 여유를 얻을 수 있기 때문이다.

10. 오늘만은 두려워하지 말라. 행복해지는 것을 두려워하지 말고, 사랑하는 것을 겁내지 말고, 그대가 사랑하는 이들이 그대를 사랑해 줄 것이라 믿어 보라.

젊음은 죽은 대지에 푸른잎을 피우기도 하고 때로는 거센 폭풍으로 비와 눈보라를 휘몰아쳐 오기도 한다. 미풍이 있는가 하면 선풍이 있고, 여풍이 있는가 하면 서릿발처럼 찬 바람도 있다. 스쳐 왔다 스쳐 가는 무수한 의미의 저 바람, 그것처럼 모든 젊음은 인간의 계절과 그 기상을 만든다. 어느 청춘은 인류 역사에 아름다운 꽃을 피우게 했으며, 어느 젊음은 이 사회에 숱한 비극의 낙엽을 뿌리고 갔다. 청춘마다 그 젊음 특유의 방향과 속도가 있기 때문이다.

우보의 청춘 노래는 우리들 가슴을 뛰게 한다.

"청춘! 이는 듣기만 하여도 가슴이 설레는 말이다. 청춘! 너의 두 손을 가슴에 대고 물방아 같은 심장의 고동을 들어 보라. 청춘의 피는 끓는다. 끓는 피에 뛰노는 심장은 거선(巨船)의 기관같이 힘있다. 이것이다. 인류의 역사를 꾸며 내려온 동력은 꼭 이것이다. 이성은 투명하되 얼음과 같으며, 지혜는 날카로우나 갑 속에 든 칼이다. 청춘의 끓는 피가 아니더라면 인간이 얼마나 쓸쓸하랴? 얼음에 싸인 만물은 죽음이 있을 뿐이다. 그들에게 생명을 불어넣는 것은 따뜻한 봄바람이다. 풀밭에 속잎 나고, 가지에 싹이 트며, 꽃 피고 새 우는 봄날의 천지는 얼마나 기쁘며 얼마나 아름다우랴? 이것을 얼음 속에서 불러내는 것이 따뜻한 봄바람이다. 인생에 따뜻한 봄바람을 불어 보내는 것은 청춘의 끓는 피다. 청춘의 피가 뜨거운지라, 인간의 동산에는 사랑의 풀이 돋고, 이상의 꽃이 피며, 희망의 놀이 뜨고 열락(悅樂)의 새가 운다."

그대여, 한 아름의 추억을 간직한 해저물녘 붉은 노을은 장엄하게 그러나 슬프게 고독의 빛을 띠고 스러져 간다. 그것이 바로 어제의 그대다. 그대여, 미지의 가능성을 품은 동틀 무렵의 투명한 공기는 상쾌하게, 그러나 의심의 빛을 싣고 퍼져 나간다. 그것이 바로 내일의 그대다. 하지만 그대는 '어제'도 '내일'도 아닌 '오늘'을 살고 있을 뿐임을 잊지 마라. 하루가 끝나면 새로운 하루의 태양이 다시 떠오르듯 낯선 또 하나의 그대가 오리니.

젊음의 축복 청춘이여, 들어라, 닭은 울고 저 멀리 빛나는 별은 낮이 멀지 않음을 알고 있다. 보라, 저기 밤의 장막을 헤치고 낮은 서산을 금빛으로 물들인다. 낮과 함께 늙은 야누스도 나타나 오는 해를 엿본다…… 야누스의 뒤돌아보는 얼굴은 혐오를 나타내고 지난날 재앙에는 상을 찌푸린다 하더라도, 이쪽을 바라보는 얼굴은 맑고 새로 탄생한 해를 보고 미소 짓는다. 새해 아침에 우리에게 미소 짓고 태어나자 곧 서상(瑞祥)을 알려 주는 청춘의 운명을……

"그대여! 세상을 사랑하라. 삶은 오로지 한 번 뿐임을 명심하라. 그리하여 그대 영혼에 반짝이는 샛별이 떠오르게 하라."

고산고정일 (高山高正一)

서울에서 태어나다. 성균관대학교국문학과졸업. 성균관대학교대학원비교문화학전공졸업. 소설 「청계천」으로 「자유문학」 등단. 1956년~현재 동서문화사 발행인. 1977~87년 동인문학상운영위집행위원장. 1996년 「한국세계대백과사전 총31권」 편집주간. 지은책 「청계천 사람들」 「불굴의 혼·박정희」 「한국출판100년을 찾아서」 「愛國作法·新文館 崔南善·講談社 野間淸治」 「망석중이들 잠꼬대」 「高山 大三國志」 「세계를 사로잡은 최승희·매혹된 혼」 「분노하라!」 한국출판문화상수상. 한국출판학술상수상. 자유문학상수상. 아동문예상수상.

분노하라! 세상에 분노하기보다 자신에 분노하라
다르게 생각하라! 세상은 변한다! 실패를 두려워 말라!

*꿈이 있으니까
청춘이다*

고산고정일 지음
2011년 12월 25일 발행
발행인 고정일
발행처 동서문화사
창업 1956. 12. 12. 등록 16-3799
서울강남구신사동 563-10 ☎ 546-0331~6 (FAX) 545-0331
www.epascal.co.kr

잘못 만들어진 책은 바꾸어 드립니다.

＊

사업자등록번호 211-87-75330
ISBN 978-89-497-0730-3 03810